JOSÉ FRÈCHES

Né en 1950, José Frèches, ancien élève de l'ENA, est également diplômé d'histoire, d'histoire de l'art et de chinois. Conservateur des Musées nationaux au Louvre, au musée des Beaux-Arts de Grenoble et au musée Guimet, il crée en 1985 la Vidéothèque de Paris. Il devient président-directeur général du *Midi libre* et membre du conseil artistique de la Réunion des musées nationaux. Il anime aujourd'hui une agence de communication et dirige une galerie d'art. Il a publié plusieurs essais, notamment sur Toulouse-Lautrec et sur le Caravage chez Gallimard ; il est également l'auteur de deux trilogies romanesques parues aux éditions XO : *Le Disque de jade* et *L'Impératrice de la soie*, ainsi que de *Moi, Bouddha* (2004) et *Il était une fois la Chine* (2005).

L'IMPÉRATRICE DE LA SOIE

3.

L'USURPATRICE

DU MÊME AUTEUR
CHEZ POCKET

Le disque de Jade

1 - LES CHEVAUX CÉLESTES
2 - POISSONS D'OR
3 - LES ÎLES IMMORTELLES

L'Impératrice de la Soie

1 - LE TOIT DU MONDE
2 - LES YEUX DE BOUDDHA
3 - L'USURPATRICE
4 - MOI, BOUDDHA

JOSÉ FRÈCHES

L'IMPÉRATRICE
DE LA SOIE

3.
L'USURPATRICE

XO ÉDITIONS

Le Code de la propriété intellectuelle n'autorisant, aux termes de l'article L. 122-5 (2° et 3° a), d'une part, que les « copies ou reproductions strictement réservées à l'usage privé du copiste et non destinées à une utilisation collective » et, d'autre part, que les analyses et les courtes citations dans un but d'exemple et d'illustration, « toute représentation ou reproduction intégrale ou partielle faite sans le consentement de l'auteur ou de ses ayants droit ou ayants cause est illicite » (art. L. 122-4).

Cette représentation ou reproduction, par quelque procédé que ce soit, constituerait donc une contrefaçon sanctionnée par les articles L. 335-2 et suivants du Code de la propriété intellectuelle.

© XO Éditions, Paris, 2004
ISBN 2-266-14465-0

*Par l'effort, la vigilance, la disci-
pline et la maîtrise de soi, le sage se
crée une île que l'inondation ne sub-
merge pas.*

Bouddha

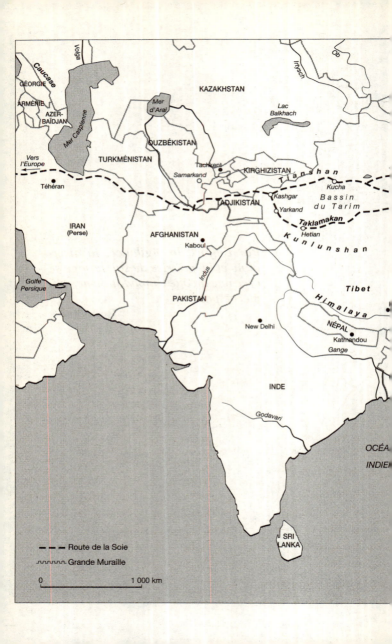

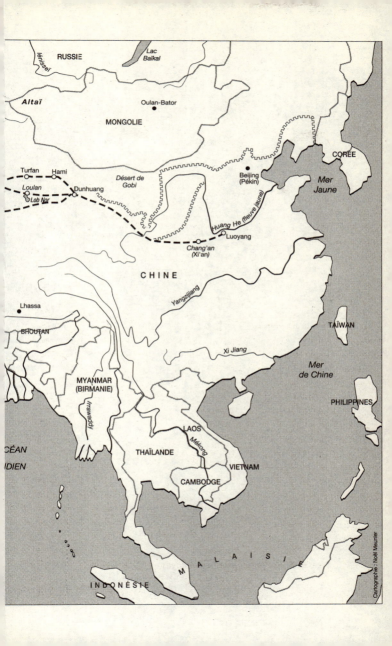

Liste des principaux personnages en fin de volume.

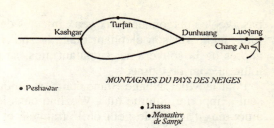

38

Luoyang, capitale d'été des Tang, Chine. 19 juin 658

— Le Muet, tu veilleras à ce que la fillette ne se penche pas sur l'eau de la rivière Lë. Je ne voudrais pas qu'elle découvre son visage par inadvertance ! Voilà qui serait pour elle un choc dramatique ! lança d'une voix suave, mais sur un ton des plus fermes, l'impératrice Wuzhao au géant turco-mongol.

— Je m'y efforcerai, Majesté Wu ! répondit sobrement celui-ci, l'air maussade, dans son langage particulier que la souveraine était seule à comprendre.

Depuis que l'épouse officielle de Gaozong entretenait une tapageuse liaison avec le mage indien Nuage Blanc, elle avait délaissé le Muet. Ce dernier, tout esclave qu'il fût, et à ce titre obligé de satisfaire le moindre de ses caprices, avait néanmoins fini par se prendre au jeu pervers de son amante. Il était tombé amoureux de ce corps souple et sensuel dont elle savait si bien user pour s'attacher la gent masculine. Aussi prenait-il fort mal les nombreuses passades de l'impératrice, et particulièrement sa relation qui n'en finissait pas avec ce personnage aux yeux injectés de sang, toujours juché sur son éléphant blanc lorsqu'il se rendait auprès de la souveraine, signalant ainsi sa présence à toute la cour de Chine.

Pour le Muet, Nuage Blanc était son unique rival ; le seul à apporter comme lui à Wuzhao dans les rapports amoureux l'ineffable goût de l'étrangeté et de la sauvagerie.

Cette situation douloureuse avait changé physiquement le factotum de la souveraine. Sur son énorme face, d'habitude plutôt égayée, ses longues moustaches effilées retombaient tristement de chaque côté de sa bouche carnassière et lippue.

Le Muet broyait du noir mais personne, pas même l'impératrice de Chine, ne s'en rendait compte.

Comme Nuage Blanc était pour l'instant cantonné à Chang An, où la souveraine l'avait installé dans le Pavillon des Loisirs, les séjours qu'elle faisait à Luoyang permettaient toutefois au factotum à la langue coupée non seulement de faire valoir ses droits en assumant ses devoirs, mais surtout de dispenser à l'impératrice tout le plaisir que son énorme tige de jade, lorsqu'elle était dressée tel un mât de navire, était capable de donner à sa vallée des roses.

Quand elle était à Luoyang, dont elle avait réussi à faire la « capitale d'été » de l'Empire, car cette saison y était plus fraîche qu'à Chang An, Wuzhao adorait également, dans un tout autre registre, se faire « prêter » les Jumeaux Célestes par Pureté du Vide.

Le grand maître de Dhyâna était réticent, car les enfants rapportaient beaucoup d'offrandes versées par des dévots sans cesse plus fervents et nombreux, venus au couvent de la Reconnaissance des Bienfaits Impériaux pour vénérer ces petites raretés divines. Mais il ne pouvait faire autrement que d'obtempérer.

N'était-ce pas Wuzhao qui les avait confiés au Supérieur de Luoyang, après le départ de Cinq Défenses et d'Umara ?

Alors le Muet se chargeait d'aller quérir les enfants pour les amener au palais d'Été, la somptueuse résidence de marbre blanc couronnée de tuiles vernissées bleues et vertes à l'harmonie subtile, que l'impératrice avait fait construire dans le fond du Parc des Pivoines Arborescentes.

Là, Wuzhao avait toute latitude pour choyer comme elle l'entendait ceux qu'elle appelait ses « petits princes ».

Rien n'était assez sucré, ni soyeux, ni précieux ou encore amusant, pour les Jumeaux Célestes, auxquels elle faisait servir les pâtisseries les plus fines et les pâtes de fruits les plus savoureuses, avant de les emmener jouer dans un coin de l'immense parc où elle avait fait élever une ménagerie de poupée.

Au milieu des oies, des canards mandarins et des cochons d'Inde, c'était alors un immense plaisir pour l'impératrice de Chine que de contempler Joyau et Lotus émerveillés, ne sachant plus où donner de la tête, courant dans tous les sens sur leurs petites jambes en poussant des cris de joie.

Cet après-midi-là, pour la première fois, l'impératrice Wu avait décidé d'emmener les enfants se promener sur les berges du fleuve, ce qui supposait de traverser la prairie qui y descendait en pente douce, légèrement en contrebas du parc.

À cet endroit précis, là où la rivière s'évasait pour former une sorte de lac de retenue, au fond des eaux vaseuses, devaient reposer les fameuses pierres gravées auxquelles, depuis sa première visite au chantier de Longmen, elle n'avait cessé de penser.

Elle avait toujours en mémoire les propos de Pureté

du Vide attestant de la présence de ces rochers mythiques, dont personne n'avait pu lire les inscriptions puisque nul n'avait été capable de les approcher.

D'après les renseignements pris le plus discrètement possible au sujet de ces monolithes, une seule chose était sûre : il s'agissait bien de rochers divins gravés de phrases prophétiques relatives à l'histoire des dynasties futures de la Chine.

Au début, ce n'avait été qu'une idée vague, dont les contours s'étaient peu à peu précisés : et si ces pierres devenaient ses alliées ? Et si elles annonçaient la montée sur le trône de Chine de l'impératrice Wu en personne ? Ne serait-ce pas là le signe éclatant que le rêve qu'elle poursuivait deviendrait un jour réalité ?

Car l'avenir, en Chine, était toujours écrit quelque part.

D'ailleurs, la première écriture des Chinois était elle-même d'essence divinatoire, puisque les premiers caractères archaïques de la langue Han étaient la copie des étranges craquelures qui apparaissaient sur les os iliaques des moutons et les carapaces de tortues quand les devins, ou *scapulomanciens*, les faisaient chauffer sur le feu afin de les déchiffrer.

Certains soirs d'été, lorsque l'aveuglante lumière du soleil réverbérée par le fleuve s'atténuait et qu'une très légère brise faisait trembler les branches alanguies des saules pleureurs, Wuzhao ne répugnait pas à aller se promener le long des berges de la rivière au fond de laquelle étaient censées gésir ces inscriptions prophétiques.

Elle avait conscience que seul un événement surnaturel pourrait l'aider à gravir l'ultime marche de l'escalier qu'elle avait emprunté depuis qu'elle avait été remarquée par le vieil empereur Taizong, et qui la conduirait à la fonction d'empereur de Chine à part entière, à l'égal d'un mâle à qui le mandat du Ciel serait conféré.

Elle avait, jusqu'à présent, réussi à se jouer de tous les obstacles et à déjouer les complots menés par le préfet Li et le général Zhang, mais également par tous ceux, à la cour impériale, qui voulaient sa peau, ulcérés qu'ils étaient par la montée en puissance de cette roturière dont l'alliance avec les bouddhistes constituait de surcroît un grave danger pour les institutions politiques du pays.

La trahison d'Aiguille Verte lui avait, à cet égard, quelque peu compliqué la tâche.

À force de rapports circonstanciés, qu'ils avaient fait rédiger par différents services de police, ses ennemis avaient en effet réussi à instiller le doute dans la tête de Gaozong. Ils accusaient sa femme de protéger les trafiquants de soie et de se livrer à des actes contraires à la loi en abritant au palais impérial des personnes recherchées.

C'était ainsi qu'un soir, la mine sombre et l'air ennuyé, l'empereur avait fini par aborder ce sujet.

— Ma mie, de toutes parts, on vous reproche des faits graves ! Parlez-m'en ! De la sorte, je pourrai au moins faire taire vos ennemis, qui sont de plus en plus nombreux !

Elle avait constaté avec soulagement que l'empereur cherchait plus à la défendre qu'à donner suite à ces rumeurs dont il jugeait qu'elles visaient surtout à l'abattre.

Elle s'était donc enfoncée dans la brèche et prestement récriée, prétextant d'immondes ragots de la part de ceux qui voulaient la séparer de son époux, pour lequel elle était prête à se livrer à la police s'il l'estimait nécessaire.

— Ma mie, vous n'en ferez rien ! C'est un ordre de

l'empereur ! Ce ne sont pas vos ennemis qui font la loi ici ! lui avait soufflé l'empereur du Centre devant lequel, à toutes fins utiles, elle s'était jetée à genoux, la bouche en bonne place, juste devant le gonflement formé par sa tige de jade sous le tissu de ses braies.

Une fois l'opération effectuée au grand contentement de son époux, ce dernier avait changé d'attitude, comme si sa clémence n'avait visé qu'à obtenir cet hommage de la langue experte de Wuzhao sur le bouton terminal de son auguste lance de chair impérialement dressée, geste qui affolait proprement Gaozong et qu'elle ne lui accordait désormais que rarement.

L'empereur paraissait en effet connaître déjà la façon dont la soie clandestine arrivait en Chine puisqu'il avait fait état des oasis de Turfan et de Dunhuang, en précisant, sans se tromper, les rôles respectifs des manichéens et des nestoriens.

De plus en plus mal à l'aise, Wuzhao avait constaté que le préfet Li, Zhang et les autres, jamais à court de fiel, avaient fourni à Gaozong les éléments d'un dossier à charge contre elle !

— On me dit que vous auriez protégé une jeune fille du nom de « Dubara » et un jeune homme appelé « Huit Défenses ». Le palais impérial ne saurait abriter des personnes coupables d'atteinte à la loi ! Sauf, bien entendu, si je le décidais ! lui avait-il lancé, mi-figue, mi-raisin en rajustant ses braies.

Une fois de plus, comme chaque fois qu'elle abordait une situation particulièrement délicate et dangereuse, Wuzhao s'était surpassée : elle avait eu le culot — ou le génie ! — de plaider coupable.

— Eh bien oui, Majesté ! J'essaie de me procurer de la soie, mais c'est aussi pour vous et pour votre destin que j'agis ainsi ! Je bénis cet instant qui me contraint à vous le révéler. Garder ce secret par-devers moi me pesait de plus en plus ! lui avait-elle asséné, en pleurs, avant d'expliquer à l'empereur que c'était dans le but d'offrir à l'Église du Grand Véhicule de la soie pour les peintures devant lesquelles les moines pratiquaient la méditation assise.

— Que vient faire le Grand Véhicule dans tout cela, ma mie ? Ne pensez-vous pas que cette Église, dont on dit que le budget dépasse de très loin celui du ministère des Armées Impériales, est déjà suffisamment opulente ? avait demandé Gaozong, quelque peu incrédule.

— En retour, les moines m'ont promis des années de prières et d'invocations ininterrompues devant les effigies du Bouddha et de ses principaux acolytes. Ces prières et ces invocations, Votre Majesté, sont toutes accomplies à votre intention ainsi qu'à celle de votre descendance…

— L'empire du Centre s'est construit par la guerre et le sang ! Pas à coups de bigoteries ! avait-il lâché, agacé.

— Vous ne devriez pas négliger autant le Bienheureux Bouddha ! Au sein du peuple, ses adeptes sont bien plus nombreux que les confucéens, dont les recrues proviennent des élites. Un souverain n'a-t-il pas davantage besoin du peuple que des couches sociales supérieures, lesquelles sont toujours acquises à sa cause, puisqu'elles profitent du système ? avait-elle rétorqué à son impérial époux.

— Hélas, oui ! avait concédé l'empereur, ébranlé par la démonstration.

— Ceux qui vous succéderont devront en tenir compte ! avait-elle conclu.

Gaozong, de nouveau tout sucre et tout miel, l'avait goulûment embrassée, dans l'espoir qu'elle consentît à renouveler l'exploit de faire jouir sa tige de jade que l'âge et la maladie rendaient de moins en moins réactive.

C'était, une fois de plus, dans les atouts conjugués de ses charmes et de sa foi que l'impératrice Wu avait puisé les forces qui lui avaient permis de se tirer du fort mauvais pas dans lequel ses ennemis avaient réussi à l'engager.

Cet épisode délicat, dont elle s'était sortie au nez et à la barbe de ses détracteurs, ivres de rage de constater que leur offensive, une fois de plus, avait fait chou blanc, n'avait que renforcé sa conviction quant à l'importance de s'appuyer sur le Bouddha et sa Noble Vérité.

Plus le temps passait et plus elle ressentait la nécessité de faire appel à son divin secours. Elle avait tant besoin de son indéfectible soutien qu'elle avait fini par se persuader, en tant que bonne et sincère dévote, qu'il lui viendrait de ces rochers divinatoires reposant au fond des eaux, à quelques pas de là.

Aussi était-elle passablement émue lorsqu'elle s'approcha tout près de la rivière Lë, en donnant la main à Lotus et à Joyau, précédée par le Muet qui portait sur son épaule un grand panier d'osier dans lequel se trouvait le goûter des Jumeaux Célestes.

L'après-midi de ce début d'été particulièrement chaud et humide, propice aux fleurs de toutes sortes dont les délicieux effluves embaumaient l'atmosphère, s'annonçait radieux.

— Eau ! Eau ! Veux eau ! s'écrièrent en chœur les enfants dès qu'ils aperçurent le fleuve, à la surface mordorée duquel des libellules tournoyaient en vrombissant.

Wuzhao leur tenait fermement la main, pour éviter que la petite Joyau ne s'approchât trop près de l'eau et ne vît par inadvertance son visage à demi velu.

De fait, au monastère de la Reconnaissance des Bienfaits Impériaux, l'impératrice de Chine avait exigé et obtenu de Pureté du Vide que les enfants fussent logés dans un pavillon spécial d'où tout miroir avait été banni. Wuzhao avait également veillé à ce que toutes les surfaces potentiellement réfléchissantes, parquet, tables et paravents laqués, fussent recouvertes de tapis ou de nappes. Les moines qui prenaient soin de Joyau et Lotus avaient pour stricte consigne de ne leur apporter aucun bol dont la taille leur eût permis de regarder à l'intérieur le reflet de leur visage.

Wuzhao, curieusement, avait la hantise que Joyau ne découvrît par surprise cette étrangeté que la nature lui avait conférée, faisant de la fillette, malgré la finesse et l'éclatante beauté de ses traits, une créature si différente des autres, et qui lui valait d'être perçue comme un être d'essence divine, dont des milliers de dévots rêvaient désormais de toucher le bas de la robe.

— Majesté, vous paraissez aimer Joyau comme votre propre enfant ! lui disait souvent Pureté du Vide, lorsque l'impératrice de Chine s'extasiait devant lui sur les progrès de l'intéressée qui avait commencé à marcher et à parler un peu plus tôt que son frère Lotus.

— C'est une enfant spéciale et déjà très sensible, qui a sûrement besoin de beaucoup d'amour, avait-elle l'habitude de répon- dre à l'austère Supérieur que ladite réflexion avait le don de faire sourire.

Quant à Joyau, elle irradiait de bonheur dès qu'arrivait auprès d'elle son auguste protectrice.

Il fallait la voir, parée comme une princesse, battre des mains et crier de joie quand Wuzhao apparaissait sur la véranda du palais d'Été, non loin de l'endroit où un moine déposait les enfants lorsqu'ils allaient rendre visite à la souveraine.

Car Joyau ne menait pas l'existence d'une petite fille comme les autres.

Quand on l'installait en compagnie de son jumeau sur

une petite estrade dans une cour du monastère de la Reconnaissance des Bienfaits Impériaux, et qu'aussitôt se formait, devant ces tréteaux, l'immense queue des porteurs d'offrandes, tous quémandeurs de guérisons, miracles et autres indulgences, elle affichait toujours une petite mine sérieuse et presque contrite, comme si elle répugnait à jouer les reliques vivantes.

Elle s'acquittait de sa tâche, malgré son tout jeune âge, avec le sérieux d'un adulte. Les moines canalisaient à coups de canne, sans grand ménagement, les élans mystiques des dévots qui se pressaient là, leur laissant à peine le temps de se prosterner aux pieds de la fillette en murmurant la faveur qu'ils la suppliaient de leur accorder.

Pour celle qu'elle appelait joliment du nom de « tante Wu », Joyau, qui passait la plupart de ses journées recouverte d'or et de soie, redevenait une petite fille comme les autres.

Tante Wu avait fait étaler par le Muet un tapis de paille de riz tressée sur la pelouse et elle commença à y disposer les gâteaux et le jus d'orange qu'elle comptait offrir aux enfants pour le goûter.

Depuis leur dernière venue au palais d'Été, ils avaient déjà changé.

À présent, ils savaient correctement tenir le morceau de bambou qu'elle leur avait donné, et s'en servir comme d'un stylet sur le carré de sable creusé dans le petit jardin de la ferme miniature où les Jumeaux adoraient faire des pâtés.

Elle comptait bien, cet après-midi-là, après leur promenade à la rivière, commencer à leur apprendre à dessiner quelques caractères de la langue écrite.

La dernière fois qu'ils s'étaient rendus en visite auprès d'elle, les enfants avaient d'ailleurs témoigné de leurs dispositions à tenir un stylet.

— Moi rond ! Toi carré ! avait ânonné drôlement la fillette à l'adresse de son frère, avant d'ajouter en décochant son plus beau sourire à l'impératrice, laquelle avait fondu un peu plus devant sa petite préférée :

— D'accord, tante Wu ?

— Moi rond ! s'était écrié Lotus, qui était un peu plus costaud que sa sœur, décidé, pour une fois, à ne pas s'en laisser conter.

Devant les Jumeaux Célestes penchés sur la terre, où ils dessinaient avec ce mélange d'application et de brusquerie habituel aux petits enfants, Wuzhao s'était surprise à penser à sa propre descendance.

Elle avait déjà été mère quatre fois ; deux de ses enfants étaient encore en vie, mais deux étaient mortnés, deux filles.

Elle avait accouché de la première un an tout juste après la naissance de Lihong, l'aîné des mâles enfantés par Wuzhao, devenu Prince héritier en février 656, en lieu et place de Lizhong, l'héritier choisi par dame Wang, l'impératrice déchue.

La seconde était cette petite fille que son ventre avait expulsée quatorze mois plus tôt, à trois mois du terme, en présence de la grosse sage-femme du palais impérial de Chang An, qui lui avait annoncé sans aucun ménagement qu'un petit cadavre tout fripé et bleu était sorti de son corps mais que ce n'était pas un drame, « puisqu'il ne s'agissait que d'une fille »...

Depuis cette fausse couche, Wuzhao se croyait infertile, ce qui lui donnait une liberté plus grande encore dans l'usage qu'elle faisait de son corps avec les hommes [1].

Pour Wuzhao, qui n'arrivait pas à faire le deuil de ce

---

1. En fait, l'impératrice Wu accouchera de sa dernière fille, Taiping, en 664.

bébé mort dans son ventre, dont le père n'était pas Gaozong, mais plus probablement un charmant fangshi, sor-
cier taoïste dont elle s'était entichée pendant quelques
semaines, le temps d'apprécier ses prouesses sexuelles,
la présence de Joyau était une véritable consolation.

Elle ne pouvait s'empêcher de voir dans la Jumelle
Céleste à l'extraordinaire moitié du visage velue une
réincarnation de la chair de sa chair qui, hélas, n'avait
pas survécu.

Quant à sa progéniture toujours vivante, elle n'eût
osé avouer à personne que ses garçons Lihong et Lixian
étaient loin de combler ses attentes et les ambitions
qu'elle eût été en droit de nourrir pour eux.

Elle avait fini par mépriser Lihong, parce qu'elle
pressentait dans le garçonnet déjà mou et passablement
rêveur qu'il finirait comme bien d'autres : davantage
passionné par la chasse et les chevauchées dans la campagne que par les intrigues de cour et leurs subtiles
mises en œuvre ; quant au prince Lixian, son petit frère,
dont beaucoup, à la cour, doutaient que Gaozong fût le
père, il n'avait pas encore deux ans, de sorte qu'il était
bien trop tôt pour juger si ce rejeton dont la naissance
avait plongé le clan de ses ennemis dans la fureur et la
consternation serait le digne successeur de sa mère.

Comme elle eût aimé que Lihong, quoique bien plus
jeune, ressemblât à Cinq Défenses ! De même souhai-
tait-elle ardemment que son petit Lixian possédât, le
moment venu, le même caractère bien trempé et la
même vivacité d'esprit que l'ancien assistant de Pureté
du Vide.

D'ailleurs, depuis que ce dernier avait quitté Chang
An pour le pays de Bod, elle pensait toujours à lui avec
nostalgie.

Suite à la fin de non-recevoir que Pureté du Vide lui
avait opposée quand elle avait évoqué son ancien assis-

tant, elle n'avait plus osé parler du cas de Cinq Défenses, mais elle se disait qu'à la première occasion, elle plaiderait de nouveau la cause du jeune homme et qu'elle finirait bien par obtenir que son Supérieur lui pardonnât ses fautes.

Il n'y avait pas de jour où elle ne songeât à Umara, la jeune chrétienne qui lui avait avoué d'une si charmante façon, avant d'être contrainte de s'enfuir de Chang An, qu'elle se considérait comme la mère adoptive de ces Jumeaux Célestes qui gambadaient à présent devant elle, au bord de la rivière Lë !

Elle ne détestait pas se dire que ce jeune couple auquel elle gardait une si grande tendresse lui avait transmis le flambeau de la destinée de ces enfants divins.

Que devenaient-ils, à présent, ce jeune bouddhiste et cette jeune chrétienne, qui avaient pour eux le charme, l'intelligence et cette capacité si particulière à aller vers les autres et à faire confiance à autrui ?

Avaient-ils réussi à gagner le Tibet ? S'apprêtaient-ils à rentrer en Chine centrale, alors que le commerce clandestin de la soie semblait avoir cessé ? La douce Umara attendait-elle un enfant à son tour de cet amant qui avait l'air si épris ? Pureté du Vide finirait-il par accorder son absolution à Cinq Défenses en le relevant de ses vœux de moine ? Et si tel devait être le cas, serait-ce, comme elle en rêvait, grâce à elle ?

Les questions se bousculaient dans sa tête, l'entraînant sur son propre terrain : celui de son destin si particulier.

Que lui réservait l'avenir ?

Arriverait-elle à ses fins ?

Nul ne le savait, sauf peut-être ces pierres enfouies à quelques pas de là, dans la vase de la Lë... ces pierres divines, à la surface rugueuse desquelles elle ne doutait plus que son avenir fût écrit... ces pierres qui l'attendaient là depuis des temps immémoriaux...

La petite voix de Joyau tira l'impératrice de sa rêverie.

— Veux aller à eau, tante Wu ! répétait la fillette en lui tapotant doucement l'épaule de sa petite main.

— Oh ! Oui ! Aller eau ! Aller eau ! s'écria alors Lotus, qui avait rejoint sa sœur.

— L'eau est froide, mes chéris ! Si vous vous mouillez, je n'aurai pas de quoi vous changer ! répondit-elle, bien résolue à empêcher Joyau de s'approcher de la Lë.

— Aller eau ! Aller eau ! Tante Wu, aller à l'eau ! se mirent alors à crier en chœur les deux enfants, en suppliant l'impératrice d'accéder à leur demande.

Il fallait les voir la prendre par le cou, puis la couvrir de baisers comme s'il s'agissait de leur propre mère, persuadés qu'elle finirait, à force, par céder.

Mais l'impératrice n'était pas décidée à se laisser fléchir. Pour détourner leur attention, elle leur proposa de goûter à l'une des délicieuses tartelettes à la farine de riz et au miel préparées par le pâtissier en chef des cuisines impériales.

Mais ce jour-là, les Jumeaux Célestes, rebelles en diable et excités comme des puces à la simple idée de tremper leurs mains dans ces eaux courantes dont ils entendaient pour la première fois la douce musique, ne touchèrent pas à ces friandises sur lesquelles, d'ordinaire, ils se ruaient.

— Aller eau ! Aller eau ! Tante Wu ! Eau gentille !

La demande des enfants se faisait plus pressante ; ils en étaient à frapper de colère leurs petits poings contre les arbres et Wuzhao sentait bien que le moment ne tarderait pas où ils finiraient par éclater en sanglots.

Et elle se refusait à voir les Jumeaux Célestes pleurer devant elle comme de vulgaires enfants auxquels une nourrice eût refusé une faveur, alors même qu'elle souhaitait les choyer !

Elle vénérait tellement cette adorable Joyau, dont les jolis yeux brillants et à présent au bord des larmes la faisaient fondre !

Aussi céda-t-elle à l'injonction.

— Il ne faudra pas me lâcher la main ! D'accord ? objecta-t-elle en se levant du banc sur lequel elle était assise.

Conscients de la victoire qu'ils venaient de remporter, les deux enfants poussèrent des cris de joie et se jetèrent au cou de l'impératrice, décidément incapable de résister au charme des petits Jumeaux.

— Le Muet, peux-tu ranger la nourriture dans le panier ? Sinon les oiseaux risquent de lui faire un sort. Les Jumeaux Célestes n'ont pratiquement touché à rien et ils auront faim lorsque nous reviendrons du bord de la rivière ! ordonna-t-elle au géant turco-mongol, lequel continuait à bouder ostensiblement, assis à l'ombre d'un sorbier dont il taillait une branche avec son couteau de poche.

— Ce sera fait, Majesté ! murmura, dans le jargon qu'elle seule comprenait, l'ancien prisonnier de guerre à la langue coupée.

Puis Wuzhao prit chaque enfant par une main ferme, pour ne pas les laisser s'échapper, et se dirigea lentement vers la berge de la Lë.

De fortes pluies d'été s'étaient abattues sur la région de Luoyang, au cours de la semaine précédente, forcissant le courant de la rivière. Ses eaux verdâtres charriaient des troncs d'arbres et même quelques cadavres d'animaux que les crues avaient dû surprendre en amont de la capitale d'été. Ce tapis ondoyant qui défilait sous les yeux de Wuzhao et des Jumeaux Célestes faisait ressembler le fleuve au corps d'un immense dragon descendu de la montagne vers la plaine, qui eût déployé ses écailles pour se livrer à sa reptation.

C'était la première fois que les Jumeaux Célestes voyaient des eaux aussi courantes et tumultueuses, dont la surface s'irisait à présent de mille gouttelettes qui se vaporisaient dans les airs sous l'effet des rayons poudroyants du soleil.

— Moi marcher là-dessus ! Moi marcher sur gros tapis ! s'écria la fillette, médusée par l'élément liquide lancé à pleine vitesse.

— Certainement pas, ma chérie ! Ce n'est pas un tapis ! C'est de l'eau ! Et si on tombe dedans, on peut se noyer ! s'écria l'impératrice, à moitié rassurée.

Si la puissance du courant rendait improbable la formation du moindre reflet à la surface de la rivière, qui eût permis à Joyau de voir son visage, elle ne laisserait aucune chance à l'imprudent qui y tomberait.

Mais Joyau, fascinée par le tapis liquide, s'entêtait, tirant la main de l'impératrice. Le petit Lotus, moins téméraire que sa sœur et terrorisé par le curieux mugissement des eaux vertes, finit par se laisser tomber par terre pour éviter d'approcher de trop près cet élément inconnu qui ne lui disait rien qui vaille.

— Moi aller là-bas ! Moi aller là-bas, s'écriait la fillette qui désignait les saules pleureurs plantés en enfilade sur la rive opposée, tandis que son frère, pelotonné dans l'herbe, attendait sagement que Wuzhao le prît dans ses bras.

Ne sachant plus où donner de la tête, l'impératrice, en essayant de relever Lotus, laissa s'échapper Joyau.

Et lorsqu'elle se mit à courir éperdument après la fillette, en lui hurlant de s'arrêter, il était déjà trop tard : une gerbe d'eau, en même temps qu'un cri perçant, lui signalèrent que l'irréparable venait de se produire.

Joyau, la Jumelle Céleste au visage inouï, l'enfant que la nonne tibétaine Manakunda avait mise au monde en même temps que son frère, le bébé que Cinq Défenses et le *ma-ni-pa* avaient convoyé pour lui faire traverser le Tibet et la Chine, avait été engloutie sous les yeux de l'impératrice de Chine dans les écailles du Grand Dragon descendu de la montagne vers la plaine...

Rejointe par le Muet, qui avait tout observé, Wuzhao, haletante, s'arrêta sur la berge du tapis verdâtre aux reflets argentés qui, vu de près, défilait à une vitesse hallucinante. Sous le regard accablé de sa maîtresse, dont les yeux émeraude s'étaient agrandis d'horreur, le géant turco-mongol, sans même prendre le temps de dégrafer sa veste, plongea dans les eaux tumultueuses et, donnant un grand coup de pied, disparut de leur surface pour explorer le lit de la rivière.

Les instants qui s'écoulèrent parurent des siècles à l'impératrice de Chine, hagarde, serrant Lotus dans ses bras au point de l'étouffer. Son beau regard éploré, si loin de celui de la souveraine implacable, fixait désespérément la zone où le Muet venait de plonger courageusement.

— Ô Bienheureux, accorde à cette enfant de vivre ! Ne la laisse pas revenir si tôt auprès de toi ! Elle n'a pas fini son temps ici-bas ! murmura-t-elle, au bord des larmes.

Wuzhao s'était mise à prier à haute voix et de toutes ses forces, yeux mi-clos et mains jointes, malgré Lotus qu'elle serrait toujours contre elle, exprimant son furieux désir de voir réapparaître le géant dégoulinant de vase, telle une immense statue de bronze, tenant la petite, saine et sauve, dans ses bras puissants et tatoués.

Elle avait tant besoin de Joyau, criait-elle au vent, aux arbres, au soleil et même à ce maudit fleuve !

Elle invoqua le Bouddha mais aussi, par précaution,

les divers bodhisattvas qui étaient plus accessibles aux hommes en même temps qu'attentifs à leurs malheurs, puisque, en passe d'accéder au Nirvâna, ils avaient toujours un pied dans la condition humaine.

Elle implora donc pour commencer Guanyin aux Mille Bras Secourables : ne disposait-elle pas d'assez de mains pour consentir à ramasser la fillette au milieu de la vase ? Puis ce fut le tour de Guanyin, tenant la « corde infaillible » qui reliait les hommes au Grand Être, celui qui était capable d'accorder aux êtres humains tout ce qu'ils souhaitaient, à condition que ce fût juste. Elle alla même jusqu'à pressentir Guanyin l'Eau-Lune, qui permettait aux dévots de méditer sur la notion de reflet de la lune dans l'eau, témoignage de l'irréalité dont les hommes étaient souvent abusés.

Puis elle supplia Maitreya, le futur Bouddha, qui régnait dans le ciel de Tusita, et son collègue Manjusri, dont le lion était la monture, et même Puxian connu pour sa « Sapience » et surtout son « Universelle Bonté », que seuls invoquaient les dévots particulièrement instruits, en raison du caractère ésotérique de son enseignement.

Elle les passa tous en revue, comme une folle, invoquant même le Panthéon des Mille Bouddhas, jusqu'à ce que soudainement, la gorge encore plus nouée à force de réciter ses mantras et ses invocations, elle vît enfin ce qu'elle attendait si ardemment.

Des eaux couleur de jade aux zébrures cuivrées, le Muet, dont le crâne était curieusement recouvert d'un casque d'algues qui lui faisaient une sorte de longue chevelure, venait de surgir telle une apparition divine, tenant serré contre sa poitrine le corps inerte de la fillette.

Le factotum géant, au bord de la syncope, avait retrouvé Joyau !

L'impératrice de Chine n'eut pas à se poser long-temps l'atroce question de savoir si Joyau était morte ou vive : les hurlements de la fillette, à peine eût-elle repris de l'air, tandis qu'elle éclatait en sanglots, furent le plus beau cadeau qu'elle pouvait offrir à Wuzhao.

Éperdue de reconnaissance pour les divinités qui avaient accédé à ses prières, l'impératrice de Chine se précipita pour couvrir de baisers l'enfant dont l'étrange nævus était sensiblement moins rouge que d'habitude, grâce aux vertus décongestionnantes des eaux froides de la rivière.

— Ma chérie, tu m'as fait la peur de ma vie ! Heureusement que de nombreux Bouddhas veillent sur toi… murmura-t-elle en frottant des pieds à la tête Joyau, qu'elle avait déshabillée, pour la sécher.

— Peur eau ! Peur eau ! Eau méchante ! criait Lotus en caressant le bras de sa sœur contre laquelle il était venu se blottir.

— Tante Wu, promis ! Moi, plus jamais marcher sur eau ! Eau pas tapis ! murmura la fillette, cependant que Wuzhao, après l'avoir enroulée dans une couverture de molleton de soie, la berçait comme une mère.

Sans perdre un seul instant, Wuzhao posa au géant turco-mongol la question qui lui brûlait les lèvres.

— Dis-moi, le Muet, as-tu repéré des rochers au fond de la vase, à l'endroit où tu as plongé pour repêcher Joyau ?

Le souffle court, elle attendit la réponse.

— Oui, Majesté !

— As-tu observé s'ils étaient recouverts de textes ? s'écria-t-elle, battant des mains d'excitation.

— Votre Majesté, la vase était épaisse et je cherchais la petite… répondit le Muet dans son langage particulier.

Usant, une fois de plus, de ses charmes vis-à-vis du

géant dont elle connaissait les faiblesses, elle lui décocha un regard éloquent, avant d'effleurer ses lèvres qui frissonnaient déjà sous ses longues moustaches tombantes.

— J'aimerais te voir replonger vers ces pierres. Elles portent des écritures qui pourraient s'avérer très importantes pour nos intérêts… si tu comprends ce que je veux dire ! lui souffla-t-elle dans le creux de l'oreille.

Elle avait sciemment employé le « nous » pour bien donner au Muet l'illusion qu'il était partie prenante de ses affaires.

— Je vois ! Majesté, vos désirs sont des ordres ! lâcha le géant tatoué, trop heureux de satisfaire sa maîtresse, avant de se ruer vers la berge et de plonger majestueusement dans les eaux glauques de la Lë pour inspecter la surface des rochers mythiques.

Quand il en sortit, après être reparu au moins une dizaine de fois à la surface, Wuzhao vit à son regard désappointé que quelque chose clochait.

— Majesté, il y a là huit pierres cubiques taillées par une main humaine. Mais pas d'écritures ! Cela dit, il faudrait, pour en être sûr, sortir les pierres de l'eau… soupira-t-il, quelque peu contrarié et hors d'haleine.

— Tu as sans doute raison. De quelle taille sont-elles exactement ?

— Énormes. J'ai à peine réussi à en faire bouger une, à force de m'arc-bouter dessus ! gémit-il.

— Tante Wu, veux gâteaux ! Gâteaux très bons, s'écria alors la petite voix de Joyau, que l'émotion consécutive à sa baignade forcée avait mise en appétit.

Wuzhao s'empressa de distribuer aux Jumeaux Célestes les galettes et les friandises de leur goûter.

Pensive, elle regardait les flots tumultueux de la Lë qui continuait à charrier son comptant d'animaux, de rondins et d'arbres, arrachés à ses berges par la violence de la crue.

C'était sous cet élément liquide épais comme une soupe de légumes que dormaient paisiblement les huit rochers qui étaient potentiellement ses meilleurs alliés… à condition d'être accessibles.

Ces pierres cubiques, tapies au fond de la vase, Wuzhao savait qu'il lui était absolument nécessaire de réussir à les faire parler ! Là où elles étaient, elles demeureraient muettes et donc inutiles.

Plongée dans un abîme de perplexité, elle s'apprêtait à demander au Muet de ranger les restes du goûter des Jumeaux Célestes dans la malle d'osier, lorsqu'elle sentit une présence derrière elle.

Elle se retourna vivement.

C'était Pureté du Vide qui venait à sa rencontre.

— Joyau est tombée dans l'eau ! Par bonheur, le Muet a réussi à l'en sortir. Elle aura eu plus de peur que de mal ! s'empressa-t-elle de lui expliquer, encore sous le coup de l'émotion, dès qu'elle le vit s'approcher.

— J'espère que la fillette n'a pas vu son reflet dans l'eau ! souffla le grand maître de Dhyâna en regardant les Jumeaux Célestes jouer dans l'herbe avec des coccinelles, qu'ils s'amusaient à faire grimper sur des brindilles.

La hantise non feinte du grand mahayaniste était la même que celle de Wuzhao : il ne voulait à aucun prix que la petite Joyau découvrît trop tôt le si curieux cadeau que la nature lui avait fait.

— Heureusement non. Elle s'est approchée du bord et n'a même pas eu le loisir de se pencher, qu'elle était déjà tombée dans l'eau vaseuse ! Tout est bien qui finit bien, ajouta-t-elle.

— Le Bienheureux en personne veille sur les Jumeaux Célestes ! murmura alors le Supérieur du monastère de la Reconnaissance des Bienfaits Impériaux, avant de laisser partir en avant le Muet et les enfants.

— C'est un fait, maître Pureté du Vide !

L'impératrice trouvait plutôt bizarre cette visite inopinée, Pureté du Vide ayant pour habitude de se faire annoncer, mais n'eut pas à attendre longtemps pour comprendre le motif de la venue du grand maître de Dhyâna.

— Votre Majesté, j'ai une question à vous poser. Quel genre de jeune femme était cette Umara, la fille de l'évêque nestorien de Dunhuang, dont mon ancien assistant Cinq Défenses s'est entiché au point de renier ses vœux ? lui demanda-t-il tout à trac, profitant de ce qu'ils étaient côte à côte, loin derrière les enfants que portait le factotum à la langue coupée.

Le cœur de la pauvre Wuzhao se mit à battre la chamade.

Déjà déstabilisée par la chute de la fillette dans la rivière, elle était à présent persuadée que les propos du Supérieur mahayaniste étaient une entrée en matière destinée à lui rappeler sa promesse de fourniture de la soie pour la fabrication des bannières votives.

— Umara, que je sache, est une jeune fille adorable et dotée d'un très bon caractère ! Mais pourquoi donc me demandez-vous cela ? fit-elle, sur ses gardes, feignant d'être étonnée par une question assénée aussi directement, ce qui ressemblait fort peu à Pureté du Vide.

— Un de mes collègues l'aurait surprise en train de voler des reliques saintes dans la cache aux livres de son couvent…

— Ce n'est pas là le style d'Umara, dont le comportement a toujours été irréprochable vis-à-vis de moi. Êtes-vous sûr que votre confrère parlait de la même jeune femme ? s'enquit l'impératrice qui n'arrivait pas à croire un seul mot de ces propos.

— Addai Aggai, l'évêque nestorien de Dunhuang, n'a pas eu deux filles du même nom ! Et mon collègue n'est pas du genre à avoir des visions. Or, il m'a assuré l'avoir vue, de ses propres yeux, fouiller de fond en comble la cache aux livres du monastère du Salut et de la Compassion, puisque c'est de ce couvent qu'il s'agit ! s'exclama le Supérieur que les doutes manifestés par Wuzhao avaient piqué au vif.

— Elle sera peut-être tombée par hasard sur une telle cache, où elle aura été surprise en train de dérouler un ou deux manuscrits ! Les grottes aux livres pullulent dans les entrailles des montagnes où sont creusés les monastères troglodytes. Il n'est pas un couvent de la Route de la Soie qui ne possède ce type de cache. Quant à faire main basse sur des reliques, ce geste me paraît totalement exclu de la part de cette jeune fille !

— Ce fut pourtant le cas !

— De quelles reliques parlez-vous donc ? demanda Wuzhao dont l'agacement devenait perceptible.

— Majesté, il ne s'agit pas de reliques secondaires ! Centre de Gravité, c'est le nom du Supérieur, m'assure qu'elle y a dérobé la très sainte relique des Yeux de Bouddha que conserve le plus vénérable monastère de Peshawar, la ville indienne du saint reliquaire du très pieux roi Kaniçka.

— Maître Pureté du Vide, il faut vous méfier des ragots. Surtout lorsqu'ils font planer de telles rumeurs sur la tête d'autrui ! lâcha Wuzhao d'un ton sec.

Il lui paraissait impossible qu'Umara, avec laquelle elle se sentait si complice, lui eût caché une telle action.

— Je ne me permettrais pas de faire état de telles allégations si je les considérais comme infondées !

Majesté, je sais ce que je dis ! répliqua Pureté du Vide, nullement démonté.

Devant un tel aplomb, l'impératrice ne put que marquer un temps d'arrêt. Plus pensive que jamais, elle regardait les Jumeaux Célestes gambader sur la pelouse du Parc des Pivoines Arborescentes, où ils venaient de faire leur entrée aux côtés du Muet.

L'assurance de Pureté du Vide avait de quoi l'ébranler : le chef spirituel du Mahâyâna chinois ne pouvait pas s'amuser à mentir, et s'il avait fait exprès le déplacement jusqu'au palais d'Été pour évoquer cette question, c'est que l'affaire était sérieuse.

Alors, peu à peu, comme le poison instillé dans le breuvage de la victime, le doute s'insinua dans son esprit.

— Comment une relique aussi importante se serait-elle retrouvée dans un monastère du Grand Véhicule de Dunhuang ? finit-elle par demander.

— Cela reste l'énigme principale, Majesté, et j'aimerais bien l'élucider…

— Dans ce cas, ne faudrait-il pas poser la question à l'intéressée ? Envoyez-lui un émissaire à Samyé. Après tout, vous l'avez déjà fait avec Cinq Défenses ! rétorqua l'impératrice, plutôt sèchement.

— Majesté, si mon monastère pouvait exposer cette relique sainte des Yeux de Bouddha, il y aurait là un gros profit à tirer… Ce pourrait même être un atout décisif pour nos œuvres communes ; je veux parler de celles du Grand Véhicule mais surtout des vôtres, Majesté… lâcha Pureté du Vide qui s'était bien gardé de répondre directement aux propos de l'impératrice.

Connaissant le mode de fonctionnement de Wuzhao, il s'était placé sur le seul terrain adéquat et constata, au changement d'aspect du visage de la souveraine, où la méfiance avait laissé place à la curiosité, qu'il avait fait mouche.

— À quel genre d'œuvre commune faites-vous allusion ?

— Je parle de votre glorieuse carrière à la tête de la Chine. Tout ce qui renforcera le Grand Véhicule ira dans votre sens. N'ai-je pas, Votre Majesté, toujours été clair sur ce point ?

— Ce que vous suggérez, si je comprends bien, c'est qu'il en irait ainsi dans l'hypothèse où votre monastère se rendrait propriétaire des reliques des Yeux de Bouddha ?

— Pas forcément « propriétaire » au sens plein du terme, Votre Majesté, puisque c'est une relique du Petit Véhicule qui, le moment venu, devra regagner Peshawar où la haute et vénérable tour de Kaniçka fut construite tout exprès ! En revanche, en être le dépositaire à titre provisoire me conviendrait parfaitement... Je parle là, bien entendu, au nom de mon Église... expliqua Pureté du Vide sur le ton de la confidence.

— Je commence à mieux comprendre le sens de vos propos ! murmura Wuzhao, soudain fort songeuse.

La suggestion que Pureté du Vide venait de faire à l'impératrice ouvrait à celle-ci des horizons insoupçonnés.

— Pourquoi me servir ainsi, alors que je suis incapable de vous fournir les bannières de soie que je vous ai pourtant promises à de nombreuses reprises ? ajouta-t-elle alors, sincèrement accablée.

— Chacun sait que la pénurie de soie continue à sévir, Majesté. Et pour le couvent que j'ai l'honneur de diriger, les Yeux de Bouddha constituent un enjeu autrement important que de simples bannières ! s'empressa de répondre Pureté du Vide, décidé à pousser son avantage le plus loin possible.

35

— Je conçois fort bien que le fait de disposer des Yeux de Bouddha rapporterait beaucoup d'argent au monastère de la Reconnaissance des Bienfaits Impériaux !

— Seriez-vous prête, dans ces conditions, à m'y aider, Majesté ?

Elle réfléchit brièvement avant de reprendre la parole, comme si elle se fût mise à raisonner à voix haute devant le grand maître de Dhyâna.

— Il faudrait s'arranger pour faire revenir Cinq Défenses et Umara. Cela me paraît possible, surtout si c'est à Luoyang, à condition que vous m'aidiez à les héberger. Là-bas, au pays de Bod, ils risquent moins qu'ici, où les agents du Grand Censorat continuent à rôder autour de moi, à l'affût de mes moindres gestes, persuadés que tôt ou tard je ferai revenir auprès de moi ce jeune couple qui a réussi à leur échapper, chuchota-t-elle comme une petite fille prise en faute.

— Majesté… avouez-le, ils n'ont pas tort ! Sans compter que vous n'avez pas hésité à les héberger incognito au sein même du palais impérial de Chang An ! s'écria plaisamment le mahayaniste, histoire de la flatter pour se la mettre définitivement dans la poche.

— C'est exact, je ne vous l'ai d'ailleurs jamais caché ! Sachez aussi que je ne le regrette pas le moins du monde ! Ces jeunes gens méritaient amplement mon soutien. Si vous saviez combien ils ont été adorables avec moi… lança en souriant tristement Wuzhao que l'évocation de cette période rendait toujours nostalgique.

— Ce n'est pas la peine d'aller faire quérir Umara à Samyé, Votre Majesté. La jeune femme se trouve actuellement à quelques pas d'ici, au monastère de la Reconnaissance des Bienfaits Impériaux, annonça alors

Pureté du Vide en la regardant droit dans les yeux, de façon quelque peu théâtrale et sûr de son effet.

À ces mots, Wuzhao faillit tomber à la renverse.

— Cinq Défenses se trouve-t-il avec elle ? demanda-t-elle, ahurie par la confidence.

— Mon ex-assistant n'est pas là. En fait, je ne sais toujours pas où il est ! lâcha le grand maître de Dhyâna.

— Umara est séparée de son amant ! Tout cela est bien triste. Ces jeunes gens ne le méritent pas. Ils sont comme le couple d'oiseaux Biyiniao, qui ne peuvent s'envoler qu'appariés puisqu'ils ne disposent chacun que d'une aile ! souffla-t-elle.

— Je vous ai dit ce que j'en pensais ! Ce jeune moine est en état de péché mortel. Il court tout droit à l'Avici. Aujourd'hui, c'est d'Umara qu'il s'agit, et pas de Cinq Défenses, Majesté !

Jamais le Supérieur de Luoyang ne s'était laissé aller à une telle violence verbale face à l'impératrice de Chine.

— Eh bien moi, je ne les vois pas l'un sans l'autre, répliqua-t-elle.

— Si Umara daignait être un peu plus coopérative, nous pourrions vous et moi mettre la main sur les Yeux de Bouddha !

Wuzhao finit par lui poser la question de confiance.

— Maître Pureté du Vide, je ne comprends pas où vous voulez en venir ! Êtes-vous mon ennemi ou mon ami ? rugit-elle, furieuse de constater que le Supérieur de Luoyang ne déviait pas d'un pouce et désireuse de couper court à ses manœuvres.

— Ma présence auprès de vous ne témoigne-t-elle pas de mon indéfectible soutien ? protesta le mahayaniste.

— Soyez plus explicite ! Que souhaitez-vous, au juste ?

37

— Majesté, si vous m'aidez à interroger Umara sur le sort des Yeux de Bouddha, nul doute que la langue de cette jeune femme, comme par miracle, se déliera. Nul doute qu'elle vous livrera plus facilement qu'à moi le fond de sa pensée ! Malgré les graves soupçons qui pèsent sur sa bonne foi, elle refuse obstinément de s'expliquer…

— Maître Pureté du Vide, vos propos et votre attitude sont inacceptables ! Umara est une jeune fille de bien. Ce n'est pas une voleuse de reliques ! Et quant à jouer les interrogatrices, très peu pour moi !

Le visage défait et le regard incrédule de l'impératrice de Chine témoignaient du très vif désappointement qui l'avait submergée. Celle qui détestait à la fois se tromper et être trompée était ulcérée par l'outrecuidance de Pureté du Vide, dont elle mesurait à présent la duplicité et la capacité manipulatrice.

— Il y a malentendu. Je croyais bien faire en venant vous entretenir de ce sujet, rétorqua le Supérieur mahayaniste, l'air pincé, avant de s'éclipser, tandis que Wuzhao, rageusement, cassait une brindille tombée d'un arbre.

Pour sortir du désarroi dans lequel l'avaient plongée les propos du Supérieur du monastère de la Reconnaissance des Bienfaits Impériaux, la souveraine se précipita vers Joyau et Lotus, dans l'espoir de les serrer contre son cœur, mais ils n'étaient déjà plus là.

Le pousse-pousse des enfants, traîné par un novice, venait de disparaître à la porte du palais d'Été, suivi par la haute silhouette du grand maître de Dhyâna.

Comme toujours, dans les moments difficiles, Wuzhao était seule face à son destin.

Au crépuscule, assise sur un élégant banc de pierre sous le kiosque de marbre où elle avait convoqué chanteuses et danseuses, elle constata que la musique n'arrivait pas à l'empêcher de ressasser les événements de cette journée, du saut de Joyau dans l'eau de la rivière Lë, à la présence de huit rochers intransportables dans le lit de celle-ci, jusqu'à l'incroyable annonce par Pureté du Vide qu'il séquestrait Umara !

Elle n'avait même pas eu la tête à aller voir la nourrice qui s'occupait de son dernier-né, le petit Lixian, auquel elle prêtait moins d'attention qu'aux Jumeaux Célestes, comme si elle avait déjà l'intuition que sa descendance la décevrait et ne lui serait pas d'un grand secours dans l'accomplissement de ses œuvres, et, pis encore, que ses enfants contribueraient peu ou prou à y faire obstacle, l'obligeant à les écarter impitoyablement...

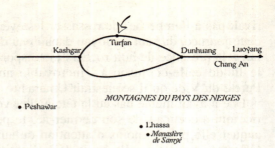

MONTAGNES DU PAYS DES NEIGES

39

Oasis de Turfan, atelier clandestin des manichéens

— Bravo, Pointe de Lumière ! Je constate avec plaisir qu'il ne t'aura pas fallu longtemps pour remettre sur pied ce que les Tujüe ont allègrement saccagé ! L'activité manichéenne de tissage de la soie est prête à redémarrer...

Le compliment venait du moine bouddhiste Poignard de la Loi, qui contemplait avec gourmandise le petit carré de soie verte que Pointe de Lumière venait de lui tendre fièrement.

Le tissu de brocart luisait au soleil comme l'eau d'un lac, grâce à l'opportune utilisation, sur le métier à tisser, d'une navette supplémentaire pourvue d'un fil d'argent.

— Pour l'instant, pas un seul de ces Tujüe ne nous a contactés pour récupérer le moindre de nos coupons de soie, répondit le Koutchéen, mi-figue, mi-raisin.

— Un peu de patience. Dès que ta production aura repris de façon régulière, le bouche-à-oreille se chargera d'en répandre la nouvelle tout le long de la Route

40

de la Soie. Tu peux m'en croire : c'est la meilleure façon pour une information d'atteindre immanquablement son destinataire... conclut le moine de Peshawar.

Poignard de la Loi faisait allusion à l'argument décisif dont il avait usé pour convaincre Pointe de Lumière, le jeune Koutchéen de religion manichéenne, de rester à Turfan au lieu de se lancer comme un fou à la poursuite de sa Lune de Jade, sans grande chance de la rattraper, en raison de la vitesse à laquelle les bandes de pillards se déplaçaient sur leurs destriers rapides comme des flèches.

En fait, le moine de Peshawar n'avait pas eu grand mal à le dissuader de partir à l'aventure vers une destination dont il connaissait à peine le nom.

Bien que le chef des ravisseurs de Lune de Jade eût annoncé qu'il rejoindrait « Bagdad, au bord du fleuve Tigre » après l'enlèvement de la jeune femme, Pointe de Lumière eût été bien incapable de dire s'il s'agissait ou non d'une boutade.

Il avait tant bien que mal rassemblé ses connaissances géographiques et en avait conclu que Bagdad, c'était le bout du monde, même si cette ville était située avant Palmyre, et bien en deçà du terme occidental de la Route de la Soie qui s'achevait — ainsi qu'on le lui avait appris à l'école — au port de Beyrouth !

Aussi était-il apparu plus sage au jeune manichéen de prendre en compte la perspective que le moine de Peshawar lui avait fait miroiter, consistant à récupérer Lune de Jade auprès des Tujües moyennant le poids de la jeune femme en tissu de soie.

De telles transactions étaient au demeurant fort courantes entre les Tang et les Tujües, et les échanges d'otages allaient bon train.

La gentillesse des deux moines du Petit Véhicule avait achevé de convaincre l'époux de Lune de Jade qu'il était effectivement plus judicieux de ne pas quitter Turfan où il avait mis le meilleur de lui-même, et pour cause, à faire redémarrer la production séricicole.

— Un peu de patience ! Je suis sûr que ces brigands finiront par venir ! Le Bienheureux veille sur toi ! ne cessait de dire le premier acolyte de Peshawar lorsqu'il constatait, sur le visage de l'inconsolable époux de Lune de Jade, les signes avant-coureurs du découragement.

En cette fin d'après-midi, dans la serre aux mûriers de Turfan soigneusement réparée après son saccage, où les mûriers endommagés avaient été replantés dans des jarres neuves, ils étaient cinq à deviser : le *ma-ni-pa*, Pointe de Lumière le manichéen, Poignard de la Loi, Sainte Voie aux Huit Membres et Cinq Défenses, en dégustant du jus d'abricot. L'ancien moine mahayaniste Cinq Défenses le puisait dans une jarre où il avait écrasé des fruits mûrs offerts par le propriétaire d'un verger, avant de les mélanger à des feuilles de menthe fraîche. Couchée sur ses pieds, la chienne Lapika, anéantie par la chaleur, ne bougeait pas d'un pouce.

Au cœur de l'été, c'était particulièrement agréable que de pouvoir se délasser ainsi à l'ombre des feuilles dentelées et luisantes des mûriers, à ce moment de la journée où la chaleur commençait à faiblir quelque peu dans la serre de l'Église de Lumière.

Cela permettait aussi à chacun de constater que la qualité du filage et du tissage de la soie progressait chaque jour, grâce au savoir-faire et à l'opiniâtreté de Pointe de Lumière.

— Sans que je sois expert, la qualité de ce brocart de soie verte me paraît atteindre les sommets des montagnes du pays de Bod ! C'est l'impératrice Wuzhao qui va être heureusement surprise quand le *ma-ni-pa* lui apportera le premier coupon ! s'écria, enthousiaste,

Cinq Défenses en rendant à Pointe de Lumière le tissu que celui-ci lui avait fait examiner.

Avec ses étagères où étaient installés les cocons, soigneusement accrochés à des branches de bruyère séchées, la serre aux pots de mûriers constituait le cœur de l'usine clandestine de soie qui tournait à présent à plein régime, grâce à une vingtaine de Turfanais que Pointe de Lumière régentait comme une véritable petite armée.

Des trois métiers à tisser savamment bricolés par le Persan Azzia Mogul, rustiques mais flambant neufs, on pouvait entendre le cliquetis du matin au soir. Installés dans un édifice adjacent dont la construction venait à peine de s'achever, ils crachaient quotidiennement une soie de plus en plus épaisse, douce au toucher et chatoyante à la vue.

Certes, ce n'était pas encore de la moire aussi étincelante que celle du Temple du Fil Infini de Chang An, mais un brocart de haute qualité, susceptible d'être commercialisé en Chine centrale sans le moindre problème.

— Tu t'y connais fort bien ! plaisanta le manichéen. Toi et moi ne sommes-nous pas deux moines-soldats de la soie ayant fait le vœu de filage et de tissage ? Il n'est pas étonnant, dans ces conditions, d'avoir de bons résultats !

— En tant qu'observateur, je peux t'assurer, ô Pointe de Lumière, que bientôt votre soie sera digne des plus beaux tissus chinois ! ajouta aimablement Poignard de la Loi.

— Je ne peux que souscrire aux propos de Poignard de la Loi, intervint Sainte Voie aux Huit Membres, qui avait pour habitude de confirmer ce que disait son collègue.

— Si Cargaison de Quiétude arrive à convaincre

Wuzhao de nous envoyer un ingénieur chinois capable de mettre au point un métier à tisser la moire, la partie sera gagnée ! conclut Pointe de Lumière.

Trois mois plus tôt en effet, le Grand Parfait de l'Église de Lumière de Turfan était parti pour Chang An. Malgré le saccage de la serre par les Tujüe, puis sa remise en état par Pointe de Lumière, auquel il avait décidé de faire entièrement confiance, le Grand Parfait avait maintenu son voyage, conforté par le décret impérial qui autorisait expressément le manichéisme en Chine centrale.

— Pour la teinture, celui qu'il faut féliciter, c'est Cinq Défenses ! reprit le jeune manichéen. Il sait effectuer les mélanges de couleurs aussi bien que les maîtres coloristes du Temple du Fil Infini de Chang An. Sans lui, nous en serions toujours à ces demi-teintes fadasses dont nous n'arrivions pas à sortir...

Il est vrai que pour noyer l'angoisse et la tristesse dans lesquelles les avait plongés la disparition de leurs épouses respectives, le bouddhiste et le manichéen s'étaient abîmés dans le travail séricicole, lequel occupait désormais le plus clair de leur temps.

C'étaient des heures entières qu'ils passaient, l'un comme l'autre, à surveiller les opérations nécessaires à la transformation du fil brut issu du cocon dévidé en un coupon souple dont l'éclat mordoré procurait à l'œil un plaisir irremplaçable, tandis que sa douceur surprenait toujours les mains qui s'en emparaient pour la première fois.

La soie leur permettait d'oublier leurs malheurs respectifs, et de penser à autre chose qu'à leurs femmes disparues...

Cela faisait à présent six mois que Cinq Défenses était arrivé là, après s'être arraché in extremis aux bras lascifs, aux mains expertes et surtout à la langue brûlante de la belle Yarpa, la jeune prêtresse bonpo.

Cela n'avait pas été sans mal.

Entre le moment où il avait décidé de partir et celui où il s'était enfin exécuté, plusieurs semaines s'étaient écoulées, au cours desquelles la belle Tibétaine avait déployé tous ses charmes pour le retenir à ses côtés.

Tout y était passé.

Les sortilèges dont elle avait usé avaient dépassé les bornes de toute convenance, contraignant ce pauvre Cinq Défenses, chaque fois, à remettre au lendemain sa décision irrévocable de s'en aller...

Chaque jour, elle était venue le rejoindre dans sa couche, entièrement nue, avec ces gestes précis et ces postures éloquentes capables en un tournemain d'allumer cet inextinguible feu qui sommeillait toujours en lui.

C'est ainsi que, en lui offrant sans détour ni réticence sa porte arrière dûment enduite de beurre de yak, tout en lui faisant plaquer ses mains sur la pointe dure et frémissante de ses tétons, en même temps qu'elle se mettait à onduler furieusement de la croupe avant de s'abîmer dans une brève mais fulgurante extase, elle arrivait toujours à l'empêcher de s'arracher à elle.

Alors, toute honte bue, il décidait de rester là un jour de plus, pour une nouvelle et ultime étreinte, en se jurant que ce serait bien la dernière.

Et le lendemain, le manège recommençait, encore plus torride que celui du jour précédent...

Jusqu'à ce dernier soir où, finalement, un événement avait fait comprendre à Cinq Défenses que s'il ne partait pas tout de suite, il finirait sa vie auprès d'elle.

Hébété par la jouissance que l'ineffable et ultime étreinte de Yarpa avait provoquée en lui, à demi somnolent, il fixait le plafond de rondins de bois, au-dessus de la couche où la belle Tibétaine, aussi exténuée que lui, s'était endormie dans ses bras.

C'était alors qu'il avait vu apparaître, dans un halo d'une éblouissante clarté, le doux visage d'Umara.

Sa bien-aimée, telle une apsara, le regardait en souriant.

Heureux, il l'avait fixée à son tour en murmurant : « Umara ! »

Il avait cru percevoir dans ses yeux un soupçon d'étonnement, voire de tristesse, ou bien encore de nostalgie, comme si elle se fût doutée de quelque chose.

Les doigts de Yarpa, toujours endormie, s'étaient alors posés sur son ventre par inadvertance et il avait ressenti les picotements annonciateurs de l'érection de sa tige de jade.

Il avait à nouveau levé les yeux vers le plafond.

Mais le visage d'Umara s'était effacé.

C'est ainsi qu'il avait compris qu'à trop attendre il la perdrait : telle était, à n'en pas douter, la signification de la disparition du beau visage aux yeux bicolores de la fille d'Addai Aggai.

Alors, subrepticement, Cinq Défenses avait fait l'effort de s'arracher à lui-même, puis il s'était glissé hors du lit, avait rassemblé ses affaires sans bruit, avant de déposer à côté de la Tibétaine endormie une fleur de gentiane qu'il était allé cueillir dehors, dans la nuit noire. Et tel un voleur, sur la pointe des pieds et sans se retourner tellement il avait le cœur serré, l'ancien assistant de Pureté du Vide avait quitté l'antre de la prêtresse bonpo, suivi de la chienne Lapika, tout heureuse de pouvoir à nouveau s'élancer dans les immenses prairies parcourues de mille ruisseaux.

Une fois dehors, sorti des griffes de velours de cette femme ô combien ensorcelante, il s'était mis à marcher en ne pensant qu'à mettre un pas devant l'autre, persuadé que c'était l'unique façon d'échapper à Yarpa.

L'idée de gagner Turfan et d'essayer d'y retrouver Pointe de Lumière, ce jeune Koutchéen de religion manichéenne croisé l'année précédente aux abords de la Porte de Jade, ne lui déplaisait pas.

Cinq Défenses avait mis un peu moins de trois mois et demi pour faire la route entre le village de Yarpa, en plein Tibet, et l'oasis de la Route de la Soie où les manichéens s'étaient établis.

L'adepte des arts martiaux, toujours en pleine possession de ses moyens physiques, était si pressé d'arriver qu'il avait décidé d'adopter la méthode infaillible utilisée par les fantassins de certains régiments d'élite, qui consistait à alterner la course et la marche…

Quand l'ancien moine du Grand Véhicule avait enfin touché au but, après d'interminables journées passées à parcourir ces étendues qui, telles de gigantesques marches d'escalier, conduisaient le voyageur de la montagne inhospitalière du Toit du Monde à la coulée riante des vergers et des vignes miraculeusement émergés au milieu du désert de Turfan, il était maigre comme un lévrier.

À Turfan, il n'avait pas eu de mal à arriver jusqu'à la serre aux mûriers, où il avait surpris Pointe de Lumière en train d'arroser ses arbres plantés dans leurs pots.

Dès qu'il avait aperçu le visage du jeune manichéen, Cinq Défenses avait compris que quelque chose clochait. Quant à Pointe de Lumière, c'était avec curiosité qu'il avait observé la silhouette en haillons dont les contours se détachaient dans l'embrasure de la porte. En raison du contre-jour, il avait commencé par ne pas distinguer son visage, mais il ne tarda pas à reconnaître ces yeux bridés, ce regard avenant et ce franc sourire.

47

— Entre donc, ô Cinq Défenses ! Bienvenue à Tur-fan ! Quelle divine surprise ! Loué soit Mani qui t'a permis de venir jusqu'ici, mon frère ! s'était-il immé-diatement écrié, à peine l'avait-il reconnu.

Pour tous deux, cela avait été une grande joie de se retrouver, après leur unique rencontre, deux ans plus tôt, dans les parages de la Porte de Jade de la Grande Muraille, où ils s'étaient juré de se revoir.

— *Om !* Par exemple ! Cinq Défenses, mais quelle bonne surprise ! Que viens-tu faire ici ? Je te croyais à Chang An avec Umara ! s'était à son tour exclamé le *ma-ni-pa,* accouru du fond de la serre où il rangeait les coupons de soie par couleur.

— C'est une longue histoire. Et même plutôt triste. Umara n'est pas là, elle a disparu à Samyé ! Depuis, c'est en vain que je la cherche… avait gémi l'amant de celle-ci avant d'éclater en sanglots.

— Que s'est-il passé ?

— Hélas, je n'en sais rien ! J'étais en promenade avec Lapika, et lorsque je suis revenu, Umara n'était plus là !

— Elle ne sera tout de même pas partie volontaire-ment ! s'était exclamé Pointe de Lumière.

— Bien sûr que non. Elle a été enlevée et j'ai même une idée précise sur l'identité de son gredin de ravis-seur ! s'était alors écrié Cinq Défenses en serrant les poings.

Nul doute que si Brume de Poussière se fût trouvé à sa portée, il l'eût réduit en miettes, tellement il était sûr qu'il était l'auteur de ce funeste geste !

— Je ne suis pas en reste. Des Tujüe m'ont enlevé Lune de Jade il y a de cela six mois et depuis, je n'ai plus aucune nouvelle ! lui avait appris, la mort dans l'âme, Pointe de Lumière.

— Où l'ont-ils emmenée ?

— Vers Bagdad, au bord du fleuve Tigre ! C'est du moins la destination dont parlait celui qui avait l'air d'être le chef de ces brigands !

Alors, tels deux amis esseulés qui se retrouvaient après une longue séparation, chacun s'était mis à raconter son histoire à l'autre par le menu. Leurs regards étaient couverts de ce voile de tristesse dont ils n'arrivaient pas à se défaire depuis la perte de leurs épouses.

— Je suis sincèrement désolé pour toi ! Le destin nous a accablés de la même sorte et au même moment ! Tout s'est passé comme si nos vies étaient rigoureusement parallèles, avait constaté le manichéen, au bord des larmes.

— Moi qui espérais tellement pouvoir contempler le bonheur de ton couple, si tu savais comme je suis triste pour vous ! avait ajouté Cinq Défenses, les pleurs coulant sur son visage. Mais ma joie est grande de me retrouver auprès de toi. Je vais y puiser le courage et le réconfort qui m'ont fait défaut jusqu'ici. La compassion du Bienheureux continue à m'inonder de sa douce lumière !

— Je suis aussi content que toi ! Le prophète Mani a eu pitié de son pauvre fils ! avait gentiment répliqué le jeune Koutchéen.

Alors, sans dire un mot de plus, ils s'étaient donné l'accolade, émus et hagards.

À peine Pointe de Lumière avait-il fait visiter ses installations à Cinq Défenses que celui-ci avait eu l'agréable surprise de voir apparaître, sur le seuil de la serre, la silhouette du premier acolyte de Bouddhabadra.

— Je suis heureux de te présenter le moine du Petit Véhicule Poignard de la Loi, venu du couvent de l'Unique Dharma de Peshawar ! C'est lui qui m'a convaincu de rester ici et de remettre d'aplomb la production de soie, suite à son saccage par les Tujüe ! s'était écrié Pointe de Lumière, soucieux de faire les présentations.

Cinq Défenses n'avait pas attendu la fin de la phrase du manichéen pour se jeter dans les bras de son ancien compagnon d'infortune, qui avait si généreusement accepté de rester avec lui lorsque les brigands parsis le retenaient prisonnier avec le *ma-ni-pa* et les Jumeaux Célestes.

— Je ne connais que lui ! Poignard de la Loi est un ami très cher ! À Dunhuang, il m'aida à m'échapper des griffes de brigands parsis qui entendaient ramener les Jumeaux Célestes en Perse, où l'on pratique volontiers le mariage entre frères et sœurs ! s'était écrié le mahaya-niste, que la vue de son ami avait soudain rempli d'une immense joie.

— Décidément, le Bienheureux a jugé que nos che-mins devaient se croiser ! Je te présente mon frère Sainte Voie aux Huit Membres, qui m'a accompagné jusqu'ici depuis Peshawar et n'est pas ici en terre incon-nue puisque c'est un Turfanais de naissance ! s'était exclamé, au comble de la surprise, le premier acolyte de Bouddhabadra avant de faire signe à Sainte Voie aux Huit Membres d'approcher.

— Je n'oublierai jamais que tu acceptas d'abandon-ner ta recherche de Bouddhabadra pour m'accompa-gner. Tu fus l'indéfectible compagnon de mes mauvais jours... J'ose espérer que, depuis le temps, tu as eu enfin des nouvelles de ton Supérieur ? avait murmuré Cinq Défenses d'une voix tremblante.

— Pas la moindre nouvelle ! Mais je ne lâcherai pas prise. Je finirai bien par le trouver. J'espère seulement qu'il est en bonne santé, avait soufflé Poignard de la Loi.

Cinq Défenses, qui connaissait le funeste sort de

Bouddhabadra, n'avait pas hésité longtemps sur le fait de savoir s'il devait dire la vérité à son ami ou la lui cacher.

Il ne pouvait être question de mentir à Poignard de la Loi et encore moins de lui donner de faux espoirs en abondant dans son sens.

— Hélas, mon frère, Bouddhabadra est mort. Il a été vilement assassiné par un certain Nuage Fou ! avait-il donc lâché, la voix empreinte d'émotion, après avoir pris son courage à deux mains.

— C'est impossible ! avait articulé le moine du Petit Véhicule, dont le visage était devenu aussi blanc qu'un cocon de ver à soie.

— Je l'ai appris de la bouche du seul témoin qui assista à l'horrible scène !

— Qui est cette personne ? Il faut que j'aille tout de suite la retrouver… J'ai besoin de connaître en détail ce qui s'est passé. Même si le Bienheureux prône la non-violence et l'absence de vengeance, je ne puis accepter qu'un tel crime demeure impuni !

— Il s'agit d'Umara ! La malheureuse a assisté à toute la scène !

— Umara a croisé Bouddhabadra avant sa mort ? hurla, incrédule, Poignard de la Loi.

— Elle en garda même un souvenir cuisant. J'espère bien qu'un jour, elle pourra t'expliquer de vive voix comment cela s'est passé… avait répondu Cinq Défenses, avant de raconter les circonstances qui avaient amené la jeune femme dans cette pagode en ruine des environs de Dunhuang où Nuage Fou avait commis l'irréparable à l'encontre de l'Inestimable Supérieur de l'Unique Dharma, au cours de ce rituel sanguinaire qui s'était conclu dans des conditions atroces.

— Tu viens de prononcer à l'instant un nom qui me

dit quelque chose ! était intervenu Pointe de Lumière à la fin du récit de Cinq Défenses.

— Par exemple ! Tu aurais vu Bouddhabadra toi aussi ? s'était exclamé Poignard de la Loi.

— Je me souviens avoir été abordé ici même par un Indien qui portait ce nom, avant que je ne parte pour Chang An… Il s'était ouvert l'arcade sourcilière en glissant sur le seuil de la serre, après s'être cogné contre moi à l'instant où j'en sortais. Je me suis occupé de sa plaie !

La scène à laquelle il avait sur le moment si peu prêté attention lui revenait à présent à l'esprit.

— Était-il basané ? Portait-il une boucle d'argent à l'oreille gauche ? avait ajouté, avec fébrilité, le premier acolyte.

— À présent que tu m'en parles, je me souviens fort bien que cet homme à la peau très foncée et au crâne rasé avait effectivement une oreille percée !

— Que t'a-t-il dit ? Où allait-il ? Que faisait-il ici ? s'était enquis Poignard de la Loi dont le cœur battait la chamade.

Comme il s'en était voulu, à ce moment-là, de l'attitude par trop prudente qui avait été la sienne, dictée aussi par sa répugnance à repenser à l'inexplicable disparition de Bouddhabadra, ainsi qu'à toutes les questions induites par cet événement quant à la loyauté et à l'intégrité du Supérieur du monastère de l'Unique Dharma de Peshawar !

Et c'est ainsi que Poignard de la Loi avait omis, jusque-là — et contre toute attente ! — de citer le nom de Bouddhabadra devant Pointe de Lumière !

Mais au point où il en était, et compte tenu de la terrible nouvelle dont Cinq Défenses venait de lui faire part, l'heure n'était plus aux regrets. Seule lui importait la réponse à la question pressante qu'il venait de poser au jeune manichéen.

— Il voulait la même chose que toi ! De la soie ! Il m'assura que je n'aurais pas à regretter de lui en fournir. Telles furent, en tout cas, ses paroles, avant qu'il ne reparte… l'air satisfait, après avoir visité en long et en large mes installations. Pour finir, il me précisa qu'il reviendrait sous peu, avait expliqué le jeune manichéen, abasourdi par ce qui lui revenait en mémoire au sujet de cette rencontre fortuite.

— Bouddhabadra souhaitait donc revenir ici même ? avait insisté le moine Sainte Voie aux Huit Membres.

— Effectivement. Mais depuis ce moment-là, je ne l'ai plus jamais revu ! Je me souviens à présent qu'il m'avait fait jurer de ne parler à personne de notre rencontre, avait conclu Pointe de Lumière.

— Avant d'être assassiné par Nuage Fou, Bouddhabadra n'aurait-il pas cherché, comme nous, à récupérer une relique sainte, contre du tissu de soie ? s'était interrogé Sainte Voie aux Huit Membres, pour meubler le pesant silence qui s'était installé entre eux.

Les propos du moine turfanais avaient amené Poignard de la Loi à révéler à Pointe de Lumière et à Cinq Défenses le marché qu'ils souhaitaient proposer au Supérieur du couvent mahayaniste de Turfan, Bienfait Attesté. Celui-ci détenait la relique du Saint Ongle du Bienheureux sur laquelle ils comptaient bien mettre la main en échange de la soie nécessaire pour fabriquer des bannières votives devant lesquelles les moines pratiquaient la méditation assise…

— Je comprends mieux, à présent, pourquoi tu as si à cœur que nous produisions la plus belle soie possible ! Pourquoi ne pas me l'avoir dit plus tôt ? s'était exclamé le manichéen expert en sériciculture.

— Je n'osais pas t'avouer notre projet, de peur de paraître présomptueux et même un peu ridicule… avait répondu, assez gêné, le premier acolyte.

— Si je comprends bien, entre l'impératrice Wuzhao, Pureté du Vide et à présent Bienfait Attesté, votre carnet de commandes est déjà bien rempli ! avait plaisamment ajouté Cinq Défenses, dont les propos avaient réussi à détendre l'atmosphère pesante.

Et la chute contre un pot de mûrier du *ma-ni-pa*, assortie de son « *Om !* » sonore, au moment où il s'était levé pour aller se jeter dans les bras de Cinq Défenses, incapable de réfréner plus longtemps sa joie d'avoir retrouvé son compagnon de route, avait achevé de les dérider.

C'est ainsi que la serre aux mûriers des manichéens de Turfan était devenue le lieu d'un rassemblement de destins extraordinaires que des circonstances qui ne l'étaient pas moins avaient fait converger là, contribuant à créer entre ces hommes si différents, tant par la race que par la religion, une solidarité jamais plus démentie face à l'adversité.

C'était peu de dire, en effet, que ces grands malheurs qui les avaient si injustement frappés, en obligeant chacun d'entre eux à sortir de son sentier battu, les avaient rapprochés, à la manière de frères d'armes unis par les combats.

Qu'y avait-il, en effet, de commun entre Cinq Défenses, Pointe de Lumière, Poignard de la Loi, le *ma-ni-pa* et Sainte Voie aux Huit Membres si ce n'était que tous se trouvaient là, dans la serre aux mûriers de Turfan, alors que, dans une vie normale, un seul d'entre eux aurait dû y être…

Tels les doigts d'une même main, les cinq hommes travaillaient désormais ensemble, dans cette usine de soie improvisée, entièrement tendus vers l'objectif qu'ils s'étaient assigné de produire une soie digne des meilleures manufactures de Chine centrale ; un tissu dont la qualité serait telle qu'elle rivaliserait avec les coupons réservés au seul usage de l'empereur du Milieu.

Au bout de quelques mois de présence à Turfan, Cinq Défenses finit par devenir à son tour un expert « ès soies ».

Il apprit comment entrecroiser, dans le cadre de bois approprié, les chevillons de soie, verticalement pour la chaîne et horizontalement pour la trame, et surtout comment monter la chaîne sur le métier à tisser lui-même pour obtenir une qualité de tissage particulière, qui pouvait produire, à partir des mêmes fils, des étoffes d'aspect très différent, depuis le taffetas jusqu'aux crêpes, dont les fils étaient particulièrement torsadés, en passant par les mousselines et les organdis, les satins, où les points de croisement des fils devaient être masqués, sans oublier bien sûr le shantung, lequel, demeurant l'apanage des tisserands chinois, était extraordinairement difficile à imiter correctement.

Malgré l'attention soutenue que requérait ce nouveau métier, l'ancien moine du Mahâyâna n'arrivait pas à chasser de son esprit l'image de Yarpa, mais il s'efforçait de penser le moins possible à la belle Tibétaine et à la réaction qui avait dû être la sienne quand elle avait constaté qu'il s'était éclipsé en lui laissant pour unique souvenir cette gentiane déposée sur son oreiller.

Aurait-il lâché la proie pour l'ombre ? Quand le doute venait, insidieux, Cinq Défenses faisait tout pour éviter de peser le pour et le contre de ses actes. Les regrets n'étaient-ils pas, pour les êtres humains, ce qu'il y avait de plus destructeur ? Imaginer à quoi eût ressemblé sa vie à l'issue d'autres choix n'était-il pas le plus vain des exercices ? Ne valait-il pas mieux regarder l'avenir en face, plutôt que de se complaire dans les regrets et les hypothèses aventureuses, en essayant de faire en sorte que demain compensât les mauvais souvenirs laissés par hier ?

Tels étaient en tout cas les principes auxquels Cinq Défenses essayait de s'accrocher pour ne pas sombrer dans le désespoir.

Souvent, avant de se coucher, il s'isolait en compagnie de Pointe de Lumière pour parler de celle qu'il aimait. Les deux hommes s'efforçaient ainsi de se donner mutuellement espoir, en se faisant des confidences sur leurs femmes respectives, prouvant s'il en était besoin qu'ils en étaient toujours épris.

Alors, ils refaisaient le monde et esquissaient mille plans censés leur permettre de retrouver les femmes de leur vie.

À cet égard, ils étaient rapidement tombés d'accord sur le fait que le mieux était d'attendre que la qualité de la soie produite dans leur atelier fût suffisante pour être présentée à l'impératrice Wu. Ils comptaient se rendre personnellement devant la souveraine et lui expliquer, avec les mots du cœur, la situation dans laquelle ils se trouvaient.

Qui, en effet, était mieux placé qu'elle pour les aider à retrouver Lune de Jade et Umara ?

Ne suffisait-il pas qu'elle donnât des ordres à sa police secrète, pour obtenir des informations sur le sort des jeunes femmes ? Ils étaient à mille lieues de se douter que Wuzhao, loin de disposer des yeux et des oreilles de l'État, était elle-même sous l'étroite surveillance du Grand Censorat Impérial ; aussi demeuraient-ils persuadés que, dans un pays aussi policier que la Chine des Tang, rien ne pouvait échapper à sa toute-puissante impératrice.

Ce n'était donc, selon eux, qu'une affaire de mois, le temps d'atteindre la perfection requise du tissage et de la teinture.

Leur fol espoir se trouva fort déçu lorsqu'un matin, juste avant l'arrivée des ouvriers de la filature clandestine, une escouade d'hommes en armes, portant l'uniforme de la police chinoise, fit irruption dans la serre, bousculant la longue table sur laquelle le *ma-ni-pa* venait de déposer, pour examen, le dernier échantillon sorti d'un des métiers à tisser de l'atelier.

Les occupants de la serre aux mûriers mirent un certain temps à comprendre que de sérieux ennuis étaient en train de leur arriver.

Cela ne pouvait plus mal tomber puisqu'ils étaient tous les cinq réunis et que, avant d'avoir pu effectuer le moindre geste, ils avaient tous été promptement ligotés.

Le *ma-ni-pa,* qui avait tenté de sortir de son étui son poignard rituel *phurbu*, fut gratifié d'une énorme gifle, avant d'être projeté à terre.

— Que signifie tout cela ? J'habite à Turfan depuis des années et mes papiers sont en règle ! De quel droit êtes-vous entrés ici ? protesta le premier Pointe de Lumière avec véhémence.

— Nous avons un mandat d'amener en bonne et due forme, signé par le gouverneur Hong le Rouge ! déclara celui qui avait l'air d'être le chef en exhibant sous le nez du manichéen un long papier cacheté sur lequel Cinq Défenses put constater avec effarement qu'étaient mentionnés leurs cinq noms…

— Vous êtes ici dans les locaux de l'Église de Lumière, laquelle bénéficie d'une autorisation légale d'existence sur le territoire chinois ! ajouta en blêmissant l'époux de Lune de Jade.

— Vous vous livrez à une activité prohibée. Nous vous espionnons depuis pas mal de temps. C'est la raison pour laquelle il nous a été possible de tous vous identifier. La dénonciation initiale ne portait que sur les individus Poignard de la Loi et Sainte Voie aux Huit

Membres, expliqua, la mine réjouie, le capitaine dont le sourire laissait apparaître une dentition déjà hors d'usage, malgré son jeune âge.

On les avait dénoncés !

Mais qui avait donc pu accomplir une telle forfaiture ?

À en juger par la rage perceptible dans le regard de Poignard de la Loi, il y avait fort à parier que le premier acolyte du monastère de Peshawar se doutait de l'endroit d'où un coup aussi tordu était parti…

Lorsqu'ils furent jetés tels des sacs de farine devant le petit gouverneur replet et à la tresse graisseuse, calé dans son immense fauteuil d'ébène où il grignotait des graines de tournesol, Hong le Rouge leur déclara sans ambages :

— Vous êtes en état d'arrestation pour production et tissage de soie illicite ; ce sont là des activités interdites par les lois de l'empire du Milieu. Un moine indien, du nom de Joyau de la Doctrine, venu tout exprès de Peshawar, vous a dénoncés.

— Le salopard ! J'étais sûr que ce mauvais coup venait de lui ! Il mérite l'Avici ! laissa échapper Sainte Voie aux Huit Membres.

L'intuition de Poignard de la Loi, lequel s'en voulait terriblement d'avoir dévoilé à ce traître le motif et la destination de son périple, était — hélas ! — la bonne : c'était bien son rival qui, au mépris de la règle de la samgha, s'était transformé en délateur.

— S'il y a un coupable, gouverneur Hong, c'est moi tout seul ! Que le prophète Mani me transforme à l'instant en un petit tas de cendres si ces hommes ont jamais touché à un seul fil de soie ! protesta Pointe de Lumière en désignant ses amis, bien décidé à tout prendre sur lui pour laisser la vie sauve à ses compagnons.

— Vous avez été arrêtés en groupe, vous serez transférés en groupe ! trancha le gouverneur d'un ton sec.

La capture de ces cinq individus constituait son unique fait d'armes depuis des mois et surtout une aubaine particulièrement bienvenue vis-à-vis de sa hiérarchie.

— Transférés, mais où donc ? s'enquit Cinq Défenses d'une voix angoissée.

— À Chang An, pardi ! Tous les coupables d'atteinte aux biens de l'État doivent être remis aux services centraux du Grand Censorat, lui rétorqua le gouverneur Hong, qui venait de cracher négligemment une peau de graine de tournesol juste devant les pieds du mahayaniste.

— Prenez garde, messire Hong : vous êtes en train de commettre la pire des injustices ! lâcha à nouveau le manichéen qui se débattait comme un beau diable tandis que, sur ordre de Hong le Rouge, on leur passait à chacun de lourdes chaînes aux pieds, pour plus de sûreté.

Après une huitaine de jours à se morfondre dans la minuscule cellule d'un camp de rétention administratif où ils pouvaient à peine se tenir debout, ils furent entassés sans ménagement dans une cage mobile tirée par trois mulets.

Alors, pour tous les cinq, commença un véritable calvaire.

C'était peu de dire, en effet, qu'en cette fin d'été le parcours de la Route de la Soie depuis Turfan jusqu'à la Porte de Jade de Jiayuguan, sur la Grande Muraille, au pied des contreforts grisâtres des montagnes Mazong, s'apparentait à une véritable torture, comparable à la passion de Mani, pour les manichéens, ou à celle du Christ, pour les chrétiens, quand on l'effectuait dans ces conditions-là, attaché sans pouvoir bouger d'un pouce, exposé aux vents violents, tantôt sous le soleil et tantôt sous une pluie diluvienne.

Ils pouvaient à peine tourner la tête lorsque leur convoi passait devant les minuscules places fortes du désert, qui étaient autant de prisons dont nul ne pouvait s'échapper. Ils y aperçurent cependant les mandarins expédiés là en déportation, qui lançaient de toutes leurs forces, comme le voulait une terrible coutume, un petit caillou sur le rempart occidental de la forteresse où ils allaient être enfermés jusqu'à la fin de leur vie : ne disait-on pas qu'en cas de ricochet, le banni pouvait espérer obtenir un jugement de clémence lui permettant de revenir un jour dans sa mère patrie, afin de se recueillir sur la tombe de ses parents ?

— Comme j'aimerais pouvoir lancer contre ces murs de petits cailloux ! s'exclama Poignard de la Loi, la première fois qu'il constata le curieux manège des hauts fonctionnaires déchus.

— Si j'en avais la possibilité, c'est plutôt sur la tête de nos gardes que je les lancerais ! remarqua rageusement Pointe de Lumière dont la combativité demeurait intacte malgré les déplorables conditions du voyage.

Les quolibets, les insultes et les crachats lancés par les enfants des villages qu'ils traversaient en disaient long sur le sort qui les attendait au terme de leur voyage. Il est vrai que les pancartes accrochées à leur cou, comme pour tout criminel en passe d'être jugé, entraînaient l'opprobre et la méfiance des populations déjà terrorisées par les pillards et les policiers. Tous ne voyaient dans ces hommes debout, les mains accrochées aux barreaux de bambou de leur cage roulante, aux pieds entravés, aux visages hâves et crasseux et aux yeux cernés de croûtes blanches dues à la transpiration, que de vulgaires voleurs dont les têtes ne tiendraient pas longtemps sur les épaules, puisque sur les quelque cinq cents articles que comptait déjà le Code pénal des Tang, une bonne moitié prévoyaient la peine capitale pour les contrevenants.

Persuadé que ce serait là un excellent atout pour la progression de sa carrière administrative, le petit gouverneur chinois Hong le Rouge assurait personnellement le convoiement de cette prise providentielle. Là-bas, il comptait bien aller se pavaner devant Hanyuan, le Grand Chancelier de l'Empire, dont l'une des attributions consistait à gérer les carrières des cent huit préfets et gouverneurs de province. Ces hauts fonctionnaires triés sur le volet constituaient l'armature principale du quadrillage policier et administratif mis en place sur l'ensemble du territoire depuis la nomination du premier préfet impérial par le premier empereur Qin Shi Huangdi. Entre eux, la compétition était implacable, chacun ne rêvant que d'obtenir un poste plus important.

C'était le cas du gouverneur de Turfan, qui s'arrangea pour être reçu par Hanyuan le lendemain de son arrivée à Chang An.

Il lui avait suffi de fournir au secrétaire particulier du Grand Chancelier de l'empire des Tang le motif précis de sa demande d'audience ainsi que le nom des individus dont il avait assuré la capture.

— Monsieur le Gouverneur, vous avez fait là une prise inespérée. Voilà des mois que la police de l'empire est à la recherche de l'ancien moine du Grand Véhicule Cinq Défenses ainsi que du manichéen Pointe de Lumière, déclara, ravi, le gros Hanyuan au petit Hong le Rouge.

— L'esprit de maître Kong[1] était avec moi. L'arrestation de ces cinq personnes relève d'une opportune dénonciation ! s'exclama, intimidé, le gouverneur de Turfan, avant de se mordre les lèvres, craignant que sa maladresse ne minorât les mérites grâce auxquels il

1. Il s'agit de Confucius.

61

comptait se faire nommer dans une ville plus proche du centre du pouvoir.

— Explique-moi un peu comment tu t'y es pris ! poursuivit le Grand Chancelier dont le postérieur débordait, tel un énorme coussin de soie, du fauteuil chantourné dans lequel il était assis.

— Je reçus un jour la visite secrète d'un moine indien, du nom de Joyau de la Doctrine, venu me certifier que les manichéens de Turfan se livraient au tissage clandestin de la soie ! Au départ, je crus avoir affaire à un mythomane. Mais l'homme insistait tellement que je finis par faire surveiller l'Église de Lumière. Au bout de plusieurs jours, mes hommes tombèrent sur la serre aux mûriers, devant laquelle je fis placer trois indicateurs. Puis, il me fallut attendre que ces cinq hommes fussent ensemble pour aller les y cueillir, au moment où ils examinaient un coupon de soie. Croyez-moi, monseigneur, ce ne fut pas chose facile… expliqua Hong le Rouge en se rengorgeant.

— Qu'est devenu ce moine traître ? L'as-tu fait capturer ?

— Hélas, non !

— Pourquoi ? Ne sais-tu pas ce que prévoit notre règlement : il ne faut jamais laisser repartir libres les indicateurs, lâcha le Grand Chancelier, pas mécontent de mettre ce petit préfet sur le gril.

— Pour prix de son tuyau, c'est lui qui exigea de repartir ! À Turfan, la prison du gouverneur, avec sa pièce unique, tient plutôt de la cellule de dégrisement ! bredouilla, la mort dans l'âme, l'intéressé.

— Ici, nous retenons toujours les délateurs. Ils ne méritent aucune considération ! ajouta Hanyuan, avant d'ajouter, mi-figue, mi-raisin, pour laisser planer le doute quant au sens de ses propos : Tu as fait là du beau travail !

— Dois-je prendre ceci pour un compliment ou pour une réprimande ? finit par murmurer le gouverneur replet, déstabilisé par le ministre dont le sadisme était patent.

— Tes prisonniers ont de la valeur ! conclut le Grand Chancelier Impérial en éclatant de rire.

— Dans ce cas, toute peine ne mérite-t-elle pas salaire, monseigneur ? s'empressa de demander Hong le Rouge.

— Tu veux parler d'une promotion ! Tu as fait le tour de ton poste à Turfan, n'est-ce pas ce que tu me laisses entendre ?

— Monseigneur est un ministre de grande intuition doublée d'une profonde perspicacité ! s'écria, sans rire, le petit Hong, tout content de se rattraper avec une flatterie.

Mais le gros Hanyuan ne sembla pas apprécier ce qui lui apparut comme une outrecuidance de la part d'un petit préfet du cinquième grade, soit le plus bas dans la hiérarchie administrative de ce corps.

— Nous verrons cela plus tard ! L'empereur du Centre établit la liste des promotions lors de la dernière lune d'hiver ! Il t'appartiendra, le moment venu, de regarder si tu en fais partie ! lâcha-t-il du bout des lèvres, au grand dam du fonctionnaire qui voyait s'évanouir ses rêves de grandeur.

— J'espère que Sa Majesté sera satisfaite de la tâche que j'ai essayé d'accomplir le mieux possible... bredouilla toutefois ce dernier, au moment où un huissier lui faisait signe que l'audience s'achevait et qu'il était temps de se diriger vers la porte du cabinet de travail du Grand Chancelier de l'empire.

Dès le lendemain, les cinq prisonniers étaient emmenés pour comparaître devant le préfet Li dans la salle des interrogatoires du Grand Censorat, une pièce aux murs si épais que les cris des torturés ne les traversaient jamais.

Lorsqu'ils comparurent devant lui, attachés par le cou à un carcan, le chef de la police secrète chinoise ne cachait pas la jubilation profonde à laquelle il était en proie.

Il tenait, enfin, de quoi faire sauter l'impératrice Wuzhao et imaginait sans peine la mine réjouie du vieux général Zhang, auprès duquel il comptait se rendre dès ce soir, lorsque celui-ci lui apprendrait la nouvelle.

Son plan était simple : il s'agissait de faire avouer à Cinq Défenses que non seulement il avait été hébergé au palais impérial par la souveraine en personne, mais qu'elle avait de surcroît favorisé sa fuite, au moment où les agents du Grand Censorat s'apprêtaient à procéder à son arrestation ; puis, dans la foulée, d'extorquer par la torture au manichéen Pointe de Lumière qu'il était l'assassin du marchand de soie Rouge Vif.

Mais cette fois, il ne permettrait pas à Wuzhao de déjouer ses plans en usant de son influence auprès de Gaozong. Et pour se prémunir contre les inévitables réactions de l'impératrice de Chine, il ferait en sorte qu'elle sût le plus tard possible que ses services avaient mis la main sur le moine Cinq Défenses et sur son compagnon Pointe de Lumière. Aussi avait-il expliqué au Grand Chancelier qu'il convenait de ne pas ébruiter l'exploit du petit gouverneur Hong le Rouge.

C'était donc avec gourmandise que les yeux du préfet Li, étroits comme des fentes, examinaient les cinq individus enchaînés qui lui faisaient face.

— Que chacun d'entre vous se présente et raconte brièvement sa vie. Tous vos propos seront transcrits par un greffier et pourront constituer autant de charges contre vous. Tel est le Code pénal de la Chine des Tang, signifia-t-il tandis qu'un secrétaire faisait son entrée dans la pièce.

C'était un homme au visage chafouin, tout de noir vêtu, qui portait, suspendu autour du cou, un plateau lui permettant d'écrire au stylet sur le rouleau de papier qu'il venait de dérouler.

L'interrogatoire commença par Poignard de la Loi et Sainte Voie aux Huit Membres.

Les deux moines indiens déclinèrent leur identité, puis le préfet Li demanda, pour la forme, au premier acolyte la raison de sa présence dans la serre aux mûriers de Turfan.

— Nous cherchons de la soie à l'usage de nos activités religieuses. À Peshawar, ce noble tissu est hors de prix ! se borna-t-il à expliquer au Grand Censeur Impérial.

— Je vois ! Continuez… dit ce dernier, l'air distrait.

Le préfet Li, visiblement, en avait surtout après Cinq Défenses et Pointe de Lumière, qu'il surveillait du coin de l'œil.

— C'est la première fois que vous venez en Chine centrale ? ajouta-t-il à l'adresse de Poignard de la Loi et de Sainte Voie aux Huit Membres.

— C'est exact. De Peshawar jusqu'ici, la route est fort longue. D'ordinaire ce sont plutôt des moines chinois qui viennent jusqu'à nous, pour se rendre ensuite sur les traces du Bienheureux Bouddha, en pèlerinage dans les Saints Endroits où il vécut[1] ! répondit sobrement ce dernier.

---

1. Le plus célèbre pèlerin chinois, Xuanzang (602-664), quitta la Chine en 624 pour se rendre en Inde où il resta douze ans et d'où il rapporta, outre des mémoires de voyage, plusieurs centaines de textes bouddhiques dont il assura lui-même la traduction en chinois.

— Pour ce qui me concerne, je suis turfanais d'origine… indiqua Sainte Voie aux Huit Membres.

— On dit qu'à Turfan, pour faire cuire la viande, il suffit de la poser sur le sol tellement il est chaud… Est-ce vrai ? s'enquit alors le préfet Li.

— On appelle aussi Turfan « Bassin du feu », à juste titre. Les enfants, surtout les plus petits, y vont toujours chaussés. La plante de leurs pieds n'y résisterait pas, précisa le compagnon de route de Poignard de la Loi.

Mais le Grand Censeur ne l'écoutait même pas, tout à sa hâte d'interroger les deux autres prisonniers, les seuls à l'intéresser vraiment.

— Gardes, libérez ces hommes ! Ils n'ont rien à faire ici. Qu'on leur fournisse les sauf-conduits nécessaires pour passer les barrières d'octroi ! s'écria soudain le préfet Li, à la stupéfaction des intéressés, lesquels, à la fois soulagés et désolés de devoir abandonner leurs compagnons d'infortune, furent reconduits sans ménagement hors des bureaux du Grand Censeur, d'où ils s'éloignèrent à grandes enjambées.

Ne restaient plus là que le *ma-ni-pa*, qui ne cessait de contempler ses pieds, Pointe de Lumière, qui fixait le préfet Li, ainsi que Cinq Défenses, lequel, plus présomptueusement encore, le défiait du regard.

— Qui es-tu ? demanda, l'air méfiant, le Grand Censeur Impérial au *ma-ni-pa*.

— *Om !* Un moine errant bouddhiste du pays de Bod ! bafouilla ce dernier, impressionné par le cliquetis des épées des gardes qui avaient envahi la pièce.

— Toi, tu restes ici ! Avec les Tibétains, il faut se méfier… marmonna le préfet en faisant la moue.

D'un geste, il ordonna aux gardes de s'emparer du *ma-ni-pa* et de l'emmener par une porte dérobée.

C'était à Cinq Défenses, à présent, de faire face au Grand Censeur Impérial qui, pour l'impressionner, s'était levé et marchait de long en large au milieu de ses agents aux mines patibulaires.

— J'ai de quoi t'envoyer à l'échafaud : participation en bande à une entreprise de sabotage d'un monopole d'État ; séjour illicite au palais impérial, dans la partie privée réservée à la famille souveraine ; complot contre la sûreté de l'État… J'ai l'embarras du choix ! Mais je veux que tu saches que je ne suis pas pressé. Il me faut ta confession écrite !

— Et si je vous la refusais ?

— Les prisonniers du Fort du Chien finissent toujours par craquer, même s'il faut un certain temps aux fortes têtes de ton espèce… dit mystérieusement le préfet.

— Il en faudra beaucoup pour que je m'accuse de crimes que je n'ai pas commis ! Je ne suis ni un comploteur ni un trafiquant. Tout juste un ancien religieux du Grand Véhicule à qui son Supérieur confia une mission qui se révéla un peu plus complexe que prévu, rétorqua l'amant d'Umara, nullement intimidé.

Il était sans illusion sur son sort et, depuis que les policiers de Hong le Rouge l'avaient fait monter dans la cage roulante, il avait remis sa vie entre les mains du Bienheureux, le suppliant seulement d'accorder à Umara, si d'aventure il venait à disparaître, la faculté de l'oublier.

Il ne voulait à aucun prix que la jeune femme vécût comme ces veuves éplorées une existence vide et terne, dans le deuil et l'unique souvenir de l'homme aimé.

— C'est ce que nous verrons ! lâcha fort sèchement le préfet Li.

Des gardiens tirèrent alors Cinq Défenses par son carcan pour l'entraîner à l'extérieur de la salle des interrogatoires.

Il n'avait même pas eu le temps de souhaiter bon courage à Pointe de Lumière qu'on le hissait, avant de l'enfermer à double tour, dans un palanquin minuscule dépourvu de toute ouverture.

— Au Fort du Chien! s'écria l'un des gardes aux deux porteurs qui soulevaient la boîte où Cinq Défenses était prisonnier comme un canari divinatoire.

Dans toute la Chine centrale, le Fort du Chien était un endroit célèbre et redouté non seulement par les criminels, mais aussi par les nombreux innocents que l'arbitraire y envoyait.

Percées de fines meurtrières, les hautes murailles de cette prison réservée aux plus grands criminels se dressaient dans la campagne, à une bonne heure de marche du centre-ville.

La lugubre couleur de sa pierre témoignait à la perfection de sa réputation d'endroit sinistre, d'où l'on ne sortait que les pieds devant. La prison du Chien avait été construite dans un rocher volcanique noirâtre à souhait, qui donnait à ceux qui découvraient ce symbole du totalitarisme d'État de la dynastie des Tang l'impression qu'un incendie venait de le ravager entièrement.

Il était rigoureusement impossible de s'approcher de ce mausolée de la souffrance, de la torture, de l'enfermement et de la mort : il était entouré de douves alimentées par une rivière souterraine où nageaient, prétendait-on, de grosses carpes anthropophages mais à la chair délicieuse. Tout le long de ces fossés, où les pêcheurs des environs n'hésitaient pas à tenter leur chance, patrouillaient en permanence des escouades de gardiens armés de longues piques ; la nuit, on pouvait percevoir le ballet scintillant de leurs torchères qui éclairaient le bâtiment.

Pour pénétrer dans ces lieux maudits, il était nécessaire de franchir un pont-levis qui conduisait à l'unique porte, où un poste de garde vérifiait les moindres allées et venues.

Cinq Défenses, qui avait été promptement extrait de son palanquin, fut surpris d'y être accueilli par un jeune gardien au visage avenant.

— Bienvenue dans la gueule du Chien ! s'écria celui-ci.

Ce propos sonore, lancé de surcroît sur un ton rigolard, eut pour effet de provoquer un immense éclat de rire dans la soldatesque crasseuse et bruyante qui veillait sur cette conciergerie de mauvais augure.

Quand le jeune gardien le poussa dans un couloir sombre, situé juste derrière la conciergerie, Cinq Défenses remarqua l'odeur d'humidité qui y régnait. Elle se renforça encore lorsqu'il descendit l'escalier en colimaçon menant aux cellules des prisonniers les plus surveillés.

Situées dans la partie inférieure du bâtiment, largement au-dessous du niveau du sol, elles donnaient de part et d'autre d'un fossé rempli d'une eau noire et luisante, qu'éclairait la flamme tremblotante de la bougie brandie par le jeune gardien.

— Je comprends pourquoi c'est si humide ! constata le nouveau prisonnier en longeant un mur interminablement long, recouvert de mousse et rongé par les moisissures.

— Le Fort du Chien a été bâti sur une rivière souterraine ; les géomanciens de l'empereur Taizong lui expliquèrent que cette eau était due à la sueur d'un grand dragon qui sommeille juste en dessous ! s'écria le jeune homme, le plus naturellement du monde.

Sa voix trahissait d'ailleurs la peur de ce monstre dont il n'avait pas l'air de douter de la présence dans les profondeurs du sol.

— Cette rivière doit alimenter les douves, constata le mahayaniste.

— Exact. Regarde cette carpe ! Elle arrive des douves pour pondre ses œufs à la fraîche… Si je mets mon doigt dans l'eau, elle risque de l'emporter ! dit le gardien en avisant un gros poisson qui frétillait à la surface de la rivière noire.

Lorsque la porte de sa cellule se referma violemment derrière son geôlier, Cinq Défenses mit un certain temps à apercevoir le trait de lumière provenant de l'unique soupirail situé au ras du plafond de la pièce où il était impossible de se tenir debout tellement elle était basse.

Plongé dans cette nuit humide et glauque, il ne put s'empêcher de frissonner en pensant au sort qui l'attendait.

Survivre dans l'absence de lumière était ce qui lui répugnait le plus.

Si au moins il avait su méditer, sa vie eût été plus facile, à l'instar de ces ermites capables de rester un an sans voir personne, dans une grotte isolée en plein cœur d'une montagne inaccessible, et qui ressortaient de là frais et dispos, assurant qu'ils n'avaient pas vu le temps passer, tout simplement parce qu'ils faisaient le vide en eux !

De quoi l'avenir serait-il fait ? se demandait le mahayaniste, dont le premier réflexe fut de s'abandonner dans la prière du Bienheureux Bouddha en le suppliant de lui accorder une miette de son immense compassion.

Et, dans l'obscurité moite et désespérante de son cachot sinistre, qu'y avait-il d'autre à faire à ce moment-là ?

40

Luoyang, monastère de la Reconnaissance des Bienfaits Impériaux

C'était bien la première fois depuis qu'elle était enfermée là qu'Umara entendait qu'on grattait à sa porte !

Au départ, elle avait décidé de ne pas répondre. Elle avait bien trop peur.

D'ailleurs, la nuit n'allait-elle pas bientôt tomber ?

Aussi enfonça-t-elle sa tête sous son oreiller pour ne plus entendre ce bruit, en espérant qu'il cesserait.

Mais celui qui était juste derrière les planches de bois mal ajustées persista dans son grattement.

Alors elle se dit que si l'individu en question voulait enfoncer sa porte, un simple coup d'épaule y suffisait.

Elle finit par se lever, le cœur battant, pour aller ouvrir.

— Brume de Poussière ! Ça, par exemple ! Mais que fais-tu ici ? s'écria la chrétienne nestorienne en reconnaissant le jeune Chinois, malgré son crâne rasé et l'habit de moine dont il était revêtu.

71

Le beau visage aux yeux bicolores de la fille de l'évêque Addai Aggai affichait un mélange de stupeur et de tristesse face à cette irruption soudaine de son ancien compagnon de jeux dans la cellule où Pureté du Vide la maintenait au secret.

— J'ai mis longtemps à venir jusqu'à toi sans me faire repérer !

— Comment m'as-tu trouvée ? lâcha-t-elle, soudain méfiante.

L'imperceptible tremblement de ses mains trahissait son émotion.

Dans l'élégant bâtiment à usage administratif au dernier étage duquel était perchée sa cellule, ni le public ni les visiteurs de marque n'étaient jamais admis.

Cela faisait des mois qu'elle vivait là, coupée du monde, à se morfondre sans jamais voir personne à l'exception du religieux aux longues oreilles pendantes du nom de Premier des Quatre Soleils Illuminant le Monde, qui venait lui apporter sa nourriture.

C'est dire si l'arrivée inopinée de son ancien compagnon d'escapade constituait une surprise pour la jeune recluse.

— Pour parvenir jusqu'à toi, je me suis déguisé en moine ! Puis, il m'a suffi de me mêler à la foule des pèlerins et des religieux qui entrent au monastère dès que ses portes s'ouvrent, au lever du soleil ; du coup, personne n'a fait attention à moi ! lui expliqua, tout sourire, Brume de Poussière en désignant la toge safran qu'il tenait enroulée sous son bras.

Il est vrai qu'il n'était pas difficile de se fondre parmi les dix mille moines du monastère de la Reconnaissance des Bienfaits Impériaux, lorsqu'on portait le même habit et qu'on s'était rasé le crâne.

— Depuis que Pureté du Vide permet aux pèlerins de venir toucher les robes des Jumeaux Célestes, c'est une immense foule qui afflue ici quotidiennement ! murmura la jeune chrétienne qui n'en revenait toujours pas de cette visite inopinée.

— Ce Supérieur a compris la méthode pour remplir les caisses de son couvent ! lâcha Brume de Poussière, mi-figue, mi-raisin.

— Comment as-tu su que j'étais là ? Maître Pureté du Vide m'a fait placer au secret dès mon arrivée ici et je ne vois que ce religieux aux oreilles décollées qui m'enleva à Cinq Défenses et vient à présent m'apporter un bol de riz arrosé de soupe aux légumes !

— Par les Îles Immortelles, je ne t'ai pas quittée des yeux depuis Samyé ! J'ai suivi tes ravisseurs ! En montagne, les chemins serpentent et il y a suffisamment de rochers pour se cacher d'un convoi sans lâcher celui-ci d'une semelle !

— Je ne l'ai même pas remarqué ! dit la jeune chrétienne nestorienne, proprement abasourdie.

— Plus d'une fois, il m'est même arrivé de bivouaquer tout près de vous, juste derrière une grosse pierre !

— Si j'avais su que tu étais là, nous aurions pu leur fausser compagnie ! soupira-t-elle.

— Ils étaient trois fois plus nombreux que moi… et les épées qu'ils portaient à la ceinture m'en dissuadèrent…

Brume de Poussière mentait effrontément. S'il n'était pas intervenu, tout au long du périple de la jeune femme, c'était surtout que son ressentiment et sa jalousie à son égard l'en avaient empêché.

Après avoir assisté bouche bée, et presque de façon jubilatoire, à la façon dont la jeune femme avait été maîtrisée par ces trois inconnus habillés en civil, il avait décidé de partir derrière elle, poussé par la curiosité malsaine, persuadé qu'elle était la proie de bandits de grand chemin.

Ce n'avait été qu'au bout de deux jours, lorsque les ravisseurs d'Umara avaient tranquillement changé de tenue pour revêtir la robe safran, qu'il avait découvert que ces Chinois étaient des moines du Mahâyâna.

Et plus elle s'éloignait de Cinq Défenses, plus il l'observait dépérir, et plus le goût amer qu'il avait à la bouche, suite à la rebuffade qu'il avait subie, se transformait en un délicieux parfum de revanche.

La détresse de la jeune femme, qui passait ses journées à pleurer de désespoir, faisait du bien à l'amoureux éconduit et pour rien au monde il n'y eût remédié.

C'est ainsi qu'il s'était contenté de mettre ses pas dans les traces d'Umara et de ses ravisseurs jusqu'à Luoyang. Pas une fois, d'ailleurs, ils ne s'étaient retournés ni n'avaient témoigné d'une quelconque méfiance.

Brume de Poussière les avait talonnés, dormant à côté d'eux, se nourrissant des reliefs de leurs repas, jusqu'à la Chine centrale. Pour finir, la lourde porte du monastère de Pureté du Vide s'était hélas brusquement refermée à son nez, le coupant de cette jeune femme aux yeux bicolores qu'il continuait à aimer de toutes ses forces et dont le seul tort avait été de ne pas le lui rendre !

Du même coup, le jeune Chinois s'était retrouvé seul à Luoyang, cette immense ville où, et pour cause, il n'avait jamais mis les pieds.

Pour survivre, comme il n'avait aucune envie de devenir clochard, ce qui lui eût permis d'obtenir une soupe journalière auprès de la centaine de monastères bouddhiques que comptait la capitale d'été des Tang, il avait trouvé un travail auprès d'une dynastie de laveurs de vêtements.

Dans la famille Eau et Battre, comme son nom l'indiquait, cela faisait plusieurs générations qu'on battait le linge des familles aisées et nobles dans l'un des deux grands lavoirs municipaux de Luoyang.

Au bout de quelques mois, les bras et le torse quelque peu fluets de Brume de Poussière s'étaient musclés, à force de frapper puis de tordre les tissus multicolores, pour les battre de nouveau, du matin au soir, sur les pierres plates des vasques du lavoir.

Cette activité, à défaut d'être enthousiasmante, lui permettait au moins de ne penser à rien d'autre, tout en canalisant la rage qui lui brûlait le cœur.

Au début, il s'était réjoui du sort que le Grand Véhicule avait réservé à Umara, même s'il en ignorait l'inqualifiable raison.

Après tout, ce n'était que justice, après l'affront que la jeune chrétienne nestorienne lui avait fait subir, alors qu'il éprouvait pour elle des sentiments amoureux au moins aussi sincères que ceux de Cinq Défenses !

Puis, le temps passant, le jeune Chinois esseulé et désemparé, peu à peu rattrapé par les remords, s'était aperçu qu'il ne construirait pas son propre bonheur sur le malheur d'Umara. Continuer à battre indéfiniment le linge pendant que la jeune femme se morfondait dans un monastère n'avait pas grand sens. Le soir venu, exténué après une dure journée, il en arrivait à se comparer au drap qu'il avait passé de longues heures à tordre.

Se réjouir du malheur d'autrui revenait, en quelque sorte, à se faire mal à soi-même.

Aussi, un beau matin, n'y tenant plus, Brume de Poussière avait-il décidé qu'il aiderait Umara à sortir de la prison où elle avait été enfermée, pour de mystérieux motifs, par maître Pureté du Vide.

Il s'était arrangé pour circonvenir un jeune novice du couvent de la Reconnaissance des Bienfaits Impériaux dont il avait remarqué la propension à voler des friandises aux étals des pâtissiers. Après l'avoir discrètement suivi, il lui était tombé sur le poil au moment où il venait de dérober une mangue à un marchand ambulant de fruits et légumes.

— J'observe ton manège depuis tout à l'heure. Tu fais honte à ta communauté ! Tu vas me suivre jusqu'à ton couvent. Il convient que tu remettes ce fruit entre les mains de ta hiérarchie ! s'était-il écrié après avoir saisi le jeune novice au collet.

— Si tu fais cela, je suis perdu ! Le Supérieur de mon monastère, maître Pureté du Vide, est un homme implacable et d'une extrême sévérité ! Je t'en supplie, aie pitié de moi ! avait gémi l'autre en se débattant.

Pour prix de son silence, Brume de Poussière avait exigé du novice qu'il lui prêtât sa robe monastique. Puis il était allé se faire raser le crâne par un barbier avant de se glisser dans l'incessant va-et-vient des religieux et des pèlerins autour de l'immense couvent dont la porte était ouverte depuis le lever jusqu'au coucher du soleil.

Une fois à l'intérieur, à force de fureter, un balai de paille de riz à la main, en faisant croire qu'il était de corvée de ménage, il avait fini par dénicher l'endroit où Umara vivait recluse.

Il y était revenu dès le lendemain, en fin d'après-midi, toujours vêtu de jaune, et s'était décidé à frapper à la porte de la cellule où la jeune femme était enfermée.

— Il y a une question que je me pose depuis longtemps et à laquelle je n'ai pas le moindre élément de réponse : pourquoi maître Pureté du Vide t'a-t-il fait enlever ? lui demanda-t-il sans ambages.

— Je n'en sais rien. Je n'ai rencontré cet homme qu'une fois, le soir de mon arrivée ici !

— Que t'a-t-il dit ?

— Il s'est contenté de m'indiquer qu'aucun mal ne

me serait fait, et, malgré mes protestations, il m'a plantée là ! Depuis ce moment, je n'ai pas eu l'occasion de le voir !

Méfiante, Umara se gardait de tout révéler à Brume de Poussière des circonstances précises de son arrivée au monastère de la Reconnaissance des Bienfaits Impériaux.

Car la jeune chrétienne ne s'était pas bornée à protester, lorsque Premier des Quatre Soleils Illuminant le Monde l'avait conduite, entièrement voilée, dans le bureau du grand maître de Dhyâna.

En fait, c'était bel et bien à une explosion de désespoir et de colère que la jeune femme s'était livrée.

Après des semaines de marche forcée, pendant lesquelles le moine Premier des Quatre Soleils Illuminant le Monde avait à peine desserré les lèvres, se contentant de lui livrer son surnom de religieux, Umara n'en pouvait plus d'angoisse et de fureur. Elle était arrivée à Luoyang épuisée par cet éprouvant périple et anéantie par la séparation soudaine d'avec son amant, dont elle imaginait sans peine l'immense chagrin, assurément aussi grand que le sien…

Alors, face à l'impressionnant ascète, la fille de l'évêque nestorien Addai Aggai, révoltée par le traitement qu'elle subissait, avait lâché sans retenue tout ce qu'elle avait sur le cœur.

— Vous m'avez proprement arrachée à l'homme de ma vie, comme un vulgaire otage pour rançon de guerre, et sans aucun motif ! Sont-ce là des méthodes dignes d'un moine bouddhiste de votre espèce ? Votre Bienheureux Bouddha, de là où il se tient, vous jugera sans nul doute avec une extrême sévérité ! s'était-elle écriée, sans se douter qu'elle s'adressait ainsi au chef spirituel de l'Église chinoise du Grand Véhicule.

— Ce n'est pas un enlèvement ! Juste la nécessité de

procéder à quelques vérifications ! D'ailleurs, vous serez traitée avec tous les égards… Quant au jugement du Bouddha sur mes œuvres, vous êtes fort mal placée pour en parler. Je ne prétends pas, moi, me mettre à la place de votre Dieu Unique ! avait froidement répondu Pureté du Vide, nullement démonté par la violence des propos de la jeune femme.

— Un religieux n'enlève ni ne séquestre une innocente !

— Je sais fort bien ce que je fais !

— Eh bien moi, à présent, je sais aussi fort bien ce que je ferais, si j'étais libre de mes mouvements : j'irais de ce pas me plaindre à la police de votre pays. Vous verriez le scandale que cela donnerait ! lui avait-elle rétorqué, tandis que la colère continuait à monter en elle, après ces mois de marche harassante pendant lesquels elle s'était tue, contenant son indignation.

Le Supérieur de Luoyang avait jugé prudent de battre en retraite et de remettre à plus tard l'interrogatoire auquel il souhaitait soumettre cette jeune rebelle dont il découvrait le caractère bien trempé.

Il avait donc coupé court à leur entretien, la faisant conduire à cette minuscule cellule, située dans la partie la plus reculée du monastère, que Brume de Poussière avait néanmoins réussi à dénicher.

Alors, les nerfs de l'amante de Cinq Défenses avaient brutalement craqué.

Elle s'était abattue sur sa couche et, pour la première fois depuis son départ forcé de Samyé, elle avait pleuré toutes les larmes de son corps.

Et il y avait de quoi !

Longtemps elle se souviendrait de l'effroyable moment où ces hommes avaient surgi devant elle, sur le seuil du cabanon où elle coulait des jours heureux avec Cinq Défenses !

Elle avait fait l'impossible pour leur échapper, en se débattant comme un animal sauvage, les obligeant à la ligoter tel un fagot de bois de chauffage, avant de la transporter sur leurs épaules, pendant les deux premiers jours, au cours desquels elle n'avait cessé de crier le nom de Cinq Défenses, indéfiniment renvoyé en écho par les montagnes, dans l'espoir que ce dernier entendrait ses appels au secours.

Mais aucune réponse, hélas, n'était venue.

Alors, la mort dans l'âme, elle avait fini par accepter de marcher à côté de ses ravisseurs, au moment où ils avaient décidé de revêtir leurs habits de moines, sans réussir à leur arracher la moindre confidence. Elle n'avait toutefois pas tardé à comprendre grâce à l'itinéraire, le même qu'elle avait emprunté avec son amant, qu'ils se rendaient en Chine centrale.

Comme il était d'usage en ce temps-là, la robe de moine était devenue, sur les territoires contrôlés par les autorités chinoises, le meilleur des passeports et c'était donc sans la moindre difficulté qu'ils avaient franchi tous les octrois, avant d'arriver aux abords de Chang An, qu'ils avaient contourné pour se rendre directement à Luoyang, cette superbe ville où les pagodes au milieu des parcs ne se comptaient plus tellement elles étaient nombreuses. Là, elle avait enfin découvert que ses ravisseurs étaient des membres de la communauté du plus grand couvent bouddhiste.

— Que puis-je faire pour toi, Umara ? Si je suis devant toi, c'est que j'ai décidé de t'aider !

La sincérité avec laquelle Brume de Poussière venait de tenir ces propos ne pouvait guère être mise en doute.

— M'aider à m'échapper de ce lieu sinistre ! Prévenir Cinq Défenses que je suis là ! Tu as l'embarras du choix ! Mais pour parvenir à tes fins, il te faut partir.

C'est bientôt l'heure où ce moine aux oreilles décollées m'apporte ma ration de riz aux légumes !

— Tu peux compter sur moi ! lâcha mystérieusement Brume de Poussière, avant de s'éclipser.

Lorsque Premier des Quatre Soleils Illuminant le Monde vint lui porter son bol de riz arrosé de soupe au chou et à la carotte, il lui annonça à sa grande surprise qu'elle allait être reçue par Pureté du Vide. Quelques minutes plus tard il l'introduisait dans le bureau du grand maître de Dhyâna.

— Il y a longtemps que je souhaitais avoir une vraie conversation avec vous ! Mes occupations m'en ont empêché… J'espère que vous êtes plus calme ! lança ce dernier à Umara, après l'avoir invitée à s'asseoir face à lui, sur une étroite chaise plutôt inconfortable.

La réaction pour le moins explosive de la jeune chrétienne, le soir de son arrivée, avait incité Pureté du Vide à laisser passer ces longues semaines sans donner à Umara le moindre signe de vie.

Le grand maître de Dhyâna était en effet bien placé pour juger qu'il n'y avait rien de tel que le temps et la solitude pour faire revenir à de meilleures dispositions les esprits frondeurs et rebelles.

Lorsque de jeunes novices, placés contre leur gré par leurs parents au monastère, jouaient les fortes têtes, refusant la corvée obligatoire ou, pire encore, laissaient entendre qu'ils ne comptaient pas faire de vieux os sous la tunique safran, une bonne cure d'isolement dans l'un des minuscules ermitages de la montagne de Longmen, où ils n'avaient pour compagnons que de rares sorciers taoïstes qui méditaient au pied des arbres et des rochers hantés par les esprits, était le meilleur remède.

— Je suis satisfaite d'avoir enfin l'explication que vous me devez ! lâcha Umara, s'efforçant de maîtriser ses nerfs.

— Connaissez-vous les Yeux de Bouddha ?

Au moins, le Supérieur de Luoyang ne s'embarrassait pas de fioritures inutiles.

— Pourquoi une telle question ? lança-t-elle, bien décidée à lui tenir tête, décidée surtout à connaître les raisons exactes de sa présence en face de lui.

— Avez-vous entendu parler du Mandala du Vajrayâna ? enchaîna-t-il, imperturbable.

— Je ne vous dirai rien avant que vous vous expliquiez par le menu sur les causes de mon enlèvement ! Vous m'avez arrachée à l'homme que je chéris le plus au monde ! C'est intolérable ! lui jeta-t-elle, prouvant par là qu'elle n'avait aucune intention de se laisser traiter comme une petite fille.

— Cinq Défenses était surtout mon meilleur assistant, promis à me remplacer le moment venu. Si vous avez perdu votre amoureux, j'ai, pour ma part, laissé échapper le seul héritier spirituel digne de me succéder !

— Soyez-en assuré, rien ne pourra jamais dissoudre l'amour que nous nous portons, Cinq Défenses et moi-même ! lâcha-t-elle en le défiant du regard.

— Umara, je vous demande à nouveau si vous connaissez les Yeux de Bouddha et le Mandala sacré du Vajrayâna ! insista fermement le grand maître de Dhyâna.

— Je veux revoir Cinq Défenses. J'aime cet homme ! Sans lui, ma vie n'a pas de sens !

— Si vous daigniez répondre à mes questions, je pourrais envisager de le faire venir ici… et nous pourrions discuter ensemble de l'hypothèse de sa réduction à l'état laïc… Alors, il vous serait possible de vous marier officiellement, sans que cette union soit pour lui un péché mortel… tenta le grand maître de Dhyâna qui cherchait à tout prix à amadouer la jeune femme.

— Il est sûrement à ma recherche, comment pourriez-vous retrouver mon bien-aimé, à moins que vous ne l'ayez également fait enlever ? fulmina-t-elle.

— Pas plus que vous, je ne sais sur quels chemins marche actuellement Cinq Défenses. Mais si je décidais d'activer le réseau de tous les monastères mahayanistes du pays, nul doute que je ne tarderais pas à le trouver…

— Il doit errer, désemparé, au pays de Bod ! gémit-elle.

— J'ai la conviction que vous détenez les divins Yeux de Bouddha ainsi que le Mandala sacré du Vajrayâna ! Mentir n'est pas convenable, pas plus pour un adepte du Dieu Unique que pour un adepte du Bienheureux Bouddha ! lui lança-t-il, cette fois d'un ton menaçant.

Mais Umara la rebelle, assise, bras croisés, sur sa petite chaise, telle une collégienne butée, avait bel et bien décidé de persister dans son mutisme.

— Fais donc venir céans le moine Centre de Gravité ! ordonna le grand maître de Dhyâna au novice qu'il venait de sonner.

À ces mots, la fille d'Addaï Aggaï comprit soudain les raisons de sa présence dans cette pièce, face au chef spirituel de l'Église chinoise du Grand Véhicule.

Centre de Gravité !

Tel était le nom de l'infâme Supérieur du couvent du Salut et de la Compassion de Dunhuang, auprès duquel, fort naïvement, elle avait essayé de monnayer ce que contenait le petit cœur de santal… et qui avait essayé de le lui subtiliser.

Tout s'éclairait, à présent, dans l'esprit de la jeune chrétienne.

C'était donc lui qui était allé vendre la mèche à Pureté du Vide, lequel, à son tour, l'avait fait enlever, croyant sûrement qu'elle détenait toujours par-devers elle les précieuses reliques…

— Vous n'êtes qu'un salopard ! Vous avez abusé de la naïveté d'une jeune fille ignorante ! Vous avez essayé de me voler, alors que vous connaissiez parfaitement la valeur de ce que je vous montrais ! hurla Umara à l'adresse du Supérieur de Dunhuang, à peine ce dernier était-il entré dans la pièce.

— Vos souvenirs paraissent revenir à la vitesse d'un trait de flèche… constata avec ironie Pureté du Vide.

— Je pensais aider mon père, en procédant à la vente d'objets précieux tombés entre mes mains par le plus grand des hasards et dont j'ignorais tout ! Ce moine se garda bien de me dire de quoi il s'agissait. Je n'ai su — hélas ! — que bien plus tard qu'il s'agissait en fait des reliques les plus saintes des Églises du Petit Véhicule et du lamaïsme tibétain ! protesta-t-elle en sanglotant.

— Ce n'est pas là, exactement, le récit que m'a fait Centre de Gravité de votre démarche auprès de lui ! lâcha, l'air courroucé, le grand maître de Dhyâna en regardant droit dans les yeux le Supérieur de Dunhuang dont le visage trahissait une gêne certaine.

— Je vous dis la vérité ! Sur la tête de mon Cinq Défenses ! Ce religieux a eu un comportement d'escroc à mon égard. Pour me sortir de ses griffes, j'ai dû inventer que mon père était au courant de ma visite auprès de lui. Sinon, il aurait gardé pour lui les trésors que je lui avais montrés ! Il parvint même à me mettre dans la tête que si je révélais l'existence de ces reliques à des tiers, je leur porterais irrémédiablement malheur !

— Centre de Gravité, peux-tu confirmer les dires de cette jeune fille ? Si je comprends bien, tu ne l'as pas surprise en train de dérober ces reliques dans la cache aux livres de ton couvent ! Tu n'es pas sans savoir que tout mensonge te conduira inéluctablement dans l'enfer froid de l'Avici ! tonna sévèrement le grand maître de Dhyâna.

83

— Maître, devant les Yeux de Bouddha et le Mandala sacré de Samyé, tout autre religieux que moi n'eût-il pas agi de même ? Votre humble serviteur a cru bien faire, dans l'intérêt de notre Église, gémit Centre de Gravité, penaud.

— Pour moi, contrairement à vous autres, gens d'Église, la fin ne justifiera jamais les moyens ! s'écria Umara.

Ces propos eurent l'effet d'une douche froide sur le Supérieur de Luoyang, qui ne put s'empêcher de baisser la tête.

— Ce qui s'est passé à Dunhuang est profondément regrettable. Mais à présent, chère Umara, il m'importe surtout de savoir où se trouvent ces reliques saintes ! Il suffit de me le dire et vous serez relâchée illico ! conclut, d'une voix radoucie, Pureté du Vide, après avoir fait sèchement signe à Centre de Gravité de sortir.

— Vous ne le saurez pas tant que je ne n'aurai pas eu de nouvelles de Cinq Défenses !

— Umara, l'entêtement est mauvais conseiller !

— Je m'en contrefiche ! Je peux rester recluse. Sans l'homme que j'aime, la vie ne m'intéresse pas !

Désarçonné par tant de résistance, Pureté du Vide, d'ordinaire si maître de lui, contrarié par les circonstances que le mensonge de Centre de Gravité avait, il est vrai, singulièrement compliquées, marchait à présent devant elle de long en large, comme un ours en cage.

— Vous avez tort de vous braquer. Je ne vous veux aucun mal ! finit-il par lâcher.

— Vous devriez me laisser regagner la prison dans laquelle vous m'avez enfermée… murmura-t-elle au bout d'un long moment.

— Je vois que je ne tirerai rien de vous. J'espère que vous serez un peu plus loquace lorsque je vous aurai mise en présence de l'impératrice de Chine en personne ! Il paraît que vous la tenez en haute estime ! tonna avec emphase la voix de Pureté du Vide.

— Je crois que c'est réciproque. Sachez aussi que je dirai à Wuzhao tout le mal que je pense de votre action à mon encontre ! L'impératrice de Chine appréciera ! Soyez-en sûr ! lui rétorqua-t-elle avec véhémence.

— L'impératrice sait déjà que vous êtes là !

— Vous mentez ! Elle serait venue me chercher !

— Les Yeux de Bouddha seraient pour ses entreprises d'un inestimable secours ! Donnez-les-lui et, en retour, vous aurez tout ce que vous voulez ! lâcha-t-il, n'hésitant pas à bluffer.

— À quelles fins Wuzhao userait-elle de ces reliques ?

— Elle vous le dira elle-même, lorsque vous la verrez !

— Contre la remise des Yeux de Bouddha à l'impératrice de Chine, Cinq Défenses obtiendrait-il votre pardon ? lui lança-t-elle du tac au tac, soucieuse de lui montrer qu'elle n'était nullement prête à se laisser manipuler.

— Assurément ! Je m'y engage ! Je vous le jure, et sans craindre le jugement du Bienheureux Bouddha ! Vous avez deux nuits pour réfléchir à tout cela ! conclut le chef spirituel de l'Église du Grand Véhicule de Luoyang au moment où, furieuse et accablée, elle quittait son bureau sous la conduite de Premier des Quatre Soleils Illuminant le Monde.

Le lendemain, Umara raconta à Brume de Poussière, venu de nouveau la trouver, ce qui s'était passé la veille.

— Même s'il paraît avoir été quelque peu abusé par l'ignoble Centre de Gravité, la conduite de ce grand maître est scandaleuse ! Voilà qu'il n'hésite pas à mouiller l'impératrice de Chine dans ses manigances !

s'écria le jeune Chinois au bout du récit de la jeune femme.

— C'est le chef d'une institution, il emploie les moyens qu'il considère nécessaires pour défendre les intérêts dont il est le garant. Quant à Wuzhao, j'avoue que je ne sais plus trop sur quel pied danser à son égard... murmura pensivement Umara d'une voix triste.

— Clou dans l'œil ! Tu veux dire par là que ton père, dans des circonstances similaires, aurait agi de la même façon ? protesta avec indignation le jeune Chinois.

— Il ne serait peut-être pas allé jusque-là... encore qu'il me soit permis d'en douter, puisqu'il n'hésita pas à se livrer, au nom des intérêts suprêmes de l'Église nestorienne, à une activité expressément interdite par la loi chinoise ! répondit-elle, faisant allusion au trafic de soie clandestine dont Addai Aggai était devenu l'un des principaux pivots.

— Pour Wuzhao, passe encore : c'est une femme de pouvoir, probablement obsédée par l'ascension de la montagne de la renommée, de la gloire et de la puissance. Mais pour ce qui concerne les Églises, j'ignorais qu'il en fût de même ! s'écria, révolté, Brume de Poussière.

— Les institutions, y compris celles à finalité divine, sont aussi des organisations — hélas ! — terriblement humaines ! murmura, songeuse, la jeune chrétienne nestorienne dont l'amour pour Cinq Défenses était bien plus fort que sa foi dans son Dieu Unique.

— Moi qui n'ai jamais embrassé de religion précise, ce n'est pas demain que cela m'arrivera ! conclut le Chinois.

— Je me souviens fort bien que tu déclaras, devant

86

Ramahe sGampo, que tu n'avais ni Dieu ni Maître…
C'est peut-être toi qui es dans le vrai ! soupira Umara.

— Plus j'avance et plus j'en suis convaincu !

La fille de l'évêque Addaï Aggaï s'approcha de
Brume de Poussière et posa doucement sa main sur
son épaule. À ce contact, il ne put s'empêcher de frissonner.

— Depuis Samyé, j'ai eu le temps de réfléchir… Je
n'avais pas mesuré à quel point, en quittant Dunhuang
sans te prévenir, je t'avais blessé, Brume de Poussière. J'aurais dû être plus attentive… et, somme toute,
moins oublieuse de ce que nous avons fait ensemble,
lui dit-elle.

— Moi aussi, ô Umara, j'ai fait le point en moi. J'ai
fini par dompter le lion qui sommeillait dans mon cœur
et je regrette amèrement ma conduite à ton égard. Elle
fut guidée par le dépit. Et même par un certain dépit…
amoureux ! lâcha le jeune Chinois en pleurs, après s'être
jeté aux genoux de la jeune femme.

— Je voudrais tant que nous restions amis, surtout
dans les épreuves que nous traversons ! dit-elle, sans
relever la dernière précision.

— Tu es séquestrée et on t'a séparée de l'homme
que tu aimes, ô Umara ! À moi, que je sache, personne
n'a rien fait de semblable ! Je suis libre de mes mouvements…

— Tu es gentil, ô Brume de Poussière, de penser
cela et de le formuler ainsi ! Tes propos me touchent au
cœur, murmura-t-elle en lui prenant la main.

— Ce sont tes paroles, tel le meilleur baume, chère
Umara, qui achèvent de guérir mes souffrances… souffla le jeune Chinois en souriant à celle qui venait enfin
de lui dire ce qu'il souhaitait entendre.

— Il ne faut pas t'inquiéter pour moi. Si ce Supérieur commet l'erreur de me permettre de raconter ses

agissements à l'impératrice de Chine, je suis sauvée…
Je suis persuadée que Wuzhao me veut du bien.

— Pureté du Vide ne doit pas être né de la dernière pluie !

— Dans ce cas, je resterai prisonnière ici long-temps ! gémit-elle.

— Pas si je réussis à remettre d'aplomb tout ce que l'échec de la réunion de Samyé a provoqué… Les mahayanistes te retiennent prisonnière parce qu'ils croient que tu disposes des reliques des deux autres Églises, au mépris du pacte de non-agression forgé par le Concile de Lhassa !

— Comment oses-tu penser que tu es à même de res-taurer la paix entre des courants religieux alors que tu n'es même pas croyant ? demanda-t-elle avec une pointe d'agacement.

— J'y ai réfléchi toute la nuit. Un homme a le pou-voir de renouer les fils distendus ou cassés…

— Et qui donc ?

— Le révérend Ramahe sGampo, pardi ! Lui seul, en vérité, me paraît disposer de l'autorité et de la sagesse nécessaires pour amener Pureté du Vide à procéder à ton élargissement… Il suffirait d'un nouveau Concile qui scellerait la réconciliation entre les Églises boud-dhiques, et les Yeux de Bouddha cesseraient d'être un enjeu de pouvoir.

— Il est vrai que ce vieil aveugle, contrairement à Pureté du Vide, est doué de modération et d'une grande sagesse…

— Alors ne sois pas inquiète si tu ne me vois pas de sitôt, Umara. Je pars pour Samyé prévenir Ramahe sGampo que maître Pureté du Vide te retient prison-nière. Je suis sûr qu'il ne restera pas les bras ballants.

— Mais Samyé, c'est vraiment le bout du monde, si près du Toit de l'Univers qu'on y laisse facilement ses forces en y montant ! Beaucoup, d'ailleurs, préfèrent rester là-haut… murmura-t-elle.

Umara était toute songeuse à l'idée des journées interminables de marche exténuante nécessaires pour se rendre depuis la Chine centrale jusqu'au pays de Bod, sur des sentiers étroits et escarpés, ceux-là mêmes que Cinq Défenses parcourait peut-être, sans savoir précisément où aller, toujours à la recherche de sa bien-aimée…

— Mes jambes n'ont pas encore vingt ans et je suis dans la force de l'âge… Je pars dès demain ! Ce Grand Supérieur lamaïste doit savoir mieux que personne ce que veut dire la compassion envers les autres. Il ne laissera pas l'injustice faire autant de ravages…

— Pourquoi te donner tant de mal ? demanda-t-elle, de plus en plus consciente des blessures qu'elle avait dû infliger au jeune Chinois depuis Dunhuang…

— Si je pouvais me dire que je t'ai aidée à retrouver ton bonheur, je serais à mon tour le plus heureux des hommes, Umara… Grâce à toi, c'est avec moi-même que j'ai fait la paix… Et pour moi, cela n'a pas de prix ! conclut Brume de Poussière.

En le regardant, à présent, elle croyait revoir le garçon à la chevelure couverte de poussière, perché sur un arbre du verger de l'évêché nestorien de Dunhuang, lorsqu'il l'avait hélée pour la première fois.

C'était à nouveau le garçon espiègle et joueur, dépourvu de toute arrière-pensée, ayant réussi le tour de force de l'entraîner hors des murs jusque-là infranchissables de l'évêché, qu'elle avait en face d'elle, et non plus cet écorché vif dont le regard refusait obstinément de croiser le sien à Samyé où le destin, sous la forme d'un invraisemblable concours de circonstances, les avait fait se rejoindre.

Brume de Poussière lui voulait de nouveau du bien !

— Je me souviens parfaitement de ce que tu disais devant Ramahe sGampo : tu croyais au bonheur et au malheur… Eh bien, j'y souscris tout autant que toi ! Je te souhaite, ô Brume de Poussière, d'être pleinement heureux à ton tour ! dit-elle, émue aux larmes.

— Nous verrons bien, à cet égard, ce que l'avenir me réserve… lui lança-t-il en souriant, d'un ton qui s'efforçait d'être le plus jovial possible.

— Je supplierai Dieu pour qu'il guide tes pas vers tout ce que tu mérites, ô Brume de Poussière.

— Avec toi, je dispose désormais d'un bon intermédiaire pour obtenir de lui une place dans ton paradis… plaisanta-t-il, déclenchant la douce hilarité de la jeune femme.

Mais quand Umara posa ses lèvres sur la joue de Brume de Poussière, au moment où celui-ci prenait congé d'elle, le jeune Chinois frissonna une nouvelle fois et ne put s'empêcher de penser que la maladie d'amour était probablement la seule dont on ne guérissait jamais.

Et, tout en se blottissant en sanglotant contre sa poitrine, la jeune chrétienne éprouvait une impression bizarre, mélange d'angoisse, de tristesse et de compassion, comme si son inconscient lui murmurait qu'elle ne reverrait plus Brume de Poussière, cet enfant chinois seul au monde et surgi de nulle part, dont elle s'était aperçue si tard qu'il brûlait d'amour pour elle…

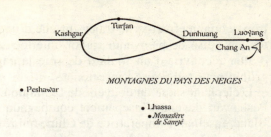

41

Palais impérial de Luoyang. 1ᵉʳ octobre 658

Wuzhao était excitée comme une petite fille avant une partie de cache-tampon avec sa meilleure amie.

Elle était sûre que cette journée d'automne, presque estivale grâce à l'éclatant soleil qui n'avait cessé de briller depuis une semaine, serait à marquer d'une pierre blanche.

Auparavant, l'impératrice de Chine n'avait jamais fait venir Nuage Blanc dans la capitale d'été des Tang, où elle continuait à se rendre malgré l'approche des premiers frimas.

C'était pour une raison précise et impérieuse, dont elle comptait lui faire part sitôt accompli leur exercice sexuel habituel, qu'elle avait souhaité sa présence au Pavillon de l'Orchidée, un élégant édicule octogonal situé dans un coin retiré du Parc des Pivoines Arborescentes, dont l'éloignement permettait à Wuzhao d'y recevoir son visiteur en toute discrétion.

— Je suis heureuse que tu aies accepté de venir jusqu'à Luoyang ! J'espère que l'éléphant blanc n'a pas eu trop de mal à effectuer le trajet, dit-elle d'une voix flûtée, en guise de bienvenue, à son interlocuteur, avant d'aller recouvrir d'un foulard de soie la cage de son grillon pour faire taire l'insecte.

L'éléphant sacré du couvent de l'Unique Dharma de Peshawar, devenu l'inséparable compagnon de Nuage Blanc, fascinait l'impératrice de Chine qui rêvait secrètement de monter dessus pour éprouver la délicieuse sensation d'être au sommet de cette montagne de chair au pelage rosâtre, que son maître n'hésitait pas à poudrer de blanc lorsqu'il voulait faire sensation dans les artères principales de la capitale des Tang ; toutefois, l'étiquette fort stricte à laquelle la souveraine était astreinte y faisait obstacle, sans compter que le pachyderme était d'ordinaire hébergé dans une ferme située dans la banlieue de Chang An, ce qui rendait impossible une visite incognito de Wuzhao.

— L'éléphant blanc se trouve à l'écurie du palais des Hôtes de Passage, où les palefreniers impériaux lui prodiguent mille soins attentifs ! lâcha l'Indien en souriant.

— J'ai demandé à la domesticité de nous laisser tranquilles pour la journée ! lui lança Wuzhao, en l'enlaçant, avant de fourrer sa main dans la culotte bouffante de l'homme au mot « Tantra » écrit sur le ventre.

— L'union du lingam et du yoni peut se pratiquer indifféremment dans la capitale d'été et dans la capitale d'hiver de l'empire du Milieu ! plaisanta ce dernier.

Cela faisait à présent près de vingt mois que Nuage Fou, alias Nuage Blanc, était entré en Chine centrale afin de jeter son dévolu sur son impératrice.

Il avait appris suffisamment de mots chinois pour parler correctement la langue, même s'il ne pouvait s'empêcher de continuer à les prononcer à l'indienne, c'est-à-dire de façon plutôt saccadée et en accentuant certains sons.

C'était peu de dire que Wuzhao avait Nuage Fou dans la peau depuis leur première rencontre. Un an auparavant, elle avait convoqué au palais impérial de Chang An cet adepte tantrique dont la présence en ville s'était répandue comme une traînée de poudre. La curiosité et l'attirance qu'elle éprouvait pour les individus hors normes l'y avaient incitée.

Cela faisait des semaines que la rumeur courait au sujet de la prochaine arrivée à Chang An de cet individu aux pouvoirs extraordinaires précédé d'une réputation flatteuse, à mi-chemin entre celle d'un mage et celle d'un médecin, liée au succès qu'il rencontrait, en compagnie de son extraordinaire pachyderme blanchâtre, auprès des foules immenses qui se pressaient autour de lui pour obtenir une grâce, une guérison ou une simple faveur.

C'était la première fois qu'elle entendait parler d'un homme en des termes aussi tranchés. Pour les uns, il était le diable et le Mal en personne, tandis que pour les autres, il incarnait au contraire le Bien descendu sur terre.

Au demeurant, que risquait-elle à vouloir juger sur pièces ?

L'intéressé, qui avait soigneusement préparé ses effets, avait fait une entrée remarquée dans le boudoir de Wuzhao, seulement vêtu d'un pagne, si bien que la souveraine avait pu contempler à loisir les étonnantes marques qu'il avait sur le corps ainsi que les deux anneaux de bronze qui lui transperçaient les seins.

— Vous semblez aimer souffrir ! lui avait-elle lancé, mi-figue, mi-raisin, fascinée par la lugubre beauté dont témoignait son corps d'ascète.

— La souffrance et le plaisir sont contigus ! Surtout

quand on arrive à les porter aux extrêmes ! avait-il répondu d'une voix lente.

Puis, il s'était employé à lui expliquer tout à trac, sans la moindre entrée en matière, que l'union du lingam et du yoni procurait une sensation d'extase à nulle autre pareille.

Ahurie par une telle liberté d'attitude, et d'abord plutôt méfiante, Wuzhao lui avait demandé d'expliciter sa pensée ; son interlocuteur à moitié nu s'était contenté de lui prendre doucement la main pour l'appuyer contre son ventre plat, musclé et si bizarrement tailladé — elle ne savait pas encore qu'il s'agissait du mot « Tantra » —, avant de lui faire effleurer ses tétons percés d'anneaux qui témoignaient, comme chez tous les yogis initiés, de la capacité d'un individu à parfaitement contrôler sa douleur.

Wuzhao se souvenait encore des frissons qu'elle avait éprouvés lorsque sa paume était entrée en contact avec la peau presque noire de cet Indien étrange. Ils étaient seuls face à face et la lueur de ses yeux injectés de sang la traversait de part en part.

— Je vous propose d'essayer et vous verrez, Majesté ! Pour cela, il vous suffit de donner des ordres à vos serviteurs pour que nous ne soyons pas dérangés pendant deux heures. Je vous promets que vous ne le regretterez pas ! lui avait indiqué Nuage Fou en faisant coulisser son index gauche dans le cercle formé par son pouce et son index droit.

Interloquée par ce geste obscène et consciente qu'elle avait affaire à un être hors normes sous les charmes duquel elle avait peur de tomber, Wuzhao, bien qu'elle sentît encore le bizarre et délicieux fourmillement de sa paume, avait failli demander à l'un de ses chambellans de raccompagner immédiatement cet homme jusqu'à la porte du palais impérial.

C'est alors que celui-ci avait accompli l'inimaginable. Devant cette femme qu'il voyait pour la première fois, il avait soulevé son pagne pour lui dévoiler un sexe sombre et turgescent, dressé comme un cobra face à sa proie.

— Majesté, ce lingam a le pouvoir de rendre heureuse comme une déesse la femme dont le yoni aura la chance de se laisser pénétrer par lui ! avait-il murmuré en plantant ses terribles yeux, rouges comme des rubis, dans ceux de Wuzhao, aussi limpides que des émeraudes.

Ce mage, assurément, ne ressemblait à aucun des hommes qu'elle avait séduits jusque-là. C'était même, à n'en pas douter, le plus inouï de tous les personnages plus ou moins fantasques qu'elle avait croisés et, pour la plupart, accueillis dans son lit. C'était surtout le premier à oser ainsi faire le premier pas.

Fascinée par une telle outrecuidance, elle n'avait pas mis longtemps, en détaillant les apparences de ce lingam prêt à servir, à se laisser gagner par l'impression d'être en face d'une créature déjà à moitié hors de ce monde, et qui méritait par conséquent qu'on s'y intéressât. Telle une lance dressée avant l'attaque, le sexe de l'Indien ne ressemblait à aucun de ceux qu'elle avait eu l'occasion de caresser et de lécher. C'était un véritable poignard rituel, qui devait infliger la plus douce et ineffable des blessures.

Mais en même temps, il lui faisait peur…

Aussi avait-elle hésité quelque peu sur la conduite à tenir.

C'était alors qu'elle s'était aperçue que son mal de crâne, miraculeusement, s'était évanoui.

Et le brusque envol du terrible casque de douleur qui lui enserrait le crâne depuis deux jours sans discontinuer, à l'instant même où l'Indien lui avait dévoilé son sexe dressé, avait amené la souveraine à accepter d'aller plus loin.

Que n'eût-elle pas fait, au demeurant, pour que cessent les atroces élancements qui lui irradiaient le visage lorsqu'elle était en crise ?

Séance tenante, Wuzhao avait donné l'ordre au Muet d'empêcher quiconque d'entrer dans le boudoir afin de n'y être dérangée sous aucun prétexte, et ce jusqu'à la fin de l'après-midi.

Une fois assuré d'être seul avec elle, Nuage Fou avait pu emmener l'impératrice — et par la voie la plus directe ! — sur les chemins de l'extase du Tantra. Il avait commencé son étrange office, comme s'il feuilletait un livre de divins oracles, par la dénuder entièrement, avec des gestes lents et précis, dignes des rituels les plus sacrés. Elle s'était laissé faire, bouche bée devant une telle assurance : voilà que ce Nuage Blanc, qu'elle ne connaissait que depuis quelques minutes, procédait avec elle comme s'il était l'un de ses plus vieux amants !

Wuzhao, qui n'aimait rien tant que d'être surprise, en avait eu son compte.

Sans crier gare, cet Indien avait eu tôt fait de la pénétrer de part en part, usant de son lingam, tout gonflé et turgescent, comme s'il se fût agi d'une arme.

C'était à peine s'il lui avait été nécessaire de passer deux doigts sur le sexe de l'impératrice de Chine, déjà ouvert et humide, avant d'y fourrer la pointe du sien, dure comme un caillou, et le plaisir immédiatement ressenti par Wuzhao, à peine le contact établi entre son corps et celui de son nouvel amant, avait failli la rendre proprement folle, au point d'abolir en elle, pendant le premier orgasme, toute notion d'espace et de temps.

C'était beaucoup plus fort encore, et surtout bien meilleur, qu'avec les autres hommes — y compris le fangshi taoïste dont le sexe avait pourtant un goût si sauvage ! —, nombreux pourtant, à avoir précédé Nuage Blanc entre les cuisses assoiffées de l'impératrice de Chine, dont la peau était à présent aussi douce et aussi brûlante que les collines de sable du désert de Gobi quand elles attendaient la pluie qui les ferait reverdir.

Heureusement, la porte de son boudoir était capitonnée, ce qui avait permis à Wuzhao de se laisser aller à rugir telle une lionne, chaque fois que le lingam noueux de Nuage Blanc, dressé comme une colonne votive surgie de la base de son ventre sombre, plat et musclé, la pénétrait avec force.

Cette première séance, ô combien concluante, avait été suivie par d'autres, de plus en plus extravagantes, et chaque fois les sensations paraissaient plus intenses, comme si l'apothéose parvenait à se renouveler dans les bras de cet être qui ne ressemblait pas aux autres et qui lui apprenait, au fur et à mesure de leurs rencontres, toutes les positions du *Sûtra de l'Amour*[1].

L'une des postures préférées de Wuzhao consistait à passer ses index dans les anneaux de bronze des tétons de Nuage Fou puis à se mettre accroupie, à califourchon sur son lingam dressé, pour mieux ressentir la jouissance qu'elle se déclenchait ainsi elle-même.

Alors, il lui suffisait de monter et de descendre à peine pour susciter une première onde de plaisir puis d'autres, jusqu'à l'explosion finale où tout ce qu'elle avait en elle lui échappait soudain, comme si toute la force et l'énergie enfouies dans le tréfonds de son âme se libéraient d'un seul coup, provoquant l'éblouissant plaisir consécutif au déploiement du serpent de la Kundalinî lorsqu'il montait, la gueule ouverte, depuis la

---

1. *Kama-sûtra.*

zone située entre l'anus et les organes génitaux jusqu'au Lotus aux Mille Pétales situé au sahasrâra, le centre de l'énergie corporelle coïncidant avec le sommet de l'occiput.

Car c'était au moment précis où la Kundalinî « avalait » l'énergie renfermée dans le corps humain qu'elle transformait celle-ci en « félicité suprême »...

Alors, hier paraissait presque fade, et beaucoup moins fort que le présent, et la prochaine fois, à n'en pas douter, serait encore plus intense...

Elle n'arrivait pas à se lasser de ce corps décharné, percé et couturé de toutes parts, dont le sexe, plus sombre que le reste, dressé devant ses yeux, ressemblait à l'effigie d'un dieu auquel il lui semblait faire l'offrande de sa bouche, au moment où elle engloutissait sauvagement cette épée de chair dépourvue de tout ornement mais pourvoyeuse du Plaisir Suprême dont elle attendait la lente montée dans son corps avec une impatience qu'elle avait le plus grand mal à cacher.

À force de copuler avec Nuage Blanc, dans toutes les positions, y compris les plus bizarres, Wuzhao avait l'impression de dominer cet amant, comme s'il lui eût appartenu tout entier.

Mais la réalité était autre.

Car c'était l'inverse qui s'était produit, le tantrique ayant réussi à s'approprier le corps de cette femme dès la première fois où il lui avait fait l'amour, au point qu'elle ne pouvait plus se passer de ses caresses...

Dans le couple étrange aux rapports extatiques qu'ils n'avaient pas tardé à former, c'était plutôt la souveraine qui était devenue l'adepte docile du Yogâ de la Kundalinî, et même, par certains côtés, l'esclave de son Yogî.

Il est vrai que pour amener l'impératrice de Chine à

la découverte de ce qu'était le comble de l'extase sexuelle, Nuage Blanc n'avait pas lésiné. C'était chaque fois un rituel différent qu'il lui faisait découvrir, lorsque les deux amants s'unissaient secrètement, à l'abri de la porte capitonnée du boudoir de Wuzhao.

Comme il était délectable, pour elle, de sacrifier ainsi au lingam de Nuage Fou…

Juste avant l'acte sexuel, Wuzhao se délectait à observer sous la peau fine les veines prêtes à se gonfler, témoignant déjà de l'exceptionnelle propension du lingam de Nuage Blanc à se redresser, tel un nagâ en colère, prêt à bondir sur sa proie.

Mais ce qu'elle considérait avec autant d'intérêt que la plus précieuse des reliques de Bouddha, c'était la pointe terminale de cette lance musclée, rose comme un bouton de pivoine, mais aussi dure et lisse que l'intérieur d'un coquillage, lorsqu'elle s'apprêtait à appliquer dessus, avec une fébrilité désarmante, l'infaillible recette que constituait l'empreinte de sa langue.

De rapports débridés en jouissances partagées, puis en extases communes, le membre de Nuage Fou était devenu une sorte de stylet à écrire en lettres de feu sur la peau de l'impératrice le texte ésotérique du Yogâ de la Kundalinî et de la maîtrise qu'il prônait de l'ensemble indissociable du corps-esprit.

C'est ainsi que l'esprit curieux de Wuzhao n'avait pas manqué d'être frappé par ce que Nuage Blanc lui avait expliqué au sujet de l'utilisation rituelle de la sexualité qu'ils savaient si bien mettre en pratique.

Même sans prétendre, comme Nuage Fou l'y eût volontiers incitée, appliquer au bouddhisme le rituel tantrique, dans le but d'apporter à la Noble Vérité du Bienheureux un supplément de force, Wuzhao avait tout simplement envie d'essayer de domestiquer l'extraordinaire puissance qui naissait de cette union entre l'énergie rouge de la vulve féminine, que Nuage Blanc appelait du joli nom de « yoni », et l'énergie blanche qui surgissait du lingam de son partenaire.

Pour l'impératrice de Chine, l'époque et les circonstances, plutôt fastes, n'étaient pas de nature à freiner de telles ardeurs. Confiante dans l'indéfectible soutien à sa cause des communautés chinoises du Grand Véhicule, rassurée par l'emprise qu'elle exerçait sur son époux, que la progression de sa maladie invalidait chaque jour un peu plus, habile à repousser les assauts incessants de ses ennemis, elle se sentait de plus en plus forte.

Ce jour-là, elle avait donc jugé qu'elle était disponible pour tenter cette expérience avec Nuage Blanc, et en même temps hors d'atteinte des attaques que cette nouvelle passade ne manquerait pas de susciter.

Au bout de quelques mois de pratique, l'exaltation de ses sens provoquée par l'exercice sexuel hebdomadaire auquel elle se livrait l'avait rendue plus sereine que jamais.

Le seul grain de sable qui aurait pu troubler cette douce euphorie s'appelait, en fait, Umara. L'impératrice de Chine trouvait profondément néfaste et injuste la séquestration de cette jeune chrétienne si attachante.

— Pourquoi ne me la confiez-vous pas ? Je la maintiendrais au secret aussi bien que vous, mais ce serait au moins dans un autre cadre ; elle pourrait se promener dans le Parc des Pivoines Arborescentes ! avait-elle suggéré à Pureté du Vide lors d'un de leurs entretiens.

— Cette jeune fille sait pertinemment où se trouvent les reliques saintes nécessaires à nos projets communs ! Tant qu'elle n'a pas parlé, il est hors de question pour moi de la laisser sortir d'ici ! avait déclaré le grand maître sans ambages.

— Et si je vous fournissais des coupons de soie pour

vos bannières, accepteriez-vous de faire un tel geste ? lui avait-elle lancé, quelque peu excédée par sa raideur.

Avec l'éradication toute récente de l'épidémie qui affectait le bombyx, la production de soie avait lentement repris dans les manufactures impériales chinoises, atténuant la pénurie et rendant moins cruciale, pour les entreprises de la souveraine, l'arrivée en Chine centrale du tissu clandestin fabriqué par les manichéens. Wuzhao savait donc qu'elle pourrait tenir sans trop de difficultés la promesse qu'elle avait faite à Pureté du Vide.

— La balle est dans votre camp, Majesté ! avait alors murmuré en souriant le grand maître de Dhyâna, qui avait l'art de laisser toujours les portes ouvertes.

Une fois de plus, Wuzhao avait déployé des trésors d'habileté pour arriver à ses fins.

À force de faire pression sur le ministre de la Soie Vertu du Dehors, au nom de Gaozong lui-même et en arguant du fait que c'était pour l'usage vestimentaire de l'empereur en personne, elle avait procuré au Supérieur de Luoyang quelques superbes coupons de moire de soie rouge et blanche qu'il avait aussitôt transmis aux ateliers de broderie et de peinture du monastère de la Reconnaissance des Bienfaits Impériaux, d'où ne tarderaient pas à sortir une dizaine de bannières votives... tandis que, dans la foulée, elle s'était hâtée de le convoquer pour lui demander à nouveau s'il était enfin prêt à lui confier Umara.

— Majesté, je ne vous dis pas non, s'était borné à lui répondre l'intéressé. Cela dit, vous devriez bien réfléchir... avait-il ajouté de sa voix douce et sur cet inimitable ton impavide dont il savait si efficacement user.

— Le sort de cette jeune femme est injuste. Comment êtes-vous sûr qu'elle connaît le lieu où se trouvent ces reliques, dès lors que la grotte où elles étaient cachées a été pillée ?

— Une relique aussi sainte ne disparaît jamais ! Le Bienheureux veille sur ce qu'il a laissé aux hommes !

— Je croyais que la doctrine du Grand Véhicule mettait plus l'accent sur la méditation assise, pour atteindre la voie de la délivrance, que sur l'adoration des reliques saintes, que pratiquent les moines de l'Inde…

— La puissance du Grand Véhicule repose sur le nombre de ses moines ; la formation et l'entretien de ceux-ci coûte de plus en plus cher. Il nous faut donc de plus en plus d'argent, Majesté…

— Si je comprends bien, votre objectif est d'organiser un pèlerinage de plus ! Les Jumeaux Célestes ne vous suffisent plus, lui avait-elle lancé sur le mode du persiflage.

— Depuis que j'expose ces enfants à la foule des dévots, l'argent afflue comme jamais ! Si je pouvais y joindre les Yeux de Bouddha, notre monastère se porterait acquéreur d'immenses terrains formidablement situés en plein centre-ville !

— Et pour quoi faire ?

— Pour les revendre à l'État ! Et c'est là, Majesté, que votre précieux concours serait décisif ! lâcha, du tac au tac, le chef du Mahâyâna chinois.

— Si je comprends bien, vous comptez sur moi pour obtenir, le moment venu, la plus-value maximum… avait-elle murmuré, abasourdie par tant de rouerie et de machiavélisme.

— C'est exact. Si je le niais, je vous mentirais !

— En quoi cela facilitera-t-il mon accession au trône de Chine ? avait-elle soufflé, la gorge nouée par un propos qui sortait explicitement de sa bouche pour la première fois.

102

— C'est tout simple, Majesté : par un texte approprié placardé aux portes des quelque dix mille pagodes de Chine, le Grand Véhicule prendrait officiellement votre parti.

— Une simple déclaration ne suffirait certainement pas ! Rendez-vous compte, il faut faire admettre à la cour que l'empereur de Chine, celui qui reçoit dans le Mingtang[1] l'ordre céleste de présider aux destinées du peuple chinois, serait une femme… s'écria-t-elle, haletante rien à la seule pensée des innombrables obstacles qui se dresseraient sur sa route avant qu'elle puisse assouvir son rêve.

— Sans doute. Mais je pense détenir la solution… avait ajouté mystérieusement Pureté du Vide.

Et il avait fallu que Wuzhao insistât fortement pour que son interlocuteur consentît à préciser ses propos sibyllins.

— Un certain dévot plus instruit que les autres, parmi ceux qui viennent chaque matin embrasser la robe des Jumeaux Célestes, sachant que vous êtes la protectrice officielle de ces deux enfants, a prétendu que vous seriez une préfiguration du Bouddha du Futur Maitreya. Cela m'a donné des idées…

— Expliquez-vous ! avait-elle lâché, tout excitée par le fol espoir qu'il faisait naître dans son cœur.

— L'hypothèse de cet homme est difficile à réfuter, s'agissant du Bouddha de Demain dont personne ne sait, au juste, quand il viendra ni sous quelle forme… Mon prestige intellectuel me permettrait donc d'accréditer cette idée, Majesté, sans risquer d'être contredit par vos ennemis jurés. Il me suffirait, par exemple, d'écrire un sûtra qui développerait cette hypothèse et

---

1. Ce nom désigne le palais de Lumière où l'empereur reçoit, le jour de son couronnement, le « mandat du Ciel ».

103

finirait par la valider. Il y serait dressé, sans vous citer, bien sûr, le portrait de cette préfiguration et chacun vous y reconnaîtrait sans peine ! J'ai même une idée de son titre : il pourrait fort bien s'appeler le *Classique du Nuage Important*[1], avait déclaré, l'air entendu, Pureté du Vide.

— C'est drôle, il m'est arrivé de rêver que j'étais une réincarnation de Maitreya, le Bouddha du Futur ! avait laissé échapper l'impératrice, il est vrai coutumière de ce songe, mais qui n'avait jamais osé en faire part.

Mais si l'impératrice avait découvert jusqu'où le Supérieur de Luoyang était prêt à aller pour disposer des Yeux de Bouddha, leur entretien l'avait surtout confortée dans sa volonté de hisser hors de la Lë les rochers prémonitoires qui y gisaient.

Aussi, ce jour-là, avait-elle une idée précise en tête, alors qu'elle s'était mise à caresser lentement son yoni, au moment où Nuage Blanc le pénétrait de son turgescent lingam.

Elle comptait bien sur l'éléphant blanc pour l'aider. Car telle était l'unique raison pour laquelle elle avait demandé à Nuage Blanc de venir la retrouver à Luoyang : elle avait besoin de la colossale force du pachyderme pour sortir de l'eau les rochers que le Muet avait à peine pu faire bouger, lorsqu'il avait plongé dans la rivière pour y repêcher la petite Joyau.

Et à présent, une fois prise sa dose de plaisir, elle n'avait qu'une hâte, se précipiter au bord de la Lë.

— J'ai besoin des services de ton éléphant blanc, murmura-t-elle à l'oreille de Nuage Fou, au moment où ce dernier, abîmé dans son extase, après avoir avalé

---

1. Ce livre à la gloire de Wuzhao a réellement existé et développe l'hypothèse selon laquelle l'impératrice était bien une réincarnation du Bouddha du Futur, Maitreya.

subrepticement une de ses pilules, allait s'endormir à même le sol de la chambre.

— Il me suffit d'aller à l'écurie, Majesté, il est bien entendu à votre disposition, souffla Nuage Fou en bâillant après s'être relevé, exténué par son exercice sexuel avec Wuzhao.

— Va donc le chercher !

Quelques instants plus tard, cornaqué par Nuage Fou, l'immense pachyderme à la peau rosâtre, dont les grandes oreilles battaient doucement l'air, se dandinait devant l'impératrice de Chine, venue l'accueillir tout exprès sur le seuil du Pavillon de l'Orchidée.

Elle s'approcha de l'animal et posa sa main sur son large front plissé.

Posté aux côtés de l'énorme bête, Nuage Blanc la fit étrangement penser à Puxian, le bodhisattva Samantabhadra, lequel avait aussi un éléphant blanc pour monture. Elle se dit que l'aura dont jouissait Nuage Blanc était probablement due au fait que de nombreux dévots bouddhistes devaient être persuadés que Puxian et l'Indien aux seins percés ne faisaient qu'un…

— Que peut cet éléphant, pour vous servir, Majesté ?

— Il va sortir de la rivière huit gros rochers qui sont enfouis dans son lit. Ils sont trop lourds pour la force humaine, n'est-ce pas, le Muet ? lança-t-elle à l'adresse du géant turco-mongol dont la mine sombre témoignait de la haine profonde qu'il éprouvait à l'encontre de Nuage Blanc.

— Va chercher trois solides cordes de chanvre ! ajouta-t-elle sans prêter la moindre attention au regard furibard que son factotum décochait à l'homme au mot « Tantra » écrit sur le ventre.

Il est vrai que le géant, quelques instants plus tôt, venait encore de les observer en train de faire l'amour comme des bêtes en rut, fou de jalousie et ivre de désir, depuis la véranda du Pavillon des Orchidées où il s'était dissimulé.

Jamais, dans ses bras, Wuzhao ne s'était abandonnée comme dans ceux de cet Indien aux yeux injectés de sang qui passait son temps à absorber en catimini des pilules sombres sorties du petit sac de cuir qu'il avait dans sa poche.

Non sans amertume le Muet avait également constaté que, bien que le sexe de Nuage Blanc fût à la fois moins ample et moins long que le sien, l'impératrice paraissait prendre dix fois plus de plaisir avec ce rival !

— Pas savoir où trouver ! assena-t-il à l'impératrice dans son inimitable jargon.

— Il y en a des rouleaux entiers dans la remise ! Presse-toi ! Tu sais bien que je n'aime pas attendre, lui rétorqua-t-elle sèchement.

Le factotum porte-grillon s'exécuta de mauvaise grâce et finit par revenir quelques instants plus tard, les bras chargés de lourds cordages du type de ceux qui servaient à haler les bateaux qui empruntaient le canal impérial reliant Chang An à Luoyang.

Puis, accompagnant le pas lent et majestueux du pachyderme sacré du couvent de l'Unique Dharma de Peshawar, ils se dirigèrent tous les trois en procession vers le bord de la rivière.

Il fallait voir la transformation de Wuzhao !

Elle était devenue une sorte de chef de guerre, donnant aux deux hommes des ordres précis qui étaient exécutés docilement, vérifiant la façon dont les cordes étaient attachées au poitrail de l'animal, inspectant l'aire sur laquelle les rochers devraient être hissés, évaluant la pente et la hauteur du bord herbeux de la rive.

Le beau visage de la souveraine avait à présent la dureté de celui d'un général en chef mettant de l'ordre dans ses troupes avant la bataille.

— Le Muet, tu vas plonger et faire passer une corde sous un premier rocher, après quoi, l'éléphant le tirera sur la rive ! ordonna-t-elle à l'intéressé.

— Majesté, eau très froide ! gémit ce dernier après y avoir trempé un orteil.

— Fais ce que je te dis ! insista-t-elle auprès du Muet qui finit par s'exécuter de mauvaise grâce.

Tandis que Nuage Fou s'éclipsait derrière un arbre pour avaler son indispensable pilule, le géant turco-mongol plongea dans les flots glacés couleur de jade.

Wuzhao fixait les cercles concentriques sous lesquels son factotum à la langue coupée venait de disparaître, guettant sa sortie des eaux. Lorsqu'il reparut enfin, le crâne couvert d'algues, au bout de minutes qui semblèrent des siècles à l'impératrice, quelle ne fut pas sa surprise de l'entendre lui annoncer, l'air buté :

— Trop difficile ! Pas possible !

D'un seul coup, elle eut l'intuition que c'était là un pur chantage.

Profitant de ce que Nuage Blanc se tenait un peu à l'écart, elle s'accroupit au bord de l'eau et se pencha vers le géant turcomongol, de sorte que sa langue effleurât la bouche à demi ouverte de celui-ci en train de reprendre son souffle.

— Si tu arrives à arrimer les rochers à la corde, tu seras récompensé dès cette nuit ! murmura-t-elle, usant de son plus aguichant sourire.

Nichés dans l'échancrure de son corsage largement ouvert, s'offraient les deux seins fermes de Wuzhao, dont le Muet aimait tant sucer les tétons au goût de mangue. Ce fut sans barguigner qu'il retourna au fond des eaux, avant de resurgir, tenant triomphalement à la main les deux bouts de la corde qu'il avait réussi à faire passer, comme par enchantement, sous l'une des grosses pierres.

Le pachyderme rosâtre était prêt, désormais, à tirer les cordages enroulés autour du rocher qui formaient une sorte de harnais attaché autour de son poitrail.

— Nuage Blanc, peux-tu donner à l'éléphant l'ordre de tirer ? lança l'impératrice à son amant au mot « Tantra » écrit sur le ventre.

Il suffit à ce dernier de caresser doucement l'arrière de l'oreille droite de l'éléphant blanc, et celui-ci se mit à avancer de quelques pas, comme si de rien n'était, attelé à ces grosses longes qui plongeaient dans la Lë. Très vite on vit sortir de celle-ci un premier rocher verdâtre.

L'impératrice de Chine ne put s'empêcher de pousser un cri de joie devant ce gros cube recouvert de mousse. Elle sortit d'un petit sac une banane et la glissa dans la bouche du pachyderme, qui leva la trompe en signe de remerciement.

Au bout d'un moment, huit rochers cubiques de taille comparable s'alignèrent sur la pelouse, au bord de la rivière.

Tandis que les deux hommes exténués par leurs efforts s'étaient affalés au pied d'un arbre, sous le regard qui paraissait amusé de l'éléphant sacré de Peshawar, Wuzhao se précipita vers les pierres vénérables, devenues désormais ses alliées décisives.

Le cœur battant, elle passa sa main dessus pour les débarrasser de cette drôle de gélatine verte dont elles étaient encore recouvertes, dévoilant ici et là leur surface. Ce n'était pas difficile, le tranchant de la paume suffisait à l'enlever.

Elle ne mit pas longtemps à comprendre que les rochers ne comportaient aucune inscription ni gravure.

Alors, en toute hâte, après avoir vérifié que ses deux compagnons dormaient toujours, elle replaça sur la roche la pâte d'algues qu'elle venait de gratter.

108

Face à elle, à présent, ces énormes pierres verdâtres, vierges de toute écriture et somme toute d'une affligeante banalité, probables éléments d'une architecture disparue — pourquoi pas un pont ? — immergés là pour des raisons qui n'avaient sans doute rien à voir avec la légende, paraissaient la défier.

Elle était à la fois déçue et soulagée : puisque ces pierres étaient dépourvues d'inscriptions, au moins aurait-elle tout loisir de les faire graver.

Elle se remémorait les propos de Pureté du Vide sur une possible réincarnation du Bouddha Maitreya dans sa personne ; elle se rappelait l'intransigeance du grand maître de Dhyâna au sujet des Yeux de Bouddha ; elle entendait la rumeur, montée du tréfonds de la Chine, selon laquelle Nuage Fou était la réincarnation du Bodhisattva Puxian ; elle considérait le respect, la révérence et presque la terreur que suscitaient les Jumeaux Célestes lorsqu'on les promenait en ville, dans leur palanquin.

Tous ces faits ne témoignaient-ils pas de la même évidence ?

Lorsque le sacré et l'irrationnel faisaient irruption dans l'esprit des hommes, rien ne pouvait s'y opposer.

Avait-elle besoin de Pureté du Vide et de son *sûtra du Classique du Nuage Important* ?

Ne lui suffisait-il pas de mettre habilement en scène la découverte des rochers, préalablement dotés des caractères adéquats ? Alors, à n'en pas douter, la nouvelle se répandrait dans toute la Chine comme une traînée de poudre, selon laquelle l'impératrice Wuzhao était une réincarnation possible de Maitreya...

Et pour la circonstance, elle voyait déjà le rôle des Jumeaux Célestes : ce serait grâce à leur miraculeux truchement qu'elle aurait découvert l'existence de ces fameuses pierres divinatoires, tapies au fond des eaux glauques.

Alors, tout deviendrait possible et obtenir ce mandat du ciel ne serait plus qu'une formalité.

Elle eut soudain une pensée empreinte de nostalgie pour Umara, la jeune chrétienne nestorienne. Que n'eût-elle pas donné pour que cette jeune femme dont elle se sentait si proche, sans doute parce qu'elle poursuivait la voie inverse de la sienne, fût là, devant la Lë, à ses côtés !

Wuzhao retrouvait dans Umara bien des échos de sa propre voix : la même éclatante beauté alliée à l'intelligence ; la même ténacité et le même caractère passionné et entier ; la même recherche d'un absolu apparemment inaccessible.

Mais à la différence de l'impératrice de Chine, la jeune chrétienne avait mis toutes ses qualités au service de sa quête du bonheur, alors que Wuzhao, beaucoup plus seule au monde, poursuivait son rêve fou d'ascension de l'ultime marche du pouvoir suprême.

Il n'y avait guère que l'avenir à pouvoir les départager. Quelles étaient leurs chances d'atteindre leurs buts respectifs ? L'une et l'autre n'étaient, à cet égard, ni au bout de leurs peines ni au bout de leurs surprises...

— Puis-je te demander un service, Nuage Blanc ? murmura Wuzhao à l'intéressé en le secouant pour le réveiller.

— Dites toujours, Majesté.

— J'ai encore une faveur à demander à l'éléphant blanc.

— Je vous écoute !

— Il faudra lui faire transporter ces huit rochers au fond du parc du Palais d'Été, en veillant à ce que personne, absolument personne, ne soit au courant !

Le regard de Wuzhao était alors si implacable que même Nuage Fou eut de la peine à le soutenir.

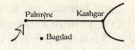

42

Citadelle de Palmyre

— Avez-vous besoin de quelque chose, ma princesse ?

Telle était la phrase que venait de prononcer une épaisse et vulgaire gouvernante, dont les bourrelets du ventre, plissé comme la peau d'un éléphant, s'échappaient du pantalon bouffant de coton noir serré à la taille.

Toutes les heures, pour s'assurer que Lune de Jade ne manquait de rien, et sans doute pour mieux la surveiller, la matrone faisait ainsi irruption dans la chambre tapissée de plaques de marbre où la jeune Chinoise passait ses journées enfermée à double tour.

L'épouse de Pointe de Lumière lui fit comprendre d'un air las qu'une boisson, fût-elle tiédasse, serait la bienvenue.

Avec la chaleur étouffante qui transformait la pièce en étuve, la jeune Chinoise ne supportait même plus l'odeur des graines d'encens et des fleurs de jasmin dispersées chaque matin sur le dallage multicolore par cette femme qui, à présent, lui tendait un verre de thé à la cardamome qu'elle s'empressa de boire.

Le soleil tapait si dur qu'il était hors de question pour Lune de Jade, dont c'était pourtant l'unique occupation, de s'accouder à la fenêtre de la somptueuse chambre qui lui servait de prison.

Depuis la forteresse de Palmyre où elle était retenue, un hallucinant château fort accroché, telle une araignée, à un éperon rocheux abrupt, auquel on accédait par un étroit sentier qui s'achevait en escalier taillé dans le roc, la vue était en effet extraordinaire sur l'ancienne Tadmor, qu'on appelait alors du joli nom de « Ville des Palmiers », ou Palmyre.

Le matin et le soir, Lune de Jade y passait volontiers des heures, sans jamais se lasser de cet incroyable spectacle façonné par les hommes depuis des millénaires.

Au loin, elle apercevait les plus belles ruines du monde romain poudroyer sous le soleil implacable de cette fin d'été : le théâtre, où tant d'acteurs avaient déclamé pendant des siècles les grands auteurs latins et grecs pour la plus grande joie de la haute société marchande qui faisait la richesse de la ville, ainsi que le temple du dieu Béel, d'origine babylonienne, qui régnait sur le soleil, la lune et les planètes, mais qui était également considéré comme le grand maître de la destinée des hommes… et surtout la célèbre colonnade qui servait de décor à la rue principale de la ville, dénuée de pavage, contrairement à ses bas-côtés, ce qui permettait aux chameaux d'y circuler sans glisser.

Tout au bout de cette grande rue, au beau milieu d'un fouillis de tentes et d'édifices plus précaires, se trouvait le célèbre marché aux encens, point d'arrivée de la route provenant de l'« Arabie Heureuse », lieu principal de production de la « gomme arabique ».

Non seulement Palmyre embaumait l'encens et les

épices, mais on y trouvait aussi les meilleurs fruits et légumes, les confitures et les pâtisseries les plus raffinées, ainsi que la plus subtile viande d'agneau de tout le Moyen-Orient, que des gargotiers ambulants faisaient rôtir pour remplir des pains azymes sortis tout chauds des fours.

La pauvre Lune de Jade n'avait jamais pu mettre les pieds dans la « Ville des Palmiers » pour profiter de ses innombrables senteurs et délices culinaires.

Car même si les murs de sa chambre étaient de marbre rose, et son dallage recouvert de tapis persans plus somptueux les uns que les autres, l'épouse de Pointe de Lumière était bel et bien prisonnière d'un sultan.

Quand elle lui avait été présentée pour la première fois, le jour même de son arrivée, malgré son souci de faire bonne figure, elle tremblait de tous ses membres.

Puis la concupiscence dont était rempli le regard de cet individu obèse et velu comme un singe l'avait saisie d'effroi et de dégoût. Après l'avoir reluquée et évaluée, le gros sultan velu, qui ne parlait pas un mot de chinois, avait requis la présence d'un interprète.

— Le sultan Rashid souhaiterait que vous lui indiquiez de quelle ville de Chine vous êtes originaire, avait commencé par lui demander l'interprète, un Sogdien au visage grêlé par la petite vérole, qui ne parlait pas moins de six langues, dont le chinois et l'arabe.

Les lèvres de Lune de Jade, au grand dam du chef tujüe qui venait de la négocier auprès du sultan Rashid pour une somme exorbitante, n'avaient même pas frémi.

Celui-ci avait alors donné des ordres brefs et des gardes l'avaient conduite dans cette chambre au dallage de marbre où, à peine enfermée, elle s'était abattue sur le lit moelleux de l'alcôve.

Alors, enfin seule, elle avait pu pleurer toutes les larmes de son corps.

Cela faisait des semaines qu'elle attendait ce moment, pour laver son esprit et son cœur de cette douleur inouïe qui s'y était nichée depuis qu'elle avait perdu l'enfant qu'elle portait.

Jusque-là, claquemurée dans sa souffrance, serrant les dents en bonne combattante qu'elle était, elle avait réussi à s'abstenir de pleurer.

C'était peu de dire, en effet, que le voyage de la jeune femme avait commencé dans des circonstances dramatiques puisque, après cinq jours de chevauchée ininterrompue sur l'infatigable destrier du chef des Tujüe, attachée contre le dos de ce dernier, la fausse couche était survenue en pleine nuit, alors que leur convoi bivouaquait au pied d'une falaise.

C'était toute seule, un mouchoir dans la bouche pour s'empêcher de crier, qu'elle avait expulsé le fœtus mort, au débouché d'une anfractuosité de la muraille naturelle, après avoir eu le réflexe de s'éloigner du groupe pour éviter d'éveiller les soupçons, pendant que tous les autres ronflaient à qui mieux mieux, à mille lieues de se douter que leur otage était en train d'accoucher prématurément.

Le matin, elle était si faible, à cause de l'hémorragie, qu'elle pouvait à peine parler lorsque le chef des Tujüe, constatant sa pâleur, lui avait demandé à grands gestes si quelque chose n'allait pas.

— Ce n'est rien. Le chant d'une chouette a quelque peu troublé mon sommeil… s'était-elle contentée de répondre.

Le reste du parcours s'était déroulé pour la malheureuse Lune de Jade comme dans un cauchemar.

Fallait-il qu'elle fût forte pour ne pas lâcher prise ! Car le chemin de Turfan à Bagdad avait été interminable. Tel un automate, crispée sur sa propre souffrance morale, Lune de Jade avait traversé nombre de villes-oasis : après Yarkhoto, qui avait pour nom chinois Jiaohe, juchée sur une colline de lœss, au confluent de deux rivières à quelques jours de marche de Turfan, il lui avait fallu affronter des étapes bien plus longues pour traverser Korla, au nord du bassin du Tarim, et longer les Monts Célestes Tianshan dont les falaises étaient trouées par des grottes où priaient des ermites du Grand Véhicule.

Le cœur serré, parce que c'était la patrie de Pointe de Lumière, elle avait aperçu la ville de Kucha, lovée au milieu des vergers d'abricots à la peau douce comme celle des bébés et de pruniers aux fruits roses qui poussaient dans des sillons des vignobles.

Là-bas, elle eût volontiers faussé compagnie à ses ravisseurs, mais elle était sous bonne garde, le chef tujüe, dont elle avait fini par comprendre qu'il s'appelait Kaled Khan, ne la quittant jamais des yeux.

Après le mémorable « corridor de sable », une longue bande désertique où ne poussaient que des plantes minuscules couvertes d'épines, qu'on mettait deux bonnes semaines à traverser, les premiers contreforts du Pamir avaient fait leur apparition, dans une région où l'eau manquait cruellement ; puis ils étaient arrivés à Aksu, où ils avaient soigneusement rempli les jarres et les outres de peau, après avoir payé leur écot auprès du fontainier en chef de la municipalité.

C'est alors qu'elle avait découvert l'immense marché-capharnaüm de Kashgar, ou Kashi en chinois, la ville du monde la plus éloignée de la mer, où le « carré des marchands de soie » était sévèrement gardé par des hommes en armes qui en filtraient l'entrée.

Kashgar était alors à la culture et au commerce du monde ce que la ligne de partage des eaux est aux fleuves : c'est de part et d'autre de cette oasis mercantile que s'exerçaient les forces d'attraction et d'influence, d'un côté vers l'Orient et de l'autre vers l'Occident.

Passé cette ville profondément cosmopolite et, pour un Chinois, si occidentalisante, les traces de la culture chinoise, déjà éparses, s'évanouissaient peu à peu, telles des gouttelettes après la pluie, tant dans les visages des gens que dans la forme des toits et les habitudes alimentaires.

Seule la soie, ce matériau inouï, continuait à témoigner du raffinement d'une immense civilisation aussi éloignée qu'inconnue.

Puis il avait fallu au convoi des ravisseurs de Lune de Jade affronter des plateaux arides et désolés, où d'énormes failles rocheuses s'ouvraient sous les sabots de leurs petits chevaux ferghanais, « suant le sang[1] », et qu'on disait « célestes ». Comme par miracle, ces destriers arrivaient, grâce à leur agilité et malgré leurs folles galopades, à éviter de se rompre les jambes, ce qui eût obligé leurs cavaliers à les mettre impitoyablement à mort pour qu'ils ne fussent pas la proie des vautours dont les terribles serres et les becs acérés les auraient déchiquetés vivants.

À force de chevaucher toute la journée depuis des semaines, la pauvre petite Chinoise ne sentait plus son ventre, pas plus d'ailleurs que ses jambes ni son dos, lorsque, après avoir laissé Boukhara à main droite, ils avaient franchi le fleuve Amou-Daria et, après des journées aussi longues qu'était monotone le paysage désolé, ils avaient fini par gagner Meched, en Bactriane, puis Ispahan, en Perse.

---

1. La présence du parasite *parafiaria multipapillosa* sous la peau des pur-sang des steppes faisait perler leur sang qui se mêlait à leur sueur.

Alors, Lune de Jade, à son corps défendant et même si la séparation d'avec Pointe de Lumière, amplifiée par la perte de leur enfant, continuait à hanter ses jours et ses nuits, était entrée dans un monde dont elle ne soupçonnait même pas l'existence.

Plus rien ne ressemblait à ce qu'elle avait pu contempler par le passé : depuis la couleur du ciel, où jamais un nuage ne venait troubler la profondeur de l'azur, jusqu'à celle, blanchâtre, des collines et des montagnes qui se mêlaient inextricablement au sable du désert.

À cet endroit, la Route de la Soie n'était plus qu'une piste balayée par le vent de sable qui effaçait les traces des rares caravanes, contraignant le voyageur à être en permanence aux aguets s'il ne voulait pas s'égarer dans quelque vallée perdue, où personne ne retrouverait jamais son cadavre desséché.

Après tant d'âpreté et de désolation, la vision soudaine de la ville de Bagdad, d'abord tremblotante, ne pouvait être qu'enchanteresse. Des bulbes de briques roses couronnaient les innombrables palais de cette majestueuse cité, lovée entre deux boucles du fleuve Tigre, laquelle garderait pour longtemps son statut de capitale fière et indépendante.

À Bagdad, dont le nom était encore Baudac, parce qu'on y fabriquait déjà de somptueux « baldaquins » en « nasidj » qui désignait, en arabe, le brocart de soie, tout était hors de prix, car la population de cette ville raffinée, presque aussi belle que Chang An, incontournable carrefour commercial de la partie occidentale de la Route de la Soie, était habituée au luxe.

Dès son arrivée, Lune de Jade avait été menée au harem par des sbires au faciès inquiétant dont les longues épées recourbées battaient les flancs.

L'ambiance qui régnait dans le palais de ce roitelet ne lui disait rien qui vaille, et encore moins celle du

117

harem, où une vieille courtisane chinoise, oubliée là depuis des lustres par un ambassadeur des Tang, lui avait décrit son sort avec un luxe de détails sordides.

— Tu verras, le roi est un obsédé de la « porte arrière ». Tu as intérêt à te préparer en l'enduisant de graisse d'agneau, avant de gagner ses bras…, lui avait susurré d'un air entendu cette femme édentée dont l'haleine fétide l'avait fait reculer d'un pas.

Au Temple du Fil Infini, à Chang An, lorsqu'elle était la coqueluche des ouvriers, elle avait toujours refusé d'ouvrir sa petite porte, malgré les supplications de ses partenaires, prêts, pour certains d'entre eux, à payer le prix fort une telle faveur.

— S'il m'approche, je n'hésiterai pas à lui casser ce vase sur le crâne… s'était-elle écriée, avisant une superbe céramique multicolore d'où surgissait un immense lys.

— Dans ce cas, c'est ta propre tête qui risque, au passage, de tomber… À ta place, je me poserais la question de savoir s'il vaut mieux céder sur un point secondaire, quand l'essentiel est en cause… avait conclu, toujours de la même voix doucereuse, la courtisane déchue que la perspective de voir rouler aux pieds du bourreau le beau visage de cette jeune femme semblait plutôt réjouir.

Au grand soulagement de l'intéressée, leur départ vers Palmyre avait réglé cette épineuse question. De fait, ses ravisseurs n'avaient pas souhaité laisser Lune de Jade à Bagdad, pourtant le terme prévu de leur périple : le roitelet local avait tordu le nez devant le prix annoncé par le chef tujüe pour cette jeune Chinoise à la stupéfiante beauté. À l'issue d'un échange plutôt vif avec ce potentat avare, Kaled Khan avait donc décidé de pousser un peu plus loin sa chevauchée sur la Route de la Soie et de proposer Lune de Jade au sultan de Palmyre.

— Ici, il faudra être très gentille avec le sultan Rashid ! s'était contenté de lui ordonner le chef des Tujüe, au moment où ils pénétraient dans Palmyre en passant sous l'arc de triomphe constitué de rameaux d'oliviers, pour aborder la rue principale flanquée par la célèbre colonnade romaine aux chapiteaux corinthiens, longue de plus d'un kilomètre, célébrée par tous les voyageurs.

À peine avait-elle eu le temps de goûter à la fraîcheur de l'immense palmeraie qui séparait la ville de la forteresse du sultan Rashid, qu'elle avait été conduite devant ce dernier par le chef tujüe, tout à sa hâte de présenter à l'acquéreur l'indéniable qualité de la « marchandise » promise.

Le lendemain de son arrivée à la forteresse de la « Ville des Palmiers », après une nuit où elle avait enfin pu dormir, soulagée d'avoir pleuré tout son soûl, elle avait comparu de nouveau devant le sultan, en présence d'un autre interprète dont la prestance, dès le premier abord, ne l'avait pas laissée indifférente.

— Le sultan fait demander à la princesse si elle a bien dormi, s'était enquis cet homme.

Sa barbe et sa moustache soigneusement taillées se détachaient sur la peau mate de son visage au nez fin et aux yeux noirs, cernés de khôl.

— Le lit de ma chambre est en effet plutôt confortable, s'était-elle bornée à répondre, à la grande joie du gros sultan, ravi de constater qu'elle était sortie de son mutisme.

— Votre Seigneurie, la princesse Lune de Jade est dans de meilleures dispositions ; je crois qu'il est temps pour moi de m'en retourner... Cela fait des semaines que mes mandants m'attendent à la préfecture de

Kang [1] ! Je pense que vous n'êtes pas déçu par la qualité de la marchandise… avait alors habilement suggéré au sultan Rashid le chef des Tujüe Kaled Khan.

Cet opportun mensonge n'avait d'autre but que de forcer la main au sultan que le prix demandé pour la possession de la jeune Chinoise faisait quelque peu hésiter.

Le bel interprète avait docilement traduit les propos du Tujüe, lequel, manifestement, avait hâte de toucher l'argent de la remise de Lune de Jade, avant tout incident ultérieur qui eût compromis une transaction aussi exceptionnelle.

Le souverain, les yeux rivés sur le corps svelte de Lune de Jade, qu'on devinait splendide sous la robe de soie légère comme un nuage que la grosse gouvernante lui avait fait enfiler le matin même, avait lâché quelques phrases à l'adresse du Tujüe :

— Tu peux disposer ; tu passeras chez l'économe prendre ton dû ! Le sultan souhaite que tu fasses part, à l'occasion, à tes mandants que leurs tarifs d'achat d'otages sont bien trop élevés, s'agissant de royaumes dignes et fiers mais démunis de richesses, à l'instar du sien.

Kaled Khan était reparti promptement, sans oublier de faire les trois courbettes protocolaires, tandis que la jeune Chinoise maudissait celui par la faute duquel elle se retrouvait désormais face à ce gros et dégoûtant homme velu comme un singe.

Voilà que la pauvre Lune de Jade se découvrait à la fois otage et princesse !

Lorsque l'interprète qui lui paraissait sympathique l'avait raccompagnée jusqu'à sa somptueuse chambre

---

1. Nom chinois de la ville de Samarkand, en Transoxiane.

d'isolement, elle n'avait pu s'empêcher de lui demander la raison de ce traitement de faveur.

— Compte tenu de votre rang, un tel statut est normal. La cour chinoise procède volontiers par échange d'otages, pour maintenir la paix avec les royaumes qui ne sont pas encore sous sa tutelle. Un prince sogdien ou sassanide contre un prince chinois : cela s'est vu maintes fois. En tant que princesse, vous ferez, à votre tour, le moment venu, l'objet d'un échange ! La cour de Chang An retient actuellement prisonnier un ambassadeur arabe, sous le prétexte que cet homme n'a pu acquitter l'octroi en monnaie chinoise, alors qu'il était suivi d'une mule qui portait un sac rempli à ras bord de pièces d'or pur !

— Je suis donc appelée à servir de monnaie d'échange ! avait-elle murmuré, abasourdie.

— C'est tout à fait possible… Cela dépendra de la décision du sultan Rashid… Quand on est issue d'une des plus nobles familles chinoises, on pèse lourd dans les relations diplomatiques.

— Comment connaissez-vous mes origines ? avait-elle hasardé, la voix tremblante.

— Le chef tujüe nous les a décrites par le menu. Rassurez-vous, même si le sultan ne paraît pas insensible à vos charmes, il a bien trop conscience de votre valeur monétaire pour toucher fût-ce à un seul de vos cheveux ! avait confié l'interprète avec un grand sourire.

— Qui êtes-vous, pour détenir autant de certitudes ?

— Mon nom est Firouz et j'ai acquis la fonction d'Ambassadeur Extraordinaire et Plénipotentiaire du sultanat de Palmyre et de Bagdad. Je ne cherche pas à vous impressionner, Estimée Princesse, mais simplement à vous informer.

— C'est gentil de votre part, Firouz, avait-elle murmuré sobrement, tout en maudissant un peu plus encore ce chef tujüe qui n'avait pas hésité à faire passer pour une princesse Han de haut rang la fille de paysans chinois qu'elle était, abandonnée par ses parents avant d'être obligée d'aller se faire embaucher comme ouvrière !

— Parlez-moi un peu de votre famille. Je suis moi-même issu d'un lignage de qualité, même s'il doit être loin d'égaler le vôtre !

— Euh ! À Chang An… qui est la ville la plus peuplée du monde, les familles nobles pullulent, avait-elle répondu, embarrassée.

— Vous êtes modeste. C'est là le signe d'une excellente éducation.

— Je connais des gens humbles qui ont l'élégance de la modestie ! n'avait-elle pu s'empêcher de rétorquer.

— Vos propos attestent de la hauteur de vues de la noble famille dont vous êtes issue…

Lune de Jade avait fini par trouver charmant ce Firouz ; il était à la fois avenant et spontané et ne paraissait pas douter un seul instant de ses origines princières telles que ce filou de chef tujüe les avait décrites aux autorités palmyriennes.

Prudente, elle n'avait pas jugé opportun de le détromper.

— Comment ce chef tujüe a-t-il eu vent de ma présence à Turfan ? lui avait-elle demandé, pour tâcher d'en avoir le cœur net.

— Par une coïncidence, d'après ce qu'il nous a dit. Un Persan nommé Majib lui aurait révélé, moyennant une forte somme d'argent, l'existence à Turfan d'un atelier clandestin de fabrication de soie. Le Tujüe comptait faire main basse sur de la marchandise précieuse, mais quand il découvrit que l'atelier n'avait rien tissé depuis des mois, il se rabattit sur vous ! Il n'aura pas perdu au change, si j'en juge par la somme qu'il a réussi à obtenir de la part du sultan Rashid...

Ce qui arrivait à Lune de Jade n'était donc que la conséquence ultime de la vengeance du chef Majib, après l'humiliation qu'il avait subie au cours du malheureux épisode de cette source nestorienne tarie qu'il n'avait pas réussi à déboucher, malgré ses supposés talents de mogmart !

Non content d'avoir mis à sac l'oasis de Dunhuang, par Tujüe interposés, voilà qu'il s'était attaqué à l'oasis de Turfan, où l'évêque Addai Aggai avait eu l'imprudence de lui révéler l'existence d'un atelier de production de soie clandestine.

Appâté par la « montagne de soie » dont le chef Majib avait fait état devant lui, le Tujüe avait découvert trop tard qu'il ne s'agissait que d'un modeste atelier en cours de démarrage. Il n'avait eu d'autre choix que de se rabattre sur Lune de Jade, en la faisant passer pour une princesse chinoise de haut lignage, ce qui lui avait permis de transformer en excellente affaire le fiasco de ce tuyau crevé !

— Je suis donc ici par hasard... avait-elle repris, pensive et quelque peu désabusée.

— Le hasard, parfois, fait bien les choses... avait rétorqué son interlocuteur en souriant.

Elle n'avait pu s'empêcher de remarquer la blancheur étincelante de ses dents, renforcée par son teint basané, et qui conférait à son sourire un charme indéniable.

— Je préférerais être ailleurs... avait-elle soupiré au moment où il l'avait saluée avec déférence, avant de prendre congé.

Les jours suivants, Firouz était venu lui rendre visite, en lui apportant des fleurs et des fruits, ainsi que ces curieuses pierres appelées « roses du désert » par les chameliers.

123

Elle s'était mise à apprécier la compagnie de cet homme raffiné à la vaste culture qui tranchait singulièrement, par ses manières et ses propos, avec ceux des barbares qu'elle n'avait cessé de côtoyer depuis son enlèvement.

Son histoire n'était pas banale.

Après avoir été formé à l'université diplomatique de Bagdad, son lieu de naissance, Firouz était devenu, à force de travail et d'astuce, une sorte d'ambassadeur itinérant à l'usage des monarques de ces royaumes du désert qui n'allaient pas tarder à être fédérés par la puissante dynastie des Omeyyades à laquelle sa famille avait fait allégeance. En attendant ces jours glorieux, ces micro-nations qui ne possédaient aucun outil diplomatique ne connaissaient, s'agissant des relations avec leurs congénères, que l'usage de la force. Firouz avait réussi à persuader ces roitelets de lui faire confiance en lui donnant mandat pour les représenter auprès des puissances étrangères.

C'est ainsi que celui qu'on appelait aussi « l'Omeyyade » partageait son année en quatre parties égales qu'il consacrait aux quatre États pour lesquels il œuvrait, et la chance avait voulu que l'arrivée de Lune de Jade coïncidât avec le moment où il était au service du sultanat de Palmyre.

Un matin, pourtant, en lieu et place du sémillant Firouz, Lune de Jade eut la désagréable surprise de voir se présenter l'interprète sogdien au visage grêlé qui l'avait accompagnée la première fois devant le souverain.

— Sultan Rashid nous attend, Princesse de Chine. Veuillez passer une cape sur vos épaules nues et me suivre, s'il vous plaît ! dit le Sogdien.

On la fit entrer par une lourde portière de cuir ouvragé dans la salle où le sultan l'attendait, affalé sur un sofa. Elle remarqua que la pièce octogonale était couverte des mêmes plaques de marbre multicolore qui ornaient le sol de sa chambre. Elle ne pouvait évidemment savoir qu'il s'agissait là de plaques de travertin romain récupérées par les bâtisseurs de la forteresse qui les avaient arrachées aux façades des plus beaux monuments de Palmyre.

Le sultan avait dû s'asperger de patchouli, à en juger par l'odeur sucrée et écœurante qui régnait dans cette minuscule pièce surchauffée. Il portait une culotte bouffante écarlate et une simple chemise blanche largement échancrée sur sa poitrine recouverte de longs poils noirs.

— Le sultan Rashid souhaiterait que vous vous mettiez à l'aise… expliqua le Sogdien à Lune de Jade après que l'hôte des lieux eut prononcé quelques mots, avec un large sourire, à l'intention de la jeune Chinoise.

Effarée, elle vit dans le regard du sultan, qui venait de joindre le geste à la parole en ouvrant plus largement encore, d'un geste lent, sa chemise sur la toison noire de sa poitrine, le mauvais éclair du vice et de la concupiscence.

— Vous direz au sultan qu'aujourd'hui ce sera difficile ! Je suis dans mes périodes… bafouilla-t-elle.

À peine le Sogdien avait-il traduit ses propos qu'elle constata une moue de déception sur le visage du potentat.

Le lendemain, lorsque Firouz se rendit auprès d'elle, Lune de Jade était si bouleversée qu'elle se jeta dans ses bras en pleurant.

— Pourquoi n'étiez-vous pas là hier ? lui lança-t-elle, à bout de nerfs, avant de lui raconter la pénible séance de la veille.

— Je consultais à la bibliothèque de Palmyre des récits de voyages relatifs aux routes orientales. Dans le

125

cadre de mes missions futures, je serai probablement obligé d'aller vers la Chine. Autant savoir ce qui m'attend… Je n'aime pas être surpris par les événements ! Et puis, ajouta-t-il, pour ne rien vous cacher, on ne m'avait pas prié de vous servir d'interprète…

Firouz avait l'air sincère, et manifestement désolé de voir Lune de Jade dans cet état. Les cernes de ses yeux témoignaient qu'elle avait dû pleurer toute la nuit.

— Il serait question que vous alliez en Chine ? s'enquit-elle, haletante et soudain remplie d'espoir.

— Cela fait des mois que le sultan Rashid m'y pousse. Je le soupçonne d'envisager de proposer au souverain du pays de la soie un échange de bons procédés : il lui fournirait de l'encens et, en échange, l'empereur approvisionnerait ses écuries en « chevaux célestes ». On dit que ce sont les destriers les plus rapides du monde. Ici nous n'avons que des ânes et des dromadaires… .

— Emmenez-moi avec vous, Firouz, et vous serez un homme comblé ! le supplia-t-elle après s'être jetée à ses pieds.

Désarçonné, l'ambassadeur itinérant ne savait trop que répondre à celle qu'il continuait à prendre pour une princesse chinoise de haut lignage et dont les mains fines lui avaient saisi le bras.

— Il faudrait d'abord que le sultan Rashid en acceptât l'augure. Selon vos dires, il a plutôt l'air de tenir à vous !

— Vous pourriez le convaincre de vous envoyer en ambassade en Chine pour obtenir le précieux cheptel équestre sur lequel il lorgne. Et dans ce cas, ma présence à vos côtés serait des plus naturelles ! Elle serait de surcroît votre chance, et le gage que votre mission serait couronnée de succès. Quand ma famille me reverra, j'imagine déjà l'accueil de héros qu'elle vous fera ! lui lança-t-elle avec fougue, comme si tout ce qu'elle lui annonçait était déjà sur le point de se réaliser.

— Palmyre est pourtant l'une des plus belles villes du désert ! Et son sultan saura se montrer généreux avec vous. Cet homme aime sincèrement les femmes.

— Et moi je ne l'aime pas !

— Savez-vous que ce sont là des propos imprudents ?

— Je sais que vous ne les répéterez pas !

— En êtes-vous sûre ? lui demanda-t-il en plaisantant.

— Emmenez-moi en Chine, je vous en supplie ! lâcha-t-elle, déjà entre rire et larmes.

Elle se sentait prête à tout pour convaincre Firouz de plaider en faveur de ce voyage auprès de son Autorité. Elle se sentait même capable de le séduire, c'est-à-dire de tromper son époux Pointe de Lumière.

Par amour pour ce dernier, que n'eût-elle, au demeurant, accompli, afin que cet ambassadeur bagdadi la ramenât vers la Chine, vers l'endroit où il devait l'attendre, peut-être à Turfan, dans la serre à mûriers où ils avaient vécu des jours si heureux ?

Sans s'en rendre compte, elle s'était pelotonnée dans les bras musclés de l'ambassadeur itinérant où elle respirait l'odeur de cannelle et de musc de sa peau douce et cuivrée.

C'était un parfum à la fois délicieux et entêtant, et son afflux soudain provoquait en Lune de Jade une irrépressible bouffée de nostalgie et de tristesse, comme si, d'un seul coup, tout ce qu'elle avait soigneusement enfoui en elle, depuis son enlèvement, revenait à la surface.

Les sanglots qui la secouaient la libéraient et lui faisaient du bien, tandis que Firouz avait entrepris de caresser sa chevelure d'une main légère.

Elle avait tant besoin de s'abandonner, après de si longues semaines de retenue et de solitude, la petite Chinoise séparée de son époux, qu'elle se laissa faire sans la moindre réticence, tandis que les caresses de Firouz se faisaient plus précises.

Peu à peu, elle se sentit flotter dans un doux nuage pendant que ses yeux se fermaient. C'est alors que le fin visage de Pointe de Lumière lui apparut, à l'instant précis où ses paupières se touchaient.

Elle pouvait, à présent, voir ses yeux d'un bleu étincelant et brillants d'astuce ; son casque de cheveux bouclés était aussi dru et noir que le pelage de certains agneaux qu'elle avait aperçus sur les marchés de la Route de la Soie. Et il lui souriait affectueusement.

Où était-il, à présent, ce mari bien-aimé que le chef tujüe avait proprement balancé hors du convoi ?

Curieusement, dans la chaleur suffocante de cette chambre close où le sultan Rashid la retenait prisonnière, l'odeur de musc et de cannelle de l'homme qui serrait Lune de Jade dans ses bras ne faisait que raviver le souvenir de son époux.

Elle ne se rendit même pas compte que l'ambassadeur omeyyade venait de la porter sur le lit, avec des gestes d'une infinie douceur, comme s'il avait eu peur de la réveiller, après qu'elle s'était profondément endormie.

C'est lorsqu'il la déposa tendrement sur la couche qu'elle rouvrit les yeux.

Dans son esprit, tout se mélangeait inextricablement, comme en un gigantesque tourbillon où l'emportaient sa fatigue extrême et le contrecoup moral du drame qu'elle avait subi avec sa fausse couche : Turfan et Palmyre ; le désert de Gobi et celui de Taklamakan ; la soie des Chinois et la bure des barbares ; Pointe de Lumière et Firouz ; les Jumeaux Célestes et le petit fœtus mort qu'elle avait enveloppé dans un linge avant de l'enfouir dans le sable ; son désir de revenir vers l'Orient pour retrouver son mari et l'attirance physique qu'elle éprouvait pour cet ambassadeur aux gestes si lents, si précis et, somme toute, si subtils.

Était-elle là ?

Était-elle ailleurs ?

Peu lui importait.

Ce qui était sûr, en revanche, c'était que ce Firouz, qui l'avait à présent dénudée, était le premier homme gentil et prévenant à son égard qu'elle rencontrait depuis que les Tujüe l'avaient arrachée à son Pointe de Lumière.

Elle se laissa donc faire, bien décidée à lui extorquer une mission en Chine.

Elle essaya de s'extraire de son corps, ce corps dont l'ambassadeur itinérant, pourtant expert en femmes, ému aux larmes par tant de beauté et encouragé par son absence de réaction, avait entrepris d'explorer avidement tous les recoins.

C'est alors que, à sa grande surprise, les picotements et les premiers frissons annonciateurs des ondes de plaisir commencèrent à lui titiller la peau du ventre.

Dès qu'elle tendit sa langue à l'Omeyyade, celui-ci eût tôt fait de l'absorber dans sa bouche habituée à embrasser les courtisanes lascives des harems des souverains auxquels il délivrait ses conseils d'expert. Elle ne put s'empêcher de se dire qu'il embrassait à merveille et que le reste, à n'en pas douter, devait être à l'avenant. Faire l'amour avec Firouz, dans l'espoir de retrouver Pointe de Lumière, lui parut dès lors un programme somme toute acceptable.

Cette impression favorable se confirma lorsque, toute

à sa hâte de contempler l'instrument de plaisir de Firouz, elle défit la ceinture de la culotte de celui-ci et qu'aussitôt sa lance d'amour apparut, déjà dressée et prête à infliger de douces blessures.

Était-ce dû à l'état dans lequel elle se trouvait, mais le comble était que le sexe gonflé du Bagdadi lui paraissait ressembler à s'y méprendre, même s'il était légèrement plus sombre, à celui de Pointe de Lumière !

Yeux mi-clos, elle offrit alors à cette arme si attirante et si étrangement familière le fébrile hommage de sa bouche déjà assoiffée de plaisir, de sorte qu'elle ne savait plus trop si elle était en train de faire l'amour avec son mari ou avec un nouvel amant…

Aussitôt la lance de Firouz se mit à vibrer tout en se déployant, telle une colonne de chair et de muscles, à l'orée de la porte du temple intime de Lune de Jade…

— Pointe de Lumière… je t'aime ! murmura-t-elle.

— C'est toi qui parles ? Qui donc viens-tu de nommer ainsi ? souffla Firouz.

— Ta Pointe de Lumière me caresse merveilleusement le ventre ! se hâta-t-elle de répondre en se mordant les lèvres.

Son ventre se mit à onduler comme la voile d'une barque, lorsque le conseiller diplomatique des roitelets du désert prit son membre dans sa main et commença à s'en servir comme d'un pinceau, destiné à écrire sur toute la peau de son corps les poèmes d'amour qu'il murmurait en même temps dans le creux de son oreille.

Et c'est facilement que Lune de Jade se laissa emporter dans les mondes que Firouz-Pointe de Lumière lui décrivait sous le joli nom de « Pays de l'Amour ».

Là-bas, des lacs d'azur s'étageaient en cascades argentées au pied de montagnes brillantes comme l'or ; des colombes immaculées veillaient sur les ébats des amants qui faisaient l'amour pendant mille et une nuits d'affilée ; le miel des abeilles avait l'incomparable goût du ciel et l'herbe des prairies était aussi douce et profonde que les plus beaux tapis de Shiraz ; quant au sable des déserts, il permettait de sucrer le lait des chèvres... Mais surtout, au « Pays de l'Amour », les hommes ne pouvaient plus se passer des femmes et les femmes ne pouvaient plus se passer des hommes, puisque dans cette contrée mirifique tout n'était que luxe, calme et volupté...

— Encore ! Encore ! Raconte-moi encore, ô Firouz, le pays de l'Amour ! ne cessait de murmurer Lune de Jade, tandis que son amant la faisait vibrer comme la corde d'un luth.

— C'est le pays où je voudrais finir mes jours, belle Lune de Jade ! souffla-t-il, au moment où il introduisait dans le temple sacré de son amante, doux et chaud comme l'étuve d'un hammam, sa turgescente colonne votive.

Elle se mordit les lèvres pour s'empêcher de gémir de plaisir. Son nouvel amant allait et venait en elle, lui arrachant des soupirs de plus en plus profonds, jusqu'au râle final, si proche du hurlement qu'il dut lui plaquer la main sur la bouche, pour éviter d'alerter la grosse servante qui ne devait pas se trouver bien loin.

Lorsque Lune de Jade sentit approcher dans son corps la grande vibration de l'orgasme, elle parvint à s'assurer qu'il en allait de même pour lui. C'était toujours ainsi, avec son époux : elle attendait le moment où il s'épanchait en elle pour laisser son désir monter sans entrave jusqu'à l'ultime seuil du plaisir.

Pour finir, tels des amants experts et déjà habitués l'un à l'autre, ils parvinrent donc à s'unir dans une longue extase commune.

— On dirait que nous sommes faits l'un pour l'autre, constata, tout ému, l'Omeyyade.

Lune de Jade, nue comme un ver, était lovée contre les cuisses musclées de Firouz dont la peau cuivrée contrastait avec la chair, étincelante de blancheur, de ses jambes fuselées.

Ne souhaitant pas mentir à un homme aussi prévenant, dont la science amoureuse n'avait d'égale que la politesse et l'élégante délicatesse, la jeune Chinoise, troublée au plus profond d'elle-même d'avoir pu se livrer avec autant de facilité, mais aussi d'éprouver autant de plaisir avec un autre que Pointe de Lumière, préféra s'abstenir de répondre.

Quelque peu surprise par ce qu'elle venait de vivre, Lune de Jade ne savait pas qu'elle avait découvert la différence entre l'amour et le sexe.

Une dizaine de nuits d'amour se succédèrent ainsi, jusqu'à ce qu'un jour l'interprète au visage grêlé se présentât devant la porte de la chambre, venant troubler la tournure agréable que les choses semblaient prendre.

— Son Excellence le sultan de Palmyre souhaite vous voir ! annonça le Sogdien à la jeune Chinoise dont le sang se glaça.

Lorsqu'elle fut introduite auprès du gros souverain du désert, la jeune femme comprit que celui-ci n'admettrait pas le moindre refus de coopérer. Il s'exclama, à peine était-elle entrée dans le petit boudoir octogonal : « Tu dois être dans une période où le champ est libre ! » faisant allusion aux règles qu'elle avait prétextées lors de leur entrevue précédente, une quinzaine de jours plus tôt.

Elle s'était piégée elle-même !

La lueur lubrique avec laquelle il la regardait, et la posture qu'il avait prise, avec ses jambes largement écartées et sa chemise dégrafée sur un ventre à la fois velu et rebondi, étaient d'ailleurs des plus éloquentes.

Il la fit asseoir sans ménagement à côté de lui, sur

son sofa habituel devant lequel un serviteur avait posé un plateau de cuivre avec des verres remplis de thé à la menthe et des coupelles de pistaches. Puis il posa ses mains épaisses et baguées sur les épaules de la jeune femme.

— Je ne voudrais pas t'avoir achetée pour rien ! lança-t-il, sans qu'elle comprenne le sens de ses propos, puisque le Sogdien s'était prudemment éclipsé.

Il la serrait de près.

Affalé sur son sofa, le corps dégoulinant de sueur du sultan Rashid pesait à présent de tout son poids sur celui de Lune de Jade, qui en éprouvait de la difficulté à respirer.

Elle se débattait comme une folle, tandis que le gros souverain essayait d'introduire sa langue dans sa bouche que, pour rien au monde, elle n'eût même entrouverte. Mais le sultan de Palmyre n'en avait cure, qui n'avait pas l'habitude qu'une femme lui résistât, surtout lorsqu'il l'avait payée aussi cher. Constatant que la bouche de la rebelle ne s'ouvrirait pas facilement, c'était sur son corsage qu'à présent ses doigts boudinés et graisseux s'acharnaient.

Elle eut beau se mettre à crier, rien n'y fit, le sultan Rashid, de plus en plus fébrile, avait réussi à poser une main sur ses seins. Cet horrible contact eut pour effet de déclencher en Lune de Jade, sur le point de vomir tellement cet homme gros et velu lui faisait horreur, une panique irrémédiable.

Dans un ultime effort, telle la bête traquée réussissant in extremis à desserrer l'étreinte du chasseur, elle parvint à se lever.

Et sa gifle, en même temps, partit d'un coup sec.

Elle avait mis l'énergie du désespoir à projeter violemment sa paume sur la joue gauche de Rashid, en même temps que se brisaient en mille morceaux, sur le dallage polychrome du boudoir, les verres de thé à la menthe.

— Tu es complètement folle, pauvre fille ! Tu ne sais pas ce que tu fais ! lâcha, ulcéré, le sultan Rashid à l'adresse de la jeune Chinoise en pleurs qui ne comprenait pas un mot de ses vociférations.

Un serviteur à la mine contrite la ramena aussitôt dans sa chambre où Firouz, informé de l'esclandre, vint la trouver en cachette.

— Sultan Rashid risque de te le faire payer très cher… murmura-t-il, sincèrement désolé et inquiet.

— Raison de plus pour partir en Chine. Tu dois lui faire comprendre que je suis une tête brûlée qui préfère mourir de faim et de soif, plutôt que de coucher avec un homme comme lui ! D'ailleurs, dès ce soir, je cesserai de m'alimenter et de boire, lui lança-t-elle, éplorée, le plus sérieusement du monde.

— Je te promets que je vais tout faire pour le convaincre ! Mais je crains fort que ce ne soit difficile !

Lorsque Firouz demanda audience au sultan Rashid pour évoquer le problème de Lune de Jade, cela faisait déjà plusieurs jours qu'elle gisait sur son lit, amaigrie et fiévreuse, refusant obstinément toute nourriture, ainsi que le moindre gobelet d'eau.

— Cette jeune princesse chinoise, mon Prince, se morfond dans sa chambre et s'affaiblit à vue d'œil ! Cela fait une semaine qu'elle refuse à la fois de boire et de manger, gémit l'Omeyyade.

— Qu'elle aille au diable ! Cette demeurée ne sait pas où elle habite ! s'écria le sultan Rashid, dont la joue gauche restait marquée par le cuisant souvenir de la gifle que la jeune femme lui avait infligée.

— Compte tenu du prix que vous l'avez payée, il ne faudrait pas qu'elle finît par périr. Ce serait une grave perte pour les caisses de votre royaume et tous vos espoirs de convaincre l'empereur de Chine de vous fournir des « chevaux célestes » s'envoleraient du même coup !

— Tu crois à une telle éventualité ? demanda Rashid, quelque peu inquiet.

— Je m'imagine mal débarquer là-bas avec un cadavre entre quatre planches, monseigneur ! Avec la chaleur qu'il fait ici, je crains que ce ne soit plus qu'une question d'heures ! La malheureuse est folle. Le mieux est encore de la ramener chez elle et d'obtenir une solide contrepartie, lâcha Firouz, la peur au ventre.

Il avait conscience de jouer à quitte ou double, le sultan étant du genre à se braquer et à prendre en grippe tous ceux qui essayaient de le faire changer d'avis.

Ses arguments, manifestement, avaient touché la corde sensible puisque le sultan finit par maugréer :

— Dans ce cas, il faut faire vite ! Quand comptes-tu partir là-bas ?

— Si vous le décidiez, je serais prêt à partir dès demain. Il me suffit de bons chameaux et de quelques gardes armés pour l'escorte. La princesse chinoise voyagera voilée ; ainsi, nul ne saura qu'il s'agit d'une Han de très haut lignage. Sur la Route de la Soie, les brigands pullulent, prêts à enlever les voyageurs de marque pour toucher des rançons importantes, s'empressa de répondre l'Omeyyade, trop heureux d'avoir fait mouche.

Le sultan Rashid convoqua sur-le-champ son secrétaire particulier, un homme fluet dont la longue et vaporeuse barbe blanche achevait un visage aux traits coupants qu'accentuait un nez en bec d'aigle.

— Tu feras préparer huit chameaux de guerre, dont l'un pourvu d'une nacelle couverte. Tu choisiras les chameliers les plus valeureux, à qui tu fourniras les épées les plus tranchantes. Combien reste-t-il de tonnelets d'encens dans la réserve ?

— Quatre, mon Prince, dont l'un est déjà largement entamé… répondit le secrétaire.

— Tu en donneras un à Firouz ! Ainsi qu'un baril de poivre.

— Mais, mon Prince, cela équivaut à une très forte somme ! Nous n'avons plus un sou vaillant en caisse pour reconstituer ce stock… gémit alors l'homme à la barbe blanche et au nez en bec d'aigle, dont l'une des tâches essentielles était précisément de veiller comme à la prunelle de ses yeux sur cette marchandise hors de prix, unique richesse dont disposait Palmyre, que le sultan faisait venir à grands frais depuis la contrée qui portait le nom d'« Arabie Heureuse ».

— Firouz doit avoir les coudées franches. Si sa mission auprès du roi du Pays de la Soie réussit, c'est tout le peuple de mon royaume qui en tirera d'immenses profits, puisque nous disposerons de chevaux aptes à réduire nos ennemis ! M'as-tu bien compris ?

La voix du sultan de Palmyre s'était faite menaçante.

— Vos ordres seront exécutés à la lettre, monseigneur ! Firouz emportera avec lui les tonnelets de poivre et d'encens d'Arabie, s'exclama son secrétaire particulier.

— J'y compte bien ! lâcha le gros et velu souverain.

Trois jours plus tard, au grand soulagement de Lune de Jade, le convoi de l'Ambassadeur Extraordinaire et Plénipotentiaire Firouz, envoyé spécial en Chine du sultan Rashid, s'ébranlait.

L'ambassadeur était porteur d'un mémorandum signé par le sultan, à l'adresse du « souverain du Pays de la Soie » — puisque à Palmyre, le nom de Gaozong demeurait inconnu —, par lequel le roi du désert se proposait de rendre à l'empereur de Chine, « en gage d'amitié et de coopération entre les deux peuples », la princesse chinoise de haut lignage nommée « Lune de Jade ».

Lorsque la dernière colonne romaine de l'artère principale de Palmyre eut disparu à l'horizon, l'épouse de Pointe de Lumière, voilée de la tête aux pieds, éprouva un sentiment bizarre où le fol espoir de retrouver son époux se mélangeait avec un certain dégoût d'elle-même.

L'image de son petit fœtus mort la hantait. Elle en ressentait toujours la blessure, au creux de son ventre.

Et de ce terrible mal, de cet atroce goût de mort qu'elle avait à la bouche, elle était persuadée que seul un nouvel enfant de Pointe de Lumière pourrait la guérir.

Mais aurait-elle, un jour, une telle chance ?

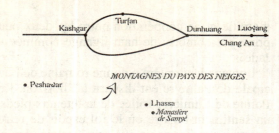

43

Dans la montagne tibétaine

Le corps de Brume de Poussière était mou comme un sac de blé à moitié rempli.

De toute son âme, il luttait contre l'ours des montagnes, mais de toutes ses forces, il essayait de se calmer en attendant la mort.

Malgré son état d'épuisement avancé, le jeune Chinois était conscient que sa vie ne tenait plus qu'à un fil.

Ou plutôt aux griffes acérées et coupantes comme des poignards de ce plantigrade noir, au pelage luisant, dont la poitrine s'ornait d'un large « V » de poils blancs, qui l'avait attaqué par surprise, avec un énorme grognement rauque. Son sang s'était glacé, en même temps qu'il avait senti le souffle brûlant de l'animal.

Quelques instants auparavant, il avait remarqué ces trois vautours qui tournoyaient au-dessus de sa tête, si bas dans le ciel qu'il pouvait apercevoir leurs serres immenses, prêtes à empoigner la charogne sur laquelle ils fondraient. Mais il était loin de se douter qu'en l'espèce, c'était de lui qu'il s'agissait, les rapaces ayant

138

observé le plantigrade tueur qui le traquait à travers les épais buissons de rhododendrons.

Les ours des montagnes s'en prenaient rarement aux hommes, sauf lorsqu'ils n'arrivaient pas à se nourrir de miel et de baies sauvages, ce qui était le cas en ce début d'hiver. La bête avait commencé par se dresser de toute sa hauteur devant le jeune Chinois avant de se lancer à sa poursuite, après qu'il s'était mis à courir éperdument en hurlant de peur. L'animal n'avait pas été long à le plaquer au sol, d'un simple coup de patte, puis à le retourner comme un vulgaire morceau de chiffon.

Vue de près, la gueule d'un ours était, sans nul doute, ce que Brume de Poussière avait observé de plus terrifiant depuis qu'il était né. Les gigantesques canines, aussi longues que la paume d'une main, étaient capables de déchiqueter et de broyer d'un seul coup la tête d'un homme. Elles étaient si près de ses yeux qu'il pouvait en voir les pointes acérées et noirâtres. Paralysé par la peur, il ne parvint même pas à en détourner son regard. Les mulots du désert avaient la même attitude face aux vipères cornues lorsqu'ils étaient attaqués par ces reptiles très venimeux : ils attendaient la mort sans bouger.

Brume de Poussière était prêt à mourir et se mit à penser à Umara. L'image de la jeune chrétienne nestorienne envahit son esprit, lequel ne tarderait pas à quitter son corps, lorsque celui-ci ne serait plus qu'un amas de chairs sanguinolentes.

Sans elle, il ne se fût pas trouvé, en plein cœur du Tibet, dans la gueule d'un ours…

Mais il se disait aussi que ce n'était là que justice, après toute cette somme de mauvaises pensées et de haine qui lui avaient dicté sa conduite.

Cet ours des montagnes surgi de nulle part, et désormais sur le point de le dévorer, n'était, au fond, que la suite bien méritée et logique des errements qui avaient été les siens après son départ de Dunhuang.

Le destin vous faisait souvent prendre des chemins détournés, mais il finissait toujours par vous ramener là où vous deviez être !

Par quelle étrangeté Brume de Poussière s'était-il retrouvé sur le même chemin que Cinq Défenses et Umara, si loin de l'oasis de la cache aux livres d'où il avait réussi à extraire, in extremis, les Yeux de Bouddha et le Mandala sacré du Vajrayâna ?

S'il était là, en effet, gisant à terre et à moitié étouffé par l'énorme plantigrade, c'était à la suite d'une rencontre dont il n'avait jamais fait état.

Il n'avait jamais raconté à quiconque ce qui s'était passé dans les faubourgs de Dunhuang, alors que les maisons de l'oasis continuaient à brûler, après avoir été pillées par les Turco-Mongols.

Croyant tomber sur un tas d'ordures carbonisées, dont il s'était approché pour voir s'il n'y avait pas là quelque chose à manger, il s'était aperçu que l'amas de détritus bougeait, laissant place à un vieux moine à moitié aveugle qui lui avait demandé à boire.

— Si tu me portes un peu d'eau, tu accompliras un bon karman ! avait dit le vieillard frêle, dont le corps réduit à l'état de squelette enrobé par la peau flottait dans sa robe monastique noircie par les cendres.

— Pourquoi te caches-tu sous des ordures ? lui avait demandé Brume de Poussière après l'avoir désaltéré.

— Parce que c'est le meilleur moyen de disparaître de la vue des hommes. Il n'y a guère que les gens très pauvres qui s'intéressent aux tas d'ordures. Pas les pillards !

— De quelle Église es-tu ?

— Je suis un moine tibétain, adepte du lamaïsme bouddhique… Mon lieu d'origine est le pays de Bod, avait soufflé le vieux moine, qui avait semblé indifférent au terrible saccage de la ville-oasis.

— Malgré toute cette horreur, tu as l'air plutôt guilleret ! avait constaté celui qui tenait serré contre sa poitrine un petit sac de voyage où se cachait le cœur de bois de santal qu'il avait extrait de la cache aux livres.

— Quand on a vécu si près du Toit de l'Univers, comme ce fut mon cas pendant de longues années, on assiste avec recul aux soubresauts du bas monde… Mes yeux ont accepté la douleur du monde, voilà pourquoi ils te paraissent jeunes.

— Tu as acquis une grande sagesse… Je t'envie !

— J'ai fait la paix avec moi-même. J'essaie d'avoir un pied ici-bas et l'autre dans la Terre Pure du Bouddha…

— Comment fait-on pour arriver à cela ? avait demandé Brume de Poussière que le départ impromptu d'Umara avait profondément meurtri et qui ne savait pas où aller.

— Il faut partir à la recherche de soi-même.

— Faut-il, pour se trouver soi-même, aller jusqu'au pays de Bod ? s'était enquis, quelque peu naïvement, le jeune Chinois.

— Avant d'aller quelque part, il faut commencer par se détacher de tout. La Voie du Salut part de soi et aboutit à soi. Il ne faut plus rien désirer, ni convoiter. Alors, la douleur s'apaise. Ce que tu serres contre ton cœur, comme s'il s'agissait d'un inestimable trésor, montre qu'à cet égard tu as encore un bout de chemin à faire… avait murmuré le vieux moine, sur un mode plutôt ironique.

— Tu veux que je te montre ce qu'il y a là-dedans ? avait proposé, mi-figue, mi-raisin, Brume de Poussière avant de lui montrer le contenu de la petite boîte en forme de cœur.

— Ces deux gemmes brillantes comme la pleine lune, j'ignore ce qu'elles sont, en revanche, ce Mandala précieux, je ne connais que lui ! s'était exclamé le vieil homme, dont les mains tremblaient lorsqu'il s'était emparé du carré de soie pour le déplier du bout des doigts, après l'avoir délicatement humé.

— Qu'est-ce à dire ? avait alors demandé, éperdu d'anxiété, le jeune Chinois qui ne savait toujours pas où aller, avec son petit cœur de santal.

— Tu as entre les mains, jeune homme, la relique la plus sainte du Tibet, puisqu'elle appartient à Samyé, son plus ancien et vénérable monastère. Il s'agit du Mandala sacré du Vajrayâna !

— Je l'ignorais !

— D'où la tiens-tu ? avait tonné la voix, soudain devenue grave et dure, du vieux lama.

— J'ai promis de ne pas le dire, avait bafouillé le jeune Chinois, peu désireux d'avouer à ce moine, dont il venait à peine de faire la connaissance, le secret de la cache aux livres.

— Si j'ai un seul conseil à te donner, c'est de rapporter cette relique sainte au couvent de Samyé, d'où elle provient !

— Aller jusqu'au pays de Bod ? Mais je ne sais même pas où ça se trouve, ni combien de temps il faut pour s'y rendre !

— Il te suffira d'emprunter l'itinéraire méridional de la Route de la Soie et, une fois arrivé à Hetian, de demander le chemin du Toit du Monde. Là-bas, crois-moi, chacun le connaît.

L'explication du vieux lama tenait plus de la directive que de la suggestion.

— Au nom de quoi me demandes-tu de rapporter au Tibet un coffret sur lequel je suis tombé par hasard, et dont la vente pourrait, compte tenu de ce que tu me laisses entendre, faire de moi un homme riche ?

— C'est simple : tu deviendrais un Saint homme, auquel le supérieur du couvent de Samyé, maître Ramahe sGampo, recommanderait à ses moines de rendre grâces quotidiennement ! Le Bienheureux t'accorderait à coup sûr le statut de Bodhisattva... Tu n'aurais même plus besoin de faire la paix avec toi-même et la douleur du monde n'aurait plus aucune prise sur toi !

— Je n'ai que faire de devenir un saint arhant ou un demi-bouddha ! Je n'ai pas embrassé la foi bouddhique et je ne suis pas près de le faire... s'était alors écrié Brume de Poussière, quelque peu agacé.

— N'as-tu pas, au moins, un désir à formuler ou bien un vœu très cher dont tu souhaiterais la réalisation ? lui avait alors demandé le Tibétain.

— Je cherche une jeune fille, dont je suis tombé amoureux. Elle a quitté Dunhuang... Je donnerais très cher pour la retrouver, avait avoué, soudain tout penaud, celui qui se sentait abandonné et humilié par Umara, depuis qu'elle s'était évaporée sans l'ombre d'une explication.

— N'aurait-elle pas suivi un rival ?

— Je n'en sais rien ! Qu'est-ce qui te fait dire cela ? s'était écrié, piqué au vif, le jeune Chinois.

— Les femmes sont parfois capables de coups de tête... Mais parfois, elles finissent par revenir à la raison.

— Si c'était le cas, je serais le plus heureux des hommes... souffla Brume de Poussière.

— Qui sait ! Si tu ramènes ce Mandala sacré à Samyé, peut-être le Bienheureux entendra-t-il ta souffrance...

143

— Vraiment ? Tu parles sérieusement ? Tu ne plaisantes pas ? avait-il crié, soudain rempli d'un fol espoir.

Retrouver Umara !

N'était-ce pas, bien sûr, ce qu'il souhaitait le plus ardemment ?

— Le Supérieur Ramahe sGampo, après que tu lui auras exposé ton cas et remis le Mandala sacré, saura te remercier… Et puis tu sais, une fois qu'on connaît Samyé, ce lieu est si magique qu'on y revient forcément…

Telles avaient été les paroles du vieux moine, plutôt mystérieuses mais qui, depuis, avaient pris tout leur sens.

Après les avoir prononcées, le vieux lama avait salué Brume de Poussière et s'était éclipsé, si bien qu'au moment où le jeune Chinois avait voulu le saluer à son tour, le vieil homme avait disparu sans laisser de traces.

Aussi, soucieux de mettre à exécution la suggestion du vieux moine dont les propos lui avaient redonné espoir, Brume de Poussière était-il parti sans délai vers le pays de Bod, où sa rencontre avec Umara avait rétrospectivement conféré un immense crédit à ces paroles prophétiques.

La suite, hélas, n'avait pas été conforme aux attentes du jeune Chinois qui avait vu s'envoler tous ses espoirs de conquérir le cœur de la fille d'Addai Aggai.

Et voilà que cette rencontre avec ce vieux lama avait fini par l'amener à l'ultime étape, c'est-à-dire dans la gueule d'un ours qui s'apprêtait à le dévorer !

Pour Brume de Poussière, ce second voyage à Samyé, qui était surtout un moyen de se racheter une conduite, avait pourtant commencé sous les meilleurs auspices : comme le vieux lama de Dunhuang l'y avait expressément invité, il avait réussi à faire la paix avec lui-même, en acceptant la préférence d'Umara pour

144

Cinq Défenses, puis en proposant à celle-ci de l'aider à sortir des griffes de Pureté du Vide, ce qui supposait d'aller demander à Ramahe sGampo d'intervenir afin de contribuer au rétablissement des bonnes relations entre les trois grands courants du bouddhisme.

Et c'est ainsi qu'à chaque pas qu'il faisait, Brume de Poussière s'était un peu plus senti pousser des ailes.

Tendu vers son noble but, persuadé qu'il marchait vers sa propre sainteté, il sentait la pureté des intentions peu à peu monter en lui, ce qui le rendait pleinement heureux et singulièrement indifférent à la beauté des paysages qu'il traversait, aux taches éclatantes formées par les lacs bleu turquoise au milieu des prairies si vertes qu'elles en paraissaient phosphorescentes. Il ne remarquait même pas les éboulis granitiques qu'un géant facétieux semblait avoir dispersés là, comme par un fait exprès, pour compliquer l'ascension des hommes.

Animé par une inextinguible soif de justice, il n'avait désormais qu'une hâte : arriver à Samyé et là, tout raconter à maître Ramahe sGampo de l'ignoble conduite de Pureté du Vide.

Commanditer l'enlèvement d'une innocente et puis la séquestrer, tout cela pour obtenir ses aveux, en alléguant qu'elle détenait les Yeux de Bouddha, voilà qui était fort peu conforme à l'idée que le jeune Chinois se faisait de la morale d'un moine bouddhiste de l'espèce de celle du Supérieur de Luoyang.

Jusqu'où pouvait mener la volonté de puissance, y compris lorsqu'elle était appliquée aux entreprises spirituelles par des chefs religieux dont les fidèles étaient invités à n'agir qu'au nom de principes moraux, alors qu'eux-mêmes n'hésitaient pas à les bafouer, sous prétexte des intérêts supérieurs de leurs chapelles ou de leurs dieux…

Le jeune Chinois s'était donc donné pour but, avec l'aide précieuse de Ramahe sGampo, de faire céder le grand maître de Dhyâna de Luoyang.

Mais, hélas, ce gigantesque animal qui écrasait à présent de tout son poids le brave petit voyageur, armé de son seul désir de rétablir la justice, allait l'empêcher d'arriver à ses fins en mettant un terme à la bizarrerie du tragique destin qui était le sien !

Le vieux lama de Dunhuang avait-il prévu que l'histoire de Brume de Poussière se terminerait ainsi ?

Les principaux épisodes de sa courte vie défilaient dans sa tête à une vitesse hallucinante. Jusqu'à sa rencontre avec Umara, dans le verger de l'évêché nestorien, c'était à peine s'il avait eu conscience d'exister, tellement la survie occupait ses journées. Seul au monde, le long de la Route de la Soie où il allait d'oasis en oasis, son unique horizon quotidien de garçonnet, d'adolescent, puis de tout jeune homme, se bornait à la recherche de nourriture dans les détritus laissés par les marchands ambulants et d'un toit pour dormir, lorsque le froid l'empêchait de passer la nuit à la belle étoile.

Avant la fille d'Addai Aggai, personne ne s'était jamais intéressé à lui. Les extraordinaires yeux bicolores d'une aussi belle créature, lorsqu'ils s'étaient posés sur lui, l'avaient en quelque sorte révélé à lui-même. Pour la première fois, il avait eu l'impression d'exister en tant que tel.

Enfin, il était autre chose qu'une simple ombre errante, une « Brume de Poussière », comme on le surnommait, soucieuse avant tout de passer inaperçue aux yeux des autres mendiants, prompts à chiper aux plus faibles et aux plus jeunes d'entre eux leur maigre ration de survie.

Aussi avait-il vécu le départ précipité de la jeune fille comme un véritable déni de lui-même, prélude à la retombée dans l'état de néant dans lequel il se trouvait lorsqu'il l'avait rencontrée.

Umara, pour lui, se situait à présent aux deux bouts de sa vie, puisque c'était grâce à elle qu'il avait pris conscience de son existence, mais également à cause d'elle qu'il s'apprêtait à mourir déchiqueté par un ours, dont les vautours achèveraient la tâche, ne laissant de lui que des os parfaitement blanchis…

Peut-être, après tout, était-ce la fin logique de tout cela, se disait Brume de Poussière, quelque peu résigné, le nez collé au « V » de poils blancs de l'animal, dont l'insupportable odeur l'eût empêché de respirer s'il n'avait pas eu les poumons déjà hors d'usage, suite à leur compression par le plantigrade.

Dans le ciel, au-dessus de lui, malgré le souffle rauque et puissant de l'ours, il entendait le cri des vautours qui tournoyaient dans l'attente de leur macabre festin.

La truffe humide de l'animal humait son cou, prélude au coup de griffe fatal qui le lui trancherait aussi facilement que la hache du bourreau.

Alors, pas mécontent de quitter cet horrible monde, où non seulement il était impossible de s'attacher la femme aimée, mais où l'on finissait de surcroît écrasé, puis, assurément, déchiqueté par les ours des montagnes, le pauvre Brume de Poussière sombra dans l'inconscience.

Quand il se réveilla, il vit deux têtes inconnues, au crâne totalement rasé, penchées sur lui, et en plein conciliabule.

Il crut d'abord à deux spectres venus à sa rencontre dans le monde des morts où il avait dû entrer…

Puis il sentit quelque chose de chaud et d'humide passer et repasser sur sa joue, et qui ne ressemblait pas à la morsure d'un ours, pas plus qu'aux coups de bec d'un vautour, à croire que, dans le royaume de la mort, les sensations étaient loin d'être désagréables.

Au-dessus de sa tête, les vautours continuaient leur sinistre ronde, lui laissant entendre qu'il n'était peut-être pas encore tout à fait mort...

Avec peine, mais à sa grande surprise, il réussit tant bien que mal à se redresser et constata alors avec terreur qu'il s'agissait d'une sorte d'ours aux poils plus clairs que ceux du plantigrade dont il avait subi l'attaque, avant de reconnaître, à son immense soulagement, l'énorme molosse jaune de Cinq Défenses.

C'était la deuxième fois que Lapika se jetait sur lui au pays de Bod !

Mais cette fois c'était pour le sauver de la terrible mâchoire de l'ours que la chienne jaune nourricière des Jumeaux Célestes, qui avait immédiatement reconnu Brume de Poussière, s'était ruée sur le plantigrade.

En bon chien de garde, capable de combattre le loup, le léopard des neiges et l'ours des montagnes, Lapika avait saisi la gorge de l'animal dont les canines allaient s'enfoncer dans le visage de Brume de Poussière. Désagréablement surpris, alors qu'il s'apprêtait à festoyer tranquillement, il n'avait pas tardé à s'enfuir peureusement en trottinant, avant de disparaître derrière un fourré en dandinant drôlement son énorme postérieur.

Étourdi par la vitesse à laquelle la chienne avait réussi à l'écarter de la mort, le jeune Chinois se redressa sur ses jambes flageolantes avant de caresser le poitrail de la chienne qui lui faisait fête comme si elle eût retrouvé son propre maître.

— Je ne connais que ce chien-là ! Lapika, ma bonne gardienne, tu m'as sauvé la vie ! Je ne saurai comment te remercier..., murmura-t-il, à bout de forces, comme s'il se fût adressé à un être humain.

C'est alors qu'il aperçut, postés en arrière, deux individus emmitouflés qu'il ne connaissait pas mais qui, à en juger par leur tenue et leurs crânes rasés, ne pouvaient être que des moines bouddhistes.

— Je n'ai même pas eu besoin de lui intimer l'ordre de s'attaquer à l'ours… Je me présente : Poignard de la Loi, moine du Petit Véhicule de Peshawar, et lui, c'est Sainte Voie aux Huit Membres, issu du même monastère.

— Cette chienne appartient au mahayaniste Cinq Défenses ! Je la reconnaîtrais entre mille ! D'ailleurs, elle se souvient parfaitement de moi ; regardez un peu comme elle en éprouve de la joie…, s'écria, hors d'haleine, Brume de Poussière.

Il s'était agenouillé devant Lapika, pour la caresser, tandis que celle-ci, en retour, lui nettoyait le visage à grands coups de langue.

— C'est exact. Cette chienne s'était postée à la sortie de la prison de Chang An, où nous avions été enfermés par les autorités chinoises, avant d'être libérés. Elle paraissait attendre désespérément son maître. Après quelques instants d'hésitation, ne voyant pas Cinq Défenses arriver, elle finit par nous suivre et, depuis ce moment, elle ne nous a pas quittés d'une semelle, expliqua à Brume de Poussière Poignard de la Loi, presque aussi surpris que le jeune Chinois.

— Cinq Défenses est en prison à Chang An ? s'écria, abasourdi, le jeune Chinois.

— Qui es-tu donc, pour connaître Cinq Défenses ? lui rétorqua Poignard de la Loi.

— Je m'appelle Brume de Poussière. C'est par le biais d'Umara, la fille de l'évêque nestorien de Dunhuang, Addai Aggai, que j'ai eu l'occasion d'approcher ce mahayaniste dont elle s'est éprise.

— C'est fou ce que le monde est petit ! À croire que le Mont Meru n'est qu'une minuscule colline… et que la Tour Cylindre de l'Univers, telle que le Bienheureux l'a décrite, n'est pas plus haute qu'une mesure de grain[1]… murmura pensivement Sainte Voie aux Huit Membres.

— C'est le Bienheureux et lui seul qui décide de la taille du monde ! Il peut aussi bien en faire un grain de moutarde qu'une étendue infinie dont les contours échappent à l'œil humain, rectifia sévèrement Poignard de la Loi à l'adresse de son collègue, dont il trouvait manifestement les propos quelque peu déplacés.

— Excuse-moi, Poignard de la Loi, mes paroles ont dépassé ma pensée ! Tu m'avoueras toutefois que cette rencontre n'est pas banale… s'empressa d'ajouter le moine turfanais.

— Où est-elle, cette jeune femme que tu prétends si bien connaître, cher Brume de Poussière ? s'enquit Poignard de la Loi, la voix empreinte de l'émotion suscitée par l'incroyable perspective d'apprendre enfin, en plein cœur du Tibet, où se trouvait celle que Cinq Défenses eût tant aimé serrer dans ses bras.

— Au monastère de la Reconnaissance des Bienfaits Impériaux de Chang An, où Pureté du Vide la maintient au secret !

— En es-tu sûr ? s'écria, abasourdi, le premier acolyte.

— Je l'y ai vue moi-même et lui ai proposé d'aller tout raconter au Vénérable Ramahe sGampo car son

---

1. Selon la cosmologie bouddhique primitive, l'univers est constitué de plans superposés, que ce soit sous la forme du mont Sumeru, ou sous celle d'une tour. Cette structure verticale est divisée en plusieurs « plans » : celui des formes et celui des sans-formes, chacun à plusieurs étages ; et en plusieurs « domaines » : celui de l'infinité de l'espace, celui de l'infinité de la conscience, celui du néant, celui où il n'y a plus de perception, et celui où il n'y a même plus d'absence de perception…

prestige et sa grande sagesse font de ce religieux la seule personne susceptible de conduire ce Supérieur à l'intransigeance proverbiale à changer d'avis…, répondit le jeune Chinois.

— Je comprends mieux, à présent, pourquoi tu es ici ! Tu t'en vas chercher l'arbitrage de Ramahe sGampo, conclut Poignard de la Loi.

— La marche ne te fait pas peur… De Chang An à Samyé, ce n'est pas la porte à côté, ajouta Sainte Voie aux Huit Membres.

— Ta remarque, nous pourrions nous l'appliquer à nous-mêmes… rétorqua à ce dernier Poignard de la Loi.

— Si je comprends bien, nous nous rendons tous au même endroit ? murmura en souriant Brume de Poussière qui retrouvait ses esprits.

— Et tu pourrais ajouter que nous allons à Samyé un peu pour la même raison que toi… Nous comptons demander conseil au sage parmi les sages qu'est ce vieux et vénérable lama aveugle, lui expliqua le premier acolyte.

— Je serai le plus heureux des hommes de continuer à marcher avec vous. La solitude commençait à me peser… souffla Brume de Poussière.

Le jeune Chinois songeait de nouveau à la prédiction du lama de Dunhuang : Samyé était bien cet endroit magique où l'on revenait forcément, une fois qu'on y était allé…

Devant eux, sur le chemin où ils avaient recommencé à marcher, apparut une série de maisonnettes, augurant d'un prochain village, avec son habituelle auberge pour les voyageurs de passage.

— Ne voudrais-tu pas te sustenter un peu ? proposa l'assistant de Bouddhabadra au jeune Chinois.

— J'ai effectivement une faim de loup.

— L'émotion, sans doute, après avoir failli être cro-

151

qué par un ours des montagnes, plaisanta Sainte Voie aux Huit Membres qui n'en ratait pas une.

La soupe d'orties épicée et les galettes craquantes à la farine d'orge étaient délicieuses. Après un repas des plus copieux, le jeune Chinois s'endormit sur sa chaise, en plein milieu du brouhaha des clients qui houspillaient une servante aux seins plantureux et à la croupe rebondie, dont les œillades en disaient long sur la façon dont elle améliorait ses fins de mois.

Deux semaines plus tard, après une marche qui parut facile à Brume de Poussière, les trois hommes arrivaient à Samyé par le fameux col dont les deux stupas délimitaient solennellement le passage.

Lama sTod Gling faillit tomber à la renverse quand il accueillit cette improbable troupe. Les trois visiteurs demandaient d'être reçus d'urgence par Ramahe sGampo, en raison des « informations capitales » qu'ils souhaitaient communiquer sans délai au Supérieur de Samyé.

Il les conduisit donc en toute hâte dans le bureau de méditation de ce dernier, où le lama aveugle, assis dans la position du lotus, se tenait immobile, comme ces statues de saints arhants en bois de cèdre, si ressemblantes que les dévots se prosternaient devant elles, persuadés qu'il s'agissait d'êtres vivants.

Poignard de la Loi prit la parole le premier pour expliquer au vieil aveugle par quel concours de circonstances il avait appris le meurtre de son homologue de Peshawar. Puis il lui raconta comment Sainte Voie aux Huit Membres et lui avaient été déportés en Chine centrale, en compagnie de Cinq Défenses et du manichéen Pointe de Lumière.

— Bouddhabadra est mort, mon révérend ! Assassiné par Nuage Fou, qui lui arracha le cœur au cours d'une crise de folie ! Lorsque j'apprendrai cette nouvelle à la communauté de l'Unique Dharma, elle sera plongée dans une affliction immense… conclut le premier acolyte du défunt.

— Quel ignoble et sinistre personnage que cet adepte du tantrisme indien ! J'ai toujours douté qu'il fût un être normal… Voilà un bien grand malheur qui s'abat sur nous tous, lâcha, d'une voix encore plus caverneuse que d'habitude, le Supérieur aveugle.

— Je savais bien que cette information ne vous laisserait pas indifférent ! Je ne regrette pas d'avoir fait un si long voyage pour vous la livrer ! ajouta Poignard de la Loi, complètement épuisé par l'émotion qui l'étreignait, après son terrible récit.

— Je commence à mieux saisir certaines coïncidences qui me paraissaient, jusqu'à présent, pour le moins étranges… poursuivit, songeur, Ramahe sGampo, dont la voix témoignait d'une profonde indignation.

— Le trio de Supérieurs qui se réunissaient tous les dix ans au Concile de Lhassa a cessé d'être… Si je retrouve ce Nuage Fou, et malgré le devoir de non-violence auquel m'astreint le code monastique, nul doute qu'il le paiera très cher ! laissa tomber Poignard de la Loi.

— Cet homme a le cerveau si perturbé qu'il ne doit même pas avoir conscience de l'endroit où il va ! Peut-être même est-il revenu en Inde sans le savoir… Assurément, il risque d'être difficile à dénicher, s'il n'a pas déjà glissé dans quelque ravin — ce qui, au passage, ne me déplairait pas… s'exclama lama sTod Gling, tout aussi révolté que Ramahe sGampo par ce qu'il venait d'apprendre.

— Je comprends ton ressentiment, Poignard de la Loi. Tu as marché des jours et des jours en pure perte, au péril de ta vie, à la recherche d'un cadavre. Mais il faut aussi que tu saches que la haine est mauvaise conseillère… murmura le vieux lama aveugle en faisant signe au hinayaniste d'approcher.

— Malgré cette malédiction qui paraît s'attacher à nos pas, la chance fut, au moins pour une fois, au rendez-vous ! Lorsque nous comparûmes devant le Grand Censeur de Chine sous le chef d'inculpation d'atteinte au monopole de la Soie, qui aurait imaginé que nous en ressortirions libres ? Là-bas, il s'agit d'un crime puni de décapitation ! lui expliqua le premier acolyte.

— C'est indéniable ! Sans compter que la justice chinoise a la réputation d'être plutôt expéditive ! lança, songeur, lama sTod Gling.

— Et toi, Brume de Poussière, j'aimerais connaître les motifs de ta venue à Samyé, demanda, de sa voix la plus douce, Ramahe sGampo au jeune Chinois, qui ne s'était pas encore exprimé.

— Je suis venu supplier Votre Sainteté d'intervenir auprès de Pureté du Vide pour faire cesser une grave injustice… murmura le jeune Chinois, ému.

— Pureté du Vide, après avoir fait enlever Umara quand elle coulait avec Cinq Défenses des jours heureux ici, séquestre actuellement celle-ci à Luoyang ! précisa Poignard de la Loi à Ramahe sGampo.

— Le maître de Dhyâna est persuadé que la jeune chrétienne détient les Yeux de Bouddha ! renchérit Brume de Poussière.

— Ce que tu me dis là est ahurissant ! Comment Pureté du Vide en est-il arrivé à se comporter de la sorte ? lâcha Ramahe sGampo, indigné.

— C'est pourtant la stricte vérité, Votre Sainteté. Un certain Centre de Gravité, le Supérieur mahayaniste de l'oasis de Dunhuang, lui a mis cette idée dans la tête ; la jeune chrétienne était naïvement allée le trouver pour lui montrer le contenu du cœur de santal, qu'elle était prête à monnayer pour aider les œuvres de son père.

— C'est incroyable ! lâcha lama sTod Gling.

— Notez que cette jeune femme n'est pas, à proprement parler, maltraitée. Elle ne manque de rien, si ce n'est de la liberté et, bien sûr, de Cinq Défenses... ajouta Brume de Poussière.

Pour la première fois, il pouvait prononcer le nom du mahayaniste sans en avoir la bouche tordue par le dépit.

— Que le chef spirituel de l'Église du Grand Véhicule, dont je puis attester de la hauteur des vues spirituelles, soit allé jusqu'à une telle extrémité, ne peut que me consterner ! C'est à se demander si tout cela n'est pas lié au fiasco de notre dernière réunion intermédiaire... et aux profonds malentendus qu'elle engendra entre nous, chefs d'Église bien trop soupçonneux les uns envers les autres ! dit, songeur, Ramahe sGampo.

— Quand un grand dirigeant d'Église est à tel point obsédé par l'expansion de sa religion qu'il fait tout pour la mettre en œuvre, sans se soucier du caractère moral de ses moyens, il se comporte comme le vulgaire dirigeant politique d'une institution — hélas — banale et humaine... Ne serait-ce pas dans ce travers que Pureté du Vide aurait glissé ? demanda Poignard de la Loi, qui se posait autant la question qu'il la posait au vieux sage aveugle.

— Ce n'est pas impossible. Mais il doit y avoir une raison plus précise, probablement un engagement mutuel pris entre Bouddhabadra et Pureté du Vide... murmura le vieil aveugle.

— Sa Sainteté entendrait-elle par là que ces deux Supérieurs auraient conclu des accords hors de sa présence ? s'enquit Brume de Poussière.

— La probabilité m'en paraît grande, à en juger, avec le recul, par leur comportement... Dans le même

155

ordre d'idées, je me suis toujours demandé pourquoi Pureté du Vide avait laissé ici le *Sûtra de la Logique de la Vacuité Pure*, alors qu'il eût été beaucoup plus simple pour lui de l'emporter directement à Luoyang…

— Ce qui est sûr, c'est que Bouddhabadra avait l'air inquiet lorsqu'il quitta Peshawar pour la dernière fois, avec notre pachyderme sacré. Je me souviendrai toujours de son visage décomposé… ajouta Poignard de la Loi.

— Après autant de turpitudes, et même si Bouddhabadra n'avait pas été assassiné, on voit mal comment le Concile de Lhassa aurait pu continuer à se tenir malgré la meilleure volonté des participants ! murmura, pensif, lama sTod Gling.

— C'est vraiment regrettable ! Plus j'y pense et plus je trouve que cette cérémonie et ce pacte secret étaient une idée géniale, qui permettait aux trois Églises d'éviter une concurrence qui ne pourrait à terme, que les affaiblir durablement ! s'exclama le premier acolyte de Peshawar.

— Tout n'est pas perdu, puisque les gages précieux sont à l'abri ici, dans la réserve de notre bibliothèque !

— Mais, Bouddhabadra mort, cela paraît difficile ! gémit Poignard de la Loi.

— Lorsque la partition musicale et les instruments existent, il n'est pas interdit, en cas de besoin, de changer ses musiciens… Surtout lorsque l'un d'entre eux a été lâchement assassiné. Ton Supérieur hélas décédé avait des qualités indéniables. Mais je suis sûr que tu pourrais faire à ton tour un excellent ambassadeur du Petit Véhicule ! murmura le Supérieur aveugle.

— Vous seriez prêts à m'accorder une telle confiance ? s'enquit d'une voix tremblante Poignard de la Loi, abasourdi par ces propos.

— Cela ne dépend pas que de moi…

— Vous faites, bien sûr, allusion à Pureté du Vide…

— Je suis prêt à me rendre à Luoyang pour lui en parler, entre autres sujets… tonna alors la voix caverneuse.

— Si Votre Sainteté acceptait de faire le déplacement jusqu'en Chine centrale, je lui en serais reconnaissant jusqu'à la fin des temps ! souffla, bouleversé, Brume de Poussière qui se félicitait d'être venu au pays de Bod pour entendre de tels propos.

Ainsi, malgré sa cécité et son grand âge, cet homme de devoir était prêt à partir pour Luoyang afin d'essayer de retisser les fils détricotés après l'échec de la réunion intermédiaire qui avait amené Pureté du Vide et Bouddhabadra à s'accorder sur son dos à son insu !

— J'ai deux mots à dire à mon estimable collègue du Grand Véhicule ! En tant qu'aîné des trois Supérieurs concernés, j'ai toujours eu un certain poids… marmonna Ramahe sGampo.

— Je n'en doute pas. Tout ce que vous êtes, maître sGampo, vous confère une autorité morale inégalable ! ajouta Poignard de la Loi.

— J'ai peut-être, moi aussi, quelque chose à me faire pardonner !

— Sa Sainteté voudrait nous faire croire qu'elle a des défauts ! protesta plaisamment Brume de Poussière.

— Un chef d'Église qui se comporte plus en chef qu'en religieux est parfois amené à commettre des actes contraires à la morale qu'il prône par ailleurs. Tel est le cas de Pureté du Vide. Pourquoi ne serait-ce pas le mien ? lui rétorqua le Supérieur de Samyé.

— C'est maître Ramahe sGampo qui, le premier, eut l'idée de réunir le Concile de Lhassa. Il prit son bâton de pèlerin et réussit à convaincre ses collègues d'y participer… précisa lama sTod Gling.

— Ce lama qui a l'air de tout savoir n'était pas

encore à mon service quand je me rendis, secrètement et tout juste accompagné d'un guide, d'abord à Peshawar puis à Chang An, où, dans les deux cas, l'accueil fut positif de la part de mes homologues du Petit et du Grand Véhicule... conclut sobrement le chef de l'Église lamaïste tibétaine, ce qui eut pour conséquence de faire baisser les yeux lama sTod Gling.

Devant de tels propos, Poignard de la Loi ne put s'empêcher de pousser un long soupir d'admiration. C'était donc Ramahe sGampo, à n'en pas douter le plus sage et le plus désintéressé des trois religieux concernés, qui était à l'origine de cet extraordinaire facteur de paix et de stabilité entre les trois grands courants du bouddhisme qu'était le Concile de Lhassa !

— J'ai toujours rêvé d'aller visiter la capitale de Chine centrale ! Ce serait là une formidable occasion de faire ce voyage que d'y accompagner votre auguste personne, maître sGampo ! s'exclama alors lama sTod Gling, que cette perspective excitait visiblement au plus haut point.

— Je ne vois pas très bien comment je pourrais y aller sans personne pour me guider... ajouta, presque sur le ton de la plaisanterie, le Supérieur aveugle.

— Quand Votre Sainteté compte-t-elle partir ? s'enquit anxieusement Brume de Poussière.

— Le plus tôt sera le mieux. Je prendrai les gages avec moi... Tu n'as qu'à nous les apporter tout de suite, dit le vieil aveugle à lama sTod Gling. Ainsi, Poignard de la Loi et son collègue auront tout le loisir de les découvrir.

Quand lama sTod Gling fut parti chercher les gages du Concile de Lhassa, le Supérieur de Samyé ajouta :

— Ce lama va tous les jours vérifier qu'ils se trouvent à leur place, dans la chambre forte de la bibliothèque du monastère.

— C'est à croire qu'il a peur que des ailes finissent par pousser à ces reliques ! plaisanta Sainte Voie aux Huit Membres.

— On pourrait le dire ! souffla le vieil aveugle, dont le doux sourire éclairait à présent le visage ascétique.

De fait, sTod Gling ne voulait à aucun prix être celui qui eût annoncé à Ramahe sGampo que ces extraordinaires reliques, sauvées d'un pillage et arrivées là par miracle, s'étaient évanouies aussi mystérieusement qu'elles étaient réapparues.

Aussi était-ce tout naturellement qu'il en était venu à craindre qu'elles ne fussent enlevées par des créatures évanescentes, capables de franchir les murs épais de la chambre forte. Au grand amusement de Ramahe sGampo, auquel il avait fini par confier ses craintes, lama sTod Gling avait jugé nécessaire de s'adonner quotidiennement, devant les Yeux de Bouddha, le Saint Cil du Bienheureux, le Mandala sacré de Samyé et, bien sûr, le *Sûtra de la Logique de la Vacuité Pure*, à un rituel dont il était persuadé qu'il éloignait les mauvais esprits.

De sorte que c'était toujours muni de ses tenailles aux pinces de scorpion et de sa corne rituelle *Thünra*, que le superstitieux petit lama se rendait à la chambre forte de la bibliothèque du monastère de Samyé.

Lorsqu'il revint quelques instants plus tard, tenant d'une main le petit cœur en bois de santal et de l'autre le rouleau du manuscrit ésotérique, fruit des années de cogitation de Pureté du Vide, ces ustensiles rituels continuaient à pendre à sa ceinture…

Avec les gestes méticuleux d'un chirurgien, il déposa le tout sur la table basse où les « gages précieux » avaient déjà été étalés la fois précédente, par Brume de Poussière et Cinq Défenses.

Posés sur le Mandala sacré du Vajrayâna, les Yeux de Bouddha brillaient de leur puissant éclat.

— Je suis ému aux larmes de pouvoir contempler d'aussi près les Saints Yeux du reliquaire de Kaniçka ! Si quelqu'un m'avait annoncé qu'une telle occasion me serait donnée, je l'aurais sûrement traité de menteur ! Ces gemmes sont d'ordinaire enchâssées dans un reliquaire d'or pur de forme pyramidale qu'on ne sort de son tabernacle de pierre que lors du Grand Pèlerinage ! s'écria Poignard de la Loi dont la voix tremblait d'émotion.

— Il n'y a que l'éléphant blanc sacré du monastère qui soit habilité à les transporter... ajouta, aussi ému que son compagnon, Sainte Voie aux Huit Membres qui était tombé à genoux devant les reliques.

— Voici le Saint Cil ! Fais très attention de ne pas le laisser tomber... ajouta sTod Gling à l'adresse du premier acolyte de Bouddhabadra en lui tendant le minuscule poil qu'il venait de prendre, entre le pouce et l'index, dans le recoin de son reliquaire de bois.

— Non merci, je préfère regarder le sûtra de Pureté du Vide, qui valut à Cinq Défenses de venir jusqu'ici ! répondit Poignard de la Loi, qui venait de sortir de sa boîte gainée de soie rouge le rouleau sur lequel s'alignaient les milliers de caractères de la réflexion mystique élaborée par Pureté du Vide, relative aux vertus des notions de Néant et de Vacuité Pure.

Tels deux collégiens, les deux hinayanistes étaient à présent penchés au-dessus de la page de garde du manuscrit, dont ils admiraient la somptueuse enluminure, ainsi que les colophons et les dédicaces multiples.

— Quel travail de miniaturiste hors pair ! s'écria Sainte Voie aux Huit Membres.

— Il est dû à l'un des copistes les plus célèbres de Chine... précisa Ramahe sGampo.

Poignard de la Loi n'arrivait pas à relever la tête de ce somptueux manuscrit. Il avait entrepris de lire une à une les phrases écrites par ses lecteurs les plus vénérables, en guise de compliment à leur auteur.

— C'est bizarre, il y a là une dédicace que je n'arrive pas à déchiffrer ! finit-il par lâcher, au terme de ce minutieux examen.

— Et pour cause, elle est écrite en tibétain ! s'écria lama sTod Gling en se penchant à son tour au-dessus du manuscrit de Pureté du Vide.

Comme il n'osait jamais sortir ce document de son étui lorsqu'il allait vérifier que les gages précieux étaient bien à leur place, il n'avait jamais eu l'occasion d'examiner les multiples inscriptions qui figuraient sur sa page de garde.

— Une inscription en tibétain ? Voilà qui est pour le moins étonnant ! Pourrais-tu me la lire ? demanda, quelque peu songeur, Ramahe sGampo.

Lama sTod Gling commença sa lecture, d'abord lentement, puis avec une certaine hâte, étant donné la teneur dramatique de ce qu'il avait cru être une banale dédicace et qui s'avérait un message poignant :

— *Ceci est une supplique de la nonne Manakunda au Bienheureux Bouddha. Elle regrette profondément ce que lui a fait subir Nuage Fou, lequel introduisit dans son corps un pieu de chair. Consciente qu'elle n'est qu'une affreuse pécheresse, elle ose espérer que ses remords lui vaudront tout de même l'absolution du Bienheureux.* Signé « Manakunda ».

Tel était le testament de Manakunda, laissé sur cette feuille d'une écriture malhabile, qui témoignait s'il en était besoin de l'extrême détresse de son auteur...

Un silence de mort s'était installé dans le cabinet de méditation du Supérieur de Samyé, après que lama sTod Gling avait achevé la lecture de ces quelques lignes terribles dans leur sécheresse, que le stylet de la jeune novice avait apposées, avec sa signature, au bas de la première page du *Sûtra de la Logique de la Vacuité Pure*.

— Comme je plains cette Manakunda ! Nuage Fou, non content d'être un criminel, est donc aussi un violeur... murmura Poignard de la Loi, consterné.

— Cette inscription de la main de la jeune nonne, morte en accouchant des enfants conçus avec Nuage Fou, constitue une terrible accusation, maître Ramahe sGampo ! dit, abasourdi, lama sTod Gling.

— Ces lignes sont bouleversantes. Une nonne qui commet ainsi le péché de chair va tout droit dans l'enfer de l'Avici... souffla, terrorisé, Sainte Voie aux Huit Membre.

— Manakunda a suffisamment souffert ici-bas pour échapper à l'enfer ! répliqua vertement Ramahe sGampo, enfin sorti de son silence.

— J'aime mieux ça ! dit le moine turfanais.

— Je m'en veux terriblement ! poursuivit le vieil aveugle d'un ton las. J'aurais dû prêter davantage attention à cette petite nonne !

— Il ne faut pas, Votre Sainteté ! Ce qui devait arriver est arrivé ! osa Brume de Poussière.

— Comme elle a dû se sentir seule... Si j'avais su tout cela, j'aurais suggéré à cette pauvre petite de venir me trouver pour confesser sa faute plutôt que de l'écrire sous la forme d'un colophon !

— Elle ne le souhaitait pas, Vénérable ! Elle avait bien trop honte... murmura sTod Gling, qui était le seul auquel la jeune nonne avait confié qu'elle attendait un enfant. Je ne regretterai jamais de l'avoir aidée du mieux que j'ai pu ! Manakunda fut une innocente victime de Nuage Fou, dont je n'aurais jamais imaginé qu'il était le père des Jumeaux Célestes !

162

— Si j'avais su plus tôt ce que cette jeune nonne gardait pour elle, beaucoup de temps aurait été gagné, depuis l'échec de la dernière réunion de Samyé, et bien des malentendus eussent, à coup sûr, été évités ! Vraiment, cet individu nous aura tous possédés au-delà du concevable… souffla, accablé, le Supérieur de Samyé.

— Au moins, un mystère s'éclaire… Je comprends mieux, à présent, la raison de l'absence de Nuage Fou à votre réunion intermédiaire, mon révérend : pendant que vous vous morfondiez à attendre sa venue, en compagnie de Pureté du Vide et de feu Bouddhabadra, cet ignoble individu couchait avec une de vos nonnes ! ajouta lama sTod Gling, scandalisé.

— Tout cela est écœurant ! s'exclama Brume de Poussière que l'accablante lecture avait anéanti.

— Je ne laisserai pas au Samsara le soin de décider du sort de Nuage Fou ; j'espère bien que ces mains auront l'occasion de lui faire payer tous ses maléfices ! tonna Poignard de la Loi en tendant ses poings vers le ciel.

— Quant à moi, je suis sûr que Pureté du Vide a de nombreuses choses à me dire sur tout cela… murmura le vieil aveugle dont le ton s'était fait menaçant.

— Vous semblez laisser entendre que le Supérieur de Luoyang pourrait avoir partie liée avec Nuage Fou…

— Avec Nuage Fou, probablement pas ! Il paraissait aussi ignorant que nous de l'absence de cet individu… En revanche, avec Bouddhabadra, il y a sûrement eu combine ! Nul doute que sa tragique disparition a grandement chamboulé les plans qu'ils avaient échafaudés…

— Ainsi, vous paraissez persuadé qu'ils ont cherché à vous faire un enfant dans le dos ? s'enquit le premier acolyte du Supérieur de Peshawar.

— L'expression est peut-être exagérée ! Mais à

essayer de tirer au mieux leur épingle du jeu, probablement !

— Pour quelle raison vous auraient-ils exclu ? demanda Poignard de la Loi.

— Des trois Églises bouddhiques, c'est la mienne qui est la plus protégée des influences extérieures ; le pays de Bod est si loin de tout ! Je n'ai pas sur les épaules la même pression qu'eux. Et puis je suis aveugle… En tout cas, au lieu de « faire tenir la concorde cinq années de plus », la dernière réunion intermédiaire aura déclenché une terrible rupture entre mes deux confrères et moi-même… expliqua sobrement le Supérieur de Samyé.

— Vous n'avez pas eu le temps de vous expliquer avec Bouddhabadra… ajouta son premier acolyte sur un mode interrogatif.

— Je pensais que nous aurions l'occasion de nous parler… au sujet d'un point que je souhaitais aborder avec lui. Mais il quitta le monastère sans même me saluer… Pureté du Vide et lui avaient dû, entre-temps, mettre au point leurs manigances ! conclut Ramahe sGampo sur un ton où perçaient les regrets.

La perplexité de Poignard de la Loi était à son comble. Plus il cherchait à comprendre ce qui s'était passé et plus des éléments nouveaux venaient compliquer la situation, rendant vaine toute explication plausible.

Voilà que Ramahe sGampo lui-même semblait à présent faire état d'une sorte d'accord entre Bouddhabadra et lui, au sujet duquel son Supérieur n'aurait pas tenu parole !

Que de questions demeuraient sans réponse !

Viendrait-il jamais, le temps de la résolution de toutes ces énigmes ?

Pourquoi Pureté du Vide retenait-il Umara prisonnière, après avoir laissé à Samyé le « gage précieux » de son Église, puis avoir envoyé Cinq Défenses le chercher ? Par quel hasard Bouddhabadra et Nuage Fou s'étaient-ils retrouvés ensemble, comme s'ils avaient eu partie liée ? Pourquoi Ramahe sGampo paraissait-il déçu de ne pas avoir pu s'entretenir seul à seul avec Bouddhabadra ?

Ce qui était sûr, en revanche, c'était que le comportement de Bouddhabadra avait été des plus troubles…

— Après tout ce qui s'est passé, il est malheureusement impossible de faire l'impasse sur l'attitude de mon ancien Supérieur… Sachez qu'il nous avait caché, à Peshawar, qu'il avait pris les Yeux de Bouddha, nous laissant une pyramide d'or pur vide au sommet de la tour-reliquaire de Kaniçka… murmura Poignard de la Loi, loin de s'être totalement ouvert à Ramahe sGampo des innombrables soupçons qu'il avait fini par nourrir à l'encontre de son ancien Supérieur.

— Il ne pouvait agir autrement ! Sans cette relique sainte, le couvent de l'Unique Dharma n'a plus de raison d'être… Comment aurait réagi ta communauté si son Inestimable Supérieur lui avait annoncé qu'il devait partir au Pays des Neiges avec les Yeux de Bouddha ? murmura Ramahe sGampo sur un ton bizarre.

— Vos propos, maître sGampo, me laissent entendre que Bouddhabadra n'avait pas d'autre choix que d'agir ainsi.

— Ce n'est pas faux…

— Qu'est-ce à dire, Votre Sainteté ? demanda soudain Brume de Poussière.

— Brume de Poussière ! On ne t'entend presque pas… Ce qu'il me reste surtout à faire, à présent c'est te remercier. Sans toi, ce petit cœur de santal ne serait pas ici, déclara alors le vieil aveugle, après un bref silence signifiant à Poignard de la Loi qu'il ne lui en

165

dirait pas plus sur les motivations réelles qui avaient conduit Bouddhabadra à apporter les Yeux de Bouddha à Samyé.

À présent, c'était au premier acolyte de se perdre en conjectures, au point de glisser peu à peu vers un de ces abîmes de perplexité qui finissent par paralyser l'entendement...

Comment Bouddhabadra avait-il pu pousser la duplicité jusqu'à faire croire à la présence des Yeux de Bouddha dans le Reliquaire de Kaniçka, alors que cette Relique Sainte servait de « gage précieux » du Petit Véhicule, dans le cadre du pacte secret des Conciles de Lhassa ?

L'image déjà passablement brouillée que l'acolyte avait de son chef était en train de se transformer en celle d'un monstre de duperie et de cynisme.

Les rayons du soleil, malgré l'étroitesse de sa fenêtre, inondaient désormais la chambre de méditation du vieux Supérieur aveugle, où les Yeux de Bouddha brillaient de mille feux, au moment où Brume de Poussière, sûr de son effet, répondit à la question posée par Ramahe sGampo.

— Si mes pas me conduisirent jusqu'ici, Votre Sainteté, ils le doivent curieusement à un vieux lama de votre monastère... expliqua le jeune Chinois, avant de révéler les circonstances dans lesquelles le vieux moine tibétain rencontré au milieu des ruines encore fumantes de Dunhuang, à l'issue du pillage de l'oasis, l'avait vivement incité à se rendre à Samyé, en lui faisant miroiter, ce qui s'était révélé exact, que ce geste lui permettrait de retrouver la fille de l'évêque Addaï Aggaï.

— Sakya Panchen ! Tu as donc croisé Sakya Panchen dit « le Grand Savant », le plus compétent de mes moines traducteurs, que j'ai envoyé à Dunhuang pour y transcrire en langue tibétaine le plus grand nombre possible de sûtras contenus dans les bibliothèques des monastères bouddhiques de l'oasis ! s'exclama, tout ému, Ramahe sGampo.

— Ce moine avait l'air d'un sage particulièrement expérimenté. Quand je lui montrai le contenu du petit cœur de santal, il me convainquit de partir pour le Pays de Bod afin de venir vous les remettre, en m'assurant que ce geste vous inciterait à prier pour moi le Saint Bouddha de m'aider à retrouver cette jeune fille dont j'avais perdu toute trace. Et la prophétie de Sakya Panchen se réalisa, puisque, sur le chemin de Samyé, ma route croisa en effet celle d'Umara et de Cinq Défenses…

— À défaut de ses dernières traductions, Sakya Panchen, dont nous n'avons, hélas, plus aucune nouvelle, s'arrangea donc pour vous faire apporter les « gages précieux » ! J'ai toujours pensé que ce religieux était un esprit supérieurement éclairé… Sakya Panchen est un saint homme, et en tant que tel, il voit plus loin que les autres… De là où il est, ici-bas ou au ciel du nirvana, je suis sûr qu'il nous observe d'un regard amusé ! s'écria le vieil aveugle dont la voix était nouée par l'émotion.

C'était en effet avec beaucoup de nostalgie que Ramahe sGampo se souvenait d'avoir, des années auparavant, envoyé à Dunhuang cet extraordinaire lama doué pour les langues, capable de traduire en tibétain n'importe quel texte chinois ou sanskrit. L'idée ne s'était pas révélée mauvaise, puisque l'intéressé avait ramené de la grande oasis de la Route de la Soie, à deux reprises, des convois de yaks sur le dos desquels il avait attaché d'innombrables rouleaux qui constituaient le corpus à peu près exhaustif des textes fondamentaux du bouddhisme du Petit et du Grand Véhicule, précieusement conservés depuis lors à la bibliothèque du monastère de Samyé.

— Sans cette rencontre imprévue avec Sakya Panchen, je ne serais pas devant vous, maître sGampo, pas plus que je n'aurais retrouvé Umara ! constata Brume de Poussière en souriant.

— Il faut que tu te persuades que rien n'est jamais dû au hasard, cher Brume de Poussière ! lâcha le vieil aveugle.

Un novice venait de leur servir du thé au beurre de yak qu'ils burent en silence, tellement l'émotion était forte, après une telle avalanche de révélations.

— Maître sGampo, pourrions-nous fixer la date à laquelle vous comptez arriver à Luoyang ? demanda Poignard de la Loi, une fois achevé son bol de thé.

— Pourquoi n'y partirions-nous pas tous ensemble ? Ce serait plus pratique ! proposa Brume de Poussière.

— Il faut juste me laisser le temps de revenir à Peshawar. Il m'est difficile d'abandonner plus longtemps ma communauté à l'incertitude sur le sort de Bouddhabadra. Là-bas, si mes frères ne nous voient pas revenir, Sainte Voie aux Huit Membres et moi, c'est tout le monastère de l'Unique Dharma qui risque de se désagréger ! La vérité coûtera à être dite, mais il faudra bien en passer par là !

Rien qu'à l'idée de revenir à Peshawar pour annoncer à la communauté la mort de son Inestimable Supérieur, un voile d'inquiétude mêlée de tristesse avait déjà recouvert les yeux du premier acolyte.

— Tu pourrais en profiter pour leur rapporter la relique du Saint Cil. Avec les Yeux de Bouddha, ce poil fait double emploi… Ainsi tu ne reviendrais pas les mains vides… Quant au reste, je suis d'accord avec toi pour que nous nous retrouvions tous ensemble dans la capitale d'été de la Chine impériale à une date conve-

168

nue à l'avance, répondit Ramahe sGampo à la suggestion de Poignard de la Loi.

— Je ne saurais vous remercier assez pour votre compréhension... Vous êtes un homme profondément bon, mon révérend. Quant au Saint Cil, je veux bien le rapporter à mes frères ; cela ne leur déplaira pas, même s'ils peuvent avoir des doutes sur sa provenance... puisque j'ai dû leur avouer m'en être arraché un lorsque je découvris que Bouddhabadra était parti avec le petit cœur de santal... s'écria le premier acolyte de Bouddhabadra qui ne pouvait s'empêcher de sourire.

— À défaut d'un Concile de Lhassa, vous pourriez y tenir le Premier Concile de Chang An ! Ainsi la Concorde pourrait-elle renaître entre les trois Églises ! s'écria lama sTod Gling.

— Sous réserve que je sois digne de remplacer mon Inestimable Supérieur ! soupira Poignard de la Loi dont le regard n'arrivait pas à se détacher des Yeux de Bouddha.

— Je n'ai, pour ma part, aucun doute à ce sujet ! Je propose donc que nous nous retrouvions dans six mois lunaires à Luoyang ; cela vous donnera le temps d'aller à Peshawar, à condition toutefois de ne pas vous éterniser là-bas ! conclut Ramahe sGampo.

Et sans perdre un instant de plus, dès le lendemain, Poignard de la Loi et Sainte Voie aux Huit Membres repartirent vers le couvent de l'Unique Dharma, tout pressés qu'ils étaient d'annoncer à leurs frères la terrible vérité sur le sort de leur Supérieur auquel son martyre final avait à coup sûr permis de racheter sa conduite.

Brume de Poussière avait le cœur serré en regardant les deux moines de Peshawar, accompagnés de la chienne jaune Lapika, lui adresser un dernier salut avant de disparaître entre les deux stupas commémoratifs qui flanquaient le col.

— Seras-tu présent à Chang An lorsque j'y amènerai Ramahe sGampo ? lui demanda lama sTod Gling.

— J'espère bien… murmura le jeune Chinois dont le regard s'était rembruni.

— Tu as l'air songeur…

— Je vais aller faire un tour dehors. L'altitude de Samyé me donne le mal des montagnes. Je dors avec difficulté et j'ai des nausées, sans oublier cette migraine qui m'assaille du soir au matin et du matin au soir…

— Fais attention. Au pays de Bod, il vaut mieux ne pas s'éloigner des sentiers battus, surtout en fin d'après-midi, car la nuit vient très vite.

— Ne t'inquiéte pas, lama sTod Gling, depuis le temps que j'ai quitté Dunhuáng, je sais à peu près où il faut mettre ses pieds, en montagne pour éviter de glisser !

Lorsqu'il franchit la porte de Samyé dans l'intention de monter jusqu'à la ligne de crête située en face, d'où il pensait avoir un panorama imprenable sur la vallée adjacente, Brume de Poussière ressentit une curieuse tristesse.

Tel un gigantesque nuage envahissant le ciel, le beau visage aux yeux bicolores d'Umara lui apparut soudain, entre les deux pagodons du col derrière lequel avaient disparu, quelques instants plus tôt, les minuscules silhouettes de Poignard de la Loi et de Sainte Voie aux Huit Membres.

Elle lui souriait et cela lui faisait du bien.

Tellement de bien, même, qu'il ne put s'empêcher de constater qu'il l'aimait comme au premier jour.

C'était à contrecœur qu'il s'était incliné devant Cinq Défenses, et la blessure créée par cette préférence était

170

toujours là, à vif, même s'il n'éprouvait plus ni haine ni rancœur à l'encontre de son ancien rival.

Dans le ciel, le visage de sa bien-aimée se nimbait peu à peu de brume ; déjà, l'un de ses yeux bicolores s'était évanoui dans l'azur violacé du crépuscule naissant et il guettait avec appréhension le moment où il ne la verrait plus du tout.

Il marchait le regard tourné vers elle, sans se préoccuper de ses pieds. Il avait tant besoin de son regard bicolore !

La nuit allait engloutir Umara dans ses limbes obscurs et, pour lui dont elle était la raison de vivre, c'était insupportable.

Si insupportable que, lorsqu'une de ses jambes se lança dans le vide, après qu'il eut continué tout droit au lieu de suivre la courbure du sentier, c'est sans la moindre hésitation qu'il y ajouta la seconde pour basculer, tête la première, dans l'insondable précipice qui bordait le chemin. Dans sa chute vertigineuse, il eut tout le temps de crier : « U... Umara-a !... U... mara-a... » avant de s'écraser sur les rochers.

Et l'écho du nom de la jeune chrétienne nestorienne résonna longtemps le long des parois abruptes de l'ultime demeure de celui qui l'avait aimée de toutes ses forces.

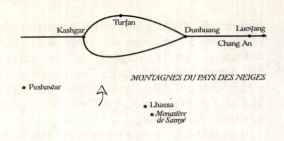

44

Dans une grotte des montagnes (au sud-ouest de l'actuel Xinjiang)

— Demain, on repart ! lâcha le geôlier.
— Où ça ?
— Tu le sauras bien à temps !
— Tu diras à Kaled Khan que je souhaite le voir. Dis-lui qu'à présent je peux marcher et me lever !
— Je transmettrai ! Voilà ta soupe !
— D'habitude, tes collègues la déposent loin de moi, comme si j'étais un chien affamé prêt à mordre !
— Je suis enrhumé. L'odeur ne m'incommode pas. Je te la mets ici.
— Bande de salauds !
— Tu m'as l'air bien en verve… remarqua le geôlier enrhumé.

Cela faisait quelques jours que le malheureux évêque Addai Aggai se sentait un peu plus gaillard.

Il valait mieux pour lui qu'il ne sût pas qu'il avait été atteint de scorbut, cette terrible maladie due à la carence en vitamines, qui provoquait le déchaussement des

172

dents et des hémorragies internes, laissant à bout de forces ceux qui en étaient affectés, et qu'il ne se doutât pas que la peau de son corps, en proie à d'irrépressibles démangeaisons, était rongée par la gale.

Comme d'habitude, son réveil avait été pénible, en raison de cette insupportable odeur de moisissure qui le prenait à la gorge et lui rappelait sa triste condition de prisonnier, brisant ainsi ce sempiternel rêve d'évasion réussie auquel chaque nuit il s'adonnait avec délectation.

Même les narines de ses geôliers les plus insensibles et les plus aguerris n'y résistaient pas, qui se bouchaient toujours le nez quand ils s'aventuraient jusqu'au fond des entrailles de la montagne où le prisonnier avait été sommairement installé sur un lit de branchages...

— Ton bol de soupe ! se contentaient-ils de lui crier.

— Si vous continuez à me martyriser en me privant de la lumière du Tout-Puissant Créateur de toutes choses, vous n'obtiendrez rien de moi, parce que d'ici là, ce Dieu Unique m'aura accueilli auprès de lui ! Dis-le à Kaled Khan, murmura Addai Aggai à l'homme qui avait déjà tourné les talons, après lui avoir apporté l'habituelle timbale de soupe aux pois chiches.

Puis, incapable de se rendre compte en raison de l'obscurité que le geôlier était déjà parti, il tendit dans sa direction ses poignets que ses entraves trop serrées ensanglantaient.

L'évêque n'était pas mécontent de lui : au moins avait-il la force de protester.

Allongé sur un tas de paille au fond de cette grotte humide et sombre où le soleil n'entrait jamais, l'évêque nestorien de Dunhuang était pâle comme la mort. Pour un chrétien de son espèce, fût-il schismatique, mourir au nom de sa foi était considéré comme une grâce de Dieu. De toutes ses forces, le père d'Umara refusait pourtant l'idée de décéder en martyr sans avoir pu embrasser une dernière fois sa fille adorée.

Depuis la mise à sac de l'évêché qu'il avait construit de ses mains par une bande tujüe, il vivait une sorte de chemin de croix où chaque nouvelle station s'était révélée, hélas, un peu plus terrible que la précédente.

Au bout de quelques semaines de marche exténuante, les poignets liés et traîné derrière un cheval, la maigreur cadavérique du corps décharné de l'évêque nestorien de Dunhuang faisait peur à voir. Ses forces s'amenuisaient de jour en jour, tandis que les plaies à vif de son épiderme s'infectaient jusqu'à provoquer une insupportable pestilence, au point de faire redouter à l'intéressé de n'en avoir plus pour très longtemps sur cette terre.

Comme entre-temps ses ravisseurs avaient quitté la Route de la Soie pour piquer vers le sud-ouest, à travers des montagnes presque verdoyantes mais désertes, à l'exception des hordes de chevaux sauvages qui dévalaient leurs pentes, il ne pouvait pas compter sur la compassion des voyageurs pour leur faire la leçon et les obliger à le traiter de façon plus convenable.

Enfin ils arrivèrent au campement du Grand Khan des Tujüe établi au bord d'une rivière. Le grand Kaled Khan se plaisait à se faire appeler l'empereur des Steppes, et dans le désert, chacun craignait ses foudres.

C'était en effet peu de dire que le camp du roi nomade était un véritable village de toile et de peaux d'animaux dont l'évêque nestorien avait découvert l'étendue lorsqu'il l'avait aperçu du haut de la falaise qui dominait la plaine alluviale où le Khan avait installé ses quartiers.

Les Tujüe d'Orient comptaient alors de très nombreuses tribus, dont les chefs se prenaient tous pour de grands rois, alors qu'ils n'étaient en fait que des roitelets dont l'ardeur au combat et la sauvagerie leur permettaient de régner sur d'immenses espaces désertiques où vivaient des populations pastorales aussi douces que les moutons qu'elles gardaient.

Kaled Khan était le chef d'une tribu tujüe forte de quelque soixante-dix familles, ce qui en faisait l'une des plus importantes de ce peuple nomade dont les redoutables cavaliers à cheval terrorisaient les populations des territoires qu'ils ne cessaient d'annexer puis de reperdre, selon l'humeur des Chinois, des Khotanais, des Perses et des Sogdiens.

Dans l'air flottait l'odeur caractéristique de beurre rance et de friture de la cuisine des Tujüe. Deux jours plus tard, le nestorien avait été conduit pour la première fois devant son nouveau propriétaire qui l'avait examiné avec le même zèle que s'il fût agi d'un cheval.

À l'instar des guerriers de sa tribu, Kaled Khan portait la moustache tombante et la queue de cheval. Son corps massif était recouvert d'un long manteau de poils de chèvre et le curieux calot de peau de léopard des neiges dont il était coiffé ne faisait que renforcer la sauvagerie animale qui se dégageait de son aspect général.

Addai Aggai ne comprenait pas encore un traître mot de la langue tujüe. Il ignorait donc que le roitelet de la steppe, dont la moue témoignait de la déception, était en train de se faire expliquer par l'homme qui palpait le nestorien que sa vente, sur un marché aux esclaves à Samarkand ou ailleurs, ne rapporterait même pas de quoi acheter un foulard de soie.

Le lendemain, la tribu avait levé le camp. Les nomades ayant l'habitude de devoir plier bagage à la hâte, en cas d'attaque par des bandes rivales, le démontage de l'inextricable village de tentes du bord de la rivière n'avait pas été long. Chacun y avait participé, même les femmes et les enfants. En un rien de temps, tout — y compris le corps décharné d'Addai Aggai —

avait été chargé sur des chariots et le convoi s'était ébranlé à vive allure vers une direction que l'évêque avait estimée septentrionale, compte tenu de la position du soleil dans le ciel.

Le reste de son périple, toujours attaché dans son charroi tiré par des mulets, avait été à l'avenant. Les Tujüe se déplaçaient au gré de leurs humeurs, d'un stationnement à l'autre, où ils pouvaient tout aussi bien passer deux jours que quelques mois. À présent qu'il était tombé sous la coupe du principal chef tujüe, le nestorien ne s'estimait pas plus avancé : il restait une marchandise vivante à la merci de son vendeur.

Certes, il n'avait plus à se traîner derrière un cheval puisqu'il se retrouvait coincé entre des ballots de denrées alimentaires sur une charrette encadrée par quatre cavaliers qui ne cessaient de l'observer en lui ôtant toute envie de prendre la poudre d'escampette…

Un beau matin, après avoir établi leur campement dans un endroit inexpugnable, à l'abri d'une falaise inaccessible à la courbure protectrice, tous les hommes de la tribu en âge de se battre avaient quitté le camp sur leurs « chevaux célestes », derrière Kaled Khan, laissant l'évêque nestorien en compagnie des femmes, des vieillards et des enfants.

Addai Aggai avait fini par apprendre de la bouche d'un des plus vieux Tujüe que le chef avait reçu un renseignement et qu'il était parti avec ses guerriers vers Turfan « pour s'emparer d'un important stock de soie possédé par une église lumineuse ».

Et l'extrême soin que les guerriers tujüe avaient mis à affûter leurs épées et leurs pointes de flèches puis à ajuster la tension des cordes de leurs arcs en disait long sur les projets belliqueux de l'empereur des steppes.

Addai Aggai en avait conclu que l'intéressé n'avait pas l'intention, en l'occurrence, de faire le moindre quartier et imaginait déjà la détresse de son collègue manichéen Cargaison de Quiétude, sous réserve qu'il eût la vie sauve.

Lorsque Kaled Khan et ses hommes étaient revenus de leur razzia, sous les vivats des autres, six ou sept mois plus tard, qui avaient semblé une éternité à l'évêque, l'empereur des steppes était passé rapidement le voir dans cette grotte obscure où il attendait la mort, probablement pour s'assurer qu'il était toujours vivant.

Qu'avait fait le Khan, après s'être rendu à Turfan ? Y avait-il trouvé son compte, ou au contraire en était-il revenu bredouille ? À en juger par sa mine satisfaite, la chasse n'avait pas été mauvaise. Comment l'évêque nestorien, qui se perdait en conjectures, eût-il pu se douter que le Tujüe revenait de Palmyre, où il avait réussi à vendre Lune de Jade pour un fort bon prix ?

— On m'a dit que tu étais nestorien… lâcha négligemment Kaled Khan.

La façon dont le chef tujüe prononçait le mot «nestorien» fit presque sourire son interlocuteur, lequel, pourtant, demeurait sur le qui-vive.

— C'est exact. Je crois au Dieu Unique, dont le fils n'est pas d'essence divine, tel que l'a décrit l'évêque Nestorius.

— Parle-moi de ton Dieu unique. S'agit-il de celui du prophète Muhammad [1] ?

— Je ne connais que vaguement ce prophète d'Arabie. Ce que j'en sais me laisserait entendre que lui et moi, nous adorons le même Dieu Unique et Tout-Puissant, répondit Addai Aggai.

1. Le prophète Mahomet mourut en 632, en même temps que ses disciples commençaient à répandre sa parole contenue dans le Coran, ce qui les amena à franchir l'Euphrate dès 635 et à balayer les Sassanides d'Iran au profit du califat omeyyade.

— Mon grand-père s'est converti à la religion révélée par Allah au Prophète, entraînant toute la tribu dans son sillage. Le Grand Dieu englobe tout. Les autres religions comme le reste…

— Le Dieu Unique s'impose à tous les hommes, approuva l'évêque qui se demandait où il souhaitait en venir.

— Parle-moi de ce prophète surnommé, je crois, le Christ.

— L'évêque Nestorius a opéré la distinction entre Dieu et le Christ. Cela a valu à mon Église de gros ennuis, se borna à répondre, de moins en moins à l'aise, Addai Aggai.

Ne sachant pas sur quel terrain son interlocuteur souhaitait l'entraîner, il avait décidé d'en dire le moins possible sur la querelle relative à la nature divine du Christ fils de Dieu, qui avait valu au patriarche de Constantinople Nestorius une excommunication en bonne et due forme, quatre siècles plus tôt.

— Je sais… dit mystérieusement Kaled Khan avant d'ajouter : La querelle qui opposa Nestorius à sa hiérarchie ne m'est pas inconnue.

— Vous en savez des choses… murmura l'évêque de Dunhuang qui avait du mal à cacher sa surprise.

Comment un chef de tribu tujüe, qui avait l'air d'une brute épaisse, avait-il eu vent d'un schisme si lointain ?

— Hélas, je suis loin de tout connaître. Je peux t'avouer, par exemple, que je n'ai aucun sens de l'orientation et qu'il m'arrive bien souvent de confondre le nord et le sud ! lâcha le Tujüe, l'air songeur.

Devant ce propos en forme d'aveu, l'évêque, à qui la sédentarisation avait permis de retrouver quelques forces malgré ses déplorables conditions de détention, s'était dit qu'avec un peu de chance il ne tarderait pas à être libéré.

Hélas, il n'en avait rien été.

Kaled Khan, manifestement, n'avait pas l'intention de le relâcher, puisque, après sa visite impromptue, il ne le fit jamais venir devant lui pour l'informer de quoi que ce soit.

Brusquement, Addai Aggai songea au bol de soupe que le geôlier avait déposé à ses pieds et le but d'un trait. Depuis quelque temps, il ressentait une saine impression de faim à la place de cette atroce douleur aux tripes qui en avait tenu lieu jusque-là.

Le lendemain, il fut extrait de sa grotte.

— J'exige de voir Kaled Khan ! hurla-t-il à l'un des gardiens qui l'avaient transporté comme du bois en fagots avant de le jeter sans ménagement sur une plate-forme encombrée de peaux de bêtes qui servaient de tentes aux nomades.

On lui répondit par un bref ricanement, en s'assurant qu'il était bien ligoté, puis, pour faire bonne mesure, on le bâillonna.

Après quoi, dans un assourdissant vacarme où les cris des bêtes et des enfants se mêlaient aux grincements d'essieux mal huilés et aux craquements des cordes tendues à l'extrême, le convoi des nomades s'ébranla une nouvelle fois.

À en juger par la position du soleil, les Tujüe faisaient route vers le nord.

La tribu traversa, pendant quelques semaines, une zone de plaines herbeuses, ce qui permit aux « chevaux célestes » de reconstituer leurs muscles ; puis leur convoi se retrouva dans un paysage beaucoup plus hostile où il était aisé de deviner, à la taille des cailloux, de plus en plus petits, que le désert n'était pas loin.

Les connaissances géographiques de l'évêque nestorien lui faisaient craindre que Kaled Khan ne se dirigeât vers le terrible Taklamakan.

D'ailleurs, lorsque le convoi stoppa net, tandis que Kaled Khan vociférait, après avoir jailli de la charrette où, pour une fois, il se reposait, les premières dunes de sable grisâtre caractéristiques apparurent soudainement à l'horizon.

Dès son arrivée à Dunhuang, et à de nombreuses reprises, Addai Aggai avait entendu les poignants récits des voyageurs au sujet du piège fatal que constituait cette immense étendue de sable et de pierres, souvent balayée par les vents qui effaçaient les traces des explorateurs téméraires ou inconscients qui s'y aventuraient. Les anciennes annales chinoises de l'époque des Han le qualifiaient de *Liu sha*, ou « sable qui bouge ». Les ossements humains et animaux, telles de lugubres bornes, jonchaient les pistes de cet enfer du voyageur qu'il fallait à tout prix contourner.

En été, il y faisait si chaud qu'on y mourait de soif en moins de trois heures. Des orages secs, les terribles *kara-buran*, dont les éclairs étaient capables de foudroyer la moindre masse qui déplaçait de l'air, y éclataient en permanence... Alors, le ciel charbonneux du Taklamakan paraissait se mélanger avec le sable de ses dunes, que les ouragans soulevaient comme des montagnes de poussière, charriant aussi des pierres susceptibles d'assommer un mulet.

En hiver, les vents glacés étaient capables de transformer les animaux et les hommes en statues givrées que les loups viendraient dévorer dès que leur chair se réchaufferait sous les rayons du pâle soleil de cette saison où le ciel n'était que rarement obscurci par les nuages.

Aussi le nestorien constatait-il avec appréhension

que le convoi des guerriers nomades s'était trompé de route.

Kaled Khan, de plus en plus nerveux, remonta à cheval en cherchant manifestement l'issue de la terrible zone de dangers où ils étaient entrés par mégarde.

Le vent avait effacé leurs traces sur le sol, si bien qu'il était difficile de se repérer, et Addai Aggai, qui n'osait pas intervenir, finissait par avoir la fâcheuse impression que le chef tujüe faisait tourner sa tribu en rond.

Heureusement, une escouade de guerriers, surgie de derrière une colline de sable, vint se poster en travers de la route. Leurs costumes et leurs fanions annonçaient des soldats de l'armée chinoise.

Addai Aggai assista de loin aux palabres qui s'engagèrent entre celui qui avait l'air d'être le capitaine des soldats chinois et le chef de la tribu tujüe. À en juger par les gestes péremptoires du capitaine, ce dernier déconseillait vivement à l'empereur des Steppes d'aller plus loin. Puis, il sembla au nestorien que Kaled Khan, après avoir perdu toute superbe, s'apprêtait à obtempérer, au cours d'une conversation qui s'était quelque peu prolongée.

Le nestorien ne se trompait pas puisque, sans tarder, Kaled Khan donna ordre à son convoi de faire demi-tour et que la soldatesque chinoise vint se placer à l'avant des éclaireurs tujüe, comme s'il s'agissait de ramener dans le droit chemin la tribu tout entière.

Après deux nouveaux jours de marche forcée sous la conduite des Chinois, les nomades firent halte dans un endroit où d'immenses falaises se dressaient à perte de vue, tels les vertigineux remparts d'une forteresse mystérieuse au-dessus de laquelle, dans le ciel d'azur, tournaient des rapaces aux ailes déployées.

L'état d'épuisement de l'évêque nestorien, qui

181

n'avait pas été nourri ni désaltéré pendant ces deux jours, était immense et il n'avait aucune idée du lieu où ils se trouvaient, quand on le fit descendre de son charroi, les pieds et les mains toujours ligotés.

Les Tujüe installèrent leur village itinérant au pied de la barre rocheuse dans laquelle s'ouvraient des grottes où régnait une température à peu près égale de nuit comme de jour, ainsi qu'Addai Aggai put le constater puisqu'on l'y jeta dès le premier soir.

Toutes les grottes se ressemblaient. On n'y entrevoyait jamais le soleil, si bien que, très vite, malgré l'amélioration de sa santé, l'évêque en vint à ne plus savoir, chose qu'il détestait, combien de temps s'était écoulé depuis son arrivée.

Alors, la rengaine du désespoir remplit de nouveau sa tête. Et comme toujours, la bonne nouvelle arriva au moment où il avait cessé d'y croire. Il comprit que son statut avait dû changer un matin où un surveillant à la face rubiconde lui donna un morceau de tourte fourrée aux abricots sur laquelle il se jeta avidement, après les mois où il avait dû se contenter de l'immonde soupe de pois chiches.

Que lui valait ce meilleur traitement ?

— Elle est trop bonne pour toi ! lâcha l'homme méchamment, tandis qu'Addai Aggai dévorait la délicieuse friandise.

— Quel jour sommes-nous ? demanda, comme à l'accoutumée, le père d'Umara sans illusion sur la possibilité d'obtenir une réponse autre qu'un juron.

— Quelle importance ! Aujourd'hui, c'est en tout cas un grand jour, puisque tu comparais devant le Grand Khan Kaled ! se contenta de laisser tomber l'homme, avant de tourner brusquement les talons.

Addai Aggai lui aurait sauté au cou.

Quelques instants plus tard, le prisonnier fut conduit

à l'extérieur de la grotte où il se morfondait. Il fut tellement ébloui par la lumière qu'il faillit tomber en trébuchant sur les cailloux qui jonchaient le sol de la prairie. On le lava de pied en cap avant de l'épouiller, puis on le fit changer de vêtements, si bien qu'il eut le temps, passé le premier moment d'euphorie, de chercher la raison de cette convocation inopinée.

Quelle surprise lui réservait l'empereur des Steppes ? Serait-ce la fin de son calvaire ou au contraire sa propre mort que ce dernier allait lui annoncer ?

Quoique méconnaissable après sa toilette, quand il comparut devant le chef de la tribu nomade, le nestorien avait du mal à cacher son angoisse. Mais il constata avec soulagement que celui-ci l'accueillait le sourire aux lèvres.

Le contraste était patent entre la bouche lippue, découvrant des dents immaculées, et les petits yeux méchants de cet homme, dont l'incroyable moustache paraissait à Addai Aggai encore plus longue et tombante que d'ordinaire, accentuant l'impression générale de cruauté implacable que dégageait ce roitelet de la steppe.

— As-tu eu des nouvelles de ta fille unique ? s'enquit brusquement Kaled Khan.

— Comment savez-vous qu'Umara a disparu ? cria Addai Aggai, qui ne pensait plus qu'à sa fille.

— Je connais mieux que tu ne crois ta mésaventure. Un chef persan appelé Majib m'a raconté ton désarroi, ce fameux matin que tu passas à la chercher partout, dans une combe du désert de Gobi où un minuscule point d'eau te donnait, selon lui, bien du fil à retordre, répondit le chef tujüe.

— Je donnerai dix ans de ma vie pour la revoir ne fût-ce qu'un instant !

— De quoi as-tu besoin pour la retrouver ?

— D'abord, de ma liberté !

— À cet égard, j'aurai une proposition à te faire.

— Je vous écoute, répondit l'évêque, au bord de l'évanouissement.

— Un ambassadeur arabe est en train de convoyer une jeune Chinoise depuis Palmyre jusqu'à Chang An. Mes guetteurs m'ont indiqué leur récent passage à Dunhuang. Si tu pouvais me la ramener, tu serais un homme libre, qui aurait tout loisir de retrouver sa fille… Tu n'es pas sans savoir que je suis un homme à femmes… expliqua Kaled Khan, en appuyant la fin de son propos d'un clin d'œil éloquent.

— S'agit-il d'un convoi important ?

— En tout, il y a huit chameaux et autant de voyageurs, dont, bien sûr, la jeune femme !

— S'agirait-il d'un otage de haut rang, comme les empires les échangent entre eux pour éviter de se faire la guerre ?

— C'est une simple roturière sans valeur diplomatique. Ce qui est sûr, en revanche, c'est qu'elle est chinoise, et fort jolie. Son nom est Lune de Jade.

— Et que diriez-vous si je prenais au sérieux cette proposition ? lança l'évêque nestorien qui se demandait d'une part où il avait déjà entendu ce nom, d'autre part ce que pouvait bien cacher une offre aussi bizarre.

— Je ne plaisante pas le moins du monde ! Si je pouvais récupérer cette jeune femme, je serais un homme heureux, déclara mystérieusement le chef tujüe.

— Pourquoi me feriez-vous à ce point confiance ?

— Un évêque nestorien n'a qu'une parole…

L'évêque, qui voulait croire qu'il s'agissait d'une aubaine, se garda bien de demander à son interlocuteur comment il parviendrait, seul contre sept, à enlever cette jeune Chinoise dont la capture pouvait lui valoir la liberté.

Que n'aurait-il pas entrepris pour fausser compagnie à ces Tujüe !

— Je suis prêt à y aller dès maintenant. Il suffit de m'indiquer leur chemin. Toutefois, si ces chameliers sont déjà passés à Dunhuang, je crains de ne jamais pouvoir les rattraper, lâcha fébrilement Addai Aggai en qui s'était soudain réveillé un fol espoir.

— Je te confierai Vif comme l'Éclair, l'un de nos meilleurs chevaux célestes. Il avale les distances comme un oiseau volant à tire-d'aile.

— Je sais à peine tenir sur un cheval… laissa échapper l'évêque.

— Malgré sa race et son tempérament, Vif comme l'Éclair est aussi docile qu'un mouton.

Kaled Khan n'avait pas menti : Vif comme l'Éclair se laissa monter facilement par le nestorien, lorsqu'un palefrenier le lui eut amené.

Le cheval en question était non seulement beau et fringant, dans sa robe brune et luisante, ourlée par une crinière flamboyante, mais aussi des plus calmes.

Quand il sentit une légère brise — l'air de la liberté ! — sur son visage, après avoir à peine effleuré du talon le flanc de l'animal pour le faire partir au petit trot, Addai Aggai, au bout de tant de mois de confinement, éprouva un immense plaisir.

Devant ses yeux s'étendait un paysage de rochers sur lesquels pas une plante ne poussait mais qui lui paraissait aussi apaisant qu'une prairie verdoyante.

Kaled Khan lui avait soigneusement indiqué la direction : il lui suffirait de suivre le chemin de pierres qui permettrait, deux jours de chevauchée plus tard, de rejoindre la Route de la Soie, et là, de se lancer à la poursuite des huit chameaux qui avalaient les distances beaucoup moins vite que Vif comme l'Éclair.

Lorsque, au soir du premier jour, après avoir décidé

de s'arrêter au bord d'un torrent asséché dans le lit duquel il restait un peu d'herbe de la dernière pluie, Addai Aggai, toujours au comble de l'euphorie, descendit de cheval et se retourna, il entraperçut deux cavaliers qui se collaient à la hâte contre une falaise pour éviter de se faire repérer.

On le suivait !

Il s'en voulait d'avoir eu la naïveté de prendre pour argent comptant la proposition de Kaled Khan, bien trop belle pour être honnête. À présent il se retrouvait seul à la merci de deux cavaliers tujüe qui pouvaient aussi bien le trucider en toute quiétude.

Les souffles annonciateurs d'une tempête de sable vinrent balayer les états d'âme de l'évêque, au-dessus duquel, en un rien de temps, le ciel s'obscurcit, tandis que se faisaient entendre les sinistres mugissements des vents. Le bruit était tel qu'il devint rapidement insupportable pour les oreilles du nestorien, dont les yeux peinaient à rester ouverts, tellement les projections de sable étaient fortes. Les oreilles de Vif comme l'Éclair bougeaient dans tous les sens, signe que le cheval était gagné par l'affolement. Des cailloux, puis des pierres et enfin des rochers de plus en plus gros commencèrent à dévaler les pentes abruptes entre lesquelles serpentait la route.

Rester là à attendre eût à coup sûr signifié la mort. D'ailleurs, à en juger par l'énorme tas de pierres qui venait de s'abattre à l'endroit même où ses deux poursuivants s'étaient réfugiés, ces derniers avaient dû être réduits en bouillie ainsi que leurs pauvres montures.

Mais Addai Aggai n'en avait cure, qui tâtonnait, au milieu du nuage opaque, pour sortir du piège minéral et éolien menaçant de se refermer sur lui.

Il était parfaitement conscient que c'était devenu une question de vie ou de mort.

À force de scruter la poussière, il finit par aviser, légèrement vers la gauche, une tache sombre qui paraissait se découper sur le fond de la masse grise formée par la montagne. Il ne pouvait s'agir que d'une faille qui s'ouvrait dans le flanc de la falaise nimbée de noir. Les mains collées à la paroi, titubant sous la violence des rafales, aveuglé par le sable qui lui criblait le visage, il réussit à s'emparer de la bride de son destrier pour aller s'y réfugier. Il n'avait qu'une hâte, c'était de se mettre à l'abri de ce tourbillon de sable et de cette pluie de pierres.

Arrivé là, il constata avec soulagement qu'il s'agissait bien d'une faille et se plaqua tant bien que mal à l'intérieur, avec Vif comme l'Éclair.

La tempête se déchaîna pendant des heures interminables, redoublant de violence, dans une atmosphère tellement obscurcie qu'on se serait cru la nuit. Puis l'accalmie, enfin, petit à petit, pointa son nez et les vents s'apaisèrent, faisant retomber sur le sol la poussière de sable et laissant place à l'immuable paysage de montagnes et d'éboulis.

C'est alors qu'Addai Aggai entendit un hennissement qui le fit violemment sursauter. Il ne pouvait s'agir de Vif comme l'Éclair, dont la tête était collée à son épaule.

Soudain, devant lui, surgit d'une anfractuosité voisine un autre cheval, auprès duquel se tenait un individu couvert de poussière de sable des pieds à la tête.

Devant ce qui le faisait penser à la femme de Loth transformée, ainsi que le racontait la Bible, en statue de sel au moment où elle s'était retournée pour regarder les villes de Sodome et Gomorrhe, sur lesquelles Dieu faisait s'abattre un déluge de flammes, le nestorien ne put s'empêcher de serrer les poings.

Non seulement la statue bougeait mais encore elle s'époussetait !

— Ulik… ça, par exemple ! Quelle incroyable surprise ! s'écria Addai Aggai qui venait de reconnaître le jeune interprète parsi.

— J'ai été surpris par la tornade. Je n'ai eu que le temps de me mettre à l'abri…

— Comme moi : nous sommes deux revenants !

— Et moi qui te croyais avec le chef Majib !

— Il y a peu, j'ai décidé de le quitter. Cela me trottait dans la tête depuis longtemps. Majib le Parsi est de plus en plus irascible. Nous devions revenir vers la Perse, où je me réjouissais de retrouver les miens, mais voilà qu'il a de nouveau changé d'avis. Je n'ai plus envie de le suivre vers nulle part. J'en ai assez d'errer sur les routes à la recherche, comme il dit, du « bon coup » qui ne vient jamais !

— Où comptes-tu aller, Ulik ?

— Je n'en sais trop rien… Et toi ?

— J'essaie de rattraper une jeune Chinoise appelée Lune de Jade, qu'un ambassadeur venu d'un royaume occidental emmène à Chang An. Kaled le Tujüe m'a promis de me laisser la liberté si je la lui ramène. Cela m'est apparu un marché équitable. Ce n'est pas au fond d'une grotte à l'intérieur de laquelle le soleil n'entre jamais que je peux espérer retrouver mon Umara.

— Depuis quelques semaines, je ne cesse d'entendre parler de ce convoi de chameliers dont le chef distribue sans parcimonie des grains de poivre et de l'encens dès qu'il arrive dans une auberge ! D'après ce qui se dit, cette jeune femme est une princesse Han de haut lignage.

— Tout ce que tu racontes est exact, à ceci près que cette Lune de Jade est une simple roturière ! C'est du moins ce que m'a affirmé Kaled Khan le Tujüe…

— Le chef du convoi, qui se dit ambassadeur plénipotentiaire, parle pourtant de cette jeune femme comme
d'une princesse de très haut lignage ; elle serait si
proche de la famille de l'empereur qu'il prétend n'avoir
aucune difficulté à être reçu par Gaozong en personne,
dès son arrivée à Chang An… reprit, des plus étonnés,
l'interprète parsi.

— Cet Arabe se trompe. Il a dû être abusé. Je me
souviens pertinemment que Kaled Khan a bien employé
l'expression de « roturière » et il n'avait l'air ni de plai-
santer ni de mentir…

— Peu m'importe qu'il s'agisse ou non d'un mensonge, conclut Ulik. En fait, je rêve de me rendre en
Chine centrale et de me faire naturaliser chinois ! J'en
ai assez de faire partie de ces réprouvés bannis par des
envahisseurs, contraints de trouver refuge ici ou là. Je
n'ai pas l'âme d'une victime. Là-bas, je connais quelqu'un susceptible de m'aider à retomber sur mes pieds.

Le jeune parsi pensait à Cinq Défenses, dont il avait
prudemment décidé de taire le nom, pour éviter tout ce
qui aurait pu nuire à son ami mahayaniste.

L'évêque nestorien, de son côté, ne doutait pas de la
sincérité de ce jeune Parsi désireux de rompre les
amarres d'une existence jusque-là peu gratifiante, au
service d'un être aussi vil que Majib le Persan.

— Je ne savais pas que l'administration chinoise
admettait facilement les naturalisations.

— Elle ne le fait qu'en contrepartie de services rendus à la nation chinoise. Ce sera donc à moi de jouer
en trouvant le moyen de convaincre les autorités que je
mérite d'être naturalisé Han ! Je vais tenter ma chance.
Un ami habitant à Luoyang m'y aidera ; c'est l'un des
garçons les plus astucieux que j'aie eu l'occasion de
rencontrer. Pour tout dire, au stade où j'en suis, je n'ai

pas grand-chose à perdre… D'ailleurs, si tu acceptes, nous pourrions unir nos forces pour gagner Chang An,

— Pourquoi pas ? À deux, nous serions plus à l'aise pour braver les innombrables dangers de la route. Je bénis déjà mon Dieu Unique de m'avoir envoyé cette tempête de sable. Grâce à elle, je suis tombé sur toi, tandis que les hommes que Kaled le Tujüe avait placés à mes trousses ont péri sous un déluge de pierres, répondit avec enthousiasme le père d'Umara.

— Le chef tujüe t'avait donc fait suivre ?

— J'en ai la conviction. Ces deux hommes, qui chevauchaient derrière moi et qui tentèrent de se cacher lorsque je me retournai, n'étaient certainement pas là par hasard…

— Tu as vu les rochers s'abattre sur eux ?

— À l'endroit précis où ils se tenaient, il y avait un monticule de pierres sous lequel ils furent probablement ensevelis.

— Tu as donc le champ libre ! Partons ! Plus vite nous arriverons à la prochaine auberge sur la Route de la Soie, mieux nous nous porterons ! s'écria Ulik en entraînant l'évêque dans son sillage.

— Regarde un peu, Ulik : le ciel est avec nous ! murmura l'évêque en serrant le jeune Parsi dans ses bras.

Aux abords du Taklamakan, après les interminables tempêtes de sable, quand venait l'heure du crépuscule et que les vents, comme par miracle, se calmaient, le ciel virait toujours à un subtil et improbable mélange de vert et d'orange, que les flammèches rouges issues des rayons de l'astre solaire achevant sa route venaient lécher.

Trois jours plus tard, ils atteignaient Minfeng, une cité riante dont les vignerons étaient capables de fabriquer du vin de raisin de bonne qualité.

— Maintenant, il s'agit de trouver un aubergiste qui

consentira à nous louer une chambrette pour un ou deux taels de bronze. Il fait trop froid pour dormir dehors, marmonna Addai Aggai qui était sans un sou vaillant.

— J'ai là tout ce qui me reste d'économies. C'est de l'argent bien gagné. Le chef Majib paye ses hommes au lance-pierres... Ces monnaies valent au moins leur poids en argent, et, sur la Route de la Soie, ce ne sont pas les balances qui manquent, dit Ulik en plaisantant, après avoir retiré de l'intérieur de sa ceinture une pochette de cuir.

Ils avisèrent un petit hôtel à la façade vétuste qui laissait augurer du faible prix de la chambre.

— Je ne pourrai vous loger que si vous payez d'avance ! leur déclara d'entrée de jeu l'hôtelier, un petit homme au visage ridé comme la peau d'un abricot sec.

Le jeune Parsi tendit deux piécettes à l'homme, qui les enfonça promptement dans sa poche, avant de leur préciser qu'ils auraient droit aussi à un bol de soupe chaude, servi dans le réfectoire du rez-de-chaussée, une pièce assombrie par les volutes de fumée qui s'échappaient des longues pipes sur lesquelles tiraient la plupart des clients affalés sur les tables.

À la fin du repas, le maître des lieux vint à nouveau les trouver et leur glissa dans le creux de l'oreille :

— Si vous êtes à court d'argent pour vous rendre jusqu'en Chine centrale, puisque je suppose que c'est là que vous allez, j'ai une proposition intéressante à vous faire...

— Dis toujours ! lui lança Ulik.

Avec une mine de conspirateur, l'homme les conduisit derrière le bâtiment principal, jusqu'à une courette sur laquelle donnait une réserve verrouillée à double tour, à l'intérieur de laquelle il les poussa avant de refermer soigneusement la porte derrière lui.

— Il y a là de quoi alimenter Chang An en yapian [1] pendant trois mois ! Les clients en sont de plus en plus friands. Le yapian guérit les fièvres et aide à mieux se reposer… Pour ce qui me concerne, je ne peux plus m'en passer ! lâcha-t-il fièrement, en désignant des caisses de bois entassées les unes sur les autres.

— D'où provient cette denrée ? demanda Addai Aggai qui n'avait jamais entendu parler de cet extrait de pavot apporté en Chine par des caravaniers turcs quelques années plus tôt et dont les vertus curatives le faisaient déjà abondamment cultiver, dans l'ouest du Gansu et au Yunnan, par des paysans chinois soucieux d'améliorer leurs fins de mois.

— C'est un marchand d'Arabie qui me livre ; à Chang An, je dispose d'un revendeur très scrupuleux et parfaitement honnête. Cet homme a des ennuis de santé qui l'empêchent de venir prendre livraison de sa marchandise. Je suis dans la panade ! Si vous acceptiez de la convoyer, je vous donnerais à chacun dix taels d'argent !

— Ton revendeur est-il un homme fiable ? s'enquit l'évêque.

— Grosse Face est un professionnel de haut vol, avec lequel je travaille depuis près de quinze ans. Il m'a toujours payé rubis sur l'ongle sans jamais distraire de nos arrangements fût-ce un demi-tael de bronze…

— Le commerce de l'opium est-il autorisé par les autorités chinoises ? poursuivit Addai Aggai, soucieux de savoir où il mettait les pieds.

— Le yapian n'est pas un monopole d'État. En revanche, nous préférons faire en sorte d'échapper aux taxes d'achat et revente, expliqua l'aubergiste à voix basse.

1. *Yapian* : nom chinois de l'opium.

— Ton circuit d'écoulement de la marchandise est donc clandestin… Je connais ça, constata l'évêque qui savait de quoi il parlait.

— Les impôts sont trop lourds. Il n'est pas un commerçant, dans l'empire du Centre, qui ne soit un peu fraudeur. C'est le système qui le veut. Ni toi ni moi n'y pouvons rien !

— Ce Grosse Face risque gros, si ton système venait à être découvert…

— Nous avons mis en place pour la livraison de la marchandise un système difficile à déceler, lâcha mystérieusement le trafiquant de yapian.

— Peux-tu nous préciser de quoi il s'agit ?

— Bien sûr ! Dites-moi simplement si vous acceptez ma proposition ! Je monterai à douze taels d'argent chacun, qui vous seront donnés à Chang An par Grosse Face !

— Moi je suis d'accord ! À condition que tu acceptes d'aller jusqu'à vingt taels chacun, dont la moitié tout de suite. Faute de quoi, pendant notre voyage, nous ne pourrons même pas dormir à l'auberge le soir ! s'écria instantanément Ulik.

Addai Aggai ne pipait mot, laissant son compagnon négocier pied à pied.

Peu lui importait de convoyer du yapian — ou toute autre marchandise — jusqu'en Chine centrale. Tout ce qu'il souhaitait, c'était jouir de sa liberté retrouvée et gagner Chang An au plus tôt en espérant obtenir là-bas des nouvelles d'Umara.

Ulik et l'aubergiste tombèrent rapidement d'accord sur dix-huit taels par personne.

— Arrivés à Chang An, il vous suffira de vous rendre au temple confucéen du Très Juste Milieu et de vous asseoir tranquillement devant la statue de bronze de Confucius jusqu'à ce qu'on vienne vous faire signe… Le mécanisme est aussi au point que celui d'une horloge à eau ! chuchota alors l'aubergiste, l'air entendu.

— Je donne mon agrément, dit sobrement Addai Aggai auquel son compagnon venait de demander son avis.

— Je vous fournirai une charrette ainsi que deux mulets. C'est amplement suffisant pour transporter les douze caisses attendues par Grosse Face. Pour les passages de l'octroi, il vous suffira de distribuer aux douaniers une poignée de pilules de yapian et ils vous laisseront passer sans problème…

Lorsqu'ils regagnèrent le réfectoire, marché conclu, après avoir convenu que les deux convoyeurs repartiraient sans délai avec la marchandise, pas plus Ulik que le nestorien ne remarquèrent le manège de trois Chinois qui les observaient avec attention.

Leurs vêtements, dépourvus de tout insigne, pouvaient laisser entendre qu'il s'agissait de marchands comme il y en avait des milliers sur le long cordon commercial de la Route de la Soie.

Comment, au demeurant, eussent-ils pu se douter qu'ils étaient désormais étroitement surveillés par la police secrète du préfet Li ?

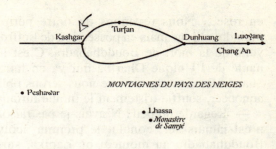

45

Oasis de Kashgar, sur la Route de la Soie

Retrouver un chien, fût-il aussi imposant que Lapika, au milieu de cet inextricable fouillis de marchandises amoncelées dans les ruelles, bloquant le passage de la foule des clients à la recherche de la bonne affaire, était une gageure !

— Je crains qu'un de ces marchands peu honnêtes ne nous l'ait volée ! gémit Sainte Voie aux Huit Membres qui contemplait, quelque peu désabusé, les innombrables comptoirs et échoppes de l'immense caravansérail couvert qui, à Kashgar, servait de marché quand la saison hivernale empêchait les transactions à ciel ouvert.

— Tu vois toujours les choses en noir, Sainte Voie aux Huit Membres ! Nous allons refaire un tour à l'intérieur. Je suis sûr qu'en sentant notre odeur, la chienne se mettra à aboyer, même si elle est enfermée dans une cage ou dans un réduit, proposa Poignard de la Loi qui n'était pas du style à baisser les bras, quelles que fussent les circonstances.

— Je ne vois pas ce qui pourrait me faire voir la vie

en rose… Nous revenons de notre périple sans la moindre relique mais en possession de l'effroyable nouvelle de la mort de Bouddhabadra. C'est la Communauté de l'Unique Dharma qui va en faire une tête, quand elle entendra ce que nous serons obligés de lui annoncer, souffla tristement le moine turfanais.

— Regarde un peu ! N'avais-je pas raison ? Le pire n'est jamais sûr, conclut le premier acolyte de feu Bouddhabadra au moment où Lapika, surgissant de nulle part, bondissait sur lui pour lécher son visage.

— Je suis trop pessimiste ! Cela finira par me perdre, constata le Turfanais.

— Désormais nous la maintiendrons en laisse quand nous arriverons dans une oasis. Cette chienne est non seulement courageuse mais singulièrement attachante. Notre samgha sera à coup sûr fort heureuse de l'adopter.

— Elle ne compensera pas l'absence de l'éléphant blanc sacré…

— Il faut cesser de te morfondre. L'essentiel est de ne jamais perdre espoir. Songe un peu aux dangers auxquels nous avons échappé. Peu nombreux sont ceux qui rentrent entiers, ou même vivants, du Pays des Neiges, s'exclama Poignard de la Loi qui avait de plus en plus de mal à supporter la morosité dans laquelle son compagnon se complaisait si volontiers.

Au lieu dit « La Tour de Pierre », ils se mirent à longer les premiers contreforts du Pamir. Le chemin caillouteux serpentait le long d'un lac vert émeraude dont les eaux étaient si froides qu'il était impossible d'y plonger plus que le bout d'un orteil. Poignard de la Loi commença à évoquer avec son compagnon l'attitude qu'il convenait d'adopter à l'encontre de Joyau de la Doctrine, dont la traîtrise avait provoqué le démantèlement de leur atelier clandestin de fabrication de la soie ainsi que leur déportation à Chang An.

— Je voudrais que ce moine paie très cher sa turpitude qui vaut à nos camarades de demeurer en prison ! s'exclama Sainte Voie aux Huit Membres.

— Attendons déjà de voir s'il a pu revenir à Peshawar, lâcha le premier acolyte, décidé à tester la réactivité de son compagnon.

— Les gredins ont toujours de la chance… Quand il pleut, ils passent entre les gouttes, tandis que les gens honnêtes sont trempés jusqu'aux os, répliqua plaisamment ce dernier, citant un vieux proverbe turfanais.

Quand ils arrivèrent, quelques semaines plus tard, en vue du monastère de l'Unique Dharma, bien des choses avaient changé pendant leur absence.

D'abord, contrairement à l'habitude, aucune agitation n'y régnait, alors qu'on avait dû, certainement, les voir descendre du col, à l'instar de tous les voyageurs qui venaient du Pays des Neiges ou de la Chine. Pas un seul novice — y compris parmi les plus jeunes — n'était posté sur les tourelles de guet, ni aucun moine sur le chemin de ronde des remparts.

Lorsqu'ils pénétrèrent dans le monastère par la porte principale, celle-là même qu'empruntait l'éléphant blanc à l'occasion du Grand Pèlerinage, les deux moines constatèrent avec surprise que des collègues, qu'ils connaissaient pourtant depuis des lustres, leur disaient à peine bonjour, à croire que leur arrivée n'était pas attendue, voire qu'elle n'était pas souhaitée…

Ils s'approchèrent d'un petit groupe de novices qui balayaient la cour principale.

— Qu'est-ce qui se passe ici ? s'enquit Poignard de la Loi, je ne sens que de l'indifférence… Moi qui croyais que la communauté se réjouirait de nous revoir, Sainte Voie aux Huit Membres et moi !

— Joyau de la Doctrine est devenu l'Inestimable Supérieur du monastère de l'Unique Dharma. Je crains, de ce fait, que ta place ne soit pas ici ! lança l'un d'eux, sans même daigner le regarder.

— Mais c'est impossible ! Tant que la samgha ne connaît pas le sort de Bouddhabadra, aucun d'entre nous ne peut le remplacer ! s'écria le moine turfanais.

C'est alors que Poignard de la Loi avisa quelques-uns de ses confrères plus âgés, en plein conciliabule, à l'entrée d'une salle de prière qui donnait sur l'immense cour gravillonnée.

Tous regardaient l'ancien premier acolyte d'un air lugubre et fermé, et pour certains carrément hostile, qui en disait long sur ce que Joyau de la Doctrine avait pu leur raconter.

— Vous ne me demandez même pas comment s'est passé ce périple que j'ai pourtant effectué dans votre seul intérêt ! lâcha-t-il, ulcéré par leur attitude.

— Nous ne t'attendions pas ! L'Inestimable Supérieur nous a expliqué que tu regardais plus du côté de la Chine que de celui de Peshawar et que, dans ces conditions, à l'instar de Bouddhabadra, il était fort probable que tu ne reviendrais plus ici ! dit l'un d'eux en guise d'explication, tandis que les autres, gênés, examinaient leurs pieds.

— Où est Joyau de la Doctrine ? Il faut que je lui parle ! demanda d'une voix blanche Poignard de la Loi.

— Je parie qu'il occupe déjà la cellule de Bouddhabadra ! s'écria Sainte Voie aux Huit Membres, très affecté par ce qu'il venait d'entendre.

— Joyau de la Doctrine a hérité de la plénitude des fonctions de Bouddhabadra. Dans ces conditions, il paraît normal qu'il dispose de sa chambre ! rétorqua sentencieusement à l'ancien premier acolyte un moine un peu plus vieux que les autres.

— Et si Bouddhabadra revenait parmi nous, que se passerait-il ? Avez-vous envisagé les conséquences d'une décision contraire à la règle élémentaire de la samgha, laquelle stipule qu'un Supérieur de monastère l'est pour la vie, et que seule la mort peut le décharger de ces fonctions d'autant plus importantes qu'elles sont d'essence divine ? leur lança Poignard de la Loi.

Alors, le petit groupe se défit lentement et chacun, l'air penaud d'un enfant surpris en train de faire une grosse bêtise, regagna sa cellule.

Sans perdre un seul instant, l'ancien premier acolyte s'en alla frapper à la porte de l'ancienne chambre de Bouddhabadra.

— Toi ici ! Quelle bonne surprise, mon cher Poignard de la Loi… souffla, la mine quelque peu défaite, toutefois, devant cette apparition inattendue, le moine usurpateur.

— Tu ne comptais pas me revoir… Tu devais me croire enseveli dans un tombeau réservé aux criminels, quelque part en Chine centrale ! Je n'ai que mépris pour ce que tu as fait ! En agissant de la sorte, mû par la vengeance, tu as fait déporter des innocents qui croupissent actuellement dans les geôles chinoises, lui lança Poignard de la Loi.

— J'ai agi dans l'intérêt de la samgha de l'Unique Dharma ! se contenta de lui répliquer, visage fermé, celui qui n'avait pas hésité à aller dénoncer le premier acolyte de Bouddhabadra auprès du gouvernorat chinois de Turfan.

— Puisses-tu renaître dans le corps d'un insecte, pour finir en bouillie dans le ventre d'un oiseau ! gronda Poignard de la Loi, prêt à lever la main sur ce scélérat.

— Nous n'avons plus rien à nous dire ! lâcha Joyau de la Doctrine en agitant une clochette rituelle de bronze, dont le manche représentait le bodhisattva compatissant Avalokiteçvara.

Aussitôt, deux novices particulièrement bien charpentés firent irruption dans la pièce où Bouddhabadra et la longue cohorte de ses prédécesseurs avaient présidé aux destinées du monastère de l'Unique Dharma.

— Ces deux hinayanistes, adeptes des arts martiaux indiens, sont là pour te raccompagner jusqu'à ta cellule, lança d'un ton menaçant Joyau de la Doctrine au rival qu'il avait réussi à évincer.

— Je suis bien assez grand pour m'y rendre tout seul ! lança rageusement ce dernier avant de claquer violemment la porte derrière lui.

— Je viens de parler en vain avec plusieurs de nos frères. La Communauté de l'Unique Dharma a livré son destin à Joyau de la Doctrine ! Ici, nous sommes devenus des intrus, lui souffla Sainte Voie aux Huit Membres qui l'attendait, éploré, dans le couloir.

Poignard de la Loi lui fit signe de se taire. Il y avait là des moines qui allaient et venaient en les regardant avec hostilité.

— Hélas, tu as raison. Ce moine est diaboliquement habile, lâcha l'ancien premier acolyte, une fois refermée derrière eux la porte de sa cellule, laquelle, miraculeusement, n'était pas encore occupée par un autre moine. Cela me fait tout drôle de me retrouver ici, compte tenu de ce qui s'y passe, ajouta-t-il, quelque peu perplexe.

— Notre présence doit bigrement gêner l'usurpateur…

— Il ne s'attendait pas à nous voir revenir et doit sûrement mijoter quelque chose.

— Serions-nous en danger, Poignard de la Loi ?

— C'est probable. Le plus tôt nous pourrons repartir à Chang An pour retrouver Ramahe sGampo, comme nous nous y sommes engagés, le mieux nous nous porterons…

— Plus rien ne nous retient. Dès demain, si tu le souhaites, nous pouvons repartir.

— Où est donc Lapika ? demanda, soudain inquiet, Poignard de la Loi qui venait de penser à la chienne jaune.

— Au chenil, où elle est bien traitée. Le maître chien de l'Unique Dharma est un moine de bonne volonté. Tu as l'air inquiet…

— Je suis sur mes gardes, voilà tout. Cette nuit, je fermerai la porte de ma cellule à double tour et t'invite à faire de même.

Il ne s'endormit qu'à l'aube, ressassant la manigance de Joyau de la Doctrine et méditant sur l'ingratitude de ses frères qui n'avaient pas hésité à le trahir, alors qu'il n'avait eu de cesse de sortir son monastère des tracas dans lesquels l'avait plongé Bouddhabadra.

Il rêvait que Joyau de la Doctrine comparaissait devant le Bienheureux qui lui reprochait d'une voix douce, et néanmoins ferme, le mauvais coup porté au premier acolyte, lorsqu'il fut réveillé par des bruits sourds et répétés.

Ouvrant un œil, il s'aperçut qu'on frappait à sa porte. Méfiant, il l'entrouvrit. Ce n'était que Sainte Voie aux Huit Membres, qui s'était levé aux aurores pour venir monter la garde devant la cellule du premier acolyte.

— Un artisan joaillier, qui me dit être venu plusieurs fois ici en ton absence, attend dans le couloir, murmura ce dernier.

— Je suis fatigué et je n'ai envie de voir personne ! Dis à cet homme que je prépare mes bagages, répondit Poignard de la Loi, ses traits tirés témoignant de la nuit courte et agitée qu'il venait de passer.

— Il insiste. Il prétend que c'est très important et que tu ne regretteras pas d'avoir entendu ce qu'il souhaite te dire.

— Fais-le donc entrer ! Si quelqu'un souhaite me voir pendant que je m'entretiens avec cet homme, je

201

compte sur toi pour l'en empêcher, finit par lâcher, de guerre lasse, le premier acolyte de feu Bouddhabadra.

Docilement, Sainte Voie aux Huit Membres, après avoir introduit l'artisan joaillier, se posta devant la porte de la cellule.

À en juger par le temps qui s'écoula entre le début et la fin de leur entretien, ce visiteur matinal devait avoir beaucoup de choses à dire à Poignard de la Loi.

D'ailleurs, quand Sainte Voie aux Huit Membres, après le départ de l'artisan, fit irruption dans la cellule de Poignard de la Loi, il constata que celui-ci affichait une mine bizarre, faite d'un mélange de satisfaction et de consternation.

— Qu'y a-t-il ? Tu n'as pas l'air dans ton assiette... L'atmosphère de cette chambre est irrespirable ! Tu as dû faire brûler trop d'encens cette nuit dans ton brûle-parfum ! s'écria-t-il en lui prenant le bras.

— Ce n'est rien... La fatigue du voyage, probablement ! répondit le premier acolyte, singulièrement songeur.

— Et à coup sûr, aussi, la déception causée par notre samgha qui vota massivement pour élire ton pire ennemi à ta place. N'ai-je pas un peu raison, Poignard de la Loi ?

— C'est un fait. Joyau de la Doctrine est un excellent tribun et mes absences répétées ont achevé de convaincre les moines que je n'étais pas le plus fiable d'entre eux, approuva distraitement ce dernier.

— Ces absences étaient pourtant dues à des recherches effectuées dans l'intérêt de nos frères. Eux seuls ne l'auront pas compris. Joyau de la Doctrine aura réussi à instiller le doute dans leur esprit ; sais-tu qu'il prêche la méfiance vis-à-vis des deux autres Églises bouddhiques ? Il est déjà question de refuser l'hospitalité de l'Unique Dharma aux pèlerins chinois mahaya-

nistes qui passent par ici pour aller visiter les principaux sites de la vie du Bienheureux, précisa, non sans
amertume, Sainte Voie aux Huit Membres.

— Je ne suis qu'à moitié étonné par cette nouvelle
pratique ; elle est, à mes yeux, parfaitement condam-
nable. Le repli sur soi est toujours l'antichambre du
déclin ! murmura Poignard de la Loi.

— Ce que t'a raconté cet artisan joaillier qui souhaitait tellement te rencontrer t'aura-t-il au moins intéressé ? finit par demander le Turfanais.

— Sans nul doute... Il m'en a même appris de
belles.

Quoique brûlant d'en savoir plus, le moine turfanais
comprit qu'il n'obtiendrait rien de mieux de son collègue.

— Quand veux-tu que nous partions ?

— Le plus tôt sera le mieux, répondit Poignard de la
Loi, tout en bouclant son sac de toile.

— Dans ce cas, il me faut aller chercher Lapika au
chenil.

— Allons-y ensemble. Ainsi, nous perdrons moins
de temps. Le calme qui règne ici ne me dit rien qui
vaille...

Il ne croyait pas si bien dire. À peine avaient-ils fait
quelques pas qu'ils virent arriver Joyau de la Doctrine,
suivi de ses deux gardes du corps, au bout du long couloir sur lequel ouvraient les chambres des moines les
plus vénérables du couvent de l'Unique Dharma.

Le moine usurpateur, l'air furibard, avançait d'un pas
martial en faisant de grands gestes désordonnés.

— Le mieux est de revenir dans ma chambre ! Au
moins nous serons à l'abri, souffla Poignard de la Loi
après avoir tiré en arrière le moine turfanais, puis
refermé précipitamment le verrou intérieur.

— Ouvre cette porte, Poignard de la Loi ; toi et moi,

il faut que nous parlions ! s'écria le moine usurpateur en tambourinant sur l'huis comme un forcené.

— S'il réussit à entrer, nous n'en ressortirons pas vivants ! gémit Sainte Voie aux Huit Membres.

— Je le crains, approuva le premier acolyte de feu Bouddhabadra.

— Et si nous nous échappions par la fenêtre ?

— J'avais la même idée que toi…

Le fenestron de la cellule, située au rez-de-chaussée, donnait, à l'instar des autres chambres, sur une courette d'où il était possible de ressortir par un passage étroit qu'ils gagnèrent après avoir sauté sans difficulté.

— Vite, au chenil ! ordonna Poignard de la Loi.

— Cela ne risque-t-il pas de nous faire perdre un temps précieux ?

— Il est hors de question de laisser Lapika à ce gredin de Joyau de la Doctrine !

La plus grande confusion régnait dans le hangar situé juste à côté de l'éléphanterie, où s'alignaient les cages et les enclos à l'intérieur desquels les moines plaçaient les chiens des voyageurs, que ceux-ci avaient interdiction d'amener au dortoir.

— Ton chien enragé a déjà mordu la main de deux novices ! s'exclama le maître chien, un moine à l'embonpoint respectable.

— Où as-tu installé Lapika ? s'enquit Poignard de la Loi.

— Tout au fond de l'allée. Elle se comporte comme un fauve.

— Je vais la chercher.

— C'est impossible, le préposé aux clés des cages est parti un moment ! Tu ne pourras pas la faire sortir.

Le premier acolyte, tout à sa hâte d'échapper à Joyau de la Doctrine, avait déjà le cœur fendu à la perspective de devoir quitter le monastère sans le molosse de Cinq

Défenses, quand un énorme brouhaha se fit entendre derrière eux.

C'était Joyau de la Doctrine, vociférant à tout va, cette fois accompagné par six moines. Chacun d'entre eux tenait à la main un long gourdin noueux comme en utilisaient les ermites qui effectuaient de longs séjours dans les montagnes, pour se prémunir contre les attaques des léopards des neiges.

— Arrêtez-les ! Ne les laissez pas sortir ! Ces deux moines sont dangereux. Ils entendent porter atteinte à l'intégrité de la samgha ! hurlait le moine usurpateur.

— Nous sommes pris au piège… gémit Sainte Voie aux Huit Membres, entraîné par Poignard de la Loi vers le fond du bâtiment pour tâcher d'ouvrir la cage de Lapika.

Dès qu'il eut aperçu le premier acolyte, le molosse s'élança vers lui pour lui faire fête, avec un aboiement profond comme le rugissement d'un tigre qui eut le don de freiner un instant les gardes du corps de Joyau de la Doctrine, lancés à sa poursuite.

Arrivé devant la cage dont la chienne, à force de se débattre et de gesticuler, avait tordu les barreaux, Poignard de la Loi passa fébrilement un doigt derrière le loquet qui permettait d'ouvrir la porte.

Celui-ci était malheureusement fermé à clé.

— Il faut faire vite ! Aide-moi à renverser complètement la cage sur le sol, s'écria Poignard de la Loi, qui venait de remarquer que celle-ci n'avait pas de fond.

Unissant leurs forces, ils la basculèrent, ce qui permit à la chienne de s'en extraire.

— Fonce, Lapika ! Fonce droit devant ! hurla le premier acolyte, en désignant au molosse la petite troupe des moines soldats qui leur faisait face, au fond de l'allée du hangar, entourant Joyau de la Doctrine.

Le chien de défense au poil jaune ne se fit pas prier

pour se lancer à l'attaque de ceux qui en voulaient à son maître.

Il fallait l'observer foncer comme un trait de flèche, tous crocs dehors, vers les assaillants qui ne tardèrent pas à reculer, d'abord en bon ordre, avant de se disperser aux quatre coins du hangar telle une nuée de moineaux, terrorisés à l'idée de finir déchiquetés par ces terribles mâchoires capables de faire reculer les ours des montagnes comme les léopards des neiges.

— Tout doux, Lapika ! Tout doux ! s'écria Poignard de la Loi en enfilant promptement au cou du molosse un collier et une laisse que Sainte Voie aux Huit Membres venait de prendre sur une étagère. La voie est libre ! Sortons d'ici…

De la cour sur laquelle donnait le chenil, il suffisait d'en traverser une autre pour gagner la sortie du couvent de l'Unique Dharma.

— Contente-toi de me suivre ! Ils sont terrorisés par Lapika. Nous avons rudement bien fait de l'emmener, observa Poignard de la Loi, tandis que, sur leur passage, toutes les portes se refermaient.

Une fois dehors, après avoir constaté avec satisfaction que personne n'avait osé les suivre, ils se mirent à courir sur le chemin en lacet qui menait vers les montagnes au pied desquelles s'étendait l'immense plaine de Peshawar.

— Nous n'emportons ni vêtements ni vivres ! À l'instar des Saints errants, nous irons en Chine centrale « vêtus d'azur [1] » ! plaisanta le premier acolyte lorsqu'il se sentit suffisamment loin pour être à l'abri des poursuivants.

— L'hiver va bientôt arriver… Quand nous aurons

---

1. Cette expression indienne désigne les ascètes entièrement nus qui marchent sur les routes.

gagné de l'altitude, il n'est pas sûr que l'azur nous suffira ! gémit Sainte Voie aux Huit Membres.

— Avec Lapika, nous avons une bonne gardienne : c'est déjà ça !

— Tout de même, nous aurions pu nous passer de revenir dans ce nid de guêpes ! Faire tout ce trajet pour assister au coup d'État de Joyau de la Doctrine et manquer, au passage, de se faire tuer, c'est écœurant ! soupira le moine turfanais.

— Ce voyage, pour ce qui concerne mon édification personnelle, n'aura pas été inutile… murmura, songeur, Poignard de la Loi.

— De quoi veux-tu parler ?

Le premier acolyte fit celui qui n'avait pas entendu la question.

Le moment n'était pas venu de révéler ce qu'il avait appris de la bouche de l'artisan joaillier, mais plutôt de faire en sorte de ne pas rater le rendez-vous de Luoyang, à la date convenue avec Ramahe sGampo.

Il effectua un rapide calcul. Depuis Samyé, il leur avait fallu deux bons mois pour gagner Peshawar. C'est dire que pour arriver à Luoyang dans le temps imparti, il ne fallait pas traîner, surtout qu'ils allaient effectuer le trajet pendant la saison hivernale !

Pour la première fois depuis qu'il avait franchi la porte du couvent de l'Unique Dharma, Poignard de la Loi fit une halte et leva la tête. Devant lui, la pente s'élevait, interminable et chaotique, jonchée d'éboulis entre lesquels des plaques d'herbes parvenaient encore à pousser. Il se retourna et aperçut les toits de Peshawar tremblotant dans les rayons d'un soleil tout proche du méridien.

C'était la troisième fois qu'il partait de son monastère.

Mais cette fois, les circonstances étaient bien pires

que les précédentes, puisqu'il le quittait comme un vulgaire voleur.

Y reviendrait-il un jour ?

Il essaya de faire le vide dans sa tête, se contentant de regarder ses pieds avancer l'un devant l'autre sur les cailloux du sentier qui montait en lacet vers une succession de cols.

— Les vêtements, passe encore, nous en avons déjà sur nous ! Mais nous n'avons rien à boire ni à manger… souffla soudain le moine turfanais que la faim et la soif sollicitaient.

C'est alors que Poignard de la Loi se rendit compte, à en juger par la position du soleil dans le ciel, qu'ils marchaient depuis déjà quatre bonnes heures.

Avant d'accéder aux hauts plateaux où des bergers élevaient des chèvres et des moutons, et où des paysans faisaient pousser, sur des terrasses difficiles à aménager, des cultures maraîchères, il fallait traverser l'aride chaîne montagneuse dont ils abordaient seulement les premiers contreforts, au pied desquels avaient été construits les bâtiments du couvent de l'Unique Dharma.

Avec effarement, le premier acolyte se souvenait qu'il fallait cinq jours pour traverser ce milieu hostile et désolé, vide de toute population, où seul un bon chasseur parviendrait à capturer un lièvre sauvage ou un mulot. Il n'avait pas, de surcroît, sur cette portion de territoire, le souvenir du moindre point d'eau et la langue que Lapika commençait à tirer, témoignant de sa soif, l'inquiétait. Un chien de cette taille ne survivrait pas longtemps sans boire.

Que faire, à présent ? La terrible question ne cessait de tarauder Poignard de la Loi, sur le point de se reprocher d'être parti trop vite du couvent de l'Unique Dharma.

208

Redescendre vers Peshawar était exclu, car bien trop dangereux. En fait, ils n'avaient pas d'autre choix que de continuer à s'enfoncer dans la montagne, en espérant qu'ils trouveraient des voyageurs susceptibles de leur fournir une tasse de thé et quelques miettes de galette de froment.

Ils marchèrent jusqu'à la nuit, puis dormirent dans une petite grotte, pelotonnés contre Lapika, avant de repartir, le lendemain matin, l'estomac vide.

La matinée se passa à marcher, sans se dire un mot, l'un comme l'autre ayant peur de décourager son compagnon et espérant secrètement une rencontre qui les tirerait d'affaire.

— Le Bienheureux a peut-être décidé de nous porter secours ! Nous ne sommes pas seuls sur le chemin… constata avec soulagement, dans l'après-midi, Poignard de la Loi.

Il désigna du doigt une rangée de points jaunes à flanc de montagne, loin devant eux, dont Sainte Voie aux Huit Membres put observer, en les fixant attentivement, qu'ils se déplaçaient à la queue leu leu.

— Essayons de rattraper ces voyageurs ; c'est notre seule chance de ne pas mourir de froid et de faim, ajouta le premier acolyte.

— Faisons vite ! J'ai l'estomac dans les talons, gémit le Turfanais osant, pour la première fois, se plaindre.

Ils hâtèrent donc le pas, malgré l'épuisement qui les guettait, après un jour entier de marche sans manger ni boire, et une nuit passée à la belle étoile.

À cet endroit, le chemin abordait une déclivité plus forte, qu'ils absorbèrent en allongeant le pas. Le souffle court, ils se rapprochèrent peu à peu des marcheurs qui fredonnaient en chœur une chanson douce.

Arrivés sur un replat, les marcheurs habillés en jaune

firent une halte et déposèrent à terre leurs sacs, d'où ils sortirent des gourdes ainsi que de la nourriture.

Poignard de la Loi et Sainte Voie aux Huit Membres arrivèrent donc assez rapidement à leur hauteur pour constater qu'il s'agissait de moines bouddhistes.

Ils étaient une vingtaine. À l'exception d'un individu d'âge mûr, tout le reste du convoi était composé de jeunes novices. Tous portaient comme il se doit une toge jaune safran. La plupart avaient des yeux bridés et la peau claire, indices d'une origine chinoise. Il y avait là, aussi, de tout jeunes enfants, que leurs crânes rasés faisaient ressembler à des bébés.

Était-ce les chants qui avaient précédé leur halte, l'allure si juvénile de ces novices aux yeux espiègles, ou bien le regard plein de compassion et de bonté du moine un peu plus âgé qui paraissait être leur guide, il émanait en tout cas de l'ensemble de cette petite troupe une touchante impression de candeur et de joie de vivre. D'ailleurs, signe qui ne trompait pas, Lapika n'avait pas émis un seul jappement, depuis qu'elle les avait aperçus et s'était élancée vers eux pour renifler le bas de leurs robes.

— Bonjour ! Que le Bienheureux protège votre voyage ! lança, en chinois, Poignard de la Loi à leur chef.

— Merci pour ce vœu ! Puisse le Bouddha vous protéger également ! Nous sommes partis depuis trois ans sur les traces du Bienheureux Bouddha et revenons à notre port d'origine, l'esprit rempli de sa Sainte Vérité. C'est la façon pour mes novices de parachever leur connaissance de la Noble Vérité du Bienheureux Bouddha ! lui répondit ce dernier.

— Comme j'envie ces enfants ! Cela reste pour moi un rêve que d'aller au bord du Gange, sur les lieux saints où il vécut ! soupira le moine turfanais.

Tant Poignard de la Loi que Sainte Voie aux Huit Membres regardaient avec sympathie ce religieux dont les novices paraissaient boire les paroles.

— Ces mains ont touché le divin figuier pipal sous lequel le Bienheureux reçut l'Illumination et devint l'Éveillé ! Pour elles, rien ne sera plus jamais comme avant ! De même pour mes yeux, qui virent le parc de Lumbîni où le Bouddha fit ses premiers pas d'enfant ! s'écria, d'une voie empreinte d'émotion, leur interlocuteur en levant les bras en direction des fugitifs.

— Nous avons également visité le parc aux arbres centenaires où le Bienheureux prêcha, au milieu des gazelles et des cerfs, la Noble Vérité à ses premiers disciples, ainsi que le lieu saint où il monta au Nirvâna, renchérit un novice, l'air émerveillé.

— À quel monastère appartenez-vous ? s'enquit Poignard de la Loi, ému par tant de sincérité.

— Nous sommes issus du couvent de la Montagne Chauve, à trois jours de marche environ, à l'ouest de Luoyang.

— Vous êtes mahayanistes ?

— Comme la plupart des bouddhistes chinois, il nous semble en effet que la Voie du Salut est accessible à d'autres que des moines.

— C'est là une querelle religieuse dans laquelle je n'entrerai pas. Le couvent de l'Unique Dharma, à Peshawar, dont nous sommes issus, relève de l'Église du Hînayâna. Quant au reste, je crois à la tolérance et à la paix entre les Églises, dont les membres partagent la même foi dans la Noble Vérité du Bienheureux, ajouta le premier acolyte.

— Je suis de ton avis. Ce qui nous unit est plus fort que ce qui nous sépare ! s'écria le moine chinois.

Les novices s'empressèrent de tendre leurs gourdes

aux deux hinayanistes, lesquels ne se firent pas prier pour boire.

— Comment fais-tu, avec de jeunes novices, pour avancer sur ce chemin de montagne à la pente si raide ? s'étonna Sainte Voie aux Huit Membres.

— De même que la sainteté, la volonté n'est pas une question d'âge. Ces garçons sont animés par une telle foi que marcher dans la montagne ne leur paraît pas plus difficile que faire le tour d'un bassin d'agrément ! s'écria le mahayaniste.

— Et vous, où allez-vous ? leur demanda alors, de sa petite voix, un novice qui ressemblait à un bébé.

— Nous nous rendons au monastère de la Reconnaissance des Bienfaits Impériaux à Luoyang... répondit le Turfanais en souriant.

— Cet établissement est sur notre chemin. Le grand maître Pureté du Vide entretient des rapports d'amitié et d'estime avec notre vénérable Supérieur Compassion Absolue, précisa le plus âgé des moines.

Tous étaient d'une extrême gentillesse et pleins d'égards pour leurs nouveaux compagnons de route. Un novice qui avait disposé une écuelle devant Lapika s'employait à présent à faire manger et boire le molosse qui poussait des couinements de satisfaction et remuait la queue en signe de reconnaissance.

— Vous n'avez ni chaussures de marche ni bagages ! constata un autre novice, qui ne paraissait guère avoir plus de dix ans.

— Nous n'avons pas eu le temps d'emporter le moindre sac... En fait de provisions et de vêtements, nous n'avons rien ! s'écria Sainte Voie aux Huit Membres que la candeur des jeunes moines du Grand Véhicule avait mis en confiance.

— Ne seriez-vous pas, en quelque sorte, des fugitifs ? hasarda alors leur chef.

— « Fugitifs » est bien le qualificatif qui nous convient, hélas ! Mon Supérieur est mort. Son remplaçant, qui a usurpé le pouvoir en s'appuyant sur la peur et la naïveté des moines, veut ma peau ! C'est une histoire triste, qui montre que certains moines, quoique ayant professé des vœux, n'en sont pas moins des hommes… murmura Poignard de la Loi, avant de décliner son identité.

Celui qui paraissait être le chef du convoi des moines pèlerins chinois se présenta à son tour.

— Mon nom est Grande Médecine.

Quoique légèrement plus âgé, il évoquait irrésistiblement Cinq Défenses, par ses traits fins et ce regard si particulier, subtil et rare mélange d'espièglerie et de gentillesse.

— Tu guéris donc les âmes, pour t'appeler ainsi ? lui demanda le moine banni de Peshawar.

— J'ai fait des études de médecine à Luoyang, auprès d'un grand savant qui connaissait par cœur toutes les strophes du *Traité des plantes médicinales* de Shennong [1]. J'essaie de guérir les maladies des hommes et de soulager leur souffrance. C'est sur le tard que je suis devenu moine mahayaniste. Pendant plus de dix ans, j'ai été amené à traiter les maladies de peau, dont j'étais devenu un honorable spécialiste ! J'ai appris à confectionner les crèmes et les onguents, et à orienter les malades vers les sources d'eau chaude qui accélèrent la cicatrisation des blessures et font disparaître les rougeurs. Et c'est précisément parce que je suis convaincu que les âmes sont bien plus fragiles que les corps que je suis entré au noviciat à l'âge où un moine peut fort bien accéder au rang de supérieur de monastère…

1. Il s'agit du plus vieux manuel chinois de médecine dont la tradition assure qu'il fut rédigé vers 2000 av. J.-C.

— Ton parcours n'est pas banal. Passer de la guérison des maladies dermiques à celle de la souffrance des âmes… remarqua le premier acolyte.

— C'est là un choix que je ne regrette pas. Je rentre de ce pèlerinage en Inde rempli de courage et animé de la volonté de faire le bien autour de moi. Quant à ces jeunes novices, ils deviendront à coup sûr des moines exemplaires, déclara Grande Médecine en désignant ses compagnons qui, s'étant désaltérés et restaurés, se préparaient à replacer leurs sacs sur l'épaule.

Chez Grande Médecine, tout respirait la bonté et la compassion sincère.

— Pourquoi veux-tu aller jusqu'à Luoyang ? Un si long voyage ne se fait pas pour rien… ajouta le moine chinois, aux pieds duquel Lapika venait de se coucher.

— Tout simplement pour rétablir la vérité et réparer une injustice. Si j'y arrive, je pourrai revenir la tête haute dans mon monastère. Mon objectif est de permettre à la concorde et à la paix d'exister à nouveau entre le Mahâyâna, le lamaïsme tibétain du Pays des Neiges et ma propre Église, déclara mystérieusement Poignard de la Loi à son interlocuteur qui ouvrait de grands yeux.

— Ces Églises ne me semblent pourtant pas en guerre…

— Détrompe-toi ! Elles pourraient bien se livrer à une concurrence fatale, qui fut leur lot commun pendant des décennies. Mon ancien supérieur Bouddhabadra, paix à ses cendres, participait à un rituel pour lequel je pourrais le remplacer, si tout se passe comme prévu.

— Si tu souhaites te joindre à nous, ainsi que ton camarade, pour gagner Luoyang, ce sera avec le plus grand plaisir que je vous accueillerai parmi nous, proposa en souriant Grande Médecine, sans l'ombre d'une hésitation, comme si son invite allait de soi.

— Je ne voudrais pas prendre sur vos réserves ni vous retarder. Nous n'avons même pas de bonnes chaussures de marche !

Le moine chinois demanda à un novice d'aller chercher deux paires de chaussures de cuir et de feutre aux semelles cloutées, de celles qui permettaient de marcher en montagne.

— Essayez-les ! Elles sont à vous. Elles vous permettront d'avancer sans que vos pieds se transforment en bouillie.

— Je ne sais vraiment pas comment te remercier, murmura Poignard de la Loi.

— Entre collègues, l'entraide est normale. Je vous propose de continuer à marcher deux heures de plus, après quoi, nous bivouaquerons et vous préparerons un bon dîner chaud.

Lorsqu'ils reprirent leur route, munis de leurs nouvelles chaussures, les moines de Peshawar, persuadés que cette rencontre providentielle était un divin cadeau de la part du Bienheureux qui les protégeait, avaient le cœur léger comme une plume.

— Il y a tellement d'endroits où les gens sont si pauvres qu'ils n'ont même pas de quoi distribuer aux moines la moindre aumône ! Comment as-tu fait pour tenir, pendant trois ans, si loin de tes bases, avec tes dix-huit petits compagnons ? demanda à son nouvel ami chinois, le soir venu, autour d'un feu de camp, Poignard de la Loi qui les avait comptés.

— Mes connaissances en médecine me sont fort utiles. Quand nous arrivons dans un hameau, je soigne les malades et les populations nous le rendent au centuple. Depuis trois ans, le gîte et le couvert ne nous ont jamais manqué. Même dans les villages les plus démunis de l'Inde…

— Voulez-vous un bol de soupe chaude, maître Poignard de la Loi ? s'enquit alors un novice en lui tendant une écuelle remplie à ras bord qu'il se hâta d'accepter.

La chaleur du liquide brûlant fit tellement de bien aux deux hinayanistes, dont les organismes avaient commencé à se refroidir, qu'ils ne tardèrent pas à s'assoupir, enroulés dans une couverture, Lapika à leurs pieds, sur le petit surplomb rocheux où Grande Médecine avait décidé de faire dormir ses compagnons.

Preuve qu'ils se sentaient en accord les uns avec les autres, lorsqu'ils se réveillèrent, au moment où les premiers rayons du soleil surgissaient derrière la ligne des crêtes qui leur barraient l'horizon, tant les deux moines de Peshawar que Grande Médecine éprouvèrent le même sentiment de joie à l'idée de continuer à voyager ensemble, en unissant provisoirement leurs destins.

Et alors que leur rencontre ne remontait qu'à la veille, ils avaient déjà l'impression, éprouvée par les gens de bien lorsqu'ils se retrouvent fortuitement, de se connaître depuis toujours.

Pour Poignard de la Loi comme pour Grande Médecine, marcher ensemble était aussi une façon de s'apporter mutuellement du réconfort et ne faisait qu'accroître la complicité déjà profonde qui s'était installée entre les deux religieux.

— Quel homme est donc Pureté du Vide ? finit par demander le moine de Peshawar à son homologue chinois, tandis qu'ils traversaient un étonnant cirque de montagnes dont les neiges éternelles se reflétaient dans une myriade de lacs aux eaux turquoise.

— Pourquoi une telle question ?

L'ancien premier acolyte de Bouddhabadra raconta à son compagnon les circonstances dans lesquelles la réunion avortée de Samyé avait été suivie de l'assassinat du Supérieur de Peshawar. Puis il évoqua son propre

216

voyage pour retrouver Bouddhabadra, sa rencontre avec Cinq Défenses et les Jumeaux Célestes, et enfin son périple avec Sainte Voie aux Huit Membres et leur emprisonnement à Chang An, précédant leur retour à Peshawar après leur nouveau passage par Samyé…

Il y avait de quoi en avoir le tournis.

— Tu n'as pas dû t'ennuyer ! lança plaisamment Grande Médecine quand Poignard de la Loi eut achevé son récit.

— C'est le moins qu'on puisse dire ! Il y a sûrement eu une méprise entre Bouddhabadra et Pureté du Vide. C'est pourquoi, inévitablement, je m'interroge. Le Supérieur de Luoyang est-il, selon toi, homme à faire passer au-dessus de toute autre considération les intérêts de son Église, fût-ce au prix d'un comportement répréhensible ?

— Je ne connais pas suffisamment le Supérieur du monastère de la Reconnaissance des Bienfaits Impériaux pour répondre. On nous a donné à lire, comme à tout un chacun, à la fin du noviciat, de courts extraits d'un sûtra qu'il a écrit, relatif aux bienfaits de la vacuité pure, sur la méditation transcendantale. Rares sont les moines qui en comprennent tout le sens, tellement la pensée de maître Pureté du Vide paraît subtile…

— Les chefs d'Église ont parfois des comportements de chefs de guerre ! murmura pensivement Poignard de la Loi, avant de raconter par le menu à son nouvel ami ce qu'il savait des Conciles de Lhassa.

— Cette idée de pacte secret paraît prodigieusement judicieuse ! Je comprends mieux, à présent, le sens de tes propos lorsque tu me répondis que tu te rendais à Luoyang pour aider au maintien de la concorde entre les trois Églises bouddhiques, conclut Grande Médecine à la fin de ce récit circonstancié.

— Heureusement qu'il existe, au milieu de tout cet

217

imbroglio, un Sage parmi les Sages, dont l'intervention sera décisive pour aplanir tout malentendu.

— De qui s'agit-il ?

— D'un saint homme très respecté : maître Ramahe sGampo, le dirigeant du plus ancien couvent du Pays des Neiges. Il n'est pas loin d'avoir quatre-vingts ans et, malgré la cécité qui l'affecte depuis sa naissance, il voit plus loin que toi et moi !

— Je veux bien le croire ! Bien plus que les yeux, ce sont la sagesse et l'expérience qui permettent de savoir ce qui se trame.

— Nous avons rendez-vous à Luoyang avec lui. J'ai hâte d'assister à cette grande réunion d'explications que nous comptons avoir tous ensemble, avec Pureté du Vide. Ce jour-là, l'heure de vérité sonnera : ou bien tout pourra s'arranger entre nos trois Églises, ou la rupture sera consommée.

— Ce sera, à coup sûr, un moment mémorable. Je parierais pour une grande réconciliation. Le Bienheureux y veillera. Ce que tu me dis de Ramahe sGampo me laisse entendre que ce grand sage a les moyens de faire taire les vaines querelles qui ont pu ternir les rapports entre les Églises bouddhiques !

— Le Mahâyâna gagnerait à avoir à sa tête un moine de ton espèce, en lieu et place d'un philosophe hors de pair mais au cœur sec, obsédé par le maintien de la suprématie de son Église, murmura Poignard de la Loi comme pour lui-même.

Le soir, au bivouac, devant la yourte de pasteurs nomades qui avaient accepté de les recevoir, après que Grande Médecine eût soigné l'un de leurs bambins dont le torse était couvert de pustules purulentes, Poignard de la Loi posa la question qui lui brûlait les lèvres depuis qu'il l'avait rencontré.

— J'ai une question technique, pour le médecin de

la peau que tu es, murmura-t-il en finissant son bol de thé au beurre de yak ranci.

— Dis toujours ! Je ne te garantis pas la réponse. Ma science n'est pas infinie ! s'écria modestement Grande Médecine.

— Il s'agit de la fillette au visage à moitié couvert de poils…

— La jumelle des Jumeaux Célestes ? s'enquit le moine chinois.

— Elle-même ! Je me suis toujours demandé si elle n'était pas affectée par une malformation du visage… À vrai dire, je n'ai jamais trop cru à une origine céleste de sa part, comme un moine errant l'affirmait à Cinq Défenses, l'assistant de Pureté du Vide qui a hérité des enfants. Ce *ma-ni-pa* prétendait qu'elle descendait du singe et de la démone des rochers, le couple divin originel dont les Tibétains sont persuadés qu'il enfanta, il y a des milliers d'années, les premiers habitants du Pays des Neiges !

— J'ai rencontré un jeune homme, dans un village reculé de la vallée du Fleuve Jaune, qui présentait la même caractéristique, à ceci près que son menton avait été épargné… Ses parents, ainsi que tous les villageois, le croyaient maudit.

— Sa peau était-elle rouge et recouverte d'un fin duvet de couleur sombre, si bien qu'elle avait l'apparence d'un masque ?

— Tu décris parfaitement le phénomène que j'observai sur cet adolescent ; ses parents l'avaient enfermé dans une cabane comme un animal sauvage… Je leur expliquai que, selon moi, ce n'était en rien un signe de malédiction mais plutôt un legs de la nature, comme on peut le voir sur certains buffles qui ont une corne plus courte que l'autre. Ils acceptèrent de le relâcher. Depuis ce moment-là, il vit une existence normale. Il a même pu se marier. De ses trois enfants, j'ai pu le vérifier, aucun ne présente la moindre tache poilue sur le corps.

— En somme, ce serait l'inédit qui nous choquerait !

— C'est le bizarre qui a tendance à faire peur aux hommes…

— Ta réflexion est pertinente. Le fruit unique, à la couleur dorée, de l'arbre Jambu [1], remplit d'effroi celui qui le ramasse, même lorsqu'il se répand dans le lit de la rivière où ses pépins produisent des pépites d'or pur d'une valeur inestimable, murmura Poignard de la Loi.

— Je suis intimement persuadé que l'être humain craint l'asymétrie, parce que son propre corps est en apparence parfaitement symétrique ; il a simplement tendance à oublier qu'il n'est doté que d'une seule tête, certes pourvue de deux yeux, mais aussi d'une seule bouche ; et, surtout, qu'il ne possède qu'un seul cœur…

— Je suppose qu'il n'existe aucun remède pour guérir ce type de tache à même la peau ?

— Les remèdes sont là pour soigner les maladies et pas les bizarreries. Si cette petite Jumelle Céleste accepte sa condition et qu'elle n'en est pas malheureuse, alors, tout est bien, dit l'ancien médecin converti au bouddhisme.

Il allait poursuivre sa phrase lorsqu'un grognement, suivi de nombreux autres, les fit sursauter, tandis que les novices alertés par le bruit se précipitaient vers eux, tels les agneaux apeurés des nomades qui se collaient à présent en bêlant contre les brebis dans leur enclos.

Lapika s'était mise à son tour à gronder, oreilles dressées et babines dégagées sur des canines menaçantes, pressentant alentour un grave danger.

---

1. Le Jambu est l'un des arbres cosmogoniques de la tradition indienne ancienne.

Le bruit se fit plus précis, pour se transformer en une série de hurlements caractéristiques.

— Ce doit être une bande de loups affamés qui cherche à attaquer cette ferme ! Je reconnais ces cris. Dans le désert de Turfan, quand l'hiver arrive, ils viennent souvent rôder autour des maisons, s'écria Sainte Voie aux Huit Membres.

Autour d'eux, les novices commençaient à gémir, tandis que la famille de bergers, affolée, jaillissait de sa yourte, femmes et enfants y compris.

— Il faut se serrer autour du feu ! Les loups en ont peur ! cria Poignard de la Loi.

— Mettez donc du bois dessus. Plus les flammes seront hautes, et moins les loups s'approcheront ! ordonna Sainte Voie aux Huit Membres en faisant signe aux novices de se ruer avec lui sur le tas de fagots qu'ils avaient rassemblés en établissant leur campement.

Les hurlements des carnassiers, qu'on distinguait à peine dans la pénombre provoquée par un ciel obscurci de nuages, se faisaient de plus en plus menaçants. Les enfants des nomades et les plus jeunes novices de Grande Médecine, terrorisés par les dizaines de paires d'yeux rouges que les flammes avaient subitement fait luire dans le noir, se mirent à pleurer.

Poignard de la Loi avait saisi Lapika par l'échine, pour empêcher le molosse de se ruer à l'attaque de la meute. Le nombre des loups paraissait tel que, malgré sa vaillance, la chienne jaune eût été incapable d'y faire face.

— Ne bouge pas. J'ai peut-être de quoi les faire fuir ! s'écria alors Grande Médecine, qui courut extraire de son sac de voyage un minuscule tonnelet de bois dont il commença à répandre le contenu autour du feu, par cercles concentriques.

— Fais attention ! Ne va pas trop loin ! Tu vas te

faire happer ! lui lança Poignard de la Loi, d'une voix angoissée, en le voyant s'approcher dangereusement des points rouges luisants comme des rubis.

— Ne t'inquiète pas. Tu vas voir le résultat, lui répondit le moine du couvent de la Montagne Chauve en appliquant sur le sol, à l'endroit même où il avait versé la poudre, le brandon dont il venait de s'emparer dans le foyer du bivouac.

Une explosion retentissante se produisit, suivie d'un souffle, tandis que la spirale dessinée sur la terre s'embrasait jusqu'à former un mur frémissant de flammes dont les éclairs brûlèrent les museaux des loups et contraignirent ceux-ci à battre piteusement en retraite.

Grâce à la manœuvre de Grande Médecine, les bêtes affamées, dont on n'entendait plus, à présent, que les gémissements affaiblis, avaient lâché prise.

— Tu en as, des remèdes efficaces ! Grâce à ton tonnelet, nous avons échappé au pire ! lui lança Sainte Voie aux Huit Membres.

— C'est de la poudre de longévité, dont un prêtre taoïste m'a fait cadeau il y a plusieurs années de ça, quand j'exerçais encore la médecine. Depuis que je me suis converti au bouddhisme et à ses Nobles Vérités, je ne crois plus à ces sornettes taoïstes. J'ai toutefois remarqué que ce remède s'enflammait facilement et du coup j'en ai gardé sur moi. Je m'en sers pour allumer le feu quand le bois est trop humide, expliqua sobrement le mahayaniste.

— Loué soit le Bienheureux ! Sans ta présence d'esprit, ô Grande Médecine, nous aurions tous péri déchiquetés par cette meute ! lança Poignard de la Loi.

— Honneur à Grande Médecine ! ajouta Sainte Voie aux Huit Membres en essuyant la sueur dont son visage était couvert.

— Loué soit-il ! s'écrièrent en chœur les novices, qui

portèrent leur tuteur en triomphe autour du feu de camp, comme un héros victorieux de retour du combat.

La famille de pasteurs nomades offrit aux moines des gâteaux à la pâte de fruits dont les novices s'empiffrèrent, pour une fois sans se réfréner. Dans la nuit noire d'un ciel dépourvu d'étoiles, on pouvait entendre les cris de joie des moines-enfants qui dansaient en célébrant les incommensurables vertus de leur modèle, le Bouddha Gautama, sous les applaudissements frénétiques des nomades.

— Il est grand temps d'aller dormir ! Demain, nous reprenons la marche de bonne heure ! annonça Grande Médecine à ses ouailles après les avoir laissées se défouler tout leur soûl, pour exorciser la grande peur occasionnée par l'attaque de la meute.

Si la nuit fut — ô combien ! — calme et réparatrice, le réveil réserva à Poignard de la Loi et à Grande Médecine, levés avant les autres, une surprise des plus désagréables.

Un groupe d'hommes en armes, vêtus de haillons, les encerclait, en lieu et place des nomades qui avaient dû prendre la poudre d'escampette.

À quelques pas de là, l'enclos des brebis et des agneaux était désespérément vide.

Curieusement, Lapika, d'ordinaire aux aguets, n'avait pas bougé ni aboyé. Elle s'était même dirigée vers celui qui devait être le chef de ces soldats bizarres, comme si elle le connaissait.

— Ils n'ont pas l'air très aimables… murmura Grande Médecine à l'oreille de son compagnon du Petit Véhicule.

Ce dernier étouffa un cri de surprise. Il venait de reconnaître au milieu des intrus, malgré la crasse qui le recouvrait, accentuant ses rides, le visage grossier du chef Majib.

— Majib le Parsi, me reconnais-tu ? lança-t-il en chinois, à tout hasard, à l'intéressé.

— Moi bien connaître toi ! Toi venir de Peshawar avec éléphant Sing-sing ! rétorqua violemment ce dernier, en allongeant un glaive pointé dans sa direction.

Malgré le caractère fort peu engageant du geste, Poignard de la Loi constata avec satisfaction que Majib baragouinait tant bien que mal le chinois, ce qui n'était pas le cas lorsqu'il l'avait rencontré pour la première fois, dans cette auberge de montagne, au Pays des Neiges, où il s'était retrouvé bloqué à cause des gerçures aux pattes qui empêchaient son pachyderme d'avancer.

— Ulik est-il avec toi ? hasarda le moine, qui gardait un bon souvenir du jeune interprète à l'esprit ouvert.

— Ulik fruit pourri ! Ulik aller au diable ! lâcha le Parsi d'un air mauvais.

Le propos était clair : le jeune Parsi avait dû fausser compagnie à son maître et ce dernier avait l'air de lui en vouloir passablement.

Le chef Majib donna alors des ordres secs qui leur valurent, aux uns et aux autres, malgré les protestations des novices qui avaient été réveillés sans ménagement et tirés de force de dessous leurs épaisses couvertures, de se retrouver entravés aux jambes et aux poignets, tandis que Lapika se voyait muselée et attachée à une longe de cuir.

— Je crains que nous ne soyons dans de beaux draps ! Cet homme a l'air ultra-violent, murmura Grande Médecine à l'oreille de Poignard de la Loi.

— Violent, le chef Majib l'est, assurément… lui répondit ce dernier, qui en savait quelque chose.

De son côté, le mahayaniste chinois s'efforçait de donner le change, en prenant l'air le plus impavide possible, afin de ne pas montrer à ses novices l'angoisse qu'il sentait également monter en lui.

Pendant cinq jours, le chef parsi les fit marcher jusqu'à épuisement, transformant en cauchemar ce périple qui avait pourtant si bien commencé.

Quel était donc son but ?

Nul ne le savait, sauf lui-même, qui errait depuis des mois sur la Route de la Soie où ses mandants l'avaient à nouveau envoyé pour remplir leurs caisses vides.

Et surtout pas, bien sûr, Grande Médecine et Poignard de la Loi, dont les organismes supportaient de moins en moins le train d'enfer imposé par le chef Majib à leur petite troupe. C'est ainsi qu'il les fit coucher tous les soirs à la belle étoile, et à même le sol, sans jamais leur permettre de manger chaud, après d'épuisantes journées de marche au cours desquelles il était impossible d'échanger le moindre propos, tellement la cadence ne laissait aucun répit.

La chienne jaune, que sa muselière trop serrée empêchait de se nourrir convenablement, faisait également peine à voir. Son poil terni se détachait à présent par touffes dont elle parsemait le chemin sur lequel ils marchaient comme des automates et dont ils étaient persuadés, au fur et à mesure que les heures passaient, qu'il les mènerait vers de sérieux ennuis.

— Chef Majib, nous voulons savoir ce que vous allez faire de nous ! Si vous continuez à nous faire avancer à ce rythme, il est probable que nous mourrons tous en chemin, finit par déclarer, le cinquième soir, Poignard de la Loi, sur un ton solennel, après s'être concerté avec son collègue du couvent de la Montagne Chauve.

— Il ne faut surtout pas ! s'écria leur ravisseur, ce qui laissait entendre qu'il souhaitait disposer de son butin humain afin, probablement, de le monnayer.

225

Le chef Majib avait son plan.

Cela faisait des semaines qu'il entendait parler de la fameuse « Fête du Printemps », présidée chaque année par l'empereur du Centre pour célébrer la renaissance de la nature, après son hivernage, et favoriser en même temps les récoltes de l'été. Sur la Route de la Soie, ils étaient nombreux, en effet, à se rendre en Chine centrale pour cette occasion, apportant des denrées qu'ils étaient sûrs de vendre à bon prix… Cette célébration était le prétexte à de multiples cadeaux que les familles s'offraient entre elles, ainsi qu'à une gigantesque distribution de vivres organisée par l'État au profit des populations les plus démunies.

Cet hiver-là, la moindre auberge de la Route de la Soie bruissait de la décision prise par le couple impérial d'organiser la Fête du Printemps non pas sur l'esplanade du Mingtang à Chang An, mais sur le mont sacré Taishan, la « Grande Montagne » taoïste, dont le majestueux sommet dominait la chaîne montagneuse qui servait en quelque sorte d'épine dorsale à la presqu'île du Shandong.

Des deux côtés de la Grande Muraille, des panneaux apposés dans les lieux publics invitaient par ailleurs toutes les villes de plus de dix mille habitants à envoyer une délégation chargée d'offrandes destinées à honorer l'empereur du Centre.

Les principales oasis du désert étaient donc concernées par cette mesure qui occupait les esprits des guildes de commerçants ainsi que des autorités locales, tous cherchant à satisfaire le souhait de l'empereur tout en évitant de se laisser entraîner dans des banqueroutes, ce qui obligeait chacun à calculer au plus juste. Car on ne badinait pas avec les dons d'allégeance, qu'ils fussent en nature ou en espèces sonnantes et trébuchantes. Et malheur aux villes qui refusaient de s'y prêter : elles étaient inscrites sur une liste noire et, le moment venu, impitoyablement châtiées, les armées chinoises ayant ordre de les laisser piller par les peuplades de guerriers nomades auxquelles les agents du Grand Censorat communiquaient discrètement le nom des sites dont l'accès était libre…

Pour Majib, qui cherchait à refaire une opération financière aussi lucrative que la vente à Kaled Khan du « tuyau » relatif à la présence à Turfan de l'usine manichéenne, la capture de Poignard de la Loi et de Grande Médecine était une aubaine.

Le Parsi, en effet, n'avait pas profité longtemps du tonnelet rempli à ras bord de monnaies de bronze et d'argent qui constituait le prix de son renseignement.

Quelque temps après qu'Ulik leur avait faussé compagnie, en pays ouïgour, ses hommes et lui étaient en effet — chacun son tour ! — tombés dans une embuscade tendue par des brigands tibétains qui les avaient délestés de leurs armes et de leurs effets.

Quoique caché dans la ceinture du chef Majib, le tonnelet de Kaled Khan n'avait pas échappé à la sagacité des montagnards, qui en avaient profité pour corriger sévèrement, au passage, le chef parsi parce qu'il avait omis de leur mentionner l'existence de ce petit trésor.

Délestés du seul butin susceptible d'être rapporté à ses mandants, Majib n'avait eu d'autre choix que de recommencer à errer sur la Route de la Soie, à la recherche d'une occasion.

Quand son attention avait été attirée par les hurlements de la meute de loups qui avait attaqué le campement des nomades, il ne pensait pas se retrouver nez à nez avec Poignard de la Loi, ce religieux rencontré dans une auberge de montagne.

Alors, dans l'espoir de se refaire, il avait décidé

d'emmener avec lui cette troupe de moines sur laquelle il avait eu la chance de mettre la main.

Irait-il vers la grande Chine, pour tirer profit de la Fête du Printemps du mont Taishan, ou bien reviendrait-il dans son pays d'origine pour y monnayer ses otages ?

Échaudé par ses nombreuses mésaventures, le chef des voleurs parsis hésitait encore. Certes, la valeur vénale de son nouveau convoi de prisonniers ne devait pas atteindre le dixième de celle des Jumeaux Célestes, mais le temps n'était ni aux regrets ni aux atermoiements.

Le chef Majib dressait des plans sur la comète, se demandant quel était le meilleur parti à tirer de ses prisonniers, lorsqu'un soir, au bivouac, il vit arriver subrepticement le mahayaniste Grande Médecine, qui prenait grand soin de ne pas se faire remarquer par ses collègues.

— Chef Majib, j'ai une proposition à te faire ! souffla le moine chinois avec des airs de conspirateur.

— Parler toujours !

— En Chine centrale, une personne comme le moine hinayaniste Poignard de la Loi, ça vaut beaucoup d'argent ; je suis en mesure de te l'affirmer !

— Vraiment ? lança le Parsi dont le haussement de sourcil témoignait du peu de sérieux avec lequel il prenait cette confidence.

— La Chine s'est entièrement donnée au Mahâyâna. Toute tentative d'infiltration par le Hînayâna y est donc sévèrement réprimée… Crois-moi, avec ces deux religieux venus de l'Inde, tu as mis la main sur un vrai butin. À ta place, j'en tiendrai le plus grand compte ! insista le moine du couvent de la Montagne Chauve.

— En vérité, je me rendre à la Célébration du Printemps. On dit que, cette année, argent y couler à flots.

Empereur décider faire elle sur montagne sacrée appelée Taishan. Parler que de ça, dans auberges ! expliqua le chef Majib, visiblement déjà plus intéressé par la confidence du Chinois.

— Si elle a lieu sur le mont Taishan, c'est en effet qu'elle sera plus brillante que les autres années. Laisse-moi te conduire là-bas et nul doute qu'il te sera possible de monnayer fort cher la remise de ce Poignard de la Loi ainsi que de son acolyte. Tu auras à portée de main les plus hautes autorités de mon pays ; cela t'évitera de passer par des intermédiaires...

— Idée me paraître pas mauvaise... murmura le Parsi.

— Crois-moi, si tu suis mes conseils, tu deviendras un homme riche ! ajouta Grande Médecine, enfonçant un peu plus le clou.

Autour d'eux dormaient encore tous les hommes du convoi, tant perses que chinois, sans oublier les deux moines indiens, tous épuisés par leur journée de marche dans les cailloux et la poussière.

— Tout ceci, bien entendu, devra rester entre nous ! Si les hinayanistes l'apprenaient, nul doute qu'ils nous empêcheraient d'arriver à nos fins ! conclut l'ancien médecin devenu moine bouddhiste sur le tard.

— Je pas être idiot ! Pacte demeurer secret ! lui répliqua le brigand errant, sur un ton ne laissant aucun doute sur le fait qu'il venait de mordre goulûment à l'hameçon de son interlocuteur.

Puis, les deux hommes topèrent en s'effleurant la main, tels des compères liés par un inavouable projet commun.

— Vous étiez tous les deux en grand conciliabule, hier soir ! lâcha Poignard de la Loi, le lendemain matin, l'air à la fois pincé et contrarié, venu trouver Grande Médecine sous le regard méfiant du brigand parsi.

— Le chef Majib avait mal au crâne. J'espère lui avoir donné le remède adéquat… répliqua le moine mahayaniste en faisant un clin d'œil appuyé au Parsi.

— Moi avoir la tête fendue en deux comme par cimeterre ! Grâce aux pilules du moine, moi passer nuit à peu près normale… renchérit ce dernier à l'adresse de Poignard de la Loi.

Pour le Parsi Majib, ce mensonge de Grande Médecine était le signe que l'accord passé avec ce dernier était dûment scellé. Il pouvait dormir sur ses deux oreilles.

Lorsque le convoi s'ébranla pour gagner Dunhuang, les novices du couvent de la Montagne Chauve étaient déjà plus rassurés : à en juger par sa mine réjouie, leur chef spirituel était beaucoup moins inquiet que les jours précédents.

Et pour ces jeunes gens pieux au cœur pur, dont Grande Médecine était un peu le père, n'était-ce pas ce qui importait le plus ?

Quant à Poignard de la Loi, il ne rêvait que d'une chose : c'était de parvenir à Luoyang. Pour l'heure de vérité, ce moment où le voile, enfin, se déchirerait sur tant d'énigmes et de zones obscures !

Mais le moine indien, que le destin s'acharnait à dévier de sa route, en aurait-il désormais la possibilité ?

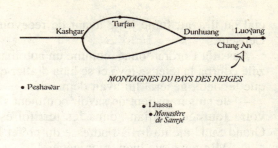

46

Chang An, capitale de l'empire des Tang

— Range-moi ça au plus vite dans un tiroir ! jeta le vieux général Zhang qui dégustait, tranche après tranche, une énorme pastèque qu'un valet au crâne rasé et à la natte impeccablement tressée découpait à ses pieds.

En même temps, l'ancien Premier ministre de l'empereur Taizong tendit précipitamment à son serviteur une pochette de soie écarlate dans laquelle il avait mis ce que, pour rien au monde, il n'eût montré à ce visiteur-là.

— Monsieur le Premier ministre, heureux d'être devant vous ! lâcha le préfet Li, pour une fois l'air satisfait, qui venait de faire son entrée dans le bureau de l'ancien Premier ministre de Taizong le Grand.

— Apporte-nous deux tasses de thé ! Ne dit-on pas que le thé parfumé est à la bouche de celui qui le déguste ce qu'est une rime limpide à un doux poème ?

Le vieux Zhang, ce matin-là, était en verve poétique, à moins que ce ne fût l'effet du fameux mélange spé-

231

cial qu'il avait fumé juste avant de recevoir le Grand Censeur.

Aussitôt l'ordre donné, comme un automate, le valet zélé courba la tête, se leva et se hâta d'aller chercher ce que le vieux général lui avait demandé.

— Je suis impatient de savoir comment s'est passée votre tournée Yinjian [1] dans les territoires alliés du Grand Sud ! ajouta-t-il à l'adresse du préfet Li.

— M'mieux que bien, mon général !

Le Grand Censeur, si peu habitué, depuis des mois, à annoncer de bonnes nouvelles, exultait tellement qu'il s'était mis à bafouiller.

— À la bonne heure ! s'écria le vieux général d'un ton maussade.

— Je tiens de quoi éliminer l'usurpatrice ! Bientôt, nous aurons à Chang An un témoin capital des turpitudes de l'infâme Wuzhao, déclara le préfet sans ambages.

— Ce n'est pas la première fois que j'entends cela dans votre bouche, fit, quelque peu dubitatif, l'ancien Premier ministre de Taizong le Grand, tandis que le même serviteur, toujours courbé en deux, apportait deux élégants bols céladon remplis d'un thé jaune comme du miel et parfumé à la fleur d'orchidée.

— Je vous assure, mon général, le coup est énorme ! Cette fois, il s'agit de l'évêque nestorien Addai Aggai de Dunhuang que nous allons pouvoir cueillir comme une fleur dès son arrivée à Chang An ; c'est l'un des deux principaux organisateurs du trafic clandestin de soie couvert en son temps par l'impératrice Wuzhao, déclara, en se rengorgeant, le Grand Censeur qui voyait là le moyen de restaurer son étoile, laquelle n'avait

---

1. Yinjian : « vérification des sceaux », expression utilisée sous les Tang pour désigner une inspection administrative.

cessé de pâlir, au fur et à mesure que Wuzhao étendait son emprise sur les affaires de l'État.

— En effet ! lâcha le général qui n'en croyait pas un mot.

— Quand cet homme se mettra à raconter ce qu'il sait, ses propos feront l'effet d'un immense pétard Baozhong, dont le bruit sera plus puissant que le souffle du Dragon qui sommeille, aux dires des géomanciens, sous la Montagne Chauve de Luoyang, s'exclama le Grand Censeur Impérial.

— Et sur quel miraculeux animal volant ce religieux occidental aurait-il été transporté jusqu'ici ? Plus sérieusement, préfet Li, par quel hasard un tel individu viendrait-il ici ? ajouta, de plus en plus dubitatif, le vieux confucéen aigri.

— Le dieu Long-wang, Roi Dragon, n'y est pour rien. C'est encore plus simple, mon général : cet homme arrivera jusqu'ici par lui-même, à l'aide de ses propres jambes, droit dans le piège que nous lui avons gentiment tendu… gloussa drôlement le Grand Censeur.

Il avait l'air tellement sûr de lui que la défiance du vieux général finissait par vaciller.

— À n'en pas douter, ce serait là un fait positif, murmura-t-il, mi-figue, mi-raisin.

— Je vous assure que nous n'avons jamais été si près du but. C'est un vrai miracle. Le moment venu, je ne manquerai pas d'aller me recueillir au temple de maître Kong…

— Serait-ce trop vous demander, monsieur le Préfet, de m'expliquer comment vous avez réussi un coup aussi magistral ? s'enquit, sur un ton légèrement pincé, le général.

— Le dieu de la Chance, Caishen, m'a enfin accordé sa bénédiction, monsieur le Premier ministre ! C'est pour le remercier que je fais brûler depuis une semaine

233

des fagots de bâtonnets d'encens… Bientôt nos amis me surnommeront Li le Chanceux ! s'exclama ce dernier qui n'hésitait pas, vu les circonstances, à manier l'emphase.

Le Grand Censeur, d'habitude raide comme une hallebarde, esquissa même, en achevant sa phrase, un entrechat grotesque.

— Venons-en aux faits, si vous le voulez bien, monsieur le Préfet ! Aux simples faits ! lâcha, impatient, le général Zhang qui appréciait modérément les libertés prises par le chef de la police secrète chinoise.

— Lors de mon passage à Hetian, au cours de ma fructueuse tournée Yinjian, je trouvai notre gouverneur en grande conversation avec un certain Kaled Khan, chef d'une tribu tujüe qui campait dans la région. Notre valeureux fonctionnaire avait sauvé la vie à cet homme mais aussi à l'ensemble de son peuple — femmes, enfants et vieillards compris ! — en les empêchant in extremis de s'aventurer dans le désert de Taklamakan où ils avaient commencé à se perdre.

— Et moi qui croyais que les Tujüe étaient les ennemis de l'empire du Milieu ! fit, dépité, le vieux Zhang.

— Par cet intelligent geste de sauvegarde, notre gouverneur a fait de ce Kaled Khan son obligé et, de là, un allié de l'empire du Centre. C'est pour remercier les autorités chinoises que ce barbare nous proposa de livrer l'ancien évêque nestorien de Dunhuang Addai Aggai qu'il détenait prisonnier. Lorsque ce Tujüe prononça ce nom devant moi, mon sang ne fit qu'un tour ! C'est la fille de ce chrétien qui fut hébergée par l'usurpatrice au Palais Impérial, expliqua le préfet Li que l'évocation de ce triste épisode faisait frissonner.

— Je me souviens fort bien que vos agents ratèrent de peu son arrestation ! lâcha sèchement le vieillard qui avait gardé toute sa mémoire.

— Vous comprenez, mon général, pourquoi j'ai tellement hâte de prendre ma revanche…

— Et pour quelle raison Addai Aggai aurait-il accepté de venir ainsi se jeter lui-même dans la gueule du dragon ?

— L'intéressé, bien sûr, n'est au courant de rien ! Lorsque j'eus indiqué à Kaled Khan mon souhait de faire comparaître ce religieux occidental devant nos juridictions pour l'inculper de trafic de soie, ce Tujüe proposa lui-même la solution adéquate : l'évêque étant à la recherche de sa fille unique, il se faisait fort de lui laisser croire qu'il lui accorderait la liberté s'il mettait la main sur une princesse chinoise convoyée sur la Route de la Soie. Quand je le revis, le lendemain, Kaled Khan m'assura qu'Addai Aggai avait sauté sur l'occasion.

— Comment est-il sûr que l'évêque en question n'aura pas profité de sa mesure d'élargissement pour lui fausser compagnie ?

— Il le fait suivre discrètement par deux hommes à lui qui, le moment venu, le livreront aux nôtres… Pour plus de sûreté, j'ai fait placer sous surveillance toutes les auberges de la Route de la Soie !

— Vous n'hésitez pas à employer les grands moyens. C'est bien !

C'était la première fois que le Grand Censeur se voyait ainsi complimenté par le vieux confucéen.

— J'essaie, même si c'est très difficile, d'être votre digne héritier spirituel, mon général ! répondit le préfet Li, soucieux de retourner le compliment à son interlocuteur.

— Ce chef barbare — Kaled Khan, ainsi que vous le nommez — paraît plus astucieux que ses congénères ! C'est rare. De l'autre côté du Grand Mur, les barbares n'arrivent pas à la cheville des Han… lâcha le vieux

235

général étoilé, qui ne croyait pas si bien dire, car il était à mille lieues de se douter que Kaled Khan espérait faire coup double, en satisfaisant les autorités chinoises et en récupérant Lune de Jade pour la vendre une seconde fois…

— Je ne remercierai jamais assez le dieu de la Chance !

— Où se trouve actuellement ce diable de nestorien ? s'enquit l'ancien Premier ministre, que les propos du préfet Li avaient convaincu.

— À l'heure qu'il est, l'évêque Addai Aggai doit être sur la Route de la Soie. J'attends de ses nouvelles d'un moment à l'autre. Comme je vous l'ai expliqué, mes meilleurs agents le suivent à la trace et me rendent compte, grâce à d'incessantes estafettes. La plupart des chevaux du Grand Censorat sont mobilisés à cette tâche.

— Vous avez donc le dispositif en main, constata, pour une fois satisfait, le général confucéen.

— Entièrement. Cette fois, le piège se refermera implacablement sur l'Usurpatrice, comme la mâchoire d'un tigre sur une tendre antilope… J'en fais mon affaire personnelle, déclara le Grand Censeur en prenant congé.

À peine l'avait-il laissé seul que le vieux militaire fit signe au valet d'approcher.

— Va me chercher ma pipe, demanda-t-il.

Ce dernier s'exécuta aussitôt, rapportant à l'ancien Premier ministre de Taizong le Grand l'étui de soie écarlate qu'il avait rangé dans la commode.

— Vous avez déjà fumé de bon matin… protesta timidement le serviteur.

Il est vrai que les médecins du vieux Zhang lui avaient fait jurer de ne pas tirer plus d'une fois par jour sur le mélange d'opium, d'encens et de feuilles de ginkgo biloba séchées dont il bourrait la minuscule pipe qu'il tripotait à présent fébrilement.

— Respirer mon « mélange spécial » est bien la seule activité qui me donne des forces, même si je ne me fais aucune illusion sur mes capacités à vivre « dix mille ans de plus [1] » ! Quant aux femmes, il y a belle lurette que ma vieille carcasse ne peut plus rien pour elles… murmura le vieil homme avant de plonger ses doigts dans la petite boîte de laque que le valet était allé lui chercher.

Le « mélange spécial » était si odorant que le valet — qui ne répugnait pas à fumer en cachette — n'avait pu s'empêcher de frissonner de plaisir lorsque le vieux Zhang avait soulevé le couvercle du coffret.

Avec des gestes méticuleux, le confucéen opiomane posa sur ses genoux une pipe à peine plus grande qu'un stylet de lettré dont il bourra soigneusement le foyer ; puis, selon ce qui était devenu entre eux un rituel immuable, le valet, après avoir pris la pipe des mains du général Zhang, porta sur elle une allumette qu'il venait de craquer, avant de rendre à son maître l'instrument du seul plaisir qui lui restait dans la vie.

— Comme c'est bon ! Il faudra veiller à reconstituer ma réserve de « mélange spécial » car je constate qu'elle s'épuise dangereusement… murmura le vieil homme, à bout de souffle, après avoir aspiré une première bouffée.

— Mon général, je crois vous avoir prévenu que Grosse Face est à court de yapian depuis bientôt trois mois ! Il se prétend malade et, de ce fait, incapable de se rendre chez son fournisseur, répondit le valet qui lorgnait à présent sur la pipe de son maître.

— Par Confucius, tu as l'air de penser qu'il s'agirait d'une maladie diplomatique !

1. Expression chinoise signifiant l'immortalité.

— Grosse Face a fort mauvaise mine depuis des mois. Cela dit, en matière de yapian, n'est-ce pas vous qui m'avez toujours recommandé d'être prudent et méfiant ?

— C'est vrai !

— Grosse Face doit avoir peur. Peut-être juge-t-il qu'il prend trop de risques...

— Il a tort !

— Comment pouvez-vous prétendre une telle chose ?

La voix du serviteur tremblait d'indignation.

— Je dois te faire une confidence : je ne suis pas le seul à m'adonner à cette activité. Quoique en infraction avec le fisc, Grosse Face n'a rien à craindre. Son circuit est parfaitement protégé. Depuis le ministre des Finances jusqu'au préfet de police de Chang An, aucun de ses clients n'a intérêt à ce que sa petite affaire s'ébruite, expliqua-t-il d'une voix lasse à son valet, qu'une telle confidence faisait tomber des nues.

N'était-ce pas son maître en personne — le roué — qui l'avait toujours exhorté à la plus grande prudence lorsqu'il l'envoyait récupérer la marchandise auprès de Grosse Face, excipant du fait que ce dernier menait ses activités au nez et à la barbe des autorités ?

Après s'être livré ainsi, le vieux général était tellement harassé par l'effort d'aspirer la fumée qu'il ferma les yeux. Désormais, son corps flottait comme sur un nuage.

Fumer l'opium, même s'il manquait chaque fois un peu plus de défaillir d'épuisement, lui était devenu si indispensable qu'il passait volontiers sur les effets de plus en plus graves que cette pratique avait sur ses poumons malades.

Alors, comme d'habitude, le valet profita de ce moment, où son maître s'assoupissait toujours pendant au moins une heure, pour se précipiter à son tour sur la petite pipe.

Pendant que le vieux Zhang s'adonnait à son ultime plaisir, le préfet Li était rentré à son bureau où l'attendait son secrétaire particulier, lequel avait l'air un peu plus nerveux qu'à l'accoutumée.

— Monsieur le Préfet, Addai Aggai n'est plus seul sur la Route de la Soie. Nos agents vous font savoir que le nestorien est désormais accompagné par un jeune homme…

— N'est-ce pas bizarre ? demanda le Grand Censeur, soudain follement inquiet.

— L'estafette est en bas, en train de se désaltérer. Elle a chevauché dix jours sans discontinuer. Elle saura vous expliquer tout cela mieux que moi, monseigneur.

— Fais-la monter immédiatement !

Quelques instants plus tard, l'agent spécial, encore en nage, se tenait au garde-à-vous devant le préfet Li.

— Selon nos renseignements, monsieur le Grand Censeur, l'homme qui accompagne Addai Aggai se prénomme Ulik.

— Quelle est son ethnie d'origine ?

— Il nous a été impossible de le savoir. Il parle bien chinois. Dans les auberges où ils dorment, c'est lui qui négocie les tarifs…

— Ils disposent d'argent ?

— C'est à croire. Ou bien d'une marchandise précieuse : ils voyagent sur une charrette bâchée tirée par deux mulets, et ne couchent jamais à la belle étoile…

— A-t-on une idée de ce qu'ils transportent ?

— Malheureusement pas : ils n'ôtent jamais la bâche de leur charroi. Souhaitez-vous que nous procédions à un contrôle ?

— Sûrement pas ! Idiot ! S'ils transportent de la marchandise interdite, ou s'ils n'ont pas acquitté les taxes requises, nous serons obligés de les arrêter et tout mon plan capotera. Ils doivent arriver à Chang An sans encombre, m'entends-tu ?

— D'accord, monsieur le Grand Censeur ! Tout sera entrepris pour que ces deux hommes arrivent ici sains et saufs !

— Et libres ! hurla le préfet Li, cette fois à l'adresse de son secrétaire particulier, à charge pour lui de répercuter l'ordre.

— Bien entendu, monsieur le Préfet ! marmonna celui-ci d'une voix blanche.

Ayant compris que son patron ne plaisantait pas, le jeune homme, qui le connaissait bien pour le côtoyer du matin au soir, tremblait comme une feuille.

— Dans combien de jours sont-ils censés arriver ici ? tonna le préfet Li.

— D'ici à deux ou trois semaines, si tout va bien pour eux, conclut l'estafette, après s'être livrée à un rapide calcul.

— Je compte sur chacun pour qu'il ne leur arrive rien… ajouta, d'un ton menaçant, le Grand Censeur Impérial.

Et chacun s'efforça d'appliquer ces directives puisque, très exactement dix-huit jours plus tard, un collaborateur informa le préfet Li, ravi et rassuré à la fois, que le convoi des deux hommes venait de se présenter à l'octroi de la Porte Ouest de la capitale des Tang, où les douaniers avaient eu ordre de laisser passer les deux hommes — qui s'étaient pourtant fait un sang d'encre à ce sujet — sans même leur demander la nature des marchandises qu'ils transportaient.

— Le dispositif de leur surveillance en ville devra être le plus allégé possible. Ce sera à moi et à personne d'autre de décider du jour et de l'heure de l'arrestation de l'évêque ! avait pris soin de préciser l'auteur de toute la manigance destinée à faire chuter Wuzhao.

Les ordres du Grand Censeur, comme il se doit, avaient été exécutés à la lettre et ce fut avec une facilité déconcertante qu'Addai Aggai et Ulik, ignorant qu'ils étaient l'objet d'une surveillance aussi discrète qu'étroite, trouvèrent le Temple du Très Juste Milieu, dès leur arrivée dans la capitale. Auparavant, ils avaient pris la précaution de louer une chambre dans un hôtel qui disposait d'une petite cour intérieure servant d'écurie, où ils avaient pu mettre à l'abri les deux mulets ainsi que leur précieuse cargaison de yapian, dûment cachée sous un tas de paille.

Il est vrai que le plus grand temple confucéen de Chang An se voyait de loin.

C'était une immense bâtisse pompeuse et lourde, suant l'ennui et le faste protocolaire, dont la colonnade se dressait sur une sorte de gigantesque estrade de pierre, au bout de l'avenue des Rituels de Bonne Fortune qui reliait au quartier marchand cet édifice essentiellement fréquenté par les fonctionnaires civils.

Quand on pénétrait dans la pénombre de ces lieux, il était impossible de rater la réplique de bronze du Très Vénérable Confucius. La première chose qu'apercevait le visiteur était, en effet, le visage souriant de la statue du vieux maître, que le bronzier avait exécutée à la taille d'un homme, ce qui renforçait la saisissante impression de réalisme.

Tout au fond du Temple du Très Juste Milieu, fixée sur un socle de bois doré, la figure du vieux sage parmi les sages s'élevait majestueusement à la face des visiteurs, éclairée par les centaines de bougies allumées par les dévots candidats aux examens administratifs qui venaient confier leur sort technocratique au dieu-philosophe des Chinois.

— Il suffit de s'asseoir là et d'attendre ! chuchota Ulik, lequel se souvenait parfaitement des propos de l'aubergiste qui leur avait confié la cargaison de yapian.

Plus circonspect, Addai Aggai s'assit néanmoins à côté de lui sur une longue banquette de marbre installée au pied de la statue.

— J'espère que l'hôtelier chez lequel nous avons laissé les mulets est homme honnête ! soupira l'évêque.

— Ce n'est pas le moment d'avoir des états d'âme à présent que nous touchons au but ! protesta l'ancien interprète parsi, d'un naturel optimiste.

— Nous avons fait confiance à un trafiquant de yapian qui a pu tout aussi bien nous raconter ce qu'il voulait…

— Songe que nous sommes arrivés jusqu'ici sans le moindre encombre.

— C'est bien ce qui me paraît suspect… lâcha le nestorien avant de se taire, un homme ayant fait son entrée dans le sanctuaire.

Ce n'était qu'un dévot venu faire brûler un cierge devant la statue, bientôt suivi par d'autres, qui se prosternaient aux pieds du Confucius de bronze en implorant sa grâce.

Cela faisait bientôt trois heures que les deux hommes étaient assis sur leur banc. Le temps, qui commençait à s'éterniser, semblait donner raison au nestorien, lorsqu'ils virent enfin arriver une silhouette dont l'ombre glissait rapidement sur les dalles de pierre à peine éclairées à cette heure de la journée par les hautes fenêtres de l'édifice ; elle était revêtue d'un manteau à capuchon qui empêchait de voir son visage.

La silhouette prit place sur le banc de pierre, entre Addai Aggai et Ulik.

— Je viens de la part de Grosse Face, chuchota le capuchon.

— Qui me le prouve ? lança, des plus méfiants, le père d'Umara.

— Personne d'autre que vous ; aucun dévot ne reste aussi longtemps assis sur ce banc… répliqua l'inconnu tandis qu'Ulik faisait les gros yeux à son compagnon, comme s'il avait voulu lui signifier que sa méfiance n'était pas de mise.

— Je t'écoute… Quel est le message de ton mandant ? s'enquit l'évêque nestorien de Dunhuang, dont le cœur battait la chamade.

— Grosse Face vous recommande la plus extrême prudence. Vous ne sortirez d'ici qu'à la fermeture du Temple, ce soir, dans le flot des dévots venus s'y recueillir avant la nuit, et revêtus de ceci ! leur expliqua l'homme au capuchon, avant de leur tendre un tissu sombre.

— Qu'est-ce que c'est ? s'enquit Ulik en s'emparant du paquet.

— Des robes de juges administratifs. Ce soir, leur confrérie vient rendre hommage à son patron tutélaire. Ils seront au bas mot une centaine. Vous n'aurez qu'à vous fondre au milieu d'eux… et vous passerez inaperçus.

— Et après, qu'aurons-nous à faire ? poursuivit Addai Aggai.

— À vous égailler incognito dans Chang An, où mon petit doigt me dit que la police secrète est à vos trousses… Et si possible, à vous éloigner au plus vite de cette capitale dont on dit qu'elle ne compte pas moins d'un policier pour quatre habitants ! Plus sérieusement, sachez que sans ces déguisements, vous n'avez aucune chance de vous en sortir.

— Comment le sais-tu ? interrogea l'évêque.

— Les grands clients de Grosse Face sont des personnages suffisamment haut placés pour connaître ce genre d'information et la faire partager à ceux qu'ils souhaitent protéger... même des agents du Grand Censorat ! murmura, à voix basse, l'inconnu.

— Pourquoi des dignitaires du régime nous sauveraient-ils la mise ? poursuivit l'évêque, quelque peu pincé.

— Ils risquent gros si le commerce clandestin de yapian venait à être découvert. L'échange de marchandise sans paiement à l'État des taxes afférentes est considéré comme un crime d'État et, à ce titre, passible de la peine capitale.

— Si je comprends bien, en nous aidant, les meilleurs clients de Grosse Face se protègent eux-mêmes ! lâcha Ulik qui commençait à comprendre le traquenard dans lequel ils étaient tombés.

— On ne saurait mieux dire. Vous êtes suivis à la trace depuis des semaines, sur la Route de la Soie, par les agents du préfet Li ! Le moindre de vos faits et gestes lui a été répercuté. Des geôles de cet homme, rares sont ceux qui ressortent vivants, ajouta l'inconnu.

— J'en étais sûr. Ce voyage sans encombre me paraissait bizarre. Je comprends mieux, à présent, pourquoi nous avons pu passer tous les octrois et les postes de douane avec autant de facilité ! Pas une seule fois on n'a essayé de nous racketter ! Les brigands eux-mêmes devaient être au courant... conclut, pensif, le nestorien.

Il était contrarié, mais au fond pas tellement surpris par la tournure des événements. Rétrospectivement, il se disait surtout qu'il avait été bien naïf.

— Et la marchandise ? Que va devenir la marchandise ? lança Ulik.

— Il suffit de me dire l'endroit où elle se trouve et elle sera récupérée par nos soins.

L'interprète parsi, sans l'ombre d'une hésitation,

indiqua à l'envoyé de Grosse Face l'adresse de leur hôtel à Chang An.

Dès qu'il obtint l'information, l'inconnu leur glissa une bourse chacun et s'éclipsa aussi subrepticement qu'il était apparu.

— Tout cela est renversant ! Nous avons été manipulés de bout en bout dans cette affaire. Si des personnages haut placés ne protégeaient pas ce réseau de revente de yapian, nous serions déjà en prison ! Nous l'avons échappé belle ! constata anxieusement l'évêque.

— Comme quoi, le pire n'est jamais sûr... dit Ulik en enfilant l'une des houppelandes de satin noir à capuche que l'inconnu leur avait remises.

Addaï Aggaï l'imita, tandis que le Temple du Très Juste Milieu se remplissait peu à peu de la cohorte des juges administratifs ; ils portaient tous la même robe qu'eux, capuche rabattue sur la tête, et allaient dignement se prosterner devant la sainte effigie en l'implorant de daigner leur accorder la réussite aux examens administratifs pour eux-mêmes et les membres de leur famille.

Il y avait là des fonctionnaires de tous âges et de toutes origines, qui appartenaient à la même toute-puissante corporation judiciaire.

Lorsqu'ils eurent achevé leurs courbettes, celui qui paraissait être leur chef prit la parole, d'une voix forte, devant la statue de bronze.

— Grâces soient rendues à notre Très Vénérable Maître Kong. Puisse-t-il protéger les membres de notre compagnie... Que ceux d'entre vous qui se présentent à des examens lèvent le doigt ! déclara le juge, tandis qu'une forêt de bras se dressaient, parmi la foule.

Puis il se mit à compter le nombre de ceux qui lui avaient répondu positivement.

— Mon fils souhaite devenir juge du premier grade.

Il a appris par cœur tout le code pénal des rois Zhou [1]. Il se prépare à faire de même avec leur code rituel. Je souhaiterais confier sa réussite à maître Kong ; je suis prêt, pour que ce vœu soit exaucé, à donner toutes les offrandes nécessaires ! s'écria l'un des participants à la cérémonie.

Et chacun, à présent, d'expliquer à la cantonade le motif de sa présence au Temple du Très Juste Milieu, qui pour son fils, qui pour son gendre, ou, plus étonnant encore, pour sa propre paroisse, afin, par exemple, d'être sûr de monter soi-même en grade dans la hiérarchie.

Le chef des juges, qui s'était muni d'un encensoir, répandait dans le temple des effluves odorants qui faisaient se pâmer d'aise ces fonctionnaires zélés et arrivistes entre lesquels circulaient des préposés aux dons et aumônes, qui présentaient de grands plateaux laqués sur lesquels chacun était fermement invité à déposer une obole…

Les deux fugitifs ne pouvaient s'empêcher de considérer avec amusement la scène pittoresque de ces hommes, dont l'accoutrement les faisait ressembler à d'étranges corbeaux, qui se pressaient devant la statue de bronze censée leur apporter ses bienfaits comme des enfants dociles devant leur maître d'école.

— Je préfère les ambiances sereines des temples bouddhiques à celles, plus triviales, des temples confucéens ! chuchota Ulik à Addai Aggai.

— Je ne suis pas loin de partager ton avis.

— Si je devais changer de religion, je n'opterais jamais pour celle de Confucius…

---

1. La dynastie des Zhou dura de 1122 à 722 av. J.-C., période au cours de laquelle les grands textes juridiques et rituels des Chinois furent élaborés.

— Lequel n'est pas un dieu, mais plutôt un philosophe ! Au fait, ne crois-tu pas qu'il serait temps de nous faufiler dans le flot ? demanda à son compagnon le nestorien, qui venait d'aviser le mouvement de la foule vers la sortie, une fois la quête et les prêches achevés.

— Je suis d'accord. Le mieux ne serait-il pas, au demeurant, de nous séparer ici, afin de réduire les risques de se faire prendre ensemble, si d'aventure nous venions à être démasqués ? souffla l'interprète.

— J'allais te le proposer, murmura l'évêque, la voix empreinte d'émotion, regrettant de quitter ce jeune Parsi devenu son ami.

Ulik s'inséra dans la file des juges qui se dirigeait vers la porte du temple. Addai Aggai laissa passer quelques minutes, puis abaissa soigneusement la capuche de sa houppelande avant de se ranger à son tour derrière un groupe de fonctionnaires qui gagnait lentement la sortie de l'édifice.

Dehors, il fut incapable de distinguer si Ulik était encore parmi la foule compacte des juges qui continuaient à jacasser sur le perron du temple confucéen. Toujours sur ses gardes, sans même tenter de deviner lesquels des badauds étaient des policiers, il se faufila vers un angle de la colonnade et s'éclipsa à toute allure par une ruelle tortueuse, après avoir traversé la grande avenue des Rituels de Bonne Fortune qui était déjà noire de monde.

Il se retourna, pour constater avec soulagement que personne n'avait l'air de le suivre dans la ruelle où seuls quelques gamins crasseux jouaient au cerceau.

Il hâta le pas, désireux de s'éloigner le plus rapidement possible du Temple du Très Juste Milieu et des policiers en civil qui devaient sûrement fourmiller autour.

Où aller, à présent ? À Chang An, il ne connaissait personne.

Depuis la promulgation du décret d'interdiction de la religion nestorienne, il ne faisait pas bon avouer qu'on était un adepte de cette Église : les délateurs de tous poils connaissaient la valeur des informations qui eussent permis l'arrestation d'un clandestin comme Addai Aggai, assurément le plus gros poisson de ce qui, aux yeux des autorités, n'était qu'une religion illicite. Il était hors de question d'aborder le premier quidam venu.

Il constata qu'il avait soif.

Ayant avisé une placette dont une large partie était occupée par des rangées de tables et de bancs, sur lesquels étaient assis des clients qui paraissaient consommer du thé, il alla s'asseoir, toujours vêtu de sa houppelande.

— Tu veux une ou deux mesures de thé ? lui demanda une serveuse débordée qui allait d'une table à l'autre.

— Un grand bol conviendra, répondit le nestorien en s'efforçant de prendre l'accent chinois.

C'est alors qu'il rabaissa sa capuche, pour pouvoir boire tranquillement.

— Addai Aggai !

À l'énoncé de son nom, le sang du père d'Umara se glaça. Il se retourna vers l'homme assis juste à côté de lui, qui venait ainsi de mettre un nom sur son visage.

— Cargaison de Quiétude ! laissa-t-il échapper.

Il avait, à son tour, reconnu le manichéen de Turfan qui venait de l'interpeller. Leur surprise mutuelle était totale, lorsque le manichéen et le nestorien se serrèrent la main avec effusion.

— Il faut parler tout bas. La police est à mes trousses ! murmura l'évêque à son ancien compère, en rabattant à la hâte son capuchon sur sa tête.

— Tu n'as qu'à me suivre. J'habite tout près d'ici, dans une pension de famille dont les patrons sont des gens adorables.

— J'espère qu'ils sont fiables… Ici, j'ai l'impression que chacun est payé pour dénoncer son voisin…

— Mes hôteliers sont des gens de bien. Je leur expliquerai que tu es mon cousin. Ils m'adorent et puis, contrairement à nombre de leurs clients, je les paye rubis sur l'ongle, assura le Grand Parfait.

Cargaison de Quiétude conduisit Addai Aggai jusqu'à sa demeure, située à deux rues de là.

— Depuis quand habites-tu ici ? demanda l'évêque, une fois repoussé le loquet de la porte de la chambre.

— Cela fait un peu plus d'un mois. J'ai mis un temps infini à venir de Turfan à Chang An, étant tombé sur des convois de marchands qui ne trouvaient jamais le bon chemin.

— Quelle est la raison de ta venue ici, en Chine centrale ?

— Profitant de la promulgation du décret qui autorise le manichéisme, dont la rumeur affirme que Wuzhao en personne est à l'origine, j'ai jugé utile de venir m'expliquer avec elle.

— À quelles fins ?

— Wuzhao, dit-on, souhaite obtenir de la moire de soie… Si j'étais capable de la lui fournir, nul doute que l'Église de Lumière en tirerait le plus grand des profits. Aussi ai-je sollicité une audience, pour lui demander de me donner un métier à tisser la moire, ou pour qu'elle m'indique le nom de l'ingénieur capable de construire cette machine ; là-bas, à Turfan, si nous avions ce type de métier, nous ferions merveille !

— En somme, c'est toi qui as repris le flambeau de l'activité pour laquelle nous nous étions alliés…

— Tu peux le dire. Pointe de Lumière, mon ancien

assistant, fait redémarrer la production… malgré quelques vicissitudes. Turfan, tout comme Dunhuang, est parfois l'objet de pillages.

— Connais-tu la date à laquelle tu seras reçu par l'impératrice ? D'après ce qui s'est toujours dit, il ne faut pas moins de six mois pour obtenir un rendez-vous de quelques instants à peine…

— Figure-toi que l'audience est fixée à demain.

— Tu en as de la chance !

— Ce ne fut pas une mince affaire de toucher l'impératrice Wu, compte tenu du nombre de digues placées entre elle et les gens de mon espèce, ne disposant pas d'introduction particulière et qui sont obligés de passer par la voie normale. Je finissais par me voir repartir bredouille à Turfan. Heureusement, il y a deux jours, un véritable miracle s'est produit !

— Es-tu sûr que c'en soit un ?

— Tandis que je faisais la queue, comme chaque jour, au guichet des audiences, je fus abordé par le propre factotum de l'impératrice, préposé à l'entretien de son grillon personnel. À Chang An, cet ancien prisonnier de guerre, un géant à la langue coupée, est connu comme le loup blanc. Cet homme s'est arrangé pour me faire recevoir tout de suite. Sans cette rencontre providentielle, il est évident que je serais encore là, à attendre et à me morfondre…

— Elle doit manigancer quelque chose, pour avoir accepté de te recevoir personnellement. Wuzhao n'a pas la réputation d'aimer perdre son temps… murmura Addai Aggai en se jetant, épuisé, sur le lit étroit de la chambrette du manichéen Cargaison de Quiétude.

Lorsque ce dernier, dûment coiffé et vêtu de blanc immaculé, comparut devant l'impératrice, le lendemain, après avoir fait promettre à l'évêque nestorien de ne pas pointer fût-ce le bout du nez hors de la chambre, il ignorait que celle-ci le recevait parce que le Muet, ulcéré de voir son amante passer des heures dans les bras de Nuage Blanc, avait trouvé que c'était peut-être un moyen de la faire changer de centre d'intérêt.

Il est vrai que Wuzhao était dans une de ces phases où elle ne pouvait se passer de cette sorte de gourou sexuel qu'était devenu pour elle le tantrique Nuage Fou.

Cela lui arrivait environ tous les trimestres. Pendant des semaines, consciente du danger de l'accoutumance, elle s'efforçait de se détacher des pratiques du Tantra, avant d'y retomber inexorablement, tellement étaient fortes les sensations que lui procuraient ces étreintes avec celui qui était à la fois le père des Jumeaux Célestes et l'assassin de Bouddhabadra.

Surtout, quand elle faisait l'amour avec Nuage Blanc, ses migraines, miraculeusement, la délaissaient. Aussi avait-elle l'impression d'être en manque lorsqu'elle souffrait de ce mal de crâne qui lui coupait la tête en deux, et, chaque nuit, lui fallait-il son remède. Elle s'arrangeait pour que l'Indien la rejoignît dans sa couche, et, au petit matin, tant le Muet que les servantes pouvaient constater qu'elle avait fait autre chose que dormir.

Le Muet supportait de plus en plus mal ces moments où il lui était impossible d'approcher le corps de Wuzhao parce qu'il était alors totalement investi par les effets du lingam de Nuage Blanc, le rival haï.

— Un prêtre qui se dit de religion manichéenne et habite à Turfan désirerait être reçu au Palais, Majesté. Cet homme fait la queue au guichet des audiences depuis des semaines. Il a insisté auprès de moi pour vous voir, lui avait annoncé le géant turco-mongol, usant comme à l'accoutumée de cet inénarrable langage des signes et des onomatopées qu'elle était la seule à pouvoir décrypter.

— Que me veut-il ?

— Il prétend qu'il a un marché des plus intéressants à vous proposer !

— J'ai d'autres chats à fouetter !

— Majesté, cet homme avait l'air sérieux. Vous devriez en tenir compte… Que dois-je faire ?

— Rien !

— Ce manichéen souhaite vous parler de moire de soie !

— Comment s'appelle-t-il ? lança soudain l'impératrice, après un bref instant de stupeur.

— Cargaison de Quiétude, Votre Majesté.

— Pourquoi ne me l'as-tu pas dit plus tôt ? Que cet homme vienne devant moi après-demain matin ! Je le recevrai au Pavillon des Loisirs, nous y serons plus tranquilles ! Tu veilleras simplement à ce que personne ne sache que je le reçois ! avait-elle lâché.

Alors, elle avait rajusté sa robe de soie verte brodée de papillons dorés, que les récents assauts de Nuage Fou avaient une fois de plus froissée.

Et le Muet, qui venait au passage d'apercevoir les seins pointus de son amante, en avait eu les larmes aux yeux de rage, avant de sortir pour aller prévenir l'intéressé que l'impératrice avait accepté de le recevoir.

Demeurée seule, Wuzhao avait eu tout le loisir de repenser à cette affaire, estimant qu'elle devait être sérieuse, après s'être remémoré avec précision les propos d'Umara au sujet du rôle de Cargaison de Quiétude, le manichéen de Turfan, responsable du filage de la soie tissée par les nestoriens de Dunhuang.

Aussi était-elle désireuse d'en savoir plus, lorsque le Muet introduisit son visiteur dans le petit salon du Pavillon des Loisirs, aux murs couverts de panneaux laqués représentant montagnes et cascades.

L'impératrice, grâce à la nuit torride qu'elle venait

de passer avec Nuage Fou, était dans un de ces jours fastes où la migraine consentait à l'abandonner, ce qui la rendait plus disponible.

— Turfan, que je sache, n'est pas la porte à côté. Quelle est donc la raison d'un si long voyage ? s'enquit-elle auprès du Parfait, à peine était-il entré.

— Majesté, il manque à l'Église de Lumière un métier à tisser la moire de soie. J'aurais besoin, en fait, d'un ingénieur spécialiste du tissage qui nous aiderait à en réaliser un. Nous pourrions alors vous fournir une moire d'excellente qualité, puisque, d'après ce que je sais, c'est le type d'étoffe que vous recherchez ! répondit tout à trac le Parfait, plutôt gêné d'en venir au fait si vite mais quelque peu désarçonné par la beauté de cette femme somptueusement vêtue.

— La moire de soie ! Quand la pénurie sévissait, il est vrai qu'il était rigoureusement impossible d'en trouver le moindre pouce... murmura la souveraine en passant sa main sur sa robe, précisément coupée dans une moire splendide.

— L'Église de Lumière vous sera éternellement reconnaissante de l'avoir autorisée à avoir pignon sur rue en Chine centrale. Elle n'est plus condamnée aux caves, aux grottes ou aux oasis lointaines, sur la Route de la Soie... Bientôt, elle pourra disposer d'une église dans cette capitale. Elle est prête, de ce fait, à vous fournir gracieusement toute la moire dont vous auriez besoin, Majesté. Je forme d'ailleurs des vœux auprès de notre prophète Mani pour qu'il exauce tous les vôtres, Votre Excellence, s'écria le Grand Parfait qui avait fini par s'enhardir.

— C'est là une belle preuve d'attachement à ma personne, murmura-t-elle, avant d'ajouter, comme si elle se parlait à elle-même : Le secours du prophète Mani ne sera pas de trop !

Elle fit apporter du thé, que le manichéen but d'un trait, dans une coupelle d'or plus précieuse encore que les vases rituels qu'il utilisait à Turfan. Cargaison de Quiétude pouvait littéralement toucher du doigt à quel point l'empire de Chine rendait à ses souverains un véritable culte.

— Majesté, j'ai un autre sujet à évoquer avec vous… Mais je ne souhaiterais pas que cela induise des conséquences néfastes pour la personne dont je vais vous citer le nom, souffla le manichéen, après un long silence.

— Parle ! Je t'écoute. Ici, nous sommes en confiance.

— Voilà, Majesté : j'ai retrouvé à Chang An, errant comme une âme en peine, l'évêque nestorien de Dunhuang, Addai Aggai… Cet homme est dépourvu de sauf-conduit ; les agents du Grand Censorat sont à ses trousses. Il ne sait pas où aller. Contrairement à mes frères manichéens, les nestoriens n'ont pas droit de cité ici. Je l'héberge à mon hôtel, mais la situation est par trop précaire. Et puis, quand je repartirai vers Turfan, il n'aura personne pour lui prêter secours. C'est un homme de bien, Majesté, osa le Grand Parfait, qui s'était jeté aux pieds de Wuzhao.

Il espérait de toutes ses forces que celle-ci se laisserait convaincre de sauver le père d'Umara.

— Je sais fort bien qui est Addai Aggai. Amène-le-moi ! Il faut que je lui parle ! lança alors l'impératrice, à sa grande surprise.

— Il peut être là dans quelques instants. Mon hôtel est situé à deux pas.

— Qu'il vienne vite !

Addai Aggai, en sueur, n'en menait pas large, lorsque le Muet l'introduisit dans le boudoir de l'impératrice de

Chine en compagnie du Grand Parfait manichéen, revenu avec lui toutes affaires cessantes.

— Avez-vous des nouvelles de votre fille ? lui demanda celle-ci, à peine l'évêque était-il entré dans le petit salon laqué du Pavillon des Loisirs.

Touché par la question comme par une flèche en plein cœur, le nestorien n'avait même pas remarqué, contrairement à son collègue manichéen, que Wuzhao était sanglée dans une robe de moire verte brodée de papillons et d'oiseaux, comme sa filature clandestine n'avait jamais été capable d'en tisser.

— Je donnerais les années qui me restent à vivre pour retrouver mon enfant chérie ! Depuis que ma fille bien-aimée s'est évanouie dans le désert de Gobi, j'ai beau supplier mon Dieu Unique, Umara, hélas, ne s'est jamais manifestée. Au point que, certains jours, j'ai manqué de perdre complètement espoir, rugit son père qui ne put s'empêcher de se laisser aller à pleurer comme un enfant.

— Umara est vivante et, d'après ce que je sais, en bonne santé. Elle est hébergée au monastère mahayaniste de la Reconnaissance des Bienfaits Impériaux de Luoyang, par le supérieur de cet établissement, Pureté du Vide.

— Ma fille serait devenue nonne bouddhiste ? C'est à peine croyable ! Si la pauvre Goléa entendait ça, elle aurait une attaque ! souffla Addai Aggai qui s'étouffait d'indignation.

— Votre fille ne s'est pas convertie, du moins que je sache, murmura la souveraine.

— Dans ce cas, que fait-elle là-bas ? Je vais de ce pas aller l'y chercher !

— C'est que… Umara n'est pas libre de ses mouvements… Elle est retenue contre son gré.

— Ma fille, prisonnière d'un Supérieur mahayaniste ? C'est scandaleux et indigne !

— Pureté du Vide est persuadé qu'elle détient des
informations capitales sur les Yeux de Bouddha, qui
sont parmi les reliques les plus sacrées de l'Inde... Le
grand maître aimerait en faire profiter son monastère,
ajouta Wuzhao.

— Ma fille n'a que faire de ces Yeux de Bouddha ;
Umara a été élevée dans la religion chrétienne ! Ma fille
est une créature pure et honnête... bafouilla Addai
Aggai dont la voix tremblait de colère.

— Il m'est tout à fait possible de sommer le Supérieur de Luoyang de vous rendre votre fille, quelles que
puissent être ses réticences ! dit, à présent toute pensive,
l'impératrice.

Entre le bonheur d'Umara et les Yeux de Bouddha,
entre la jeune femme qu'elle eût rêvé d'être et les
reliques saintes que Pureté du Vide rêvait, de son côté,
de posséder, le choix de Wuzhao n'avait pas été long :
c'était pour la jeune femme qu'elle optait.

Et elle n'avait désormais qu'une hâte, c'était de la
remettre à son père.

— Si vous acceptiez d'accomplir une telle
démarche, Majesté, je confierais votre destin à mon
Dieu Unique pourvoyeur de toutes choses ! s'écria le
nestorien.

— Votre fille aime un homme. Il faudra lui permettre de se marier avec lui... Puis-je compter sur votre
parole ?

— S'agit-il d'un chrétien ? s'enquit machinalement
l'évêque.

— C'est un mahayaniste. Son nom est Cinq
Défenses.

— Cinq Défenses ! Le jeune moine qui s'occupait

256

des Jumeaux Célestes ! À dire vrai, je m'en doutais un peu… Il a disparu en même temps que ma fille.

— Elle est partie de Dunhuang par amour pour ce jeune homme. Entre eux, ce fut un coup de foudre mémorable… Ayant eu l'occasion de les voir ensemble, je peux vous assurer qu'ils s'aiment intensément. Ils font plaisir à voir. Mais promettez-moi que vous ne ferez à Umara aucun reproche ! s'écria la souveraine.

Elle s'était rapprochée de l'évêque, de sorte que ce dernier pouvait sentir les effluves d'eau de rose et de jasmin dont sa gouvernante l'aspergeait tous les matins.

— Que ma fille revienne et je lui pardonnerai tout. Ce que je veux, c'est son bonheur. Cela vous suffit-il ? lâcha l'évêque d'une voix lente, après un bref silence pendant lequel il avait réfléchi à la conduite qu'il convenait d'adopter.

S'il avait laissé parler son intellect, nul doute qu'il eût accablé Umara de reproches, aussitôt qu'elle se fût présentée devant lui. Une chrétienne, fille de surcroît d'un dirigeant de son Église, élevée dans la rigueur de la foi, n'avait pas le droit de s'égarer ainsi en tombant amoureuse d'un homme qui ne partageait pas ses croyances.

Mais à ce moment-là, face aux propos apaisants et sincères de l'impératrice de Chine, une femme pourtant réputée pour son pragmatisme et sa dureté, l'évêque avait décidé de n'écouter que la voix de son cœur : Umara était son petit oiseau tombé du nid et il avait hâte de la serrer dans ses bras protecteurs.

— Je suis heureuse que vous adoptiez cette position. Umara le mérite amplement, conclut-elle avant de faire signe au Muet, toujours tapi dans l'ombre, de s'approcher.

Pour la première fois depuis des mois, c'était un vrai sourire qui illuminait le visage d'Addai Aggai.

— Va me chercher un scribe ! ordonna-t-elle au géant turco-mongol.

Quelques instants plus tard, un homme au bonnet noir et au stylet de lettré faisait son entrée dans la pièce, tenant une planchette de bois sur laquelle avaient été fixées des feuilles de papier de riz.

— Tu vas prendre en dictée la phrase suivante : l'impératrice Wuzhao ordonne à maître Pureté du Vide de se présenter au palais impérial de Chang An dans les quinze jours ! lança Wuzhao au lettré fort mal à l'aise, à l'instar de tous ceux qui faisaient l'objet d'une convocation inopinée de la part d'un des souverains.

Aussitôt, l'homme sortit de sa poche son nécessaire à encre et se mit à écrire, à une vitesse hallucinante, le message destiné au Supérieur de Luoyang.

— Le Muet, tu donneras ça à l'estafette la plus rapide du service du courrier. Je souhaite que Pureté du Vide dispose de cette convocation avant quatre jours et qu'elle lui soit remise en mains propres. En attendant, l'évêque Addai Aggai logera au Pavillon des Loisirs.

— Votre Majesté, en sollicitant votre haute bienveillance, serait-il possible au Grand Parfait Cargaison de Quiétude de rester avec moi ? Son hôtel n'est pas parmi les plus confortables… demanda Addai Aggai qui pensait que cette compagnie lui serait précieuse.

— Je n'y vois pas d'inconvénient. Il aura ainsi tout le temps pour recruter cet ingénieur qu'il me réclame, afin de construire dans ses ateliers de Turfan un métier à tisser la moire.

Lorsqu'ils se retrouvèrent seuls dans l'élégant pavillon où avaient déjà séjourné Umara et Cinq Défenses en compagnie des Jumeaux Célestes, le nestorien et le manichéen ne purent qu'être stupéfaits par sa splendeur ; l'architecture octogonale du bâtiment

258

s'accordait parfaitement avec l'ordonnancement de ses jardins sur lesquels s'ouvraient les pièces où, jadis, le grand empereur Taizong s'adonnait à la calligraphie et à la peinture en compagnie de musiciennes capables d'enchanter ses oreilles et surtout de raviver ses sens ; quant au jardin, les essences les plus rares y poussaient dans des jarres autour desquelles, trois fois par jour, s'affairaient des jardiniers.

— L'impératrice est encore plus habile que ne le prétend la légende : elle aura réussi, contre toute attente, à mettre les deux oiseaux que nous sommes dans la même cage, et d'ailleurs, pour ce qui te concerne, au nez et à la barbe des autorités ! s'écria Cargaison de Quiétude, bluffé par la diabolique habileté de Wuzhao.

— Il faut espérer que les oiseaux ne souffriront pas trop de ne pouvoir s'envoler ! Qu'allons-nous faire, maintenant ? Je ne me vois pas passer mes journées à attendre ici des nouvelles, soupira l'évêque de Dunhuang.

— Je suis sûr qu'Umara sera là très vite. Les désirs de l'impératrice Wuzhao me font furieusement penser à des ordres, assura le Grand Parfait manichéen.

— Nous sommes dans la main de Dieu et de Mani ! murmura alors l'évêque chrétien, à la grande surprise de son collègue qui ne croyait pas à ce dieu unique, préexistant à tous les dieux, à tous les êtres, ainsi qu'à toutes les choses, qu'elles fussent visibles ou invisibles...

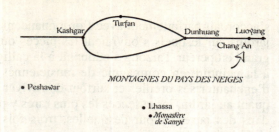

47

Porte Ouest de Chang An, capitale des Tang

Dix jours venaient de s'écouler depuis le Nouvel An, ce qui expliquait la présence des grosses lanternes de papier qui pendaient encore aux arbres de chaque côté de l'avenue menant à l'octroi.

— Vous êtes l'ambassadeur Firouz et elle, ce doit être la princesse chinoise de haut rang dont vous assurez le convoiement... constata le garde de service lorsqu'il vit arriver sept chameaux chargés de paquets et un huitième portant une nacelle recouverte d'une toile de tente.

— C'est exact. Je constate avec plaisir que nous sommes attendus, répondit obséquieusement l'envoyé du sultan de Palmyre.

— Au nom des autorités de ce pays, je suis chargé de vous amener au Palais des Hôtes de Passage. Veuillez me suivre, s'il vous plaît, dit alors un soldat plus galonné que le garde, sorti exprès de la guérite qui jouxtait le passage de la douane.

Ce n'était pas sans émotion que Lune de Jade, en

260

entrouvrant la tente qui l'avait abritée des rayons du soleil tout au long du voyage, reconnut la Grande Porte Occidentale de l'Octroi de Chang An, celle-là même qu'elle avait franchie dans l'autre sens dix-huit mois plus tôt, déguisée en soldat chinois, tandis que Pointe de Lumière l'était en prêtre taoïste.

Et à cet instant, elle ne put s'empêcher de verser subrepticement quelques larmes.

Cela faisait cinq mois et demi environ qu'elle avait quitté Palmyre en compagnie de l'ambassadeur itinérant Firouz et de son petit convoi de chameliers du désert. L'un des animaux portait les barils de poivre et d'encens destinés à faciliter l'entrée en Chine centrale du représentant personnel du sultan Rashid.

Cette précaution, qui avait asséché le stock du petit sultanat, s'était révélée des plus utiles. Quelques grains de cette marchandise précieuse suffisaient à leur ouvrir toutes grandes les portes des hôtels les plus confortables. La plupart du temps, Firouz et Lune de Jade y avaient droit à une chambre pour eux seuls, ce qui leur permettait de faire l'amour en toute tranquillité.

Le plaisir avec lequel l'ambassadeur plénipotentiaire Firouz prenait Lune de Jade et la sensualité débridée avec laquelle celle-ci lui répondait faisaient du mélange de leurs corps un exercice auquel le Bagdadi s'adonnait dès qu'il le pouvait.

La jeune Chinoise se laissait faire. Il n'eût servi à rien, si ce n'était à éveiller ses soupçons, de résister à l'Omeyyade, dont les manières raffinées ne déplaisaient pas, au demeurant, à celle qui avait pourtant confié son cœur à Pointe de Lumière.

Les arabesques qu'ils formaient, lorsqu'ils étaient dans les bras l'un de l'autre, conséquences du savant mélange de postures parfois acrobatiques mais sans cesse plus sensuelles, dont Firouz possédait le secret,

261

avaient pour conséquence de porter chaque fois plus loin l'intensité du plaisir dans lequel ils parvenaient à communier à l'unisson.

Alors, le « doux poignard » de Firouz transperçait ce que l'ambassadeur itinérant appelait joliment le « coussin d'amour en soie » de Lune de Jade, c'est-à-dire son ventre plat et immaculé, dont les soubresauts en disaient long. Puis il ne lui restait plus qu'à répandre en elle son sirop précieux qu'elle ne détestait pas boire jusqu'à la dernière goutte lorsqu'il la suppliait de lui rendre l'hommage de sa langue et de ses lèvres.

L'amour physique avait ainsi ponctué leur périple, lequel, du même coup, avait semblé court et facile à l'Omeyyade, et même, pour tout dire, aussi léger qu'une plume...

Aucun obstacle particulier n'était venu troubler ce long voyage. La petite ambassade du sultan Rashid avait franchi la Porte de Jade de la Grande Muraille sans l'ombre d'une question embarrassante. Les douaniers chinois, d'ordinaire à l'affût des voyageurs susceptibles de remplir leurs poches, n'avaient pas cillé lorsque Lune de Jade leur avait expliqué que l'ambassadeur plénipotentiaire Firouz était porteur d'un message personnel à l'intention de l'empereur Gaozong, « destiné à établir des relations diplomatiques entre l'empire du Milieu et le sultanat de Palmyre ». Ils avaient même salué avec obséquiosité cet envoyé spécial d'un « roi occidental » venu faire allégeance au souverain du Centre, avant d'expédier d'urgence à Chang An une estafette pour prévenir les services impériaux de l'arrivée de Firouz et d'une princesse chinoise de haut lignage, ce qui avait valu à ces derniers d'être attendus, lorsqu'ils s'étaient présentés à la Grande Porte de l'Octroi de l'Ouest.

À présent que leur périple s'achevait, Firouz, sans

pour autant oser se l'avouer, en venait à regretter d'être là au cœur du pouvoir chinois, dans la ville la plus belle et la plus riche du monde, à la veille de rendre aux autorités de ce pays cette femme dont il était tombé amoureux fou.

Quant à Lune de Jade, parce qu'elle se doutait que la supercherie de sa prétendue haute naissance avait de grandes chances d'être découverte, elle attendait la suite avec anxiété.

Le Palais des Hôtes de Passage, appelé aussi Pavillon de l'Amitié, était un édifice de marbre gris sur le fronton duquel avaient été sculptés les mots « Bienvenue à nos amis hôtes étrangers ».

— Que monsieur l'ambassadeur veuille bien me suivre… déclara obséquieusement le directeur du Pavillon de l'Amitié, tandis que Lune de Jade, au grand dam de Firouz, était conduite dans une aile adjacente réservée aux femmes.

La chambre dans laquelle on installa Firouz était immense et donnait sur un parc où poussaient des magnolias centenaires. À peine ses bagages déposés, un chambellan vint lui porter un formulaire de demande d'audience.

— Il faut décliner votre identité et, surtout, le motif de votre visite auprès du souverain du Centre, expliqua le fonctionnaire en tendant un stylet à Firouz.

— Je ne sais pas écrire le chinois ; je me contente de le parler. Cela vous ennuierait-il de prendre mes propos en dictée ?

— C'est bien mon rôle. La plupart des étrangers qui viennent ici savent parler le chinois mais sont incapables d'en dessiner les innombrables caractères…

— Je souhaiterais que vous écriviez ceci, de ma part, à l'intention de l'auguste souverain du Centre, qui règne sur le peuple le plus nombreux de la terre… *Le sultan*

Rashid de Palmyre présente à Son Excellence le Souverain du Pays de la Soie ses respectueuses salutations. Par la présente, il mandate Firouz l'Omeyyade, son ambassadeur extraordinaire et plénipotentiaire, dans le but d'établir des liens de confiance entre le petit sultanat de Palmyre et l'immense Pays de la Soie. Pour preuve de sa totale confiance et de son inébranlable bonne volonté, il remet aux autorités chinoises la Princesse Lune de Jade, en formant des vœux pour que la générosité de ce geste soit prise en compte à sa juste valeur !

— C'est tout ? fit le chambellan après avoir transcrit les propos de Firouz avec le plus grand soin.

— N'est-ce pas suffisant ? L'étiquette du Pays de la Soie commanderait-elle des formules plus respectueuses ? s'enquit le diplomate.

— Pas le moins du monde. Il ne me reste plus qu'à porter votre demande à la Chancellerie Impériale ; c'est elle, après consultation de l'empereur Gaozong, qui fixe la date et l'heure des audiences, expliqua le fonctionnaire avant de sortir de la pièce.

— Me serait-il possible de voir la princesse chinoise qui est arrivée ici tout à l'heure ? demanda alors l'Omeyyade au serviteur qui lui apportait des fruits et une légère collation élégamment présentés sur de fines assiettes céladon, presque transparentes, disposées sur un plateau de bois laqué.

— Je crains que ce ne soit pas possible, monsieur l'ambassadeur… répondit l'homme, d'un ton obséquieux.

— Conduisez-moi donc à sa chambre ! insista-t-il, soudain inquiet.

— Cette jeune femme ne se trouve plus au Palais de l'Amitié, finit par lâcher le serviteur, visage fermé.

— Mais c'est inouï ! J'ai voyagé des mois entiers

avec cette princesse qui doit être remise en mains propres à l'empereur du Pays de la Soie auquel je viens de demander audience ! s'exclama Firouz, avant de constater que le majordome était déjà parti, le laissant seul, en proie à un terrible désarroi.

Le diplomate occidental n'arrivait pas à y croire. Voilà que ses hôtes s'étaient arrangés pour lui subtiliser sa chère Lune de Jade !

Pendant que, consterné, Firouz s'affalait sur son lit, la jeune Chinoise, après avoir été poussée sans ménagement dans une chaise à porteurs, essayait vainement de savoir dans quelle direction la conduisaient, au petit trot, les quatre serviteurs portant le brassard jaune qui signalait leur appartenance à la maison impériale.

L'inquiétude de Lune de Jade, enfermée dans sa boîte ambulante, à l'intérieur de laquelle elle se sentait ballottée comme un cageot de pastèques, rendit le trajet singulièrement long.

Après le brouhaha de la rue, elle constata, non sans angoisse, qu'elle était entrée dans un bâtiment aux couloirs et aux escaliers interminables ; ses porteurs avaient l'air de faire de longs détours, comme s'ils eussent souhaité éviter de passer par des endroits où ils eussent attiré l'attention.

Lorsqu'elle fut éjectée de son moyen de transport oppressant, elle se retrouva, éblouie par la lumière des chandelles qui l'éclairaient, dans un somptueux boudoir octogonal aux murs tendus de soie rose et au plancher recouvert de superbes tapis de haute laine tissés en Perse qui empiétaient les uns sur les autres pour former une douce épaisseur multicolore.

Instinctivement, elle effleura la tenture, si douce qu'on eût dit la peau d'un petit enfant.

Sur une table basse en bois de catalpa avait été disposé un nécessaire à toilette en laque noire, dans lequel

265

elle aperçut une pince à épilation et un petit couteau effilé à manche de nacre qui devait servir à se curer les ongles et les oreilles ; à côté, quatre fioles de verre devaient contenir du parfum. L'empereur de Chine avait sûrement des exigences particulières, en matière de propreté et de pilosité des parties intimes, de la part de ses concubines.

Il régnait là, aussi, une délicate odeur d'encens et de jasmin qui s'accordait parfaitement à cette petite pièce.

Depuis une large véranda, on accédait à une cour gravillonnée close par un mur recouvert de lierre. Ces lieux étaient calmes, et à l'abri des regards indiscrets.

— Ici, il convient de se déchausser ! Sa Majesté aime observer les pieds et les chevilles des jolies femmes… lui ordonna un homme de haute taille, torse nu, musclé et huilé, au crâne soigneusement rasé, dont le faciès et la moustache tombante trahissaient les origines mongoles.

Elle s'exécuta docilement. Le sol du boudoir dégageait la même suavité que la soie dont ses murs étaient tapissés.

— D'ailleurs, Son Auguste Majesté ne va pas tarder à arriver ! ajouta l'individu au torse nu, qui portait — Lune de Jade le remarqua au passage — de lourds bracelets d'or lui serrant le haut des bras.

Un héraut, sanglé dans son grand uniforme de soie noire brodée de pivoines argentées, fit son entrée dans l'atmosphère ouatée de la « Chambre d'Amour de l'empereur de Chine », avant de prendre soin de se raidir dans un garde-à-vous impeccable, puis de lancer d'une voix de stentor :

— Sa Majesté Gaozong, empereur du Centre ! Respect à lui !

Lune de Jade était de ceux dont le caractère bien trempé leur permettait de s'adapter aux situations les plus extravagantes, de celles auxquelles on s'attendait le moins mais qui finissaient par vous stimuler, tant le défi consistant à y faire face sans flancher était immense.

Aux aguets, la jeune Chinoise rivait les yeux sur la lourde tenture de soie qui obstruait la porte du boudoir lorsque celle-ci s'écarta pour laisser passer le souverain du Centre.

Au-delà de sa robe blanche de coton des plus simples, puisqu'elle n'arrivait pas à y déceler le moindre ruban de soie, c'était surtout le ventre de l'empereur Gaozong qui ne manqua pas de surprendre Lune de Jade.

De par sa maladie, l'embonpoint du souverain était devenu tel qu'il ne pouvait plus apercevoir ses pieds.

Elle constata aussi qu'il fallait l'aider à s'asseoir, ce à quoi procéda l'homme au torse nu, quand Gaozong lui désigna l'un des larges divans de la Chambre d'Amour.

Une fois coincé dans des polochons et des oreillers de soie qui permettaient à sa carcasse déjà semi-obèse, aux muscles avachis et au squelette fragile, de se tenir assis à peu près droit, Gaozong se mit à détailler lentement, en commençant par ses pieds nus et ses chevilles, la jeune femme que l'homme au torse huilé venait de pousser fermement devant lui.

Ils n'étaient plus que trois dans le boudoir où l'empereur testait ses jeunes amantes et ses futures concubines. Instinctivement, Lune de Jade avala sa salive et cambra ses reins, s'efforçant de faire contre mauvaise fortune bon cœur, en prenant sa pose la plus avantageuse.

— Joli morceau ! se contenta de murmurer Gaozong, l'air entendu, en procédant cette fois à l'examen du haut vers le bas du corps de l'intéressée.

La face de l'empereur de Chine, dont les petits yeux

étaient noyés dans un magma adipeux, le faisait ressembler à un porc. Lune de Jade essaya de penser à autre chose, en fixant le plafond de bois doré à caissons, à l'intérieur desquels un ébéniste avait sculpté des couples de ces oiseaux Biyiniao, dont l'aile unique ne leur permettait de voler qu'appariés, faisant de ces volatiles le symbole même de l'amour.

— Dois-je procéder à son déshabillage, monseigneur ? demanda alors l'homme aux bracelets d'or, qui parlait de Lune de Jade comme s'il se fût agi d'un simple objet empaqueté.

— Sans nul doute, Gomul. Ce que je vois m'incite à en découvrir davantage... répondit le souverain dont les yeux égrillards brillaient déjà.

La malheureuse Lune de Jade ne put que se laisser faire lorsque, avec des gestes délicats, celui que l'empereur appelait Gomul commença à l'effeuiller jusqu'à la nudité complète, sous le regard fixe de son maître, qui paraissait bien décidé à ne pas perdre une seule miette des charmes que la jeune Chinoise était en train de lui dévoiler.

Enfin elle lui apparut dans toute la splendeur de ses formes sensuelles. Avalant sa salive, Gaozong put contempler ses seins pointus comme des mangues et ses cuisses fuselées, qui s'achevaient par une porte intime soigneusement épilée.

Le souverain de la Chine, tel un gourmet devant un plat délectable, ne put s'empêcher de passer sa langue sur ses lèvres.

Lune de Jade constata rapidement que Gomul servait d'assistant à un Gaozong incapable, en raison de la goutte qui rendait insupportable la moindre torsion de ses articulations, d'accomplir tout seul les gestes de l'amour .

Après l'avoir dénudée, l'homme aux bracelets d'or

s'approcha d'elle par-derrière, la prit dans ses bras et la souleva en lui écartant les jambes, de telle sorte que le ventre de Lune de Jade se trouvât à portée de la bouche de l'empereur du Centre qui commença à lécher avec délectation l'adorable nombril.

Fort habilement, et à la grande surprise de la jeune Chinoise, l'assistant de Gaozong entreprit de mordiller son cou, ce qui ne manqua pas de provoquer en elle de délicieux frissons qu'elle avait le plus grand mal à cacher. Puis, ayant probablement deviné la répugnance que l'empereur inspirait à Lune de Jade, Gomul se mit à frotter doucement son torse huilé contre la peau satinée de son dos.

Entre le délicieux va-et-vient de Gomul et la langue poisseuse mais de plus en plus entreprenante de Gaozong, Lune de Jade, prise au piège, décidée à tout tenter pour ne pas déplaire à l'empereur du Centre, soucieuse de ne rien faire qui éveillât les soupçons sur son usurpation d'identité, décida que le plus prudent était encore de mimer le plaisir et de feindre de s'abandonner complètement.

Gomul, tout en continuant à la bécoter, lui écarta un peu plus les cuisses et l'approcha davantage du souverain afin de permettre à celui-ci — qui s'était mis à souffler comme un yak en rut — d'explorer le mieux possible les recoins de l'intimité extrême de la jeune femme.

— Monseigneur est-il à son aise, ou bien dois-je la changer de position ? demanda alors l'homme aux bracelets d'or, visiblement habitué à satisfaire les caprices sexuels de Gaozong.

— Présente-la-moi de dos ; elle a une descente de reins qui doit valoir son pesant de jade, souffla l'empereur du Centre, l'air gourmand.

Docilement, l'assistant des plaisirs de Gaozong

retourna Lune de Jade et la saisit par la taille, avant de rapprocher ses fesses fermes et rondes des mains impériales. Pour ce faire, il avait dû plaquer la jeune femme contre lui, si bien qu'elle avait les seins collés à ses pectoraux. Elle pouvait sentir l'odeur légèrement musquée de Gomul et cette situation des plus bizarres n'était pas sans lui procurer une sensation plutôt agréable ; pour un peu, elle eût éprouvé de l'attirance pour cet homme au corps athlétique et sculpté, semblable à celui des pratiquants des arts martiaux externes [1], capables de passer des heures entières à soulever des haltères de fonte ou à casser des planchettes du tranchant de la main ou du bras.

— Elle a un ravissant postérieur ! constata Gaozong, dont les doigts boudinés se promenaient à présent avec fébrilité autour des orifices de Lune de Jade.

La jeune Chinoise, écœurée par l'attitude de celui qui la goûtait comme un vulgaire plat, faillit soudain souffleter ce gros homme poussif lorsqu'il extirpa de son pantalon un bâton de jade ridiculement petit, plus proche du concombre de mer que de la lance de Firouz…

— Faites-lui l'hommage de votre bouche et vous aurez la paix, chuchota Gomul, de sa voix la plus douce, dans le creux de son oreille.

C'est en fermant les yeux, et en pensant très fort au torse nu et musclé de Gomul, toujours serré contre elle, qu'elle se pencha vers ce sexe flasque, pour l'effleurer tant bien que mal, provoquant un râle de plaisir de la part de son propriétaire.

Jamais un homme ne lui avait inspiré un tel dégoût.

Malgré sa triste condition de jeune ouvrière de la fila-

---

1. Les arts martiaux externes concernent l'attaque ; les arts martiaux internes concernent la défense.

ture impériale du Temple du Fil Infini de Chang An, elle avait toujours choisi ses amants ; elle connaissait la saveur particulière du plaisir sexuel ; et sa rencontre avec Pointe de Lumière lui avait montré comment l'amour et le sexe en arrivaient à se renforcer mutuellement.

Mais face à l'empereur du Centre, que pouvait-elle faire d'autre que d'accéder aux désirs d'un souverain aussi puissant, à l'instar d'une banale prostituée ?

Elle n'avait pas le choix : c'était pour elle, à n'en pas douter, une question de vie ou de mort. Et elle avait tellement envie de vivre, pour retrouver, un jour, son Pointe de Lumière !

S'étant mise à genoux devant l'empereur du Centre, elle sentit soudain le contact doux et chaud de la tige de jade du Mongol qui la prenait par l'arrière, tout en lui caressant la nuque. Morte de honte, elle constata qu'il s'y prenait tellement bien qu'elle sentait l'humidité du désir monter en elle, puis affleurer au bord de sa Porte Intime ; elle se disait que ce Gomul, qui devait bien connaître les femmes pour être si expert et si entreprenant, allait sûrement la considérer, après une telle démonstration, comme la plus vicieuse des courtisanes.

Curieusement, la manœuvre du Mongol avait pour conséquence de donner non seulement du plaisir mais également du courage à Lune de Jade puisqu'à présent elle laissait les doigts de Gaozong la tripoter sans la moindre résistance, tandis qu'elle lui massait le concombre de mer qui, à force, finit par lâcher dans sa main un petit jet blanchâtre.

— Je veux revoir cette princesse demain à la même heure ! lâcha l'empereur, après avoir pris avec délectation l'unique ration de plaisir qu'il pouvait s'autoriser, vu son état général.

— Vous lui avez plu. À moi aussi, je dois vous

l'avouer ! chuchota à Lune de Jade l'homme aux bracelets d'or qui lui souriait en rajustant ses braies.

— Pourquoi m'avez-vous prise par-derrière ? lui murmura-t-elle, rouge comme une pivoine.

— Vous paraissiez plutôt satisfaite, non ? s'écria-t-il en la conduisant vers la porte de la Chambre d'Amour de Gaozong, où ce dernier s'était déjà assoupi, épuisé par ses prouesses.

— Vous devez me prendre pour une dévergondée !

— Je dirais que vous êtes un bel instrument de musique dont j'ai la prétention de savoir jouer à peu près comme il se doit ! répondit-il en plaquant une main sur sa poitrine encore nue.

— La comparaison est plutôt flatteuse… Il faut que je m'habille. Mes vêtements sont restés dans le boudoir de l'empereur.

— Avant cela, j'aimerais vous essayer pour moi tout seul… murmura-t-il en l'attirant vers une porte qu'il ouvrit d'un léger coup de reins.

Derrière celle-ci, il y avait une chambre avec un grand lit.

— Vous êtes bien entreprenant, Gomul ! dit-elle, terriblement perturbée par l'épisode inattendu qu'elle venait de vivre et ne sachant plus trop où elle en était.

— J'ai rarement vu un corps aussi parfait que le vôtre, Princesse Lune de Jade, et si réceptif aux caresses. La plupart des femmes s'y refusent. Parole de Gomul, vous êtes une vraie machine d'amour ! murmura-t-il d'une voix enjouée tout en la basculant sur le lit avant de lui écarter les jambes et de monter sur son ventre à califourchon.

Elle ne tarda pas à frissonner, quand il commença à lui masser doucement les cuisses puis les seins, en insistant sur leurs tétons déjà durcis par le désir qui montait en elle. En s'appuyant sur ses coudes, elle entreprit de nouer ses jambes autour du cou de Gomul, si bien que ce dernier avait à portée de ses lèvres celles de sa fente intime.

— Mets ta langue en moi ! Vite ! J'en ai très envie ! supplia-t-elle, ivre par avance du plaisir qu'il lui donnerait s'il procédait comme elle le lui demandait.

Il n'était pas question pour lui, évidemment, de se faire prier. Il écarta soigneusement les deux pétales de rose de Lune de Jade et mit la pointe de sa langue sur son minuscule bouton de pivoine. Aussitôt, elle se mit à gémir, tandis que son ventre ondulait comme une vague.

— Oh oui ! C'est bon ! Comme c'est bon ! Qui t'a appris tout cela ? Comment sais-tu lire aussi bien le livre du corps de la femme ? parvint-elle à articuler, honteuse, malgré le souffle du plaisir qui lui prenait la gorge et l'empêchait de détacher les syllabes.

— À force d'aider l'empereur de Chine à prendre son plaisir, j'ai vu passer nombre de courtisanes dont le métier consiste à satisfaire tous les caprices de leurs amants. Elles ont été, en quelque sorte, mes professeurs…

Elle pensa soudain à Pointe de Lumière et, après avoir regardé machinalement le plancher, éprouva la furieuse envie de disparaître sous terre.

Où était-il, le père de l'enfant qu'elle avait perdu, le seul véritable amour de sa vie, l'homme envers lequel elle avait éprouvé autre chose que du simple désir ou de l'attirance ?

Elle constatait, non sans surprise, que ce qu'elle avait vécu avec Firouz, puis avec Gomul, loin d'estomper le souvenir du jeune Koutchéen adepte de Mani, renforçait les liens qu'elle avait pu tisser avec lui.

S'il était un homme avec lequel elle eût aimé faire des enfants et vivre heureuse, en paix, dont elle voulait partager les joies mais également les peines, c'était Pointe de Lumière et personne d'autre.

L'esprit de Lune de Jade était si occupé à rêver à un tel partage avec son amoureux, que la jeune femme ne prêtait plus attention aux caresses de plus en plus sophistiquées et précises que lui administrait Gomul.

— Je suis sûr que l'empereur ne pourra plus se passer de toi ! lâcha ce dernier en rajustant sa ceinture, une fois achevée leur étreinte fougueuse.

— Je ne me sens pas une vocation de courtisane, soupira-t-elle.

Sans un mot de plus, l'assistant de l'empereur du Centre conduisit la prétendue princesse chinoise dans les appartements que Gaozong avait fait préparer à son intention.

C'était là, et nulle part ailleurs, que l'empereur du Centre logeait ses passades, à l'intérieur d'un pavillon presque contigu à la Chambre d'Amour impériale, si bien que le souverain pouvait disposer à sa guise de sa trouvaille du moment, tout en perdant le moins de temps possible, car Gomul devait faire très vite, dès que le « concombre de mer » de Gaozong manifestait l'ombre d'une disposition, pour présenter à celui-ci l'objet de son désir.

— Quel luxe ! murmura-t-elle quand il l'installa dans une magnifique chambre aux allures de serre, tant paraissaient véridiques les fleurs de pivoines et d'orchidées ainsi que les papillons qui ornaient ses murs, de bas en haut.

Dans une partie de la pièce avait été creusé un bassin circulaire en marbre, qui permettait à ses occupants de procéder à des ablutions d'autant plus délectables qu'une fontaine d'eau chaude, en forme de gueule de Dragon Glouton « Taotie », y coulait à flots.

— Gaozong aime les peaux douces et parfumées…

274

dit Gomul en s'inclinant devant elle, avant de prendre congé et de se retirer.

Demeurée seule, Lune de Jade, quelque peu étourdie par le tourbillon des événements, et de surcroît écrasée par ce décor qui lui faisait penser à un somptueux écrin, n'eut même pas le temps d'en explorer les recoins. Une femme entra, qui se présenta comme une esthéticienne impériale.

— Je suis la préposée à la toilette et aux onguents. Quel genre d'huile essentielle souhaitez-vous que je verse dans la baignoire ? nous avons le choix entre la rose, le jasmin, le musc, le géranium et la citronnelle. Les princesses, en général, sont folles de jasmin. Les prostituées de luxe préfèrent le musc...

— Loin de moi de changer les habitudes de vos clientes... souffla-t-elle.

— Ce sera donc la citronnelle. Vous verrez, cette ablution est délicieuse, surtout quand on la pratique pour la première fois... conclut l'esthéticienne, en mêlant au jet d'eau chaude qui s'écoulait de la bouche du Dragon Glouton « Taotie » le contenu d'une petite fiole de verre qu'elle était allée chercher dans une élégante armoire de bois de rose.

Le commentaire de l'esthéticienne n'était pas exagéré.

Plongée dans ce bain bouillonnant aux effluves d'huile de citronnelle, Lune de Jade faillit s'endormir tellement elle sentait tous ses muscles, un à un, se détendre, après les contorsions auxquelles Gaozong, puis Gomul, l'avaient assujettie.

Au bout d'une heure de délassement, la jeune femme fut prise en main par une escouade de masseuses qui lui appliquèrent toutes sortes d'onguents en s'extasiant sur ses formes et en augurant à l'impétrante un long passage dans ces appartements. C'est ainsi qu'on lui apprit

275

qu'elle était la cent deuxième à être hébergée là depuis que Gaozong avait reçu le mandat du Ciel.

— Quelle est la durée moyenne du séjour d'une favorite ? s'enquit Lune de Jade.

— Cela va de quelques heures à plusieurs mois… Sa Majesté s'entiche de filles de plus en plus jeunes. La dernière ne devait pas avoir plus de quatorze ans… répondit la masseuse.

— J'en ai accompli vingt-cinq… murmura mollement Lune de Jade.

— C'est bien la preuve que vous l'avez fait mordre à votre hameçon… pouffa l'une des esthéticiennes.

— D'ailleurs, Sa Majesté n'installe jamais ici sa favorite dès la première fois… Vous avez été efficace dans l'action… Bravo d'avoir réussi l'examen de passage dès le premier coup ! ajouta une autre en gloussant.

— C'est l'impératrice Wuzhao, lorsqu'elle l'apprendra, qui risque d'être furieuse… renchérit une troisième.

— Généralement, après le bain et le massage, nous procédons à l'épilation des parties intimes. Gaozong aime les surfaces parfaitement lisses, dit une dernière, avant de s'extasier en constatant que la nouvelle favorite de l'empereur avait, à cet égard, devancé ses désirs.

Pendant que la jeune Chinoise s'abandonnait aux mains, aux pinces à épiler, aux huiles parfumées et aux pommades des esthéticiennes impériales, Firouz continuait à se morfondre dans sa chambre du Pavillon de l'Amitié.

Son inquiétude ne faiblit que trois jours plus tard, lorsqu'un chambellan vint lui annoncer que l'empereur de Chine était prêt à le recevoir dans dix jours, au moment de l'Audience hebdomadaire qu'il tenait en présence de ses principaux ministres dans le palais impérial.

Après avoir constaté qu'il lui était impossible d'aller et venir à sa guise, il s'efforça de tromper la monotonie de ses journées en s'adonnant au tir à l'arc dans le parc du Pavillon de l'Amitié avec les soldats chargés de le surveiller.

Enfin, on vint le chercher pour l'amener devant l'empereur. N'ayant aucune nouvelle de Lune de Jade, il était pour le moins anxieux lorsqu'il pénétra, revêtu de son costume de cérémonie et coiffé d'un turban noir surmonté d'une aigrette blanche, dans l'immense Salle des Audiences impériales, en même temps qu'un héraut hurlait la formule rituelle par laquelle étaient accueillis à la cour des Tang les représentants des puissances étrangères venus proposer leur allégeance au plus grand État du monde :

— Sa Majesté le Souverain du Centre appelle Son Excellence l'ambassadeur Firouz l'Omeyyade, de son état envoyé spécial du roi de Palmyre, à venir lui rendre l'hommage de son mandant !

La Salle des Audiences, quand on y entrait pour la première fois, était impressionnante tant par sa longueur — qui paraissait infinie — que par la semi-obscurité qui y régnait. Firouz pouvait à peine distinguer, tout au fond de la pièce dont les colonnes disparaissaient dans la pénombre du plafond, sur une estrade, le souverain du Centre, tel un astre nocturne brillant au milieu de la nuit, entièrement habillé de jaune.

À la cour de Chang An, la réception par l'empereur d'un représentant officiel d'une monarchie étrangère relevait d'un cérémonial précis.

Le gouvernement de la Chine était là au grand complet, ainsi que la brochette des ennemis de Wuzhao, à commencer par Linshi, le secrétaire général du Gouvernement, et Hanyuan le Grand Chancelier, mais également les ministres du premier grade, qui avaient le droit d'assister aux audiences, tandis que leurs collègues de rang inférieur n'y étaient pas autorisés. Ils avaient tous revêtu leurs splendides costumes de cérémonie ornés de la Grue Blanche, pour les plus âgés, et du Faisan Doré, pour les plus jeunes, et étaient coiffés de leurs bonnets de satin noir au bord retourné, surmontés de l'amusante aigrette de franges rouges, signe distinctif du chapeau mandarinal.

Seul le préfet Li, compte tenu de son rang et de sa dépendance hiérarchique directe de l'empereur, avait le droit de porter le « bijou de chapeau », une petite boule de corail vissée au sommet de sa calotte, sur un minuscule socle de métal doré.

Le Grand Censeur, assis un peu à l'écart, affichait une mine plutôt déconfite.

— Que l'ambassadeur Firouz soit le bienvenu à la cour de Chine, où il aura l'insigne honneur de rendre hommage au Souverain qui règne sur le Centre du monde. À ce titre, l'ambassadeur Firouz est invité à s'approcher ! proclama le chef du Protocole.

Docilement, l'Omeyyade s'exécuta et entreprit de remonter, seul, la longue allée qui menait au trône de Gaozong, de part et d'autre de laquelle se tenaient debout, en rangs serrés, tout ce que la cour comptait de personnages importants : militaires, fonctionnaires civils, ministres et lettrés.

— Il conviendrait que vous donniez à l'assemblée ici présente les motifs de votre démarche, chuchota à l'oreille de Firouz un homme qui se présenta comme le ministre des Affaires étrangères.

— Le sultanat de Palmyre souhaiterait établir des relations diplomatiques avec le Pays de la Soie dont il salue très bas l'Auguste Souverain. Pour témoigner de son absence de toute arrière-pensée et de sa volonté d'établir un partenariat amical avec les autorités de votre pays, le sultan Rashid a souhaité rendre à l'empire du Centre l'une de ses princesses, Lune de Jade, retenue en otage dans une oasis de la Route de la Soie, expliqua posément Firouz.

Gaozong hocha la tête et fit signe à son secrétaire particulier, qui se tenait juste derrière son trône, de se pencher vers lui et chuchota quelques mots à son oreille.

— Cette princesse chinoise intéresse vivement le Souverain du Centre. Il adresse ses plus vifs remerciements au sultan Rashid, annonça sobrement le secrétaire particulier de l'empereur de Chine.

— Je les lui transmettrai, répondit Firouz, la mort dans l'âme, qui ne pouvait s'empêcher de penser que les bonnes dispositions de Gaozong aboutissaient à le priver de sa belle amante.

— Majesté, seriez-vous d'accord pour signer une lettre de gratitude à l'intention du sultan Rashid ? s'enquit alors le ministre des Affaires étrangères, un haut fonctionnaire dont l'obsession était de se faire mousser.

— Pourquoi pas ? lâcha Gaozong, visiblement l'esprit ailleurs.

— Dans un second temps, il nous serait possible d'envoyer là-bas un de nos émissaires… insista lourdement le chef de la diplomatie chinoise avant d'être interrompu par un murmure de surprise.

À la stupéfaction de ses ennemis, Wuzhao, qui n'assistait jamais à ces audiences impériales, estimant qu'elle avait mieux à faire, venait de surgir de derrière l'une des lourdes tentures rouges devant lesquelles était placé le trône impérial.

Elle fit trois pas sur l'estrade en direction de son époux, qui se tassa un peu dans son fauteuil sculpté, avant de prendre la pose d'une actrice se préparant à prononcer une tirade, sous le regard médusé d'une assistance où elle ne comptait pas un seul soutien.

279

— Quel bon vent vous amène ici, ma douce ? demanda Gaozong, plutôt étonné.

— Majesté, je suis venu protéger les intérêts de l'empire du Centre, déclara Wuzhao, sûre de son effet.

À ces mots, un imperceptible brouhaha parcourut l'assemblée où chacun retenait son souffle.

— J'ai entendu ce qui vient de se dire à l'instant au sujet des relations entre l'empire du Centre et le sultanat de Palmyre. J'ai le regret de vous faire savoir que la princesse Lune de Jade n'est qu'une vulgaire roturière !

— Ma mie, vous semblez bien énervée, bredouilla Gaozong.

— Mon indignation est à la hauteur de la tromperie à laquelle a essayé de s'adonner cet ambassadeur ! lâcha-t-elle à l'adresse de Firouz, soudain pâle comme la mort.

— Votre Altesse se trompe ; cette jeune femme est une Chinoise de haut lignage ! Loin de moi l'idée d'avoir essayé de tromper le Pays de la Soie ! protesta ce dernier avec véhémence.

— J'ai fait rechercher le nom de cette jeune femme sur tous les registres de la noblesse d'Empire et je n'ai trouvé aucune Lune de Jade parmi les héritières de ce que vous appelez ici les « Trois Cents Familles » ! s'écria-t-elle, méprisante.

Elle haïssait cette expression de « Trois Cents Familles » dont abusaient les nobles pour signifier à la face des autres la supposée supériorité de leur caste.

— Je ne comprends pas ce que signifie tout cela ! Vous êtes en train de troubler l'ordonnancement de cette audience... rétorqua Gaozong, quelque peu agacé, sous le regard ravi des ennemis de l'impératrice qui constataient que, pour une fois, Gaozong ne prenait pas les propos de l'usurpatrice pour argent comptant.

Peu importait à l'empereur de Chine que Lune de Jade fût une roturière. Cela faisait plus de deux semaines qu'il passait avec elle des moments délectables, lesquels se traduisaient de surcroît par une vigueur inusitée de son bâton de jade qui paraissait, tel l'oiseau phénix, renaître de ses cendres.

— J'ai demandé à l'Archiviste en chef de nous rejoindre. Cet homme a effectué les recherches nécessaires, ajouta-t-elle, l'air triomphant, en faisant signe à un individu aussi grand que maigre de s'avancer.

— Il n'y a effectivement aucune trace de la naissance d'une fillette appelée Lune de Jade sur les registres des naissances concernant les trois cent deux familles les plus nobles de l'empire du Centre ! conclut l'Archiviste en chef en lisant le rapport écrit que l'impératrice lui avait intimé l'ordre de rédiger.

Wuzhao avait parfaitement planifié les étapes de son offensive, destinée à mettre dans l'embarras ses ennemis en les prenant au piège de la loi qu'ils étaient censés défendre.

— Quelle est la punition du crime de forfaiture, monsieur le Grand Chancelier ? demanda-t-elle donc à Hanyuan.

— La mort, votre Majesté ! Rien de plus, rien de moins que la peine capitale ! décréta celui-ci, sans la regarder dans les yeux.

— Quelle est la définition du crime de forfaiture, monsieur le Secrétaire général ? lança-t-elle cette fois à Linshi, qui transpirait à grosses gouttes.

— Un crime de forfaiture est le résultat d'une tromperie d'État. C'est donc un crime contre la loi de l'empire du Centre, répondit ce dernier.

— L'empereur du Centre est-il le garant de la loi ? clama-t-elle à l'adresse de l'ensemble du gouvernement

dont les membres regardaient à présent leurs chaussures.

Un silence de mort régnait dans la Salle des
Audiences impériales où Gaozong, renfrogné tel un
enfant pris en défaut, s'était tassé dans son fauteuil.

Ce fut l'impératrice Wuzhao qui décida de le rompre,
sûre de son effet, après une démonstration aussi implacable.

— Quand un ambassadeur étranger fait croire à
l'empereur du Centre qu'il lui offre une princesse, alors
qu'il ne s'agit que d'une roturière, n'est-ce pas là une
véritable forfaiture ? énonça-t-elle lentement, avec un
calme qui en disait long sur l'attaque en règle qu'elle
était en train de mener en prenant pour prétexte le cas
Lune de Jade.

— Je jure à Votre Seigneurie que le sultan de Palmyre ignorait tout de cette situation… Kaled Khan le
Tujüe a vendu cette jeune femme à mon mandant pour
le prix d'une princesse et pas pour celui d'une roturière !
Le sultan Rashid n'est pour rien dans ce terrible malentendu… gémit Firouz, se frappant la poitrine en signe
de désespoir.

Wuzhao ne s'était pas aperçue qu'à l'annonce du
nom de Kaled Khan certains avaient baissé la tête
comme un seul homme.

— Il n'empêche qu'on s'apprêtait à tromper la
bonne foi du souverain du Centre et que si je n'avais
pas été là, nul n'aurait découvert la supercherie !
lança-t-elle avec fougue aux ministres dont la mine
déconfite témoignait à la fois de la rage et du désarroi.

Le préfet Li n'était pas le moins contrarié, qui voyait
s'écrouler un à un tous ses plans.

— Gardes, qu'on s'empare de cet ambassadeur !
lâcha d'une voix morne Gaozong dont la seule préoc-

cupation était de garder la jouissance — au sens propre et au sens figuré — de Lune de Jade.

Aussitôt, un cliquetis d'épées et de lances se fit entendre, tandis que de lourdes chaînes de bronze s'enroulaient autour des chevilles de l'ambassadeur omeyyade.

L'assistance, peuplée de courtisans, se crut obligée de pousser des soupirs d'admiration, assortis de murmures élogieux, devant un tel sens de l'à-propos de la part de l'Auguste Empereur de Chine.

Mais chacun, surtout, au sein de l'immense salle aux colonnes taillées dans des troncs de cèdre tricentenaires, se demandait comment Wuzhao avait pu découvrir ladite manigance ! Cette femme surgissait toujours là où on ne l'attendait pas et continuait à disposer de relais d'information redoutables !

Les questions, à cet égard, étaient innombrables, sous les crânes de ses ennemis atterrés et amers.

Comment l'Usurpatrice s'y était-elle prise pour mettre au jour un fait aussi grave que l'usurpation d'un titre de noblesse ? Pourquoi l'empereur de Chine accédait-il toujours aux volontés d'une épouse dont chacun connaissait pourtant les frasques avec ce mage indien, Nuage Blanc ? Comment Gaozong pouvait-il ignorer que l'Usurpatrice le trompait de façon éhontée ?

— Majesté, le Grand Censorat souhaiterait interroger l'ambassadeur omeyyade, pour tirer au clair cette affaire d'usurpation d'identité. Il conviendrait aussi que je puisse recueillir le témoignage de l'intéressée, énonça le préfet Li, s'efforçant de faire bonne figure devant les autres.

— Elle n'est pas disponible ! Du moins pas pour le moment ! coupa sèchement Gaozong, lequel pour rien au monde ne se fût passé des charmes de la jeune Chinoise.

— Et pour cause, l'empereur l'a placée au secret dans sa Chambre d'Amour! chuchota une voix, suffisamment forte pour que Firouz, plutôt marri, puisse l'entendre.

En tout état de cause, il n'était pas besoin d'être un grand clerc pour en conclure ce qu'il était advenu de Lune de Jade... Wuzhao, en revanche, fit celle qui n'avait pas compris. Il y avait belle lurette que les amours passagères de son époux ne la troublaient plus. Elle n'était pas en reste.

Campée dans une robe de soie rouge sang ourlée de pompons vert jade, elle défiait du regard le premier rang de l'assistance, où l'ordre de préséance du gouvernement correspondait peu ou prou au degré de haine que les intéressés lui vouaient.

Dans le carré des diplomates, persuadés de détenir une science, alors que les rapports de force les plus brutaux étaient ce qui caractérisait encore et pour très longtemps les relations internationales, il régnait un étrange brouhaha, fait d'un mélange de consternation et d'irritation. Les services du ministère des Affaires étrangères comptaient sur cette remise de la princesse chinoise par Firouz pour établir des relations diplomatiques avec le sultanat de Palmyre. Des semaines de rédaction de lettres de créances, de pétitions de principes et de réunions interminables, destinées à mettre en place les outils d'une diplomatie adéquate, étaient réduites à néant, au grand dam de ceux qui les avaient élaborés.

Toujours égal à lui-même, Vertu du Dehors était bien le seul, parmi les membres du gouvernement, à afficher une mine satisfaite. Le ministre de la Soie qui avait sauvé in extremis sa tête, suite à la providentielle interruption du trafic de soie, éprouvait comme à son habitude quelque difficulté à comprendre le contexte de la situation critique dans laquelle se trouvait l'équipe gouvernementale, après la fracassante révélation de Wuz-hao.

— Tout cela n'est pas si grave ! Si Notre Majesté a l'air de s'en satisfaire ! osa-t-il s'exclamer, s'attirant les regards noirs de ses collègues.

Un silence gêné s'était à nouveau installé dans la Salle des Audiences, où l'empereur ne cachait plus son impatience, personne ne sachant trop comment mettre un terme à une séance aussi pénible.

— Si Lune de Jade n'est pas une princesse, elle doit être la première à le savoir… lâcha l'impératrice dont le propos eut le don d'accabler Firouz, lequel se rendait compte que sa jeune amante l'avait abusé.

— Nous reparlerons de tout cela en d'autres lieux ! Quant à Firouz, il sera transféré au Fort du Chien ! conclut alors le souverain d'une voix ferme, avant de lever la séance, tandis qu'un lourd carcan de bois s'abattait sur le cou et les poignets du malheureux envoyé du sultan Rashid de Palmyre.

Puis, après avoir renvoyé sèchement ses ministres, dont la mine contrite faisait peine à voir, Gaozong, sans omettre de baiser devant tous la main de son épouse, se fit prestement conduire par Gomul dans la Chambre d'Amour.

Cela faisait près de deux heures qu'il ressentait les fourmillements annonciateurs d'un état pour le moins acceptable de son membre.

— Il paraît que tu es une roturière… annonça-t-il à Lune de Jade, tandis que Gomul ôtait à l'intéressée la fine tunique de soie transparente dont ses formes splendides étaient couvertes.

— Celui qui me vendit au sultan de Palmyre me qualifia de princesse. Comment pouvais-je faire autrement que d'accepter ce titre ? Dire la vérité m'eût conduite tout droit à la mort. Je n'avais pas vraiment le choix,

285

expliqua-t-elle au souverain qui ne l'entendait plus, tout occupé qu'il était à mordiller la pointe de ses seins.

Gomul, usant de gestes infiniment délicats et précis, avait entrepris de caresser sa chute de reins.

Elle cambra son dos comme une panse de vase rituel, que de délicieux frissons contribuaient à raidir, et écarta légèrement ses jambes afin de permettre à Gomul d'introduire ses doigts dans sa fente intime lisse comme une corolle de fleur, où la délicate humidité d'une rosée printanière ne tarderait pas à faire son apparition.

À présent qu'on connaissait sa véritable identité, elle ne se faisait plus d'illusions sur le sort qui l'attendait, pas plus, d'ailleurs, que sur celui réservé par les autorités chinoises à Firouz l'Omeyyade.

Mais ce qui l'attristait le plus était de se dire qu'elle ne reverrait jamais plus son cher Pointe de Lumière, car la mort l'aurait évidemment cueillie d'ici là.

L'abattement qui était en train de gagner Lune de Jade atténuait l'effet des mains expertes de Gomul, de sorte qu'elle se vit obligée de mimer le plaisir, Gaozong, aux anges, affalé sur le divan de la Chambre d'Amour, demeurant persuadé que ses râles étaient dus au traitement qu'il lui faisait subir.

L'empereur de Chine avait tout simplement l'impression de renaître, après des années de galère au cours desquelles sa vigueur sexuelle avait été si ténue qu'il lui avait fallu user de multiples subterfuges, à commencer par l'irremplaçable concours de Gomul, pour donner le change aux courtisanes qu'il faisait placer dans son lit.

— Tu es là pour longtemps, Lune de Jade, il ne faut pas t'inquiéter ! Peu m'importe que tu ne sois qu'une roturière, murmura-t-il à la jeune femme, après avoir miraculeusement réussi à se vider dans sa bouche de sa précieuse sève.

— Après ce qu'a dit l'empereur, malgré le scandale provoqué ici par votre fausse identité, je peux vous assurer que vous n'avez rien à craindre... murmura Gomul dans le creux de l'oreille de Lune de Jade en désignant Gaozong qui se pâmait, les yeux mi-clos.

Il est vrai que la séance avait été encore plus fructueuse que la précédente. Pour récompenser Lune de Jade, le souverain fit porter dans sa chambre une immense brassée de pivoines rouges, roses et blanches, cueillies exprès pour la circonstance, qu'une servante disposa avec un soin extrême dans une jarre de grès posée à même le sol.

Les fleurs étaient splendides, et c'était un vrai réconfort pour la jeune femme que de les contempler depuis son lit, sur lequel elle s'était étendue, plutôt lasse et quelque peu abasourdie, après la somme d'épreuves qu'elle avait subies dans la Chambre d'Amour de Gaozong. Elle allait s'assoupir lorsqu'elle sentit qu'on entrait précipitamment dans la chambre.

— Lune de Jade, il y a dans le couloir l'impératrice Wuzhao en personne qui veut vous rencontrer ! lâcha terrorisée une petite gouvernante qu'elle n'avait encore jamais vue.

— Qu'elle entre, bien entendu ! articula-t-elle en se redressant, après avoir rajusté à la hâte son corsage largement échancré.

Un colosse aux moustaches tombantes et au crâne rasé, à l'exception de la queue de cheval soigneusement lissée qui paraissait s'en échapper, fit alors irruption dans la pièce. Ses bras musclés et noueux, couverts de tatouages, ressemblaient au corps d'un dragon à écailles.

C'était le Muet, qui tenait à la main la petite cage ronde du grillon impérial.

Lune de Jade vit arriver une femme très belle, au port

altier, vêtue d'une éblouissante robe de soie brodée de fleurs et de papillons. Au-delà de la surprise due à la soudaineté de l'événement, elle ne put s'empêcher d'éprouver une émotion étrange.

Cela faisait si longtemps qu'elle entendait parler de Wuzhao, qu'à la voir soudain entrer dans cette chambre, elle sentit monter en elle une curieuse bouffée de joie alors que c'était, à coup sûr, une rivale.

— Je viens comprendre comment une petite ouvrière du Temple du Fil Infini est capable de ressembler à une princesse de haut rang, s'écria Wuzhao en souriant.

À sa grande surprise, Lune de Jade constata qu'il n'y avait, dans les propos de l'impératrice, pas l'ombre d'une pointe d'amertume, pas plus que d'hostilité…

— Je vois que sa Majesté connaît de moi l'essentiel… osa la jeune Chinoise, mi-figue, mi-raisin, qui hésitait encore sur la conduite à tenir mais avait néanmoins compris qu'il était inutile de mentir à une telle femme.

— Tu les as tous possédés. C'est bien ! À ta place, rassure-toi, j'aurais agi de même, fit l'impératrice d'un ton complice.

— Je n'avais pas le choix…

— J'ai entendu parler de toi par Cinq Défenses et Umara…

— Avec mon Pointe de Lumière, j'ai croisé ce jeune couple aux alentours de la Grande Muraille, sur la Route de la Soie… murmura, songeuse, Lune de Jade que le rappel de cet épisode rendait nostalgique.

— Tu es à la recherche de ton époux…

— Comment le savez-vous ?

— Je le devine à tes yeux : ils ont tellement l'air d'avoir envie de regarder leur moitié ! répondit l'impératrice, dont la bienveillance était évidente.

— Mon espoir de revoir Pointe de Lumière faiblit de

jour en jour ! gémit la jeune femme, peu soucieuse, désormais, de garder une contenance devant son interlocutrice.

— As-tu invoqué la compassion du Bienheureux Bouddha ? lui demanda la bigote qui se cachait toujours sous les traits de l'implacable impératrice.

— Je ne crois pas aux êtres divins. Ils sont, selon moi, une invention de l'esprit humain, destinée à aider les hommes à survivre... Si la bonté existe — je suis payée pour le savoir —, ce n'est que dans le cœur de certains êtres d'exception et nulle part ailleurs ! lâcha-t-elle, sombre et désabusée.

— Le monde est douleur ; les Nobles Vérités du Bienheureux ont précisément pour objectif d'aider les hommes à y échapper...

— Je sais ce que c'est que le bonheur, Majesté. Au nom de quoi peut-on décréter que le monde n'est que douleur ? lança-t-elle, dubitative.

— Les Nobles Vérités permettent de faire la paix avec soi-même...

— Je ne connaîtrai pas la paix tant que je n'aurai pas revu Pointe de Lumière, conclut Lune de Jade.

Quoique ce fût la première fois qu'elle rencontrait Wuzhao, voilà qu'elle n'hésitait pas à lui dévoiler le fond de ses plus intimes convictions spirituelles...

— Un jour, tu verras, Lune de Jade, les circonstances feront que tu seras obligée de croire aux forces de l'esprit ! Même si tu n'adhères pas à sa Sainte Vérité, il faut que tu saches que le Bienheureux Bouddha veille sur toi !

— En attendant, me voilà prisonnière et à la merci des caprices sexuels de votre époux...

— Tu es mieux là qu'en prison. Imagine un peu le sort qui serait le tien, si l'empereur ne t'avait pas prise sous son aile protectrice... Il faut surtout espérer que cette passade lui durera suffisamment longtemps pour que j'aie le temps de te tirer d'affaire, lui lança Wuzhao en essayant de gommer la moue de contrariété que lui inspirait la conduite de Gaozong.

— Pourquoi faites-vous tout ça pour moi ? souffla Lune de Jade qui n'en revenait pas.

Pour toute réponse elle reçut, sur son front, un baiser furtif de Wuzhao. Quand elle rouvrit les yeux, que l'émotion lui avait fait fermer, Lune de Jade constata que celle-ci était repartie.

C'est tout juste si elle entendait le grincement, de moins en moins strident à mesure qu'il s'éloignait, du grillon impérial qui s'était remis à chanter.

Égale à elle-même, la belle Lune de Jade, toujours aussi courageuse et obstinée, décida de convenir que c'était là plutôt un bon signe de la part du destin.

Un signe auquel le Bouddha — peut-être — n'était pas totalement étranger.

48

Prison du Chien à Chang An

Pour la énième fois depuis qu'il était enfermé dans son cachot humide et sombre de la prison du Fort du Chien, Cinq Défenses colla son oreille contre le mur de pierre.

Il y avait bien un grattement caractéristique, assorti de petits coups qui devaient être portés contre la paroi de la cellule mitoyenne à la sienne.

À l'aide du peigne de bronze que son gardien lui avait laissé, il tapota à son tour à dix reprises contre la pierre, juste à l'endroit d'où provenait le bruit. Quand il eut fini, il entendit de nouveau une série de petits chocs répétés.

Il y en avait dix, ce qui permit à l'amant d'Umara de constater avec bonheur qu'il était entré en communication avec son voisin !

C'était pour lui un immense réconfort tellement étaient dures ses conditions de détention et lugubre l'atmosphère qui régnait dans la prison du Fort du Chien, surtout dans les cellules du niveau inférieur, celles où la lumière du soleil ne pénétrait jamais.

291

Puis, à force de tendre l'oreille et de la coller à la pierre, il finit par entendre l'écho d'une voix assourdie et lointaine. Il ne pouvait y avoir de doute : la voix en question poussait un cri qui ressemblait furieusement à « *Om !* ». Le *ma-ni-pa* avait-il été installé dans la cellule contiguë ? Cinq Défenses appela à travers la pierre : « *Ma-ni-pa !* », et l'autre lui répondit : « *Om !* ».

Ce simple échange, après des semaines d'absolue solitude, acheva de lui redonner un peu de courage. L'épaisseur du rocher ne permettait pas d'en dire davantage mais cette seule présence contribuait à aider le jeune homme à surmonter sa neurasthénie, ainsi que les conséquences physiques et morales de la succession floue des jours et des nuits, tout juste signalée par le minuscule rayon lumineux qui effleurait l'étroit soupirail par lequel le prisonnier pouvait à peine passer deux doigts.

Quant à Pointe de Lumière, dont le gardien donnait de temps à autre des nouvelles, il devait se trouver dans une cellule plus lointaine.

La saison des pluies de cette fin d'été s'annonçait particulièrement longue et terrible, faisant courir le risque de débordement du Fleuve Jaune et de ses affluents, du plus petit au plus grand. Cela faisait à présent deux semaines qu'il pleuvait des cordes sans interruption, au point que l'humidité suintait de partout sur les murs du Fort du Chien, ce qui les rendait glissants et poisseux comme du beurre. Cinq Défenses, qui était à l'isolement, ignorait que cette humidité commençait même à provoquer des pneumonies mortelles chez les prisonniers dont les organismes affaiblis n'étaient pas capables de résister. À en juger par le bruit incessant de l'eau que Cinq Défenses entendait frapper les murs de sa prison, l'inondation du sous-sol du Fort du Chien devenait plus que probable.

— Il a été décidé de regrouper tous les prisonniers du rez- de-chaussée dans un même lieu pour vous éviter la noyade, lui expliqua d'ailleurs, dès le lendemain matin, son gardien en le poussant à l'extérieur de son cachot. Les pluies ont fait dangereusement remonter le niveau de la rivière souterraine sur laquelle le Fort a été construit ! J'ai ordre de te transférer dans une cellule collective au premier étage.

Depuis le niveau inférieur de la prison, où croupissaient les prisonniers les plus dangereux, on accédait à ladite cellule collective par un étroit escalier en colimaçon. De dimension spacieuse, elle s'ouvrait par une sorte de balcon naturel au-dessus de la rivière souterraine qui commençait à déborder de la rigole centrale sur laquelle donnaient les geôles de Cinq Défenses et du *ma-ni-pa*.

Au moment où son geôlier le poussait violemment vers le fond de la pièce, le nouveau transféré y distingua trois silhouettes, qui devaient être celles des autres prisonniers rassemblés là à cause de la montée des eaux.

— *Ma-ni-pa* ! comme je suis heureux de te revoir ! lança-t-il joyeusement au moine errant, avant de se jeter dans les bras du Tibétain, compagnon des bons et des mauvais jours.

De Pointe de Lumière il n'y avait, hélas, nulle trace.

— Je suis l'ambassadeur Firouz l'Omeyyade, natif de Bagdad, une ville presque aussi belle que Chang An, et enfermé ici parce que la jeune Chinoise que je convoyais pour la remettre à l'empereur Gaozong n'était pas de sang noble, contrairement à ce que j'avais dit ! Je suis la victime de ma bonne foi, déclara à Cinq Défenses la deuxième silhouette, qui avait visiblement très envie d'entrer en contact avec ce Chinois au visage avenant que le gardien en chef venait de conduire dans le cachot collectif.

— Bienvenue ici, Firouz le Bagdadi. Quant à moi, je m'appelle Cinq Défenses. J'ai été enfermé ici par la police secrète chinoise. Vous êtes libres de ne pas me croire, mais je puis vous assurer que je n'ai rien fait de mal ! se borna à expliquer l'intéressé.

— Je le crois bien volontiers ! Heureux de faire ta connaissance, Cinq Défenses. Sans cette pluie, nous n'aurions pas eu, toi et moi, cette chance ! conclut plaisamment l'ambassadeur bagdadi.

— Je te retournerai assurément le compliment ! s'écria le mahayaniste, plutôt séduit par la politesse du diplomate.

— L'eau coule comme un fleuve violent ! s'exclama soudain le *ma-ni-pa.*

Assis les pieds dans le vide sur le bord du balcon naturel, il désignait le ruisseau dont les eaux furieuses commençaient à former d'impressionnants remous, et qui coulait en lieu et place du fossé auparavant à moitié rempli d'eau.

Un autre gardien à la mine chafouine se présenta devant eux, muni d'un plateau sur lequel étaient disposés quatre minuscules bols de riz dont ils devraient se contenter jusqu'au lendemain.

— *Om !* Pourquoi ne pas nous laisser périr de faim ! gémit le *ma-ni-pa* à l'adresse du geôlier.

Le moine errant supportait de plus en plus mal le régime de la prison du Fort du Chien où les rations de nourriture étaient ajustées de telle sorte qu'elles permettaient aux prisonniers les plus résistants de survivre sans jamais les rassasier.

— Parce que le directeur de cette prison n'a pas envie de se faire trancher la tête ! Il est comptable, devant le Grand Censeur Impérial, de l'intégrité des prisonniers qui lui sont envoyés... lui rétorqua le gardien d'une voix aigre, avant de lui enfoncer méchamment un talon dans les côtes, ce qui eut pour effet de faire hurler de douleur sa victime, que Cinq Défenses s'empressa d'aller réconforter.

La réponse ingénue du gardien était exacte, car les services du préfet Li se montraient intraitables avec les pauvres directeurs du Fort du Chien qui se succédaient, au rythme des décès des prisonniers.

— Et toi, tu ne dis rien ! Comment t'appelles-tu ? demanda Cinq Défenses à la troisième silhouette, dont il avait presque oublié la présence, une fois le gardien reparti.

— Je me suis cogné le front au moment où ils m'ont extrait de ma cellule ! Voilà pourquoi j'ai l'air ailleurs ! répondit, comme pour s'excuser, l'inconnu dont le visage dégoulinait de sueur.

— Pourquoi as-tu été jeté dans cette prison ? reprit Cinq Défenses en lui tendant un chiffon pour lui permettre de s'éponger le visage.

— Je suis au secret parce que j'ai assisté à une scène que je n'aurais jamais dû voir !

— Il doit s'agir d'une véritable abomination pour qu'un tel sort te soit réservé !

— Moins d'une abomination, en fait, que d'une gigantesque supercherie. Il est vrai qu'elle a été accomplie au profit de l'impératrice en personne et sous son autorité exclusive. Aussi s'est-elle empressée de me livrer à la police pour viol de domicile, quand elle m'aperçut. Elle ne devait pas avoir la possibilité de m'éliminer physiquement, sinon, nul doute qu'elle n'aurait pas hésité, gémit tout à trac l'intéressé.

— De quoi s'agit-il ? Pourquoi mêles-tu l'impératrice de Chine à tout cela ? demanda Cinq Défenses, quelque peu incrédule, mais qui brûlait d'en savoir plus sur les circonstances exactes qui avaient conduit ici cet homme aux accents sincères.

295

— Je suis un pauvre chasseur de batraciens. Je vis, mal, depuis mon enfance, en faisant commerce des cuisses de grenouilles que je revends pour une misère à un gargotier de Luoyang.

— Au fait ! Quel est le lien entre la chasse aux batraciens et ta présence ici ? ajouta l'ancien moine du Grand Véhicule.

— J'y viens ! Il y a dix jours, très exactement, mon travail me mena par mégarde dans le parc du palais d'Été de l'impératrice, à Luoyang, non loin du bord de la rivière Lë, là où pullulent les grenouilles à certaines périodes de l'année. Quand on essaie de capturer ces animaux sauteurs, je vous assure qu'on a toujours les yeux baissés…

— Nous n'avons aucune raison de ne pas te croire, lança Firouz, plutôt amusé par la tournure pittoresque que prenait le récit de l'inconnu.

— Lorsque je relevai la tête, je tombai nez à nez avec une femme somptueusement vêtue, accompagnée d'un géant qui tenait à la main un ciseau de sculpteur de pierres. À leurs côtés, deux enfants adorables, un garçon et une fillette, jouaient avec des brindilles de bois.

— Jusqu'ici tout ce que tu nous racontes paraît affreusement banal. Tu cherchais des grenouilles dans le jardin d'agrément de l'impératrice Wu ! Ce n'est pas là, que je sache, un crime d'État… conclut Cinq Défenses, qui commençait à se demander si l'inconnu n'était pas un vantard, jeté là pour de menus larcins inavouables.

— La suite l'est beaucoup moins, vous allez voir. D'abord, la fillette en question ressemblait à une de ces créatures évanescentes et divines hantant les forêts…

— La Jumelle Céleste ! Cet homme a vu les Jumeaux Célestes… murmura le *ma-ni-pa*.

296

— Devant l'homme et la femme, dont je compris très vite à les entendre qu'il s'agissait de l'impératrice et de son serviteur, il y avait huit énormes pierres, posées à même l'herbe. Elles avaient été traînées là, selon les dires de Wuzhao, par un éléphant blanc… qui les avait sorties de la rivière Lë.

— C'est à peine croyable ! Continue ! s'écria Cinq Défenses, passionné.

— Du coup, je relevai la tête et cessai de m'intéresser aux grenouilles qui sautaient dans l'herbe…

— Peu m'importent les grenouilles ! Raconte un peu le reste ! ajouta Cinq Défenses, de plus en plus fébrile.

— L'impératrice montrait à son serviteur géant des modèles de caractères chinois que ce dernier devait graver sur la face la plus lisse de chacune des pierres, à l'aide de son ciseau.

— Elle le faisait écrire sur les pierres ? s'enquit le mahayaniste, interloqué.

— Et même, elle tempêtait, jugeant qu'il n'allait pas assez vite. Quand l'impératrice s'impatiente, croyez-moi, elle le fait savoir…

— Quelles sortes de formules lui faisait-elle graver ?

— Ne sachant pas lire, il m'est difficile de vous répondre. J'ai toutefois compris qu'il s'agissait de la montée sur le trône de Chine d'un empereur féminin… Son serviteur — pauvre géant à la langue coupée ! — se donnait un mal de chien pour reproduire dans la pierre les mots dont elle lui indiquait de copier la forme ; les pierres étaient très dures et le malheureux était obligé d'aiguiser constamment son ciseau. Il fallait l'entendre le houspiller, expliqua, plutôt gêné, le prisonnier.

— Que faisaient là les Jumeaux Célestes ? demanda alors le *ma-ni-pa,* qui s'adressait à la fois à Cinq Défenses et au chasseur de grenouilles.

297

— L'impératrice Wuzhao avait une attitude bizarre vis-à-vis de ces enfants, les Jumeaux Célestes, comme tu les appelles… murmura ce dernier.

— Peux-tu préciser ce que tu entends par là ?

— C'était manifeste : tel un professeur, la souveraine paraissait leur faire réciter une leçon.

— Une leçon, à des enfants aussi jeunes ! Comme tu y vas ! s'exclama, médusé, Cinq Défenses, lequel avait encore à l'esprit les deux bébés qui savaient à peine marcher lorsque Umara et lui avaient quitté Chang An pour Samyé.

— Malgré leur très jeune âge, ils parlent déjà le chinois comme des livres ; surtout la fillette, assura le chasseur de batraciens.

— De quelle leçon s'agissait-il ?

— L'impératrice de Chine leur faisait répéter que les rochers avaient « miraculeusement été trouvés au fond de la rivière Lë, pourvus de leurs inscriptions divinatoires annonçant la venue d'un événement extraordinaire » ! La fillette, comprenant parfaitement, malgré son jeune âge, que Wuzhao lui demandait de proférer un mensonge, a protesté, arguant du fait que le serviteur géant était en train de graver des pierres auparavant vierges de toute inscription. Alors, la souveraine, désemparée devant le refus de la petite au visage semi-simiesque, se jeta à ses pieds, en la suppliant, au nom du destin de la Chine, d'accepter de faire ce qu'elle lui demandait ! C'était vraiment un curieux spectacle, que de voir l'impératrice de Chine implorer une si jeune enfant…

— Et quelle fut la réaction de la petite Joyau ? s'enquit Cinq Défenses, dont la curiosité paraissait singulièrement aiguisée.

— Elle était toute penaude de voir l'impératrice de la Chine à ses pieds et finit par promettre, de sa petite voix, qu'elle dirait que ces rochers avaient été sortis « tels quels, couverts de mots divins » des eaux de la rivière Lë, répondit le prisonnier, dont la voix était à moitié recouverte par le bruit continu de la pluie qui s'abattait sur le Fort du Chien.

— C'est-à-dire gravés de leur prophétie annonçant la montée sur le trône de Chine d'une femme, en lieu et place d'un homme…, s'écria Cinq Défenses, qui ne lui avait pas laissé le temps de finir son propos.

— Comment le savez-vous ? s'étonna le chasseur de grenouilles.

— Cette femme est d'une redoutable habileté. Elle aura été jusqu'à fabriquer elle-même les prédictions susceptibles de servir son grand dessein ! J'ai toujours été persuadé qu'elle finirait par arriver à ses fins… murmura pensivement Cinq Défenses.

— Tu penses qu'elle montera sur le trône de Chine ? s'enquit le *ma-ni-pa*.

— Sans aucun doute. Même si ce but paraît extraordinairement difficile à atteindre, les Rites Immémoriaux ne prévoyant pas que le Fils du Ciel soit de sexe féminin, elle saura sûrement s'en donner les moyens.

— Je ne suis pas devin ! s'écria le chasseur de grenouilles. Tout ce que je sais, en revanche, c'est que Wuzhao est une femme implacable. Lorsqu'elle m'aperçut, accroupi dans l'herbe, médusé par le spectacle auquel je venais d'assister, elle entra dans une colère noire, me sommant de lui dire si j'étais ou non un espion à la solde du Grand Censorat. Je protestai de ma bonne foi et j'essayai de faire l'idiot, celui qui n'avait rien compris à ce qu'il avait vu et entendu. Ce fut peine perdue. Méfiante, elle appela aussitôt des gardes et leur ordonna de m'arrêter, sous prétexte que j'étais entré sans autorisation dans le parc impérial de Luoyang. Je pensais naïvement m'en sortir après une nuit passée au poste de police. Non seulement il n'en fut rien, mais on me transporta jusqu'ici, en compagnie de grands criminels d'État, dans une charrette grilla-gée. J'étais dans la peau d'un ours qu'on exhibe.

— Elle a peur que tu divulgues ce dont tu as été l'in-volontaire témoin. Si son subterfuge devait être dévoilé, c'en serait fini d'elle ! conclut Cinq Défenses.

— Et la Forteresse du Chien est une prison dont fort peu de clients — hélas ! — sortent vivants, murmura Firouz, jusque-là demeuré fort discret.

— Si je comprends bien, je suis fini ! gémit le chas-seur de batraciens.

— Comme nous tous, il faut que tu sortes d'ici. Notre sort n'est guère plus enviable que le tien, conclut Firouz, l'air de plus en plus sombre.

— Ce moment viendra, et même incessamment ! Il pleut tellement ! C'est là notre chance, souffla mysté-rieusement Cinq Défenses.

Ses compagnons se demandèrent à quoi le jeune homme faisait allusion. Il semblait pourtant parler sérieusement.

— Comment et pourquoi la pluie pourrait-elle nous aider ? demanda le *ma-ni-pa* incrédule, sous le regard tout aussi étonné du chasseur de grenouilles et de l'Omeyyade.

— Attendez ce soir et vous comprendrez mieux… murmura le mahayaniste en souriant à ses compagnons d'infortune.

À peine avait-il achevé sa phrase que Cinq Défenses eut le plaisir d'apercevoir le visage blême de Pointe de Lumière, que le gardien venait de pousser à son tour dans le cachot collectif.

— Mon ami ! Comme je suis heureux de t'avoir à nouveau à mes côtés ! s'exclama le mahayaniste en se jetant au cou du manichéen de Kucha.

— J'ai bien cru périr de noyade. Les sous-sols sont déjà à moitié inondés. Quand ils sont venus m'extraire de ma cellule, j'avais de l'eau jusqu'à la taille ! souffla le mari de Lune de Jade, qui reprenait peu à peu ses esprits.

— Nous sommes de nouveau réunis. C'est l'essentiel, et c'est grâce au Bienheureux Bouddha ! Loué soit-il ! conclut Cinq Défenses, avant de présenter le manichéen à Firouz le Bagdadi omeyyade.

— Qu'allons-nous faire ? s'enquit Pointe de Lumière.

— Fais-moi confiance. J'ai un plan qui devrait nous permettre de tous sortir d'ici ! chuchota le mahayaniste.

Le soir venu, l'eau était montée de plusieurs pieds, noyant jusqu'au plafond les cellules du rez-de-chaussée du Fort du Chien, le niveau des eaux de la rivière souterraine étant largement monté au-dessus de leurs portes.

Cinq Défenses rassembla alors ses quatre compagnons sur le balcon naturel de la cellule collective surplombant ce qui était désormais un torrent en furie dont les eaux boueuses traversaient la prison de part en part.

— Vous voyez cette rivière, leur expliqua-t-il, elle entre dans la prison pour ressortir dans le fossé des douves. Son courant est devenu suffisamment fort pour expulser un élément flottant de la taille du corps d'un homme…

— Tu nous invites à plonger dans ces eaux tumultueuses qui nous expulseront vers l'extérieur de la gueule du Chien, s'écria Firouz qui avait instantanément compris où Cinq Défenses voulait en venir.

— Je n'ai jamais su nager, faute de lacs à ma disposition. Des mers je ne connais que celles de sable, autour des oasis de la Route de la Soie, ajouta Pointe

301

de Lumière qui témoignait ainsi de sa capacité à manier l'humour en toutes circonstances.

— Les douves du Fort du Chien sont alimentées par cette rivière souterraine. Je tiens l'information du jeune gardien qui m'accueillit ici ! N'avez-vous pas remarqué, quand on traverse le pont-levis qui mène à l'entrée du Fort, le grand nombre de pêcheurs qui guettent le poisson ? Certains pensent qu'il y a là des carpes mangeuses d'hommes ! Ces poissons ne seraient pas là s'il ne s'agissait pas d'eau courante… L'eau qui coule sous vos yeux arrive de la montagne où elle prend sa source et s'écoule à l'extérieur du fort. Ces flots puissants nous amèneront vers la liberté, ajouta Cinq Défenses, plus sûr de son fait que jamais.

— Moi, je plongerai juste derrière toi ! Je n'ai pas peur et j'ai confiance, s'écria Pointe de Lumière qui eût suivi son ami au bout du monde.

— Mais j'ai peur de me noyer ! gémit le *ma-ni-pa*, peu rassuré par le bouillonnement des eaux qui défilaient sous leurs yeux à toute vitesse.

— Je crains que nous n'ayons pas le choix. Si nous voulons sortir vivants d'ici, il faut accepter de plonger dans la rivière et de nous laisser porter par le courant en fermant les yeux et en nous bouchant les narines. Chacun est libre d'y aller ou pas ! Mais moi, j'y vais, en confiant le salut de mon corps au Bienheureux Bouddha et en espérant avoir eu l'occasion de vivre dans la peau d'un poisson au cours d'une de mes existences antérieures ! avertit le mahayaniste.

— Tu penses que cela t'aidera à nager ? s'enquit le moine errant d'une voix tremblante.

— C'est mon espoir… Par ailleurs, je vous invite sincèrement à faire comme moi : priez le Saint Bouddha et suivez-moi !

À peine sa phrase terminée, sous les yeux effarés de

ses compagnons, Cinq Défenses inspira profondément pour emmagasiner le plus d'air possible dans sa cage thoracique et plongea sans hésiter tête la première dans les eaux vives.

Lorsque Cinq Défenses entra en contact avec l'élément liquide, les millions de bulles nées dans les remous bouillonnants de la rivière en crue provoquèrent sur son visage une délicieuse impression de fraîcheur et de picotement. Juste au-dessus de sa tête, il sentit le choc d'un plongeon. C'était l'époux de Lune de Jade qui, bien qu'il ne sût pas nager, avait mis ses actes en conformité avec ses propos.

Fermant les yeux et se pinçant le nez, le mahayaniste, afin d'éviter toute panique, essaya d'appliquer la méthode utilisée dans certains exercices de méditation transcendantale et qui consistait à s'identifier à un objet extérieur à soi-même, sur lequel l'esprit était appelé à se focaliser, afin d'atteindre le « niveau de conscience » adéquat permettant à la méditation proprement dite de commencer.

C'est ainsi qu'il se mit à penser très fort qu'il était un morceau de bois destiné à se laisser entraîner par le courant.

Lorsque les forces de l'eau l'attirèrent vers le fond de la rigole centrale où passait la rivière souterraine, il se retrouva dans une sorte de néant aquatique qui lui faisait l'effet d'un toboggan étroit et sombre, dans lequel il glissait à une vitesse vertigineuse.

Son esprit arrivait peu à peu à se détacher de son corps.

Il se voyait en bois flottant, immergé à présent dans l'Eau, cet élément que ses ancêtres Han, depuis la nuit des temps, assimilaient à la saison hivernale, à la couleur Noire, au coquillage, à la direction du Nord, aux reins, à l'odeur de pourri, au goût salé, ainsi qu'à la note de musique Yu [1]. À cette corrélation fondatrice, son but était de s'accorder parfaitement, par la concentration et la maîtrise de soi. Alors, il réussirait à maîtriser l'Eau qui, au lieu de lui noyer les poumons, l'emporterait vers la liberté !

Il ne se sentait même pas le besoin de nager dans ces flots tumultueux qui l'aspiraient. Tout paraissait fluide et ondoyant, et même merveilleusement bouillonnant, comme si le souvenir d'une existence aquatique antérieure était là, aussi, pour lui rappeler que l'Eau était un élément où l'on pouvait parfaitement trouver son bonheur... quand on était un morceau de bois !

Au bout de deux minutes, il s'aperçut qu'il n'avait pas encore pu respirer depuis son plongeon dans la rivière souterraine. Même s'il ne voulait pas se l'avouer, il commençait à ressentir les effets du manque d'oxygène sur son organisme. Bientôt, à son corps défendant, il sombrerait dans l'inconscience et son instinct de survie ne l'empêcherait plus d'ouvrir la bouche ni de respirer à fond. Ses poumons seraient envahis par l'eau et il n'aurait plus qu'à périr dans l'eau vive pétillante. Le corps humain qu'il était, fait de chair et de sang, n'arrivait pas à devenir un simple morceau de bois.

C'est alors qu'il se vit tel qu'il était, en train de se noyer dans la crue de la rivière souterraine du Fort du Chien.

Mais comme tout bouddhiste sincère, comptant sur la compassion du Bienheureux envers ses disciples ani-

1. Dans le cadre de la correspondance entre les données constitutives de l'Univers, ce système d'inspiration taoïste associe également, par exemple, le Feu à la couleur Rouge, à l'Été, aux poumons, à l'odeur de brûlé, au goût amer ainsi qu'au Sud ; le Bois au Printemps, au Bleu-Vert, à la rate, à l'odeur de ranci, à la saveur acide, ainsi qu'à l'Est ; etc.

més par la volonté de bien faire, Cinq Défenses était parfaitement résigné quant aux conséquences de son geste, même s'il regrettait à présent amèrement d'avoir entraîné le jeune manichéen à sa suite dans ce geste fou.

Ne valait-il pas mieux en finir une fois pour toutes, ouvrir la bouche et laisser l'eau envahir ses bronches, en confiant au Bienheureux Bouddha le sort de Pointe de Lumière, auquel il ne cessait de demander pardon, en espérant de toutes ses forces que ses compagnons avaient été plus prudents que lui en refusant au dernier moment de s'élancer dans le courant ?

La douleur était acceptable et dès lors que l'homme l'avait, en connaissance de cause, acceptée, alors, miraculeusement, elle était moins forte et presque supportable.

Quoi de plus normal en effet que de périr noyé, lorsque le cycle du Samsara vous avait amené à une existence humaine dont l'élément liquide n'était pas le milieu usuel ?

Dans la logique dévotionnelle d'un bouddhiste sincère et pieux, passer de vie à trépas dans ces conditions était conforme à l'idée qu'on se faisait de l'existence.

N'eût été son furieux désir de retrouver Umara, Cinq Défenses se fût accommodé du sort qui allait être le sien. Mais l'idée de quitter ce monde sans avoir revu la femme aimée fit l'effet d'un coup de fouet au mahayaniste, qui décida de donner un grand coup de reins afin d'essayer de reprendre de l'air. Surgissant à la surface, il inspira à fond avant de plonger à nouveau dans les flots, cette fois déterminé à ne pas être un simple morceau de bois flottant, mais bel et bien le prisonnier Cinq Défenses qui cherchait par tous les moyens à s'échapper du Fort du Chien.

Juste derrière lui, Pointe de Lumière avait l'impression d'être propulsé par une force immense, comme un boulet dans un canon à poudre.

Ne sachant pas nager, il était vaguement inquiet mais continuait à faire confiance à l'esprit d'à-propos et de décision de son compagnon dont il n'imaginait pas un seul instant qu'il pouvait lui faire commettre un acte suicidaire.

Loin d'obtempérer et de baisser la garde, il lui fallait au contraire avancer, dépasser le mur d'eau derrière lequel il pressentait la liberté dont Cinq Défenses avait fait état.

C'est alors que, parfaitement lucide et conscient, le mari de Lune de Jade sentit son corps remonter brusquement, avant d'être à nouveau aspiré vers le fond, pour resurgir un peu plus loin, comme si la rivière passait par une sorte de siphon.

Résister à la puissance extrême du courant, même lorsqu'on était jeune et vigoureux, était devenu rigoureusement impossible. Le bouddhiste se laissait doucement aller vers le coma qu'il sentait monter en lui tandis que le manichéen, au contraire, luttait de toutes ses forces, en s'aidant de ses mains et de ses pieds, comme s'il escaladait ou dévalait une pente liquide.

C'est au moment où Cinq Défenses, la mort dans l'âme, pensait se dissoudre dans l'élément liquide, qu'il se retrouva nez à nez avec une forme bizarre, dont il s'aperçut qu'il s'agissait d'une grosse carpe.

Aussi, persuadé que le Bienheureux lui avait fait cette grâce insigne consistant à lui permettre de se réincarner dans un poisson, il rouvrit les yeux, rasséréné, sûr que Pointe de Lumière connaîtrait un sort identique au sien, et espérant de toutes ses forces qu'il aurait un jour l'occasion de nager dans un bassin d'agrément sur lequel se pencherait son Umara…

Il regarda ses bras, pour voir s'ils étaient déjà recou-

306

verts d'écailles. À sa grande stupéfaction, il constata que ses bras étaient toujours ses bras, que son nez, après l'avoir tâté, était toujours son nez, et surtout qu'il pouvait respirer : il était bel et bien vivant !

En fait, il surnageait, hors d'haleine, dans les douves du Fort du Chien, tandis que Pointe de Lumière, qui avait réussi à mettre un pied à terre avant lui, le tirait par les épaules. Des carpes tournoyaient autour de lui, curieuses de savoir de quoi il retournait, ce qu'étaient au juste de ces immenses et curieux poissons qui venaient ainsi de les rejoindre, dont l'un était déjà sorti de l'eau tandis que l'autre faisait mine de le suivre.

Cinq Défenses, à bout de souffle et épuisé, leva la tête.

Une pluie fine continuait à tomber, mais les nuages se dispersaient pour faire place au couvercle d'un ciel rempli d'étoiles qui scintillaient de mille feux. Le vent avait faibli et les alentours de la prison paraissaient déserts : aucun pêcheur à la ligne ou au filet n'était en vue au bord des douves. Dans l'atmosphère étrangement calme qui régnait autour des eaux noires des fossés ceinturant la forteresse, les deux hommes n'entendaient que le bruissement des feuilles des arbres.

— Quelle équipée, j'ai cru que j'étais mort ! confia Cinq Défenses à son compagnon, lequel, moins marqué que lui, retrouvait rapidement son souffle.

— Qu'allons-nous faire ? demanda ce dernier.

— Attendre les autres !

— N'est-ce pas dangereux ?

— Sortons de ces douves et postons-nous là-haut pour les attendre. Qu'en penses-tu ?

Ils s'apprêtaient à escalader le mur de gros moellons inclinés lorsqu'ils entendirent un étrange gargouillis venu de l'endroit où les hautes murailles du Fort plongeaient dans les eaux sombres. Ils regardèrent dans la direction des bulles qui se formaient à la surface de l'eau, de plus en plus grosses.

— Ce doit être cette gigantesque carpe avec laquelle je suis tombé nez à nez ! s'exclama le mahayaniste.

— En es-tu sûr ? s'enquit le manichéen, qui n'en menait pas large.

— Ou ce sera le dragon gardien de ces lieux, que nous avons dérangé pendant son sommeil et qui vient aux nouvelles !

— Tu parles sérieusement ?

— J'essaie de détendre l'atmosphère ! J'aimerais bien, surtout, voir apparaître les têtes de ceux que nous avons laissés derrière nous…

— En voilà déjà un ! s'écria Pointe de Lumière, quand il aperçut le visage de Firouz émerger du gargouillis de bulles.

L'ambassadeur, expulsé à son tour par la pression provoquée par le siphon naturel qui permettait à la rivière de passer sous la muraille pour resurgir à l'extérieur de celle-ci, était au bord de la syncope.

— J'ai bien cru que ma dernière heure était venue ! articula le Bagdadi, après avoir craché l'eau qu'il avait avalée.

— Le Bienheureux n'aura pas voulu de toi ! Poignard de la Loi et moi-même étions sûrs que tu n'avais pas fini ton travail ici-bas ! lui lança Cinq Défenses sur un ton amical destiné à le réconforter.

— J'espère à présent que le *ma-ni-pa* va arriver à son tour ! Il ne manque plus que lui ! Quand j'ai sauté, il était toujours recroquevillé sur lui-même, assurant qu'il n'aurait jamais le courage de se lancer, ajouta l'ambassadeur du sultan de Palmyre, qui retrouvait peu à peu son souffle.

— Je voudrais tant qu'il ait osé le faire ! Ce moine errant m'a toujours suivi, quelles que soient les ava-

nies. Il ne mérite pas de rester dans la gueule du Chien !
soupira Cinq Défenses en frissonnant.

De longues minutes s'écoulèrent, au cours desquelles
les trois miraculés, quoique à bout de forces, réussirent
à se hisser hors du fossé en escaladant tant bien que mal
sa pente abrupte.

Arrivés sur le bord, après s'être agrippés aux parois
glissantes au point de s'écorcher les paumes, ils s'y
affalèrent, incapables d'en dire davantage. Ils n'entendaient plus que le croassement des grenouilles, signe
que, dans les douves, la vie était en train de reprendre
son cours normal, après les pluies diluviennes.

Cinq Défenses se redressa le premier avec précaution, pour s'assurer qu'aucun gardien n'était posté sur
le seuil de la guérite barrant l'entrée du pont-levis qu'il
fallait emprunter pour traverser le fossé des douves puis
pénétrer dans la forteresse.

Celle-ci, que ses murs ruisselants, sous les rayons
blafards de la lune, faisaient ressembler à une grosse
gemme brillante, paraissait vide.

Il n'y avait pas l'ombre d'un gardien à l'horizon.

C'était le moment de s'éclipser et de s'évanouir dans
la nuit. Le seul obstacle qui retenait le mahayaniste était
le sort du *ma-ni-pa*, qu'il se refusait à abandonner aussi
lâchement.

En observant attentivement la porte de la guérite, il
constata qu'elle était grande ouverte. Les gardiens
avaient probablement dû abandonner leur poste en raison de la violence du déluge qui s'était abattu sur le Fort
du Chien. Il leur suffirait de franchir la conciergerie
pour se retrouver dans la forteresse et là, se ruer dans
le cachot collectif où le moine errant devait à coup sûr
encore se trouver.

Il allait s'élancer dans cette aventure un peu folle
lorsqu'un gargouillis se fit à nouveau entendre, au fond

des douves dont les eaux noires étaient striées des zébrures argentées de l'astre nocturne.

Il se précipita pour voir de quoi il retournait et constata avec ravissement que le Bienheureux Bouddha continuait à bénir le destin de ses amis : c'était le *ma-ni-pa* que le Fort du Chien venait d'expulser à son tour, comme un gros mammifère accouchant de son petit, dans le chaos et la douleur.

— *Om !* Très peur ! *Om !* Très content sortir ! *Om ! Mani padme hum !* haleta ce dernier, dégoulinant des pieds à la tête, lorsque Cinq Défenses l'aida à sortir du grand fossé.

— Avalokiteçvara le Compatissant, ton Saint Patron, n'a pas voulu que tu croupisses plus longtemps là-dedans…

— *Om ! Mani padme hum !* se borna à répéter l'intéressé.

— Et le chasseur de grenouilles ? demanda soudain Pointe de Lumière.

— Il n'a pas voulu ! Il avait trop peur ! Il préférait rester là-bas ! expliqua le *ma-ni-pa*.

— Devons-nous l'attendre ? s'interrogea Pointe de Lumière.

— Compte tenu de ce qu'il dit, certainement pas ! lâcha Firouz d'un ton si ferme que Cinq Défenses en demeura un peu interloqué.

— Il ne viendra pas ! confirma le moine errant.

— Dans ces conditions nous n'avons pas intérêt à faire de vieux os ici ! dit le mahayaniste en entraînant ses compagnons vers la route qui prolongeait le pont.

Au loin, vers la gauche, ils pouvaient apercevoir un bosquet d'arbres.

— Allons par là, nous y serons à l'abri ! ajouta-t-il en indiquant ce qui ressemblait à la lisière d'une forêt.

Sans états d'âme, Pointe de Lumière, Firouz et le

ma-ni-pa s'élancèrent donc à la suite de Cinq Défenses vers ces frondaisons salvatrices.

— Qu'allons-nous faire à présent ? s'enquit Firouz, à l'adresse de Cinq Défenses, lorsqu'ils se retrouvèrent à l'abri de ce sous-bois.

— J'allais te poser la même question ! ajouta Pointe de Lumière en souriant.

— Nous faire le plus discrets possible. Dans quelques heures, à n'en pas douter, toute la police de l'empire du Centre sera à nos trousses… répondit le mahayaniste.

— Il est très difficile de passer inaperçu en Chine centrale, quand les agents de la police spéciale vous surveillent ! souffla Pointe de Lumière, qui savait de quoi il parlait.

— Au point où nous en sommes, une seule personne est susceptible de nous tirer d'embarras ! conclut l'ancien assistant de Pureté du Vide, sous le regard quelque peu étonné de ses compagnons, rassemblés autour de lui avec attention et respect.

— À qui penses-tu ? s'enquit l'époux de Lune de Jade.

— À Wuzhao, l'impératrice de Chine. Elle peut nous tirer de ce mauvais pas. Il faut absolument que j'entre en contact avec elle ! lâcha Cinq Défenses, sur un ton catégorique.

— À ta place, je me méfierais d'elle ! lui rétorqua Firouz dont la voix tremblait de colère.

— Je connais suffisamment l'impératrice Wuzhao pour affirmer que, dans les circonstances présentes, elle nous aidera !

— Cette femme est redoutable de cruauté. C'est elle qui vint troubler l'audience que l'empereur du Pays de la Soie était en train de m'accorder, pour avertir celui-ci que la jeune Chinoise Lune de Jade, envoyée en gage par mon mandant le sultan de Palmyre, n'était qu'une vulgaire roturière. Si elle n'était pas intervenue, je n'aurais pas été jeté en prison ! protesta avec véhémence l'ambassadeur.

— Lune de Jade ? J'ai bien entendu le nom que tu viens de prononcer ? Tu sais donc où se trouve mon épouse ? hurla Pointe de Lumière, en prenant par le bras l'ambassadeur omeyyade.

Le manichéen était si ému que sa voix, d'ordinaire si claire, chevrotait comme celle des lamas tibétains âgés lorsqu'ils psalmodiaient leurs mantras.

— Tu es le mari de Lune de Jade ? souffla, bouleversé par la nouvelle, l'ambassadeur Firouz.

— Lui-même ! Nous nous épousâmes à Turfan, selon le rituel manichéen, dans l'Église de Lumière où des centaines de cierges avaient été allumés. Le Grand Parfait Cargaison de Quiétude présidait à la cérémonie. C'était féerique. Quelques semaines plus tard, nous attendions déjà un enfant. Où est-elle ? ajouta avec angoisse celui qui n'avait jamais cessé d'aimer à la folie la jeune ouvrière du Temple du Fil Infini.

— À Chang An ! Depuis Palmyre, où elle fut vendue au sultan, jusqu'à la capitale du Pays de la Soie, où il était de mon devoir de la convoyer, j'ai essayé d'en prendre le plus grand soin. Quant à l'enfant dont tu viens de faire état, elle ne semblait pas en avoir, pas plus d'ailleurs qu'elle ne m'en parla ! se borna à répondre Firouz, un peu pincé.

Furieux de constater que sa jeune amante avait été mariée à Pointe de Lumière et que ce dernier, de surcroît, l'avait mise enceinte, autant de faits que l'intéressée s'était bien gardée de lui révéler, le Bagdadi hésitait à raconter au manichéen que Lune de Jade devait sûrement être logée à portée de main de l'empereur Gaozong. Et il n'était évidemment pas question de

312

lui avouer qu'il avait goûté aux charmes ineffables de la belle Chinoise.

— Mani m'aura donc accordé la grâce insigne de retrouver ma bien-aimée… murmura Pointe de Lumière.

Il paraissait aux anges, comme si son séjour en prison et son équipée aquatique ne l'avaient pas affecté le moins du monde.

— Quelle coïncidence extraordinaire ! Elle ne peut venir que du Bienheureux lui-même ! soupira Cinq Défenses, les yeux mi-clos, qui rendait grâces à l'Éveillé.

Le visage du mahayaniste était, lui, encore marqué par l'effort et par l'émotion.

— Si je retrouve Lune de Jade, c'est que tu retrouveras à ton tour Umara ! Nos destins ont toujours été parallèles, ajouta le jeune manichéen, qui voyait bien que son ami avait une petite mine.

— Puisses-tu avoir raison, mon cher Pointe de Lumière ! En attendant, le plus prudent serait de trouver un refuge dans la campagne, pendant que je regagnerais la capitale afin d'y contacter l'impératrice. J'aperçois ce qui ressemble à une ferme-pagode. Si tel est le cas, ses moines ne vous refuseront pas l'hospitalité ! s'écria le mahayaniste en désignant au loin un édifice à plusieurs étages, entouré d'un mur de torchis.

Une silhouette vêtue de jaune safran en sortit, suivie d'une autre : c'était à coup sûr un de ces minuscules monastères bouddhiques du Grand Véhicule qui pullulaient dans la campagne, au milieu d'immenses champs de blé et de millet, souvent légués par de pieux et riches propriétaires fonciers aux communautés religieuses, à charge pour celles-ci d'aller fleurir leurs tombes et de prier pour leur salut.

Quand Cinq Défenses frappa à la porte de bois brut

313

à demi vermoulue, un moinillon tout crasseux mais à la face rieuse vint ouvrir.

— Pourrais-tu aller trouver le Supérieur de cet établissement et lui annoncer que des voyageurs à la recherche d'un toit souhaiteraient passer quelques jours ici ? Nous connaissons la générosité dont savent faire preuve les adeptes de Gautama ! expliqua le mahayaniste.

— C'est d'accord ! Le Supérieur Calme et Assis vous fait dire que vous êtes les bienvenus ici. Vous pourrez séjourner le temps que vous voudrez dans la chambre réservée aux visiteurs et aux pauvres, vint leur annoncer quelques instants plus tard le moine enfant, après être allé consulter son autorité dont le surnom était dû à la position assise qu'elle ne quittait jamais, passant ses journées à méditer et à lire de saints sûtras devant une fenêtre donnant sur de vastes étendues de cultures céréalières.

La petite communauté dirigée par Calme et Assis comptait tout au plus une vingtaine de moines et de novices, les plus jeunes s'employant à mendier auprès des paysans alentour la nourriture que les plus vieux consommaient.

À l'intérieur de la ferme-pagode, on était fort loin de la somptuosité des grands édifices cultuels où vivaient des milliers de moines, et qui tenaient le haut du pavé à Chang An et Luoyang, étalant à la face des dévots un luxe ostentatoire pourtant réprouvé par l'enseignement du Bienheureux lui-même. Ici, les murs des bâtiments étaient en terre séchée ; il n'y avait guère que la pagode, dont la charpente était en cèdre et les fenêtres ovoïdes flanquées d'apsaras en stuc, pour signifier au visiteur qu'il s'agissait d'un monastère du Grand Véhicule et non d'une simple ferme collective.

Dans la petite chambre destinée aux hôtes de passage, quatre lits superposés les attendaient, où ils s'affalèrent aussitôt après avoir avalé un bol de riz arrosé d'un brouet aux légumes qu'un novice décharné était venu leur apporter.

— Mes amis, promettez-moi de ne pas bouger d'ici. Je vais me glisser dans la capitale et essayer d'obtenir ce contact avec celle qui peut nous sauver ! expliqua Cinq Défenses à ses trois compagnons le lendemain matin.

Tout à son désir de retrouver son amante, il ne voulait pas perdre une minute de plus.

— Je viens avec toi ! *Om !* S'il te plaît ! Ne va pas seul là-bas !

Le *ma-ni-pa,* encore sous le choc de son équipée aquatique, n'avait manifestement pas envie de risquer de ne plus le revoir.

— C'est bon ! Tu peux venir ! Tu rangeras simplement ton poignard et ton coupe-crâne rituels. Je ne veux pas les voir à ta ceinture. Ces objets sont trop voyants, soupira l'amant d'Umara en désignant la dague rituelle phurbu, ainsi que la coupe kapâla dont le moine ne se séparait jamais et qui pendaient toujours à sa taille, luisants malgré leur récente immersion.

Ils entrèrent dans la capitale de la Chine centrale par ses faubourgs est, sans franchir nulle porte d'octroi puisque la Route de la Soie s'achevait à l'ouest de la cité impériale.

Une fois à l'intérieur, ils prirent le chemin du palais vers lequel convergeaient comme à chaque début de journée des quémandeurs et des solliciteurs de toute sorte, sans oublier un nombre conséquent de marchands et de paysans, venus des campagnes environnantes proposer à la maison impériale leurs marchandises et leurs denrées.

Lorsqu'ils arrivèrent en vue de la porte principale du

315

palais où vivait la famille impériale, ils constatèrent la présence d'un important barrage de police, dont les éléments vêtus d'une impressionnante cotte de mailles filtraient la foule, demandant à chacun de présenter son passeport.

— De quels papiers ces policiers ont-ils besoin ? s'enquit Cinq Défenses auprès d'un homme qui portait deux immenses lanternes de papier rouge.

— De la petite plaque de cuivre indiquant ton patronyme ainsi que ta date et ton lieu de naissance. Tu n'es pas sans savoir qu'elle est obligatoire en cas de contrôle, depuis l'année dernière ! lui répondit ce dernier, dont l'air plutôt méfiant incita le mahayaniste à s'éclipser promptement et à aller se réfugier, en compagnie du moine errant, sous un vaste portique soutenu par des colonnes de pierre, où des marchands ambulants vendaient au prix fort des fruits et des légumes des quatre saisons.

— Difficile de prévenir Wuzhao ! *Om !* constata le *ma-ni-pa.*

— Attends-moi ici quelques instants. Je suis sûr que le Bienheureux va nous aider à trouver une solution qui nous permettra d'accéder à Wuzhao ! murmura Cinq Défenses que les difficultés, comme à l'accoutumée, rendaient plus combatif.

Et avant même que le *ma-ni-pa* ait pu réagir à ses propos, l'ancien moine du Grand Véhicule se fondit dans la foule compacte des badauds.

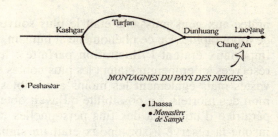

49

Palais impérial de Chang An. 20 février 659

Le troisième salon d'honneur du palais impérial de Chang An où Wuzhao recevait, ce jour-là, Pureté du Vide, était d'ordinaire réservé au seul usage de l'empereur.

Il s'agissait d'une vaste pièce aux murs ornés de miroirs circulaires incrustés dans des panneaux laqués qui la faisaient ressembler à l'intérieur d'un navire ; son dallage de marbre bicolore, extrait des carrières de Longmen, était jonché de somptueux tapis persans.

Dans son implacable processus de conquête du pouvoir, l'impératrice avait réussi la prouesse d'annexer ce lieu où elle avait été présentée pour la première fois à Taizong le Grand. Le vieil empereur avait repéré cette toute jeune écuyère au corsage à demi dégrafé lors d'une mémorable partie de polo où elle avait fait merveille, à califourchon sur un impétueux cheval noir au pelage luisant, et sensation.

Mieux que personne, Wuzhao savait que le pouvoir n'était qu'une affaire de symboles et que l'influence prêtée aux gens puissants était le plus souvent affaire de topographie. De ce phénomène si humain, les palais impériaux étaient l'illustration parfaite : les parties réservées à l'empereur étaient les plus nobles et les plus vastes mais également les moins accessibles au commun des mortels. La possibilité qu'avait obtenue l'impératrice d'utiliser à des fins personnelles un endroit jusque-là réservé à son époux était un signe supplémentaire à l'intention de ses ennemis, visant à leur montrer qu'elle poursuivait inexorablement sa route vers le pouvoir suprême.

Malgré cela, Pureté du Vide n'y était pas allé de main morte, perdant tout contrôle de lui-même quand Wuzhao avait achevé de le tancer. Il est vrai que depuis le début de cet entretien, l'impératrice, pour la première fois depuis que Pureté du Vide la connaissait, avait eu des mots extrêmement durs à son égard ; elle avait employé les expressions de « séquestration illégale » ou encore de « vulgaire turpitude, indigne en tous points d'un Supérieur mahayaniste », destinées à témoigner de sa profonde réprobation à l'encontre du traitement que le grand maître de Dhyâna infligeait à la jeune chrétienne.

Cette ire avait eu l'effet d'une douche froide sur le Supérieur de Luoyang, comme s'il avait fallu cette mise au point pour que ce dernier s'aperçût de la gravité de son geste. Alors, cette déclaration on ne peut plus maladroite avait jailli de sa bouche :

— Majesté, ce qui se passe dans mon monastère concerne le Grand Véhicule et pas l'empire du Centre. Dois-je vous rappeler que votre magistère s'arrête aux portes de mon couvent ? avait-il bredouillé d'une voix tremblante qui trahissait l'homme blessé.

En réalité, la phrase, qui sonnait comme un avertissement, avait échappé à Pureté du Vide, mais telle une

318

giclée d'huile sur des braises, elle suscita la colère de la souveraine dont le regard se mit à fulminer.

— Si vous ne consentez pas à relâcher tout de suite cette jeune chrétienne, c'est tout le Grand Véhicule qui risque de le payer très cher ! n'hésita-t-elle pas à lui lancer, faisant fi des relations de confiance qu'elle avait établi avec le Mahâyâna, grâce à Pureté du Vide, et surtout de l'appui des millions de mahayanistes sur lesquels elle comptait pour arriver à ses fins.

Mais elle savait aussi que la seule façon de faire plier Pureté du Vide était de lui montrer, dans ce bras de fer qui s'était instauré, qu'elle était prête à beaucoup sacrifier.

— Et si je vous disais, Majesté, que je le fais pour la bonne cause, celle de l'Église du Grand Véhicule dont vous connaissez l'indéfectible attachement ! finit par lâcher le grand maître qui essayait de résister tant bien que mal à ce terrible assaut.

— Je vous le répète, maître Pureté du Vide, cette séquestration est un acte illégal. La cause du Grand Véhicule ne saurait justifier la moindre turpitude de la part de celui qui s'en prétend le guide spirituel ! rétorqua-t-elle d'une voix coupante.

— Et si je refusais ? protesta son visiteur après avoir rassemblé ses dernières énergies.

Il y avait dans son regard de la colère, mais aussi une lueur de défi. Il avait été touché à son point faible, qui était l'orgueil, et ne comprenait pas pourquoi Wuzhao le prenait bille en tête aussi rudement.

— Dans ce cas, je me verrais obligée de rompre tout lien avec vous, et ce dès aujourd'hui ! assena d'une voix blanche l'impératrice, outrée par tant de résistance, et qui avait décidé de faire plier, une fois pour toutes, celui qui retenait Umara prisonnière.

— Une telle ingratitude de votre part, Majesté, après

ce que je vous ai révélé au sujet de Lune de Jade, et qui vous a permis de faire l'éclat qu'on sait, en pleine audience, au nez et à la barbe de vos ennemis, me peine infiniment.

— Ce n'est en rien de l'ingratitude, maître Pureté du Vide. Il n'est pas question ici de Lune de Jade mais d'Umara ! Garder cette jeune femme au secret, comme une vulgaire prisonnière, ne vous mènera à rien. Au moins, convenez-en !

— Elle est fort bien traitée au monastère de la Reconnaissance des Bienfaits Impériaux. Dès qu'elle aura livré ses secrets, je vous assure, Majesté, qu'elle sera libre d'aller et venir !

— Si Umara ne vous a rien dit, c'est qu'elle ne détient aucun secret particulier. Le père de cette jeune femme est à sa recherche. Vous voudrez bien me l'envoyer ici dès que possible, faute de quoi vous risquez de vous retrouver dans de sales draps !

Pureté du Vide venait de comprendre la raison de la colère de l'impératrice : elle avait sûrement passé avec l'évêque nestorien de Dunhuang une sorte de marché dont sa fille devait être l'une des contreparties...

Désormais en proie à un grand trouble, Pureté du Vide regrettait amèrement d'avoir trop fait confiance à l'impératrice de Chine. Avait-il misé sur la bonne personne ? Cette femme n'était-elle pas en train de le manipuler ? Pourquoi le traitait-elle de façon si dure, alors qu'il n'avait cessé de lui rendre service et de lui prodiguer maints conseils profitables sur la bonne façon de s'en prendre à ses ennemis qui pullulaient, au sein des familles nobles de la cour et de la haute administration ?

Les questions, désormais, s'entrechoquaient dans l'esprit de l'ascète qui veillait sur les destinées du Mahâyâna en Chine.

Désireux de renouer les fils d'un dialogue essentiel pour l'avenir du Grand Véhicule et de la Chine, il aurait voulu trouver un moyen de lui signifier qu'il continuait à lui faire allégeance… De fait, il n'était pas le seul Supérieur mahayaniste avec lequel la souveraine était susceptible de passer une alliance. Nombre de ses collègues, à la tête de monastères presque aussi importants que le sien, n'attendaient probablement qu'une telle occasion.

Au milieu de ces terribles embarras, Pureté du Vide en voulait à une personne en particulier. De tout ce pataquès, le principal responsable n'était-il pas en effet le jeune Ulik, cet interprète parsi qui tentait d'obtenir la nationalité chinoise ?

Le grand maître de Dhyâna regrettait amèrement d'avoir reçu ce jeune homme, puis, croyant bien faire, d'avoir rapporté ses propos à Wuzhao.

Avec la précision que lui conférait sa mémoire infaillible, Pureté du Vide se souvenait parfaitement de la soirée au cours de laquelle il avait rencontré Ulik, venu frapper à la porte du seul couvent du Grand Véhicule dont il connût le nom.

Le grand maître de Dhyâna était d'humeur morose, taraudé par la hantise d'avoir compromis sa parfaite entente intellectuelle avec Wuzhao en révélant à celle-ci qu'il retenait Umara. Depuis l'épisode du Parc des Pivoines, en effet, où il lui avait appris la séquestration de la jeune femme, Wuzhao n'avait plus donné aucune nouvelle. Le grand maître de Dhyâna, peu habitué à être traité de la sorte, finissait par se demander s'il n'avait pas définitivement cassé leur relation de confiance.

C'était alors que Centre de Gravité avait frappé à la porte de son bureau.

— Le Bienheureux a fait un noble geste envers la

cause du Mahâyâna. J'ai un moyen de faire pression sur l'empereur Gaozong qui vous éviterait de ne compter que sur l'appui de l'impératrice. La foi de Wuzhao ne se discute pas, mais à la cour ses ennemis sont nombreux… D'après ce qui se dit, elle risque d'être répudiée par son époux, lui avait chuchoté, avec des airs de conspirateur, l'ancien Supérieur du monastère du Salut et de la Compassion de Dunhuang.

— J'ai toute confiance en Wuzhao ! Bien plus qu'en son époux, dont les forces diminuent de jour en jour, en même temps que les capacités intellectuelles… avait lâché le grand maître de Dhyâna qui avait jugé bon de ne parler à personne du refroidissement de ses relations avec la souveraine.

— Le mieux serait que vous acceptiez de recevoir un jeune homme très sympathique, qui a beaucoup de choses intéressantes à raconter ! avait alors lancé le moine auquel Umara avait eu l'imprudence, des mois plus tôt, de venir montrer le coffret en bois de santal qu'elle avait trouvé dans la pagode en ruine où Nuage Fou avait assassiné Bouddhabadra.

— De qui s'agit-il ?

— D'un jeune interprète parsi… Son nom est Ulik. Il arrive de fort loin, sur la Route de la Soie.

— Que vient-il faire ici ? De Parsis, à Luoyang, je ne connais que deux ou trois marchands de tapis précieux.

— Ce garçon est venu de lui-même frapper à la porte du couvent de la Reconnaissance des Bienfaits Impériaux !

— Pourquoi ne suis-je pas au courant ? avait demandé Pureté du Vide, agacé.

— Ulik s'est présenté hier soir à la conciergerie. Après une nuit de repos nécessaire, vu l'état d'épuisement dans lequel il se trouvait, il m'a ouvert son cœur

322

ce matin même. Il cherche à obtenir la nationalité chinoise. Ce garçon parle facilement de son passé et de ses attentes. Il connaissait l'existence de notre monastère grâce à votre ancien assistant Cinq Défenses…

— Cinq Défenses ? Il a côtoyé Cinq Défenses ? s'était écrié le Supérieur mahayaniste que le simple rappel du nom de son héritier spirituel faisait grimacer.

— Ulik a accompagné Cinq Défenses des abords de Samyé jusqu'à l'oasis de Dunhuang. Il a même eu l'occasion de prendre dans ses bras les Jumeaux Célestes, alors que ces enfants n'étaient encore que des nourrissons… Comme il est écrit dans certains sûtras, le monde est petit, quand on le compare à l'infinie compassion du Bienheureux !

— Va me chercher ce garçon immédiatement ! avait ordonné Pureté du Vide, voyant dans l'arrivée de cet Ulik une chance d'en savoir un peu plus sur le comportement de Cinq Défenses pendant ces années où il lui avait fait défaut, chance qu'il ne fallait pas compromettre, surtout en prévision du moment où il lui faudrait statuer sur le cas de son ancien assistant comme il sentait que l'impératrice Wuzhao, tôt ou tard, l'y pousserait.

Quand Centre de Gravité avait introduit son visiteur auprès du Supérieur de Luoyang, celui-ci l'avait trouvé plutôt sympathique.

— J'erre sur la Route de la Soie depuis plusieurs mois, en compagnie d'un homme bon et généreux appelé Addai Aggai ! À Chang An, nous avons dû nous séparer parce que c'était trop dangereux. La police spéciale du Grand Censorat est à nos trousses, avait annoncé Ulik, d'entrée de jeu.

— Addai Aggai ? L'évêque nestorien de Dunhuang ? avait pratiquement hurlé, en sursautant, Pureté du Vide.

— Lui-même, monsieur le Supérieur.

323

— Et où se trouve-t-il ? Il faut que je lui parle le plus rapidement possible !

— Hélas, nos chemins s'étant éloignés juste après notre arrivée à Chang An, il m'est rigoureusement impossible de vous le dire. De toute façon, j'avais bien l'intention de venir jusqu'ici, à Luoyang. En fait, je suis un ami de votre ancien assistant, le moine Cinq Défenses.

— J'imagine que tu ne viens pas ici uniquement pour bavarder avec moi.

— C'est vrai. Je suis venu vous livrer une information susceptible de vous intéresser !

— Je t'écoute, parle !

— Je connais pratiquement toutes les langues pratiquées sur la Route de la Soie. Grâce à cette faculté, j'ai ouï dire qu'une ambassade occidentale conduite par un certain Firouz vient d'arriver en Chine centrale. Il convoie une jeune Chinoise appelée Lune de Jade, destinée à servir de présent à l'empereur Gaozong. Partout où cet homme généreux est passé, il a distribué des grains de poivre et d'encens, si bien que la moindre bourgade attendait sa venue avec impatience, avait murmuré Ulik comme s'il s'agissait là d'un terrible secret d'État.

— L'empereur du Centre n'a que faire d'un cadeau de ce genre. Son gynécée est plein à ras bord de jeunes femmes toutes plus séduisantes les unes que les autres ! Quant au poivre, l'empereur de Chine en possède des tonnelets entiers dans les greniers de ses palais… Si c'est là tout ce que tu as à me dire, je crains bien que tu ne te sois dérangé pour rien ! s'était écrié, non sans irritation, le Supérieur de Luoyang, qui ne savait pas que Gaozong était entiché de Lune de Jade au point de ne plus toucher à aucune de ses autres concubines.

— En fait, selon les dires de cet ambassadeur, la jeune Chinoise est une princesse de noble extraction. Elle vaudrait donc beaucoup d'argent.

— Tu as l'air d'en douter...

— Le royaume d'Occident pour le compte duquel travaille cet ambassadeur a été abusé par le chef tujüe qui lui a vendu cette jeune femme. Lune de Jade n'est pas plus princesse que je ne suis évêque... Elle n'est qu'une roturière de basse extraction ! avait alors chuchoté Ulik, comme s'il livrait au mahayaniste le plus important des secrets d'État.

— Comment le sais-tu ?

— Sur la Route de la Soie, tout finit par se savoir... s'était contenté de répondre Ulik, manifestement décidé, pour mieux l'impressionner, à ne pas donner ses sources au Supérieur de Luoyang.

— Pourquoi me livrer cette information ? avait fini par demander celui-ci.

— N'est-elle pas intéressante ? Je souhaiterais pouvoir la faire passer en haut lieu.

— En effet ! Il s'agit d'une usurpation d'identité dans une affaire diplomatique. Les lois de ce pays ne badinent pas avec ce genre de balivernes ! Mais je réitère à présent ma question : que cherches-tu à obtenir, moyennant un tel tuyau ? avait lâché le mahayaniste, sur un mode quelque peu ironique.

— Compte tenu de vos hautes fonctions, vous pourriez me ménager un rendez-vous auprès de l'administration chinoise chargée des naturalisations. Ici, en effet, je ne connais personne. J'ai entendu dire que les autorités de votre pays acceptaient de donner un passeport de citoyen chinois aux étrangers dont le comportement le méritait...

— Le peuple parsi, que je sache, a droit de cité ici !

Pour quelle raison cherches-tu à devenir un citoyen chinois ? s'était enquis Pureté du Vide.

— C'est votre assistant Cinq Défenses qui m'en a donné envie… tant par son comportement que par ses actes. Pour moi, il restera toujours une sorte de modèle.

— C'est moi qui l'ai formé ! avait laissé échapper le grand maître de Dhyâna, plutôt fier des propos du Parsi.

— Et puis, pour tout vous avouer, la condition de fugitif me pèse. La Chine est le plus puissant pays du monde. Les Chinois ne seront jamais obligés de fuir leur pays comme des voleurs pour aller trouver refuge ailleurs, ce qui fut mon cas devant les assauts des envahisseurs musulmans !

— Si je comprends bien, tu viens monnayer un appui de ma part, en échange de cette information relative à Lune de Jade !

— Le prix payé pour une roturière ne saurait être celui d'une princesse. J'ai pensé que ce subterfuge pouvait en intéresser plus d'un, à la cour impériale… ajouta Ulik nullement gêné par le rôle de délateur dont il revêtait allègrement les habits.

C'était la première fois qu'il agissait ainsi, lui d'ordinaire si prompt à rendre service et à se placer du côté de ceux qui se trouvaient dans la difficulté. Mais il était tellement désireux de sortir de sa triste condition qu'il eût fait n'importe quoi pour obtenir la reconnaissance des autorités chinoises. Aussi était-ce sans état d'âme particulier qu'il avait révélé à Pureté du Vide la tromperie qui avait conduit ce pauvre Firouz tout droit dans une geôle de la prison du Fort du Chien.

Telle avait été la conversation qui valait à Pureté du Vide de faire face à l'ire perceptible sur le visage de Wuzhao, puisque, après avoir envoyé Centre de Gravité lui rapporter l'intégralité des propos du jeune interprète, il n'avait pas reçu d'autre réponse que cette fameuse convocation à laquelle il avait déféré et qui se passait si mal.

Plutôt accablé par la tournure prise par les événements, Pureté du Vide baissait la tête. Folle de rage devant ce qu'elle considérait comme de la résistance passive, Wuzhao, qui se préparait à lui donner son ultime estocade, marchait à présent de long en large d'un pas rapide, sous le regard penaud du grand maître de Dhyâna.

— Puisque vous avez l'air de douter de ma détermination, c'est Addai Aggai en personne qui va se charger de vous demander de libérer sa fille ! Qui d'autre qu'un père pourrait mieux s'acquitter d'une telle tâche ? finit-elle par lui lancer.

Avant d'avoir pu se préparer à ce qui s'annonçait comme un assaut, le grand maître vit débouler un individu hagard qui se rua sur lui comme un tigre furieux, avant de le saisir par le haut de sa robe.

— Ma fille ! Je veux ma fille ! J'ai appris que vous la reteniez prisonnière ! C'est contraire à tous les usages ! Que faites-vous de la liberté d'une innocente ? Quels sont donc vos principes moraux ? hurla le nestorien, qui, après s'être jeté sur le Supérieur de Luoyang, essayait à présent de le faire chuter à terre.

— Lâchez-moi ! Vous m'étranglez ! s'écria Pureté du Vide sur le torse duquel Addai Aggai était assis à califourchon.

Mais c'était en vain que le vieux mahayaniste, bien plus longiligne et frêle que son adversaire, se débattait.

Ce dernier, en effet, dont la rage décuplait la force, pesant de tout son poids sur Pureté du Vide, s'acharnait à lui serrer le cou. Au milieu de son visage pâlissant, les yeux du grand maître de Dhyâna commençaient à se révulser.

Wuzhao considérait les deux religieux en lutte d'un air plutôt amusé.

Observer le dirigeant spirituel du Grand Véhicule, dont l'entêtement l'avait exaspérée, se faire corriger ainsi par un évêque nestorien, dont la religion était proscrite, ne lui déplaisait pas.

N'était-ce pas là une bonne leçon donnée au Supérieur de Luoyang dont l'intransigeance, tant pour le pardon de Cinq Défenses que pour le sort qu'il réservait à Umara, avait fini par la lasser ?

— Le Muet, tu peux les séparer ! Je ne veux pas de mort ici ! lâcha finalement l'impératrice de Chine, ayant pris conscience que si elle laissait Addai Aggai continuer à serrer le cou de Pureté du Vide, celui-ci risquait tout bonnement de passer de vie à trépas.

Le géant turco-mongol n'eut qu'à plonger son immense bras tatoué pour tirer vers l'arrière l'évêque de Dunhuang, comme un fétu de paille.

— Umara est à la disposition de son père, Majesté ! Dès mon retour au monastère, je la ferai conduire ici, lâcha Pureté du Vide, au bord de l'étouffement, après s'être péniblement redressé, en rajustant sa tunique monastique défaite par l'empoignade.

— Majesté, je ne vous remercierai jamais assez de ce que vous faites pour moi ! s'écria l'évêque nestorien en tombant aux pieds de la souveraine pour effleurer de ses lèvres le bas de sa robe.

— Il ne vous reste plus qu'à relever Cinq Défenses de ses vœux monastiques, même si vous ne lui pardonnez pas. Et puis nous serons quittes ! Je compte sur vous, maître Pureté du Vide, murmura celle-ci à l'oreille du Supérieur du monastère de la Reconnaissance des Bienfaits Impériaux en le raccompagnant jusqu'à la porte du salon d'honneur.

Une fois à l'extérieur du palais, Pureté du Vide, toujours sous le choc, manqua de se faire renverser par une charrette de légumes tirée à toute vitesse par trois porteurs hilares dont le sourire vulgaire s'accordait à la façon fort goujate dont ils apostrophèrent le grand maître de Dhyâna en le gratifiant d'un sonore « Alors, vieux bonze, ôte-toi de là ! » qui eut le don de choquer des vieilles femmes, tout en faisant sursauter l'intéressé.

En d'autres temps, le Supérieur de Luoyang, qui détestait l'irrespect et ne ratait jamais une occasion de faire la leçon aux jeunes lorsque ceux-ci bousculaient des bonzes ou des personnes âgées, eût sommé les malotrus de s'excuser. Au besoin, il eût appelé à la rescousse, non sans avoir au préalable décliné son identité, les dévots mahayanistes toujours en grand nombre dans les rues de la ville, puisque le Grand Véhicule était devenu — et de fort loin — la première religion des Chinois.

Mais cette fois, le courage lui manquait singulièrement et il préféra s'abstenir de toute réaction ostentatoire. Son cou endolori l'empêchait de parler trop fort et, surtout, le traitement que l'impératrice venait de lui faire subir, s'ajoutant à l'assaut d'Addai Aggai, l'avait cassé psychologiquement.

Il laissa donc passer la charrette et s'assit, accablé, sur le rebord de la muraille qui ceinturait l'immense palais des Tang, en fulminant contre cet irrespect qui gagnait peu à peu les rapports sociaux, malgré les prêches de ses moines, et qui lui faisait dire parfois que la barbarie et la loi de la jungle étaient en train de redevenir la règle de conduite de ses contemporains.

De l'autre côté de la rue s'ouvrait une longue galerie couverte où les écrivains publics, aptes à rédiger les suppliques que les citoyens adressaient à l'empereur du

Centre, côtoyaient les marchands de thé aux Huit Trésors et de gâteaux secs des Dix Mille Bienfaits.

Un thé brûlant était encore ce qui le réconforterait le mieux.

Après avoir traversé, il s'apprêtait à tendre son bol à aumône à une vieille femme édentée qui s'était signée, en témoignage de respect, à la vue de sa robe de moine, lorsqu'il entendit prononcer son nom.

— Maître Pureté du Vide ! Maître Pureté du Vide !

C'était une voix familière ; une voix qu'il eût reconnue entre mille ; la voix d'un disciple qu'il avait aimé, façonné, au point de penser en faire un successeur, et puis qui l'avait misérablement trahi pour une femme ; la voix de celui dont Wuzhao, inlassablement, depuis de longs mois, plaidait la cause, comme il venait encore de le constater, quelques instants auparavant ; la voix de celui qui ne deviendrait jamais son digne héritier parce qu'il avait fait fausse route, au grand dam de son Supérieur et tuteur spirituel… lequel avait eu, au passage, l'impression de perdre son propre fils…

Cinq Défenses !

Ce ne pouvait être, assurément, que lui.

Lorsqu'il se retourna en tremblant, afin de confirmer son intuition, le grand maître de Dhyâna, le spécialiste du Chan, la méditation transcendantale assise dont le bouddhisme chinois avait pris le nom, l'esprit éclairé et subtil capable de faire totalement le vide en lui, ne fut donc pas surpris de reconnaître son ancien assistant qui le regardait en souriant…

Il constata que Cinq Défenses avait peu changé, depuis son départ pour Samyé où il l'avait envoyé récupérer le *Sûtra de la Logique de la Vacuité Pure*, et cela le rassura.

— Maître Pureté du Vide, avez-vous besoin d'aide ?

Vous n'avez pas l'air bien ! s'écria son ancien assistant en lui saisissant le bras.

— Ça pourrait aller mieux, ô Cinq Défenses ! Que fais-tu donc ici ? souffla, complètement bouleversé par cette rencontre inopinée, l'ancien maître spirituel.

— J'ai essayé de m'approcher de la résidence impériale, en vain. Il faut montrer un passeport que je n'ai pas...

— Le palais impérial est devenu un lieu inaccessible aux citoyens ordinaires ! lâcha le grand maître de Dhyâna, pincé, avant de trébucher sur une pastèque qu'il n'avait pas vue et de s'étaler lourdement sur le sol.

— Il faut aller vous asseoir quelque part, maître Pureté du Vide. Ce n'est pas raisonnable de rester ici, dans l'état où vous êtes... insista Cinq Défenses, qui faisait tout ses efforts pour relever la grande carcasse de son ancien directeur de conscience.

C'était bien la première fois qu'il s'adressait ainsi à son Supérieur, sur un ton familier et direct, dans une relation où il ne se trouvait pas en situation d'infériorité.

Comme il paraissait loin à celui qui avait abandonné la voie religieuse par amour pour Umara, le temps où sa timidité lui faisait perdre tous ses moyens devant son grand maître de Dhyâna, lorsque ce dernier le convoquait dans son bureau pour lui faire réciter des strophes de sûtra !

— Depuis que tu m'as quitté, plusieurs années ont passé. Je suis désormais un vieil homme ! Il est des jours où l'énergie me manque un peu. Et puis, je supporte de moins en moins bien toute cette agitation qui règne dans les rues de la capitale des Tang... répondit, en désignant alentour la foule qui grouillait, le vieux mahayaniste dont les propos paraissaient singulièrement humains et sincères à son ancien assistant, de plus en plus éberlué.

— Appuyez votre main sur mon épaule. Nous avancerons plus facilement, lui proposa Cinq Défenses.

Docilement, tel un enfant, le chef spirituel du Grand Véhicule chinois s'exécuta. L'ancien maître derrière son élève, celui-ci protégeant et aidant celui-là, ils fendirent la masse compacte des gens qui se pressaient sous la galerie couverte.

— Je suis terriblement las ! murmura le grand maître de Dhyâna qui pouvait à peine tenir sur ses jambes.

— Souhaitez-vous que nous allions demander refuge à la Pagode de l'Oie ? s'enquit avec respect Cinq Défenses, après avoir glissé sous les fesses de Pureté du Vide un petit escabeau qu'il était allé chercher derrière l'étal d'un marchand d'agrumes.

— C'est une bonne idée. Le Supérieur de cet établissement est un homme affable et compréhensif.

— Et aucun couvent du Grand Véhicule ne refusera l'hospitalité à maître Pureté du Vide ! Je vous demande seulement quelques instants, je dois prévenir un ami qui m'attend et doit commencer à s'impatienter, lui lança Cinq Défenses. Ce moine errant du pays de Bod me suit comme mon ombre depuis mon premier séjour à Samyé. Nous sommes très attachés l'un à l'autre, expliqua-t-il au grand maître de Dhyâna, avant de se ruer vers l'endroit où le *ma-ni-pa* l'attendait.

— *Om !* Heureux de faire ta connaissance ! Ô *ma-ni-pa !*

— *Om !* J'ai beaucoup entendu parler de vous ! répliqua ce dernier, tout prêt à engager la conversation avec le Supérieur de Luoyang.

— Je propose que nous nous rendions sans tarder au Temple de l'Oie ! Maître Pureté du Vide a besoin de se reposer. Là-bas, tu auras toute latitude pour bavarder avec lui ! dit l'ancien moine à son indéfectible compagnon de route.

— Ce n'est pas une mauvaise idée… Mes jambes ne peuvent plus me porter, souffla le vieil homme qui était allé au bout de ses possibilités physiques.

— Nous ne sommes pas loin de ce temple ! Si mes souvenirs sont exacts, il doit se trouver à trois rues d'ici, ajouta son ancien disciple.

De fait, cet édifice cultuel se dressait à quelques pas de là, au bout d'une avenue encombrée par les charrois et les pousse-pousse. Il avait été érigé deux siècles plus tôt, sous la dynastie des Sui dont les empereurs s'étaient convertis au bouddhisme, afin de commémorer une jolie légende indienne : un bodhisattva généreux, qui se cachait sous les traits d'une oie sauvage, avait accepté de s'abattre de lui-même dans la cour d'un monastère pour fournir ses propres aiguillettes à une communauté monastique qui n'avait pas mangé depuis plusieurs jours.

Arrivés à ce monastère, les trois hommes n'eurent même pas besoin de justifier leur identité puisque le Supérieur de la Pagode de l'Oie, à peine se furent-ils présentés à la conciergerie, accourut toutes affaires cessantes pour faire ses civilités au Supérieur du couvent de la Reconnaissance des Bienfaits Impériaux de Luoyang dont le prestige était tel qu'il lui valait l'estime de tout ce que la Chine pouvait compter d'établissements religieux du Grand Véhicule.

— Maître Pureté du vide ! Que me vaut l'honneur de ta visite ? s'enquit, courbé en deux, le moine dégingandé qui présidait aux destinées de la Pagode de l'Oie.

— Peux-tu me fournir un lit, fût-ce pour quelques heures, avant que je m'en retourne à Luoyang ? La journée a été éprouvante et mes vieilles jambes peinent à me porter. Quand j'aurai pu faire une sieste, je suis sûr

333

que tout ira mieux, dit le grand maître de Dhyâna qui avait considérablement perdu de son habituelle superbe.

Un novice les conduisit dans une pièce fraîche donnant sur la cour intérieure au milieu de laquelle se dressait la haute tour de la pagode. Cinq Défenses aida son ancien maître spirituel à s'allonger sur l'une des banquettes installées le long des murs, tandis que le *ma-ni-pa* se ruait sur l'un des bols de thé qu'un novice venait gentiment de leur servir.

C'est alors que l'ancien disciple s'aperçut que celui qui avait été son maître tremblait de tous ses membres.

— Maître Pureté du Vide, je vois que votre cou porte des traces de strangulation ! Je ne peux pas croire que quelqu'un ait porté la main sur vous ! Que vous est-il arrivé ? lui demanda-t-il après avoir noté les marques bleuissantes laissées sur la peau du Supérieur de Luoyang par la prise de l'évêque nestorien.

Sans mot dire, Pureté du Vide regardait s'affairer Cinq Défenses, qui était allé chercher de l'eau et s'employait à présent à tamponner délicatement la base meurtrie du cou décharné de son ancien directeur de conscience.

— Tu es gentil ! se contenta de déclarer, d'une voix apaisée, le chef spirituel du Grand Véhicule.

Ce n'était plus le grand maître de Dhyâna hiératique, impavide et sévère, toujours impeccable dans sa toge safran, n'ayant même pas à tancer ses ouailles, tellement il était craint et respecté par elles, qui s'adressait à lui, mais tout simplement un vieil homme au regard interrogateur, où commençait à pointer la bienveillance.

Sur son étroite banquette, il avait même plutôt l'air d'un banal vieillard, en proie à la souffrance et à la maladie, comme il en existait des dizaines de milliers du même âge à Chang An, Luoyang, ainsi que dans toutes les villes et les villages de Chine...

— Pourquoi fais-tu cela pour moi ? Je ne le mérite pas… ajouta le vieil ascète, cette fois au bord des larmes.

C'était la première fois que Cinq Défenses le voyait ainsi s'abandonner.

— Je ne comprends pas ce que vous voulez dire… se borna à répondre, sur ses gardes, celui qui aimait Umara et qui connaissait suffisamment le caractère de son ancien maître pour penser qu'une telle réflexion pouvait également servir de piège.

— Je suis pourtant très clair. Je ne mérite pas de telles attentions de ta part, après la conduite qui fut la mienne à ton égard.

— Je ne fais que mon devoir de bouddhiste. Et puis vous êtes mon aîné. À ces seuls titres, je vous dois le respect, maître Pureté du Vide.

— Tu parles bien. Et tu n'as pas oublié une miette de mon enseignement, dit le vieil homme d'une voix lasse, avant de fermer ses yeux mouillés de larmes.

Stupéfait par ce compliment en forme d'aveu, l'ancien moine, qui ne doutait plus de la sincérité de son directeur de conscience, se pencha sur son visage pour constater qu'il s'était endormi.

Il régnait dans la pièce une délicieuse odeur d'encens que Cinq Défenses avait fait brûler, lorsque le grand maître de Dhyâna ouvrit enfin un œil, quelques heures plus tard.

— Je n'ai que trop dormi. Il faut que nous partions tout de suite pour Luoyang, faute de quoi, nous risquons de rater le dernier coche d'eau de la journée !

— Vous m'invitez donc à venir avec vous ? s'enquit, le cœur battant, celui qui avait été le meilleur adepte des arts martiaux du monastère de la Reconnaissance des Bienfaits Impériaux.

Il était bouleversé à l'idée de retrouver le couvent où il avait passé la plus grande partie de sa jeunesse.

— J'ai employé le « nous » à bon escient. Je serais vraiment heureux si tu acceptais de m'accompagner. Avec le *ma-ni-pa,* bien entendu ! lui précisa Pureté du Vide, dont la sincérité ne pouvait plus se discuter.

Ils ne mirent pas longtemps à gagner le canal impérial, où les passagers en attente d'embarquement pour Luoyang laissèrent volontiers passer le vieux moine bouddhiste à l'allure altière, ainsi que ses deux accompagnateurs. Un roulement de tambour se fit entendre, signalant le départ de la barge, d'abord tirée à la force des bras par des hommes, de part et d'autre du canal, avant que les rameurs les relaient.

Pureté du Vide, Cinq Défenses et le *ma-ni-pa* avaient pris place sur une banquette du pont supérieur d'où l'on pouvait découvrir la variété des paysages traversés par cette voie d'eau creusée huit siècles plus tôt, du temps du Premier Empereur, entre les deux capitales de la Chine centrale, par des centaines de milliers de prisonniers de guerre.

Tandis que défilait devant leurs yeux l'immuable campagne chinoise, avec ses paysans au dos courbé dans des champs en terrasses tirés au cordeau par les sculpteurs de montagne, le grand maître de Dhyâna prit la parole.

— Tu dois penser, ô Cinq Défenses, que je te dois quelques explications !

— J'imagine surtout que vous devez faire de même ! répondit Cinq Défenses avec élégance.

— J'ai regretté de ne pas t'avoir expliqué plus précisément la raison pour laquelle je t'avais envoyé à Samyé afin d'y récupérer le *Sûtra de la Logique de la Vacuité Pure…*

— Il est vrai que je me suis senti tout drôle, lorsque

336

je suis arrivé là-bas. Je ne savais pas trop comment procéder pour récupérer le sûtra qui était entreposé dans la bibliothèque de ce monastère. Je me voyais jouer les cambrioleurs, lorsqu'un lama me le confia sans que je lui demande quoi que ce soit, avec, en prime, l'obligation de ramener en Chine des jumeaux qui venaient de naître : un garçon et une fille. Le visage de celle-ci, à moitié recouvert de poils, ressemblait à celui d'un petit singe ! Vous m'avouerez qu'il y avait de quoi être surpris !

— Il est inutile de me la décrire. La petite Joyau m'a été confiée, ainsi que son frère Lotus, par l'impératrice Wuzhao. Au monastère de la Reconnaissance des Bienfaits Impériaux, les Jumeaux Célestes sont devenus l'objet d'un important pèlerinage. Grâce à toi, ô Cinq Défenses !

Abasourdi par la nouvelle, Cinq Défenses ne prêtait même plus attention à la somptuosité du paysage situé de part et d'autre du canal impérial, où les forêts de bambous alternaient désormais avec des rochers immenses, que l'érosion avait transformés en gigantesques sculptures aux formes bizarres et souvent zoomorphes. Les majestueux silos à grain pyramidaux semblaient attendre les voyageurs, non loin des embarcadères, puisque ce canal servait à transporter vers les régions les plus arides du pays les denrées agricoles produites par ses régions les plus tempérées.

À bien y réfléchir, il n'était pas mécontent. Après tant de péripéties, et grâce à l'impératrice Wu, le voyage des enfants s'était donc achevé où il l'avait prévu…

— C'est là que je comptais emmener ces enfants… Tout s'est finalement passé comme je l'avais souhaité. Je n'ai pas de regrets à avoir, souffla-t-il, ému aux larmes.

— Tu auras été dans cette affaire, et compte tenu de toutes ses péripéties, un moine valeureux et courageux.

— Ce jugement m'étonne et me ravit, de votre part, maître Pureté du Vide. Je craignais votre colère, suite à mon silence et à la décision que j'ai prise… Plus d'une fois Wuzhao me raconta comment elle essayait d'obtenir, en pure perte, votre pardon à mon égard. Je sais que j'ai péché, au sens où j'ai violé la règle monastique par amour pour une femme, murmura, gorge nouée, l'ancien assistant du Supérieur de Luoyang.

— Reconnaître ses fautes est un premier pas vers le pardon, ô Cinq Défenses.

— Maître Pureté du Vide, il faut que vous sachiez, je suis un pécheur encore plus vil que vous ne le pensez : je n'éprouve aucun remords ! Pire encore, je n'ai pas le sentiment d'avoir fauté en liant mon destin à celui de la femme aimée ! Et d'ailleurs, si vous ne m'aviez pas envoyé à Samyé, je ne l'aurais pas rencontrée…

C'était à présent au tour du jeune mahayaniste de pleurer à chaudes larmes, à côté de son aîné.

— Bientôt, tu vas m'expliquer que c'est à cause de moi que tu l'as rencontrée !

— C'est loin d'être faux. Souvent, il m'est arrivé de me le dire…

— Qui est-elle ? Décris-la-moi, cette jeune femme, lui demanda alors le grand maître de Dhyâna.

— Umara croit dans le Dieu Unique des chrétiens. Elle pratique ce que les disciples du Christ appellent l'« amour du prochain », et qui me paraît fort proche de cette notion de compassion, à base de respect, de bienveillance et surtout de tolérance vis-à-vis de l'autre, que le Bienheureux nous a toujours exhortés à mettre en œuvre.

— Tu l'aimes donc beaucoup ?

— Bien plus que ça : je l'aime, un point c'est

tout ! Cela fait des mois que j'ai perdu sa trace et que je suis à sa recherche. Je donnerais plusieurs années de vie pour la retrouver. Je ne sais pas me passer d'elle…

Éploré, l'ancien moine de Luoyang regardait à présent son ancien directeur de conscience et celui-ci en était tout bouleversé.

C'était la première fois, depuis l'enlèvement de la jeune femme, que Cinq Défenses se laissait ainsi aller. Jusque-là, soucieux de ne pas perdre contenance devant autrui, il avait toujours réussi à contenir le désespoir qui l'étreignait, lorsqu'il pensait à la disparition de sa bien-aimée. Mais à présent qu'il se retrouvait en face de son ancien maître spirituel, l'émotion était trop forte et leurs retrouvailles avaient achevé de rompre les digues qui l'empêchaient de faire part de sa tristesse.

— Le père de cette jeune femme est actuellement à Chang An, hébergé par l'impératrice Wu. Je venais de le quitter lorsque tu m'appelas dans la rue, souffla le grand maître de Dhyâna après un long silence.

— L'impératrice Wu est semblable à une Guanyin secourable aux Mille Bras ! Elle est partout à la fois, et distribue son aide sans parcimonie ! s'exclama l'amant d'Umara, dont l'admiration pour la souveraine n'avait pas faibli.

— Cette femme est redoutable… Elle aura fini par atteindre ses objectifs, murmura le grand maître de Dhyâna, comme s'il se parlait à lui-même.

Car il se sentait prêt à pardonner à Cinq Défenses. Cette dernière journée où Wuzhao avait commencé par lui dire ses quatre vérités, où Addai Aggai avait failli l'étrangler et où enfin Cinq Défenses, contre toute attente, avait fait preuve d'une totale absence de rancœur à l'égard de son ancien maître spirituel, mais surtout d'un respect, et presque d'une affection, inaltéré, malgré tout ce que Pureté du Vide lui avait fait endurer, avait achevé de convaincre le grand maître de Dhyâna qu'il était temps d'être moins rigide et surtout plus humain envers son ancien disciple préféré.

Pour la première fois depuis son enfance, le vieux mahayaniste sentit un immense sentiment de tendresse l'envahir des pieds à la tête, qui contribua à détendre ses muscles.

Il ne se souciait pas de réprimer son irrésistible envie de pleurer. Peu importait désormais l'image de lui-même qu'il donnerait aux autres. Il éprouvait soudainement le furieux désir de quitter les oripeaux du Supérieur de couvent sévère, dur et autoritaire envers ses ouailles, les obligeant à respecter scrupuleusement la règle de la samgha, pour prendre ceux du petit enfant à la recherche de la tendresse du sein maternel.

Il en avait assez d'être le chef, le responsable, celui qui devait tout assumer, jusqu'au bout, des décisions qu'il prenait et des choix qu'il opérait ; celui dont on attendait toujours les paroles et qu'on écoutait toujours ; celui dont l'unique but était de renforcer la puissance de son Église ; celui qui, pour les besoins de cette cause, faisait taire son cœur au profit de son intellect.

Et celui qui regrettait amèrement tout cela.

Pureté du Vide, le philosophe cérébral, l'exégète et le théoricien hors de pair, l'intellectuel capable de commenter des milliers de pages de sûtras dont le sens échappait au commun des mortels, le chef incontesté du Grand Véhicule chinois, était en train de se convertir.

Et le grand maître de Dhyâna se rendait compte qu'il n'y avait pas d'âge, en fait, pour cela, et que sa vie, jusque-là, n'avait pas été sainte. Il bénissait le Bienheureux Bouddha de lui donner cette grâce, même tardivement, et l'idée qu'il aurait fort bien pu passer à côté d'un cadeau aussi ineffable le rendait soudain plein d'effroi et désireux de se racheter.

— Je regrette infiniment de ne pas t'avoir fait assez confiance. Lorsque Wuzhao m'informa que tu étais revenu de Samyé avec cette jeune fille, je l'ai très mal pris. Chaque fois qu'elle essaya d'intercéder auprès de moi en ta faveur, je refusai obstinément de lui donner raison. J'aurais mieux fait de te demander de venir me voir et nous aurions parlé tous les deux, comme maintenant.

— Je suis conscient d'avoir changé de voie, et pour cela, d'avoir bravé les interdits auxquels sont soumis les moines du Grand Véhicule... Quant au reste, j'ai la conviction d'être toujours le même, bien que mon comportement ait pu vous blesser et vous faire douter de moi.

— Tu viens de prononcer la phrase juste, Cinq Défenses. Sans toi, j'aurais toujours réfuté, et avec la plus extrême véhémence, un tel propos ! Ma vision, jusqu'ici, était étroite et bornée. Les voies du Salut sont aussi impénétrables que multiples. Il m'aura fallu attendre d'être un vieil homme pour m'en apercevoir. Grâce à toi, mon enfant ! souffla le vieux mahayaniste.

— Je suis heureux de pouvoir m'entretenir avec vous de ce sujet, maître Pureté du Vide ! Je n'espérais pas avoir cette occasion. Cela me procure un immense sentiment de réconfort... s'écria, plein de reconnaissance, l'ancien disciple du Supérieur de Luoyang.

— Je suis disposé à te relever de tes vœux monastiques. Ainsi, tu pourras épouser Umara sans encourir les foudres du Grand Véhicule. La voie que tu as choisie me paraît la bonne et je la respecte, conclut Pureté du Vide en posant une main bienveillante sur l'épaule de celui à qui il aurait promis, la veille encore, les terribles tortures de l'enfer le plus froid.

— Je vous remercie du fond du cœur pour tant de compréhension. Mais avant de pouvoir épouser Umara, encore faudrait-il que je la retrouve ! L'élue de mon cœur s'est mystérieusement évaporée de Samyé il y a dix-huit mois de cela, gémit Cinq Défenses.

— Ce moment viendra plus vite que tu ne le crois… murmura le vieux Supérieur, dont la voix était à nouveau gagnée par la lassitude.

— J'aimerais tant que votre prédiction ne soit pas une simple façon de me donner espoir !

— *Om !* Cinq Défenses ! Tu dois croire ce que dit Pureté du Vide. Il est très sincère ! s'écria alors le *ma-ni-pa*.

— Merci, ô *ma-ni-pa*, de voler ainsi à mon secours ! dit le grand maître de Dhyâna.

— Puis-je réellement compter sur votre pardon ? demanda Cinq Défenses d'une voix tremblante à son ancien Supérieur, en se jetant à ses pieds.

— Je crois avoir été clair à ce sujet. C'est dix mille fois oui ! Mais pourrai-je, de mon côté, obtenir le tien ? C'est tout aussi important pour moi…

— Vous pardonner ? Mais quoi donc, maître Pureté du Vide ? lança, abasourdi, l'amant d'Umara.

— Beaucoup de choses. Mes motivations n'ont pas toujours été glorieuses. J'étais obsédé par le triomphe de l'Église du Grand Véhicule et aveuglé par cet objectif, à la manière d'un général en chef désireux de conduire ses troupes à la victoire. Or, le Grand Véhicule n'est pas une armée ! J'ai péché par puérilité et manque de recul. Tu en fus l'une des victimes et je le regrette vivement, se borna à expliquer Pureté du Vide, avant de s'enfermer dans un mutisme d'où il ne sortit plus avant leur arrivée à Luoyang.

Lorsqu'il aperçut Umara sur le pas de la porte de sa cellule devant laquelle Pureté du Vide l'avait conduit, avant de s'éclipser sans commentaire, Cinq Défenses poussa un cri sauvage et se rua sur elle pour la serrer dans ses bras. Il ne prêta pas le moins du monde attention à la moue désapprobatrice du vieux moine balayeur qui assistait à la scène et avait reconnu sans peine son jeune collègue.

— Mon amour ! hurla son amant, avant de coller sa bouche à celle d'Umara, afin de lui donner le plus tendre des baisers.

Les yeux bicolores de la jeune chrétienne lui paraissaient encore plus étranges et beaux que la dernière fois où il les avait croisés, dans leur cabane de berger du pays de Bod, où Premier des Quatre Soleils Illuminant le Monde, agissant pour le compte de Pureté du Vide, avait réussi à la dénicher puis à l'extirper.

— Mon unique amour ! murmura à son tour la fille d'Addai Aggai, abasourdie de bonheur, qui ne s'attendait pas à voir son amant surgir ainsi de nulle part.

Sans perdre une seconde, elle le fit entrer dans sa chambrette où leurs langues ne tardèrent pas à s'emmêler à nouveau et leurs doigts à parcourir leurs épaules, leurs poitrines, leurs ventres et leurs entrecuisses.

Éperdus de bonheur et ivres l'un de l'autre, ils n'avaient pas besoin de se parler mais simplement de se palper et de se toucher, pour bien vérifier ensemble qu'ils ne rêvaient pas. À continuer ainsi, nul doute que les ouragans du désir ne tarderaient pas à se lever. Or, la nuée de novices qui à présent entourait la porte de la cellule d'Umara ne permettait pas l'intimité nécessaire à de telles retrouvailles.

— Nous poursuivrons nos étreintes ce soir, quand nous serons plus tranquilles… Ici, la nuit, tout le monde dort. Nous ne serons pas dérangés, murmura la jeune chrétienne nestorienne au bouddhiste du Mahâyâna dont elle venait d'effleurer le sexe turgescent, qui affleurait sous ses braies.

En quelques mots, blottie contre l'épaule de son amant, elle raconta à ce dernier comment Pureté du Vide l'avait fait enlever à Samyé, persuadé qu'elle détenait les Yeux de Bouddha.

— Je comprends mieux, à présent, la gêne et la contrition du grand maître de Dhyâna, conclut-il, mi-figue, mi-raisin, quand elle eut achevé son récit.

— Maintenant que tu es là, grâce à Dieu, tout est bien qui finit bien. Le passé importe peu. Toi et moi, nous ferons en sorte de ne plus jamais nous quitter, dit-elle en souriant.

— Je te promets que je ne te laisserai plus toute seule une seconde… Si tu savais ce que je m'en suis voulu d'être parti en promenade, avec Lapika, cet après-midi-là, lança-t-il en caressant sa chevelure.

— Il ne me reste plus qu'à retrouver mon père et je serai comblée.

— Addai Aggai se trouve à l'heure qu'il est chez l'impératrice Wu, au palais impérial de Chang An ! Pureté du Vide m'a dit l'avoir rencontré là-bas, il y a trois jours de cela ! annonça triomphalement Cinq Défenses à Umara, laquelle poussa un grand cri de surprise et de joie.

— C'est exact et je confirme ! Votre père est hébergé secrètement par Wuzhao au palais impérial !

C'était le grand maître de Dhyâna, dont la voix inimitable venait de résonner aux oreilles des amants enfin réunis. Il se tenait dans l'encadrement de la porte de la cellule où Umara vivait recluse, et, souhaitant leur parler tranquillement de leur avenir, il avait décidé de venir les trouver à la fin de la dernière prière du soir.

— Quand pourrai-je le rejoindre ? Il doit être anéanti par l'inquiétude. Depuis le temps qu'il n'a plus de mes nouvelles… Mis à part Dieu, je suis pour lui ce qu'il y a de plus important au monde, s'écria, d'une voix éperdue d'émotion, la jeune femme dont le cœur commençait à être submergé par tant de bonnes surprises accumulées.

— Votre père est dûment informé de votre présence. Il sait que vous êtes en bonne santé. À cet égard, je pense qu'il ressent un immense soulagement, murmura, quelque peu gêné, le Supérieur du Grand Véhicule, dont le cou portait encore les traces laissées par les doigts furieux de l'évêque nestorien.

— L'impératrice Wuzhao continue à tirer toutes les ficelles… souffla pensivement Umara.

— Rien n'échappe à la sagacité de la souveraine. Pour recueillir ses protégés et les mettre à l'abri des manigances des agents spéciaux du Grand Censorat, cette femme est capable de prendre tous les risques, tout en se jouant des multiples pièges tendus par ses ennemis. Non contente d'héberger votre père, elle fait de même pour le Grand Parfait manichéen de Turfan Cargaison de Quiétude, ajouta le Supérieur de Luoyang.

— Savait-elle que vous me reteniez prisonnière ?

— Oui.

— L'impératrice de Chine m'a pourtant toujours témoigné beaucoup d'affection, objecta la jeune femme, déçue.

— C'est une femme de pouvoir. Elle poursuit des objectifs qui ne sont pas les tiens. Il est difficile dans ces conditions de se mettre à sa place ! ajouta Cinq Défenses.

— Je n'en ai pas la moindre envie ! Jamais je n'échangerais sa vie contre la mienne, s'écria Umara.

— Umara, j'ai le plaisir de t'annoncer que tu es libre d'aller et de venir. Le couvent de la Reconnaissance des Bienfaits Impériaux n'a plus aucune raison de te retenir, déclara alors, non sans quelque solennité, le Supérieur à l'intéressée, coupant court à la discussion qui était en train de se nouer sur le comportement de l'impératrice.

La fille d'Addai Aggai, interloquée et quelque peu incrédule, regardait Pureté du Vide, en se demandant ce qui avait pu motiver un tel changement d'attitude.

— Vos griefs à mon égard se seraient donc évanouis ? s'enquit-elle, abasourdie.

— Il n'y a pas d'âge pour changer de point de vue... Je regrette de t'avoir traitée de la sorte. La clairvoyance mais aussi la compassion m'ont cruellement manqué. J'ai beau être un vieux moine, je m'aperçois que la sagesse ne me sera venue que sur le tard ! C'est un peu une conversion... et je la dois à Cinq Défenses, avoua, pensif et sur un ton quasiment désespéré, celui qui avait pourtant été le directeur de conscience de dizaines de milliers de moines qu'il avait formés à la méditation transcendantale.

Le grand maître de Dhyâna, d'ordinaire si impavide et austère et que chacun craignait, faisait à présent mille efforts pour retenir ses larmes, ce qui l'obligeait à se murer dans le silence devant les deux amants qui se tenaient la main.

— Et si nous allions voir les petits Jumeaux Célestes... Ils me manquent cruellement, maître Pureté du Vide ! demanda l'ancien moine au Supérieur de Luoyang afin de couper court à l'immense désarroi qui paraissait le gagner.

— Veuillez me suivre ! Ces enfants ne sont pas loin d'ici. Un pavillon leur a été réservé, répondit celui-ci, après avoir avalé sa salive.

Puis, tendant le bras gauche à Cinq Défenses, il lui fit comprendre qu'il avait besoin de s'appuyer sur lui pour les y emmener, vu l'état de ses jambes.

Quand ils entrèrent dans la chambre des Jumeaux Célestes, dont la journée s'achevait, une nonne était en train de finir de les déshabiller. Chaque jour, ils portaient une couleur différente pour leur présentation aux pèlerins. Ce jour-là, des tuniques rouges surmontaient leurs étroits pantalons noirs, gansés d'un fil d'or sur le côté.

Umara, telle une mère sur ses enfants, se précipita vers eux pour les couvrir de baisers.

— Je ne sais pas si vous me reconnaissez... C'est moi, Umara ! Comme ils sont mignons ! s'écria-t-elle, tombée à genoux devant eux, en caressant alternativement la chevelure de la fille et celle du garçon.

— Oui ! Je te reconnais ! murmura Joyau de sa petite voix.

— Moi aussi ! s'écria Lotus, venu se blottir contre sa sœur.

— Quand je les ai quittés, ils savaient à peine marcher... À présent, ils parlent comme des livres... souffla-t-elle.

— Un moine instructeur pourvoit à leur apprentissage du chinois. Leur intelligence fait le reste, expliqua Pureté du Vide.

— *Om !* Ils sont beaux comme des étoiles ! ajouta le *ma-ni-pa* qui ne cachait pas sa joie.

Le moine errant, dont l'attachement aux Jumeaux Célestes était intact, avait, bien entendu, suivi Umara et Cinq Défenses dès que Pureté du Vide avait proposé à ces derniers de leur montrer les enfants.

— Joyau est de plus en plus belle ! constata à voix basse la fille d'Addai Aggai, en entraînant Pureté du Vide un peu à l'écart. Connaît-elle déjà sa différence ? ajouta-t-elle, quelque peu inquiète.

— Wuzhao nous a expressément demandé de veiller à ne jamais amener Joyau au bord d'un bassin d'agrément ; de même, nous proscrivons la présence de tout miroir dans les pièces où elle passe ses journées. La souveraine a exigé d'être celle qui fera découvrir à la fillette son apparence réelle… Pour l'instant, la petite se croit normale, chuchota aux deux amants le Supérieur mahayaniste.

— Cela vaut mieux ainsi ! Ce serait à coup sûr un choc immense pour Joyau, si elle venait à le découvrir seule, souffla Umara.

Elle avait pris la fillette dans ses bras et lui caressait le visage, comme si elle craignait ce terrible moment où Joyau découvrirait enfin ce que chacun voyait de son apparence inouïe. Comme elle eût aimé être là, lorsque cela se passerait ! À deux, avec Wuzhao, elles ne seraient sûrement pas de trop pour aider l'enfant à amortir ce terrible choc…

— Moi je vais apprendre à tirer à l'arc chez tante Wu ! s'écria Lotus en poussant des cris de joie.

— Qui est tante Wu ? s'enquit Umara émue aux larmes par les enfants dont elle s'était tant occupée alors qu'ils étaient tout petits.

— C'est l'impératrice Wuzhao ! souffla Pureté du Vide, la souveraine leur témoigne une immense affection et demande à les voir dès qu'elle séjourne dans sa capitale d'été, ce qui est de plus en plus fréquent…

— Il nous faut laisser ces enfants se coucher ; demain matin, ils devront sûrement aller voir les pèlerins qui font la queue pour les vénérer, dit Cinq Défenses, conscient que l'heure tournait.

De retour dans leur chambre, le soir venu, le *ma-ni-pa* assis devant leur porte pour empêcher quiconque d'y entrer, les deux amants à nouveau réunis purent enfin se découvrir et se donner l'un à l'autre, avec les mêmes gestes évidents, comme s'ils ne s'étaient quittés que depuis la veille.

Après leur si longue séparation, leur première nuit d'amour, dans cette cellule du couvent de la Reconnaissance des Bienfaits Impériaux, fut longue et belle à souhait.

Pour son amant, le corps de la jeune chrétienne éclipsait déjà tous les souvenirs et les traces qu'avaient laissés sur sa peau les formes de la belle et sauvage Yarpa, la prêtresse bonpo tibétaine ; pour son amante, le bâton de jade de l'ancien moine du Grand Véhicule était encore plus désirable, lorsqu'elle commença, à peine Cinq Défenses dévêtu, à lui rendre l'hommage de ses lèvres.

Le cérémonial amoureux auquel ils s'adonnèrent resterait longtemps gravé dans leur mémoire, tant ils firent preuve cette nuit-là de créativité et d'imagination.

— J'attends ce moment depuis des siècles, mon amour ! Mon ventre est asséché comme le désert de Gobi à la fin de l'hiver.., roucoula-t-elle en frissonnant.

— Je suis prêt à l'arroser comme il convient avec ma liqueur… pouffa-t-il en mettant les jambes de son amante autour de son cou, de telle sorte qu'il pouvait lécher sans la moindre difficulté son bouton de pivoine, tandis qu'elle massait doucement son bâton de jade, si gonflé qu'il semblait près d'éclater.

— Je veux te sentir en moi de toutes les façons… murmura-t-elle, en lui faisant comprendre que sa cour arrière était prête à l'accueillir avec autant d'enthousiasme et de ferveur que sa cour avant.

— Mais nous n'avons jamais encore essayé cette voie… fit mine de protester l'ancien moine du Mahâyâna.

— À présent, je veux tout te donner de moi. Plus aucune frontière ne doit exister entre nous, ajouta-t-elle en adoptant, de façon encore plus précise, la position adéquate devant laquelle il était impossible de résister.

Umara éprouvait tant de plaisir que ses râles risquaient de réveiller les novices qui dormaient non loin de là. Alors, Cinq Défenses noua délicatement un foulard de soie autour de la bouche de son amante, ce qui, loin d'atténuer ses roucoulements, eut au contraire un curieux effet multiplicateur sur ses soupirs, comme si ce doux lien décuplait le plaisir qu'elle ne pouvait pas maîtriser.

Pendant de longues heures, et jusqu'au petit matin, leurs corps assoiffés l'un de l'autre s'emboîtèrent parfaitement, à l'instar de la clé spécialement forgée pour la serrure ouvrant miraculeusement la porte d'une cachette où se fussent entassés des trésors dont ils ignoraient jusqu'à l'existence.

Et là, sur cette couchette étroite d'une cellule vide de moine méditant, où pas un détail ne venait perturber les exercices spirituels de son occupant, ils se jurèrent fidélité jusqu'à la mort.

Le lendemain, le Supérieur Pureté du Vide fit venir les deux amants dans son bureau.

— Cinq Défenses, cette nuit, j'ai accompli le rituel qui me permet de te libérer de tes vœux de moine en t'imposant les mains ! Je l'ai inventé de toutes pièces à ton intention ! s'écria-t-il à l'adresse de son ancien assistant, en lui ouvrant ses bras comme un père eût accueilli son fils.

— Je croyais que les vœux des moines étaient indissolubles... lui lança, éberlué et ravi, son ancien assistant.

— Ce qu'un rituel a fait, un autre peut le défaire. L'important n'est-il pas de suivre la Voie que le Bienheureux a tracée pour chaque homme ?

— Nous pouvons donc devenir officiellement mari et femme, sans que Cinq Défenses, en tant qu'ancien moine du Grand Véhicule ayant prononcé des vœux, risque les feux ou les glaçons de l'enfer de l'Avici ? murmura Umara, bouleversée.

350

Les propos que venait de tenir le grand maître de Dhyâna achevaient de rendre pleinement heureuse la jeune chrétienne nestorienne.

— Tout à fait, mes enfants ! conclut le Supérieur.

— Dans ce cas, mon père nous unira certainement par le sacrement du mariage, selon le rite prévu par l'Église de Nestorius !

— Il sera à coup sûr tout heureux de procéder ainsi… dit l'ancien assistant de Pureté du Vide, que ce dernier venait de délier de ses vœux.

— Et cela ne changera rien à l'amour que nous nous portons, ni au fait que mon Dieu Unique a voulu notre union puisqu'il a fait en sorte que nous soyons là réunis. C'est à lui que nous devons ce qui nous arrive et le reste, qui vient toujours par surcroît ! ajouta la fille d'Addai Aggai, dont la foi dans son Dieu ne s'embarrassait pas des rituels.

— Ta foi est intacte. C'est bien. Mais n'oublie pas que le Bouddha veille aussi sur ceux qui l'ignorent. Prends donc ceci, tu ne le regretteras pas, ajouta le grand maître de Dhyâna en tendant à la jeune chrétienne une chaînette au bout de laquelle pendait un minuscule reliquaire portatif en argent, dans lequel on plaçait un morceau de sûtra et qu'on passait autour du cou de certains ermites avant de les envoyer méditer seuls pendant des mois dans des grottes isolées.

— Vous me gâtez, maître Pureté du Vide ! lui lança-t-elle en souriant.

— Je voudrais me faire pardonner les soupçons nourris à tort et qui expliquent ma bévue… ainsi que tout le mal que j'ai pu te faire… Tout maître de Dhyâna que je suis, j'ai agi légèrement à ton égard, ô Umara, soupira le Supérieur de Luoyang.

La fille d'Addai Aggai peinait à reconnaître dans ce vieil homme à l'air sincèrement accablé l'austère maître spirituel qui dirigeait d'une poigne de fer les milliers de moines et de novices du plus grand couvent mahayaniste de Chine.

Mais il n'y avait pas d'âge pour se convertir.

Et les humbles, les simples, ceux qui étaient exempts d'arrière-pensées, étaient toujours beaucoup plus proches que les autres de la sainteté...

MONTAGNES DU PAYS DES NEIGES

50

Palais du Parc des Pivoines Arborescentes.
Luoyang, 5 mars 659

La petite Joyau était seule et commençait à s'ennuyer ferme dans cet immense Palais d'Été de Luoyang, où elle entendait quantité de bruits bizarres en provenance de la chambre de sa chère tante Wu.

En cette fin d'hiver où la nature paraissait s'ébrouer après son immersion dans la froidure, l'impératrice de Chine était arrivée la veille dans la capitale d'été des Tang où elle multipliait les séjours au prétexte que l'air y était plus pur qu'à Chang An.

C'était la première fois que la fillette se retrouvait ainsi sans son frère, alors que d'habitude les Jumeaux Célestes faisaient tout à deux.

Profitant de la présence de l'impératrice, Pureté du Vide, désireux d'initier Lotus au tir à l'arc, avait fait emmener les enfants au palais d'Été, où le petit garçon recevrait des leçons de l'archer personnel de Wuzhao. Malgré les supplications de Joyau, le grand maître de Dhyâna n'avait pas cru devoir accéder au désir de la

353

fillette qui souhaitait imiter son frère, sachant que le tir à l'arc était réservé aux hommes depuis des millénaires.

Vu ce qui s'était passé lors de leur dernier entretien à Chang An, le grand maître de Dhyâna s'était prudemment abstenu de venir en personne, comptant bien, par un moyen approprié, informer l'impératrice qu'il avait fait amende honorable, tant pour ce qui concernait Umara que pour le pardon de Cinq Défenses. Premier des Quatre Soleils Illuminant le Monde avait donc été prié de conduire la carriole dans laquelle avaient été placés les deux enfants que la foule massée sur la route menant du couvent de la Reconnaissance des Bienfaits Impériaux au Palais d'Été avait pieusement salués.

Le garçonnet était donc en train de prendre son premier cours, au fond du Parc des Pivoines, sur l'aire dédiée au tir à l'arc. Sa sœur avait eu beau protester, elle avait dû le laisser partir, avant de s'enfermer, déçue, dans une bouderie que les gouvernantes de l'impératrice n'avaient pas réussi à dérider.

— Où est tante Wu ? avait-elle demandé à l'une de ces femmes qui passaient leurs journées dans une pièce ouvrant sur le parc, à attendre que l'impératrice les sonnât pour leur donner ses ordres.

— Dame Wuzhao se repose dans sa chambre. Dès qu'elle sera levée, tu pourras la voir. En attendant, si tu veux un jouet, il suffit de le dire, ma petite Joyau ! avait répondu la duègne en question, qui n'arrivait pas à dissimuler le dégoût et la crainte que lui inspirait le visage semi-poilu et rouge de la fillette.

— Je n'ai besoin de rien. Merci ! Je préfère m'amuser toute seule ! avait rétorqué celle-ci, avec un drôle de petit ton péremptoire qui ne lui ressemblait pas et en disait long sur sa contrariété.

Alors, la gouvernante l'avait laissée dans un immense salon ; et là, sans être dérangée par personne,

Joyau, quelque peu émerveillée après les premiers instants d'abattement, avait contemplé la somptuosité des meubles réservés au seul usage impérial.

Ce qui attirait le plus son regard de fillette découvrant peu à peu le monde était une table de jeu de type *shanghuqizhuo* en bois de rose sur laquelle était posé un jeu d'échecs, dont les imposantes figures avaient été taillées dans de l'ivoire d'éléphant. Tout autour du meuble au plateau incrusté de motifs en santal pourpre et en poirier jaune, des chaises de type *chanyi* offraient aux postérieurs qui avaient la chance de s'asseoir dessus une extraordinaire sensation de confort. À cette époque-là, ce modèle faisait déjà fureur et on pouvait en trouver dans les salles de prière des plus riches temples bouddhiques.

Il y avait aussi, contre le mur, une commode laquée sur les faces de laquelle un peintre avait dessiné des scènes de chasse et de pêche au milieu des arbres, des cascades, des lacs, des pics montagneux et des nuages. Grâce à la superposition de tonalités chaudes, soulignées par les fins traits noirs et rouges du pinceau de l'artiste, c'était l'image même de l'harmonie entre l'homme et la nature — un concept typiquement taoïste — qui apparaissait à la petite Joyau.

Assurément, la Jumelle Céleste n'avait jamais rien vu de tel.

Poursuivant son inspection, l'enfant leva soudain les yeux vers le plafond de bois à caissons, orné d'oiseaux dorés à la feuille, puis aperçut un superbe miroir de bronze qui trônait sur une étagère d'ébène, luisante comme l'eau d'un lac.

À mesure qu'elle grandissait, la fillette s'était aperçue qu'on l'empêchait d'accéder à toute surface réfléchissante et cela faisait des semaines qu'elle essayait en vain de trouver la faille qui lui eût permis de contourner cet interdit dont elle ne comprenait pas la raison.

Mais à présent, dans cette pièce où elle se retrouvait seule, voilà qu'un beau miroir circulaire lui tendait enfin les bras !

En toute hâte, elle rapprocha l'une des chaises chanyi du mur et réussit à se hisser, à l'aide de ses petits bras, sur la commode laquée, de telle sorte qu'elle put saisir le miroir sur l'étagère puis redescendit en prenant garde de ne pas glisser de son escalier improvisé.

Il s'agissait d'un beau miroir à décor de lions affrontés entouré de pampres, dont le gros mamelon « ju » était traversé par une cordelette de soie écarlate. Après l'avoir caressé sur son côté ouvragé, elle retourna l'objet sur sa face réfléchissante et eut tôt fait de regarder dedans.

Lorsqu'elle découvrit son visage dans le cercle poli et brillant qu'elle avait rapproché d'elle, en le tenant par son manche en forme de queue de dragon, elle ne put retenir un terrible gémissement où la peur et l'étonnement se mêlaient au désespoir.

Elle voyait un visage qui paraissait coupé en deux par l'arête du nez. Un visage qui ne ressemblait à aucun de ceux qu'elle avait vus jusqu'à maintenant.

Joyau venait de prendre conscience qu'elle était tout simplement différente des autres.

Elle se passa la main sur la figure et comprit soudain pourquoi elle ressentait toujours, quand elle accomplissait ce geste, cette impression de duvet sur une partie de sa face.

Seule dans le salon aux meubles somptueux, serrant de toutes ses forces dans sa main la poignée de ce miroir révélateur, la petite Jumelle Céleste découvrait ce terrible secret qu'elle était seule à ignorer et qui lui valait des regards soit apitoyés soit, au contraire, pleins de ferveur, de la part des milliers de pèlerins qui faisaient chaque jour la queue pour se prosterner à ses pieds.

Elle approcha de nouveau son visage tout contre la surface réfléchissante, puis, sous le coup d'une émotion incontrôlable, éclata en sanglots, avant d'aller se pelotonner, pouce dans la bouche, dans un des grands divans du salon.

La main toujours crispée sur le miroir, elle n'en finissait pas de scruter son petit visage sur le cercle de bronze poli.

Au bout d'un moment, elle s'aperçut que plus elle se regardait, et moins elle se faisait peur. Cela la consola quelque peu, et elle entendit de nouveau le bruit étrange venant de la chambre de l'impératrice, à laquelle on accédait par un boudoir attenant.

Elle délaissa le miroir et tendit l'oreille.

C'était la même sorte de râle, cette fois plus fort, et presque plus chantant, qu'elle avait entendu à peine était-elle entrée dans le salon et qui lui revenait aux oreilles : une sorte de doux mugissement, comme si Wuzhao hébergeait dans sa chambre un animal familier.

Intriguée, la fillette finit par descendre du divan et décida d'aller voir de quoi il retournait. La porte de la chambre de tante Wu était fermée. Joyau colla donc son oreille contre les planches et entendit alors un dialogue auquel elle ne comprenait goutte, où il était question de « Oh ! oui ! Plus fort ! Non, c'est trop ! Comme c'est bon ! » soufflés par la souveraine dont elle reconnaissait parfaitement la voix et entrecoupés de nouveaux râles allant crescendo, auxquels répondaient des « Là ! Fixe-toi. Là ! Ne bouge plus ! Tu vas voir, ça sera plus fort ! » lâchés fort autoritairement par un homme qui avait un accent à couper au couteau.

Encore sous le coup de sa découverte, Joyau en était

à se demander si Wuzhao, dont les râles, à présent, pouvaient faire penser à des gémissements de douleur, n'était pas en train de subir des sévices.

Résolue à défendre sa chère tante Wu contre le méchant monsieur qui était en train de lui faire mal, la fillette décida d'entrer dans la chambre ; son petit cœur battait donc la chamade, lorsqu'elle se glissa dans la pièce après avoir ouvert la porte sans faire le moindre bruit.

Et là, ce qu'elle vit la laissa à proprement parler sans voix.

Sur le grand lit d'apparat, sa tante Wu, de dos et entièrement nue, était assise à califourchon sur le corps d'un homme à la peau sombre, dont le torse était percé d'anneaux. Sur le ventre plat comme une planche de cet individu, où apparaissaient de curieuses cicatrices, elle allait et venait en cadence, au rythme de ses râles et de ses plaintes.

— Tante Wu ! Tante Wu ! Tu as mal ? ne put s'empêcher de crier Joyau, de sa voix tremblante, mais suffisamment forte pour se faire entendre.

Elle était loin de se douter qu'elle venait de surprendre l'impératrice de Chine en train de faire l'amour avec son propre père !

— Tante Wu ! Tante Wu ! C'est moi, Joyau ! Tu as l'air d'avoir mal ! répéta-t-elle, au bord des larmes.

À ces mots, la souveraine se retourna brusquement et lorsqu'elle vit, effarée, qu'ils avaient été prononcés par sa chère Jumelle Céleste, elle jeta à la hâte un drap sur ses épaules et fit signe à l'homme de déguerpir de son lit.

— Ma chérie ! J'avais complètement oublié que tu étais là, pendant que ton frère apprend à tirer à l'arc ! souffla-t-elle, gênée, en l'attirant dans ses bras.

— J'avais si peur, tante Wu, qu'un monsieur soit en

train de te faire du mal ! gémit la fillette en éclatant en sanglots.

La petite tremblait de tous ses membres, ce qui ne correspondait pas au comportement habituel de l'enfant calme et parfaitement équilibrée qu'elle était. C'est alors que Wuzhao s'aperçut qu'elle tenait, attaché à sa main par une cordelette entortillée autour de son poignet, le miroir de bronze au décor luristanais[1] de lions et de vignes posé sur l'étagère du salon voisin de sa chambre.

— Que fais-tu avec ce miroir, ma petite Joyau ? demanda la souveraine de Chine à la fillette, dont les pleurs redoublèrent d'intensité. Tu as vu ton visage dedans ? Réponds-moi ! ajouta, bouleversée, la souveraine.

— Oui ! Et j'ai eu très peur... souffla Joyau, pelotonnée contre la poitrine nue de l'impératrice.

— Tu ne dois pas avoir peur de toi-même, ma chérie.

— Mon visage ne ressemble pas à celui des autres. Tante Wu, par exemple, n'a pas de poils, hoqueta la fillette.

— Tous ceux qui te voient ne cessent pourtant de louer ta beauté, ma petite Joyau. Tu as les traits aussi fins que la plus belle statue de Guanyin exposée au fond de la grande salle de prière du couvent de la Reconnaissance des Bienfaits Impériaux... Tu es simplement différente des autres ! murmura Wuzhao en caressant la jolie chevelure ondoyante.

À force de câlineries, la petite fille séchait peu à peu ses larmes, et ne savait plus trop si elle devait rire ou bien pleurer...

1. Le Luristan est une région d'Asie centrale connue pour ses bronzes.

359

— Tu es belle comme un cœur ! assura de nouveau l'impératrice à la fillette, dont la menotte était agrippée à sa paume.

— Mais quand je me suis regardée pour la première fois dans le miroir, j'ai eu peur !

— Comment peut-on avoir peur d'un aussi joli minois ? Réponds-moi, Joyau : une fois pour toutes, as-tu accepté le fait que la moitié de ta belle petite frimousse soit recouverte de poils ?

— Oui, tante Wu, je l'accepte ! murmura la fillette.

— L'important, c'est de s'accepter tel qu'on est ; puis, par son comportement, de montrer aux autres, si tant est qu'ils le méritent, ce qu'on possède à l'intérieur de soi. De même que les diamants sont enfermés dans des gangues rocheuses qui ne laissent en rien transparaître leur éclat à l'extérieur, les qualités profondes des individus ne dépendent pas de leur apparence, lui expliqua l'impératrice d'une voix douce.

— Je comprends mieux à présent ce qui m'arrive, et pourquoi on m'expose aux pèlerins. Tante Wu, j'aimerais tant me regarder dans la rivière ! Les arbres s'y réfléchissent bien plus nettement que ma face dans ce miroir ! ajouta-t-elle sur un ton plaintif. Je veux aller au bord de la Lë ! Là d'où tante Wu a sorti les pierres magiques ! Je veux savoir si dans l'eau mon visage est le même !

L'impératrice, aux anges, constata au passage que Joyau avait retenu sa leçon, quand elle l'avait suppliée de ne jamais révéler à quiconque l'épisode de la gravure par le Muet des inscriptions divinatoires annonçant la prochaine montée sur le trône de Chine d'une femme qui lui ressemblait trait pour trait.

— Ma chérie, ce que tu dis là répond à mon souhait. Je ne pouvais rêver mieux de la part de ma petite princesse ! s'écria la souveraine, éperdue de reconnaissance. Nous y allons de ce pas !

Pour le coup, la fillette oublia ses larmes. Elle adorait cette promenade, que la souveraine, en raison d'un emploi du temps surchargé, ne lui accordait que très rarement.

— Le Muet, je vais à la rivière avec Joyau ! cria Wuzhao à l'adresse de son factotum.

— J'installe la cage du grillon et je vous rejoins, Majesté ! répondit la voix légèrement assourdie de celui-ci, tandis que la fillette, aux anges, dégringolait l'escalier de la majestueuse véranda de teck qui permettait d'accéder à la pelouse du Parc des Pivoines.

Elles ne mirent pas longtemps à arriver au bord des flots tumultueux, où elles s'assirent sur un banc.

— C'est beau ! murmura Joyau dont la petite main, potelée et douce comme de la soie, serrait un peu plus fort celle de Wuzhao, aux doigts précieusement bagués qui fascinaient tant la fillette, surtout parce qu'ils s'achevaient en ongles longs et recourbés comme des serres de rapace.

— Depuis toute petite que je t'amène ici, tu as toujours aimé l'eau. Te souviens-tu de l'endroit où tu faillis te noyer ?

— C'était plus loin, sur la rive. Là où étaient immergées les pierres divinatoires sorties de l'eau par cet éléphant grand comme une montagne blanche, répondit Joyau en désignant le bosquet d'arbres en aval.

— Joyau, il faut que tu le saches : je t'aime comme une maman, murmura alors Wuzhao qui prit la fillette sur ses genoux.

— Je n'ai pas de maman, rétorqua celle-ci en esquissant une moue adorable.

— Autour de toi, nombreux sont ceux qui t'aiment beaucoup !

— Même maître Pureté du Vide ?

— Pourquoi me le demandes-tu ?

L'impératrice paraissait piquée au vif.

— Il est sévère avec nous. Il ne nous laisse jamais le temps de jouer. Nous devons toujours être prêts à nous présenter aux fidèles qui viennent au monastère !

— N'est-ce pas un peu normal ? Songe un peu que certains dévots ont marché une semaine, jour et nuit, pour venir se prosterner à tes pieds…

— Que nous trouvent-ils ? Pourquoi sommes-nous l'objet d'une telle curiosité ?

— Plus que de curiosité, c'est de dévotion qu'il s'agit, ma petite Joyau !

— Je ne leur fais donc pas peur, conclut, songeuse, la fillette que la souveraine se mit à couvrir de ses plus tendres baisers.

— Tu sais, ma chérie, j'aurais voulu t'expliquer comment ton visage était fait… J'avais interdit qu'il y ait la moindre surface réfléchissante à portée de ta main. Les circonstances en auront décidé autrement…

— Sur le lit de ta chambre, quand je suis allée te trouver, tante Wu, tu semblais avoir mal… J'ai eu très peur, lui lança drôlement la sœur de Lotus en lui serrant le cou pour se blottir contre sa poitrine.

— Dans quelques années, lorsque tu seras en âge de comprendre ces choses-là, tu découvriras que le plaisir et la souffrance ont une zone de frottement commune, répondit sans la moindre gêne désormais Wuzhao, avant de s'apercevoir que la Jumelle Céleste s'était endormie dans ses bras.

L'heure avançait et l'impératrice, qui ne se voyait guère porter Joyau jusqu'au palais, avait besoin du Muet. C'est alors qu'elle prit conscience de l'absence de son inséparable factotum

— Le Muet ! Viens m'aider à porter la petite ! appela-t-elle, persuadée que l'intéressé surgirait de derrière un arbre, puisqu'il la suivait partout comme son ombre. Mais contrairement à son habitude, le géant turco-mongol n'avait pas dû l'entendre.

Quelque peu agacée, elle réitéra son ordre d'une voix plus forte, sans que cela produise le moindre effet. Elle regarda à la ronde, se demandant pourquoi son factotum ne lui répondait pas, et à mille lieues de se douter que le Muet n'était tout simplement pas là, cela lui paraissant impossible.

Comment, au demeurant, eût-elle pu se douter que l'absence du Muet était due au passage à l'acte que le géant turco-mongol ruminait depuis des mois qu'il assistait en silence aux ébats de la souveraine avec ce drôle de yogi indien qui lui servait de « remède contre son mal de crâne » : elle ne s'était jamais rendu compte à quel point son factotum était tombé amoureux d'elle !

Car le Muet avait bel et bien tué Nuage Blanc. Et ce terrible geste, qu'il venait d'accomplir pendant que Joyau et Wuzhao étaient au bord de la rivière, le géant l'avait exécuté par amour pour l'impératrice.

Cela avait été de la belle ouvrage, réglée en un clin d'œil, grâce à la force herculéenne de ses gros bras tatoués… Tout s'était enchaîné très vite, au cours de ce fameux après-midi où la petite Joyau avait pris conscience de son état, avant de surprendre l'impératrice dans les bras de Nuage Blanc.

Pendant que la fillette esseulée dans le salon d'apparat découvrait le reflet de son visage inouï, le Muet, posté dans une encoignure de la chambre de sa maîtresse, n'en pouvait plus d'entendre les gémissements de plaisir de celle-ci.

Au début de cette étrange idylle, lorsqu'il avait vu arriver l'homme au mot « Tantra » écrit sur le ventre dans la chambre de la souveraine, le factotum avait cru à une simple passade, de la part de cette femme à l'appétit sexuel insatiable, qui changeait volontiers d'amant

363

et se servait de lui lorsqu'elle n'avait rien d'autre à se mettre sous la dent. Cette situation lui convenait, puisqu'il se retrouvait le seul amant régulier au milieu d'amours passagères, persuadé que le temps jouerait en sa faveur, ce que paraissait d'ailleurs corroborer le plaisir croissant éprouvé par Wuzhao avec son « amant par défaut », comme elle l'appelait.

Mais plus le temps avait passé, et plus ce dernier avait dû déchanter. Tout portait à croire que Wuzhao était accrochée au tantrique comme le champignon sur l'arbre.

Un beau jour, le géant turco-mongol avait fini par s'enhardir et avait exprimé à la souveraine tout le mal qu'il pensait de ce rival aux yeux injectés de sang et incapable de vivre sans absorber ses bizarres pilules. Wuzhao, contre toute attente devant une telle impudence de la part d'un esclave, avait néanmoins convenu qu'il fallait mettre un terme à cette liaison, laquelle risquait de mal tourner. Mais elle n'en avait rien fait, ce qui rendait le Muet de plus en plus marri et furieux. Lui jurait-elle de congédier l'Indien une fois pour toutes, afin que s'éloignât d'elle tout danger, qu'elle n'en faisait rien. La migraineuse finissait toujours par convoquer Nuage Blanc une fois de plus, pour partager avec lui des ébats de plus en plus complexes et paroxystiques, dont pas une miette n'échappait au factotum auquel Wuzhao, par prudence, intimait l'ordre de rester à portée de voix…

C'est ainsi qu'il avait pu assister aux étreintes les plus folles, où la souplesse était mise à rude mais jouissive épreuve, entre les partenaires qui déclinaient désormais avec une facilité déconcertante les variations subtiles des positions du *Sûtra de l'Amour* que Nuage Fou avait enseignées à sa partenaire une à une, démonstration à l'appui.

Cet après-midi-là, dans la chambre attenante au grand salon d'honneur du palais d'Été de Luoyang, Wuzhao avait joui en poussant quantité de hurlements et de râles qui avaient donc fini par provoquer l'arrivée inopinée, dans la chambre de l'impératrice, de la fillette au visage à moitié simiesque.

Tapi, comme à l'accoutumée, derrière l'un des rideaux de la pièce, le Muet avait assisté à toute la scène.

Dès qu'elle avait aperçu Joyau, Wuzhao avait, de la main, sommé Nuage Blanc de quitter sa couche. Ce dernier s'était exécuté de mauvaise grâce, n'aimant pas devoir ainsi interrompre ses ébats. Tout en avalant sa énième pilule de la journée, il s'était réfugié dans les plis du lourd rideau de soie écarlate où le Muet était déjà caché, de sorte que ce dernier n'avait eu qu'à allonger les bras pour agripper le cou décharné de l'Indien aux seins percés.

Alors même que l'impératrice consolait Joyau, il avait suffi au géant turco-mongol de tirer sa victime vers l'arrière, puis de serrer son maudit cou de toutes ses forces, à s'en faire craquer les phalanges. Nuage Blanc, au seuil de l'étouffement, avait simplement chuchoté le mot « Manakunda », mais ce pathétique appel par lequel l'assassin de Manakunda demandait, dans un ultime sursaut de lucidité, pardon à sa victime, s'était transformé en murmure inaudible.

Le Muet n'avait pas donné au tantrique le temps de se débattre davantage, pas plus que d'implorer cette « Manakunda » : il lui avait broyé les vertèbres cervicales par la seule force de ses mains et, à en juger par le flot de bile jailli de la bouche du tantrique, elles avaient dû être promptement réduites en bouillie.

Le géant turco-mongol avait perpétré son crime en un instant, avant d'enrouler sa victime debout dans le carmin des plis du lourd rideau de brocart de soie, au nez et à la barbe de Wuzhao, laquelle ne s'était aperçue de rien, occupée à consoler la fillette qui continuait à pleurer toutes les larmes de son corps, à l'instant même où son père passait de vie à trépas.

Une fois la souveraine partie à la rivière, il avait encore fallu au Muet traîner le corps sans vie du tantrique aux seins percés hors de la pièce et nettoyer rapidement les taches nauséabondes dont le rideau rouge était maculé.

Une fois cette opération accomplie, s'était évidemment posée la question du cadavre.

Où pouvait-il le faire disparaître, de telle sorte que jamais personne ne vînt l'y dénicher ? Le Parc des Pivoines était exclu, vu le nombre de jardiniers qui travaillaient en permanence dans cet immense jardin arboré où chaque plant faisait l'objet de soins attentifs. L'odeur du corps en putréfaction eût tôt fait de révéler sa présence. Il lui fallait agir vite. Wuzhao était partie avec Joyau au bord de la rivière et toute absence prolongée de son factotum serait suspecte aux yeux de l'impératrice, dont la perspicacité n'était jamais prise en défaut.

C'est alors qu'était venue au Turco-Mongol, par simple association d'idées, une solution qui lui avait paru en tous points idéale.

Il transporterait le cadavre jusqu'à la Lë et il lui suffirait de l'immerger à l'endroit où reposaient les rochers mythiques que l'éléphant blanc de sa victime avait tirés, quelques mois plus tôt, hors de la vase. Pour y avoir plongé, il connaissait la profondeur du lit de la rivière et ne doutait pas que Nuage Blanc y finirait dévoré par les poissons, avant que quiconque ne s'aperçût de sa disparition.

Il hissa donc sur son épaule le cadavre enveloppé dans un drap et fila comme un trait de flèche jusqu'au bord du fleuve. Après avoir balancé dans l'eau son macabre colis préalablement lesté de deux lourdes pierres, il attendit la fin des remous et des bulles et s'en revint à la hâte vers le banc de pierre où l'impératrice avait l'habitude de s'asseoir quand elle allait à la rivière avec les Jumeaux Célestes.

Le banc était vide. Wuzhao avait déjà dû prendre le chemin du retour. Il courut pour la rattraper et quand il aperçut, au bout du chemin, la silhouette familière, il s'empressa de la héler.

— Majesté ! Vous m'avez appelé ? cria-t-il, à tout hasard, à la souveraine qui peinait à porter la petite Joyau.

— Je t'ai cherché ! J'ai bien cru que tu n'étais pas là ! lança l'épouse de Gaozong furieuse en lui montrant l'enfant qui dormait à poings fermés, comme un nourrisson dans les bras de sa mère.

Alors, le Muet se chargea de la Jumelle Céleste, avec des gestes si délicats et tendres que la fillette n'ouvrit même pas un œil. Ces bras noueux et immenses, tatoués à l'extrême, qui venaient de briser comme de vulgaires brindilles les cervicales de Nuage Blanc étaient également capables de saisir un enfant endormi sans le réveiller.

— Où étais-tu ? s'enquit la souveraine.

— Majesté, Nuage Blanc parti ! Essayer de voler bijoux, moi l'en empêcher ! Lui pas content et très peur ! Du coup, lui envolé ! dit le factotum dont la réponse avait été préparée à l'avance.

— Avec l'éléphant blanc ?

— Non, parti à pied, seul !

— C'est bizarre... Nuage Blanc ne se déplace jamais à pied ! murmura pensivement la souveraine.

— Parti même en courant. Lui très peur de moi !

— Depuis le temps que tu souhaites que je m'en

débarrasse ! Tu dois être content ! marmonna-t-elle d'un ton grinçant.

— Moi pas fâché ! Homme à l'éléphant blanc pas bon pour vous ! confirma drôlement le factotum qui marchait avec mille précautions.

Quand ils arrivèrent devant la véranda du palais d'Été, au bout de la haie des magnifiques pivoines dont la floraison ne tarderait pas, Wuzhao eut le plaisir d'apercevoir deux silhouettes familières lui faisant de grands gestes.

C'étaient Umara et Cinq Défenses qui l'attendaient sur le perron de la véranda de sa chambre, en compagnie du *ma-ni-pa* et d'un quatrième individu.

— Umara et Cinq Défenses ! Vous ne saurez jamais comme je suis heureuse de vous revoir ainsi tous les deux en bonne santé ! leur lança la souveraine en ouvrant ses bras à la jeune chrétienne qui vint s'y blottir sans l'ombre d'une hésitation.

— Le destin nous a réunis. Loué soit le Bienheureux ! Qu'il protège la grande impératrice de Chine Wuzhao comme il nous a protégés, Umara et moi ! lui répondit l'ancien moine du Grand Véhicule dont l'émotion faisait trembler la voix.

— Quant à toi *ma-ni-pa,* j'espère que tu continues à réciter ton saint mantra ! Il fait tellement de bien à tous ceux qui l'entendent ! ajouta la souveraine, d'humeur fort joviale, à l'adresse du moine errant.

— Sans vous, nous ne serions pas à nouveau unis l'un à l'autre, Umara et moi ! s'écria Cinq Défenses d'une voix éperdue de reconnaissance.

— Chaque jour, j'ai pensé à vous… Je savais que ce moment viendrait, murmura Wuzhao tout en caressant la lourde chevelure de la jeune fille aux yeux bicolores.

— Nous aussi ! dit la fille d'Addai Aggai.

368

— L'amour que vous vous portez aura été plus fort que tout le reste ! constata la souveraine en souriant.

— Majesté, puis-je vous présenter le jeune Parsi Ulik dont le rêve est d'accéder un jour à la nationalité chinoise ? Sa connaissance parfaite de notre langue en a fait un interprète professionnel. Ce garçon m'a toujours été secourable. Sans son concours, les Jumeaux Célestes ne seraient pas ici...

— Comment Ulik vous a-t-il retrouvés ? s'enquit la souveraine.

— Il errait dans les parages du couvent de la Reconnaissance des Bienfaits Impériaux où il était allé trouver maître Pureté du Vide, afin de lui parler de la véritable identité de Lune de Jade. Il croyait bien faire, n'est-ce pas Ulik ?

— Si j'avais su, je me serais en effet abstenu... Je ne savais pas qu'elle amènerait en prison un ambassadeur omeyyade, précisa, mi-figue, mi-raisin, l'intéressé.

— Cette information m'a permis en tout cas de faire un bel esclandre pendant une audience officielle ! pouffa Wuzhao, visiblement satisfaite du tour qu'elle avait ainsi pu jouer.

Ils furent interrompus dans leur discussion par la bruyante arrivée du petit Lotus et de son maître d'armes, de retour de leur séance de tir à l'arc. Dès que Joyau entendit son frère, elle ouvrit les yeux en se tortillant comme une anguille dans les bras du Muet, jusqu'à ce qu'il la posât par terre. Alors, elle se rua sur son jumeau pour le couvrir de baisers, tandis que celui-ci montrait fièrement à sa sœur le petit arc avec lequel il avait commencé à apprendre à tirer.

Les Jumeaux Célestes, dont les cris de joie renforçaient le caractère joyeux de ces retrouvailles, faisaient plaisir à voir, au milieu de ceux qui, à la fois, les aimaient et étaient si heureux d'être à nouveau ensemble.

Après avoir confié les Jumeaux Célestes au moine du monastère de la Reconnaissance des Bienfaits Impériaux venu récupérer les enfants, et s'être assurée que sa nourrice avait mis au lit le petit Lixian, dont elle-même s'occupait, il est vrai, fort peu, la souveraine les fit tous entrer dans sa salle à manger où la collation du soir avait été préparée.

Au moment où il allait s'asseoir, Cinq Défenses tomba en arrêt devant une immense masse blanchâtre qu'il apercevait depuis la fenêtre, de l'endroit où Wuzhao lui avait indiqué qu'il avait sa place.

— N'est-ce pas un éléphant blanc ? demanda-t-il à l'impératrice de Chine.

— C'est bien cela… glissa Wuzhao qui ne souhaitait pas s'étendre sur les raisons de la présence de l'animal dans le Parc des Pivoines.

— Je n'en ai jamais vu de semblable. Il ressemble trait pour trait à la description que me fit Poignard de la Loi de l'animal sacré de son couvent de l'Unique Dharma de Peshawar ; celui-là même que son Supérieur Bouddhabadra emmena avec lui au pays de Bod ; c'était le seul habilité à transporter les reliques des Yeux de Bouddha ! poursuivit l'ancien moine du Mahâyâna qui était allé contempler le pachyderme depuis la fenêtre de la salle à manger.

— Quel éléphant splendide ! ajouta Umara, aussi émerveillée que son amant.

— C'est le cadeau d'un obligé. Je compte bien le présenter au peuple pour la Fête du Printemps, à la fin de ce cycle lunaire. À la suite de quoi, il deviendra un trésor national, leur expliqua Wuzhao dont la présence d'esprit était, dans ce genre de circonstances, sans limite.

Lorsqu'ils s'assirent enfin pour goûter aux poissons

frits au gingembre accompagnés de beignets de crevettes d'eau douce, mets dont l'impératrice raffolait et
que son cuisinier particulier lui préparait un jour sur
deux, la conversation se mit à rouler d'abord sur ce qu'il
était advenu de Cinq Défenses, après l'enlèvement
d'Umara par Pureté du Vide, puis sur Cargaison de
Quiétude et Addai Aggai, les deux religieux étrangers
que l'impératrice hébergeait à Chang An, dans le
Pavillon des Loisirs.

— C'est un vrai miracle que nous soyons tous réunis
en Chine centrale ! Si vous saviez ce que j'ai hâte de
revoir mon père, après tout ce temps pendant lequel je
ne lui ai pas donné de mes nouvelles, soupira la jeune
chrétienne.

— Il te suffit de te rendre au Pavillon des Loisirs, à
l'endroit même où je vous ai hébergés tous les deux
avant que vous ne soyez obligés de vous enfuir ! expliqua Wuzhao.

— Majesté, c'est en vain que j'ai essayé d'approcher, il y a quelques jours, la porte du palais impérial
de Chang An. Des policiers exigent de contrôler les passeports de tous ceux qui demandent audience au souverain ! Je vois mal, dans ces conditions, comment nous
pourrions pénétrer à l'intérieur ! s'écria Cinq Défenses.

— Il est vrai que la bureaucratie policière ne semble
plus connaître de limites ! Crois-moi, ô Cinq Défenses,
dès que je le pourrai, je ferai lever cette contrainte qui
empêche notre peuple d'accéder librement à son souverain. C'est là le réflexe d'un régime faible. Un pouvoir aussi méfiant à l'égard des gens qu'il est censé
protéger est assurément bien plus faible qu'il n'y
paraît ! affirma l'intéressée.

— Faute de passeport établi en bonne et due forme,
je crains fort qu'il ne soit pas possible pour Umara
d'aller trouver son père...

371

— Dans moins de trois semaines, le palais impérial de la capitale de l'Ouest sera déserté par la cour, venue assister à la célébration de la Fête du Printemps sur le mont Taishan. Avec ce sauf-conduit, vous y entrerez comme dans n'importe quelle maison. Une fois là-bas, n'oubliez pas d'aller libérer Lune de Jade des charmes de laquelle Gaozong continue à se repaître, ce qui vaut à la malheureuse d'être maintenue au secret dans la Chambre d'Amour de l'empereur. Cette jeune femme ne mérite pas le sort qui est le sien, leur expliqua Wuzhao.

L'impératrice de Chine souhaitait en effet, par la même occasion, tenir la promesse faite à l'épouse de Pointe de Lumière de la sortir de cette prison aussi dorée que nauséabonde où l'empereur l'avait enfermée.

— L'empereur du Centre dispose à sa guise de Lune de Jade ? s'enquit, interloqué, l'ancien assistant de Pureté du Vide.

— Elle est sa dernière passade ! Et qui a l'air — hélas ! — de durer plus longtemps qu'à l'accoutumée... soupira l'impératrice.

— Son époux, le Koutchéen de religion mani-chéenne Pointe de Lumière, s'est réfugié dans un monastère rural, non loin du Fort du Chien où il avait été enfermé avec moi ! Je lui ai fait jurer de ne pas bou-ger avant que je lui donne de mes nouvelles... S'il m'a écouté, il sera facile de le retrouver, s'écria l'ancien moine du Mahâyâna.

— Il faudrait libérer Lune de Jade des griffes de mon mari. Après quoi, je m'arrangerai pour qu'un certificat officialisant leur mariage soit fourni à ces jeunes gens. L'administration des affaires civiles se laissera faire ; les manichéens ont droit de cité ici, au même titre que les citoyens ordinaires, conclut Wuzhao.

— À la différence des nestoriens... maugréa la fille de l'évêque Addai Aggai.

— Dès que j'en aurai le pouvoir, les nestoriens seront traités de la même façon que les manichéens par les autorités chinoises, lui assura l'épouse de Gaozong, avant de tendre à la jeune femme un des délicieux spécimens craquants à souhait de la pyramide de beignets de crevettes d'eau caramélisés comme des bonbons, que le cuisinier impérial empilait sur un plateau de bronze.

— À partir de ce jour, Votre Majesté, nul doute que je vous serai éternellement reconnaissante ! lança Umara à l'impératrice de Chine.

Elle avait retrouvé son plus beau sourire, et ses yeux bicolores brillaient d'un inoubliable éclat.

— Si j'arrive à mes fins, bien des choses, crois-moi, changeront sous le ciel du grand pays de Chine. Dès mon retour de la prochaine Fête du Printemps du mont Taishan, nous nous reverrons et nous aurons l'occasion de reparler de tout cela à tête reposée, murmura-t-elle.

— Vous aurez été pour moi comme une mère… conclut la jeune chrétienne en se jetant dans les bras de la souveraine.

Les deux femmes, qui se comprenaient si bien à demi-mot, s'enlacèrent affectueusement. C'est tout juste si Wuzhao, à ce moment précis, sous le regard quelque peu interloqué des autres, détourna son visage pour cacher la larme qui venait de naître au coin de son œil, au moment où elle caressait la longue chevelure bouclée de celle qu'elle considérait comme sa véritable fille spirituelle.

Fermant les yeux, elle s'imagina qu'elle était semblable à un arbre vigoureux, résistant à la sécheresse et au gel, et qui eût la joie, contre toute attente, d'en rencontrer un autre, miraculeusement fait du même bois…

51

Palais impérial de Chang An

Firouz sentait confusément qu'il touchait au but.

L'Omeyyade avançait à pas de loup, tendu vers son objectif. Toujours en alerte, il prenait garde de ne pas faire crisser le gravillon de la petite cour qu'il lui fallait à présent traverser sans être repéré.

Vers la gauche, de la lumière provenait d'une véranda sur laquelle s'ouvraient des portes-fenêtres. Il y avait là, à n'en pas douter, à quelques pas de lui, une présence humaine. Il lui fallait donc redoubler de vigilance, s'il voulait éviter d'être pris sur le fait, en flagrant délit de viol de l'espace réservé à l'empereur du Centre : un crime assurément puni de mort.

Il avait déjà franchi trois murs d'enceinte, et réussi chaque fois à échapper aux gardes impériaux postés dans leurs guérites, censés surveiller que personne ne passait par-dessus pour entrer ou sortir du palais impérial de Chang An.

Si les renseignements obtenus grâce aux pièces d'or cousues avant son départ de Palmyre dans la doublure

374

de son long manteau étaient exacts, il ne devait plus lui manquer qu'une ultime muraille à sauter, et il se retrouverait dans le jardinet sur lequel donnait la Chambre d'Amour de l'empereur Gaozong.

Il regardait les extrémités de ses doigts : à force de s'agripper aux pierres, elles étaient en sang. Bizarrement, pourtant, ces blessures ne le faisaient pas souffrir. Il avait une telle rage de retrouver Lune de Jade pour se venger qu'il eût traversé un océan à la nage, s'il l'eût fallu !

Le diplomate bagdadi, après avoir faussé compagnie à Pointe de Lumière, avait commencé par faire un détour au poste de police, pour dénoncer ses camarades. C'était la première fois qu'il agissait ainsi. Dénoncer des innocents qui ne lui avaient fait aucun mal, au seul prétexte que l'un d'eux était l'époux de Lune de Jade : jusqu'où la haine pouvait-elle conduire !

Puis, malgré une certaine honte, l'ambassadeur omeyyade, dont le visage était dissimulé par un ample turban, avait passé les barrages policiers qui empêchaient les individus dépourvus de passeport d'accéder au palais impérial, et, une fois à l'intérieur, avait soudoyé l'un des innombrables concierges aux pieds coupés pour se faire indiquer l'endroit où se trouvait la pièce tendue de soie dans laquelle l'empereur de Chine enfermait la concubine dont il était entiché.

Après quoi, il lui avait suffi d'attendre, tapi derrière une des immenses colonnes de la Salle des Audiences, ouverte au public ce jour-là, que celle-ci fut refermée à la fin de la journée. La nuit étant tombée, il était sorti par une des fenêtres et avait commencé ses escalades, en prenant soin, chaque fois, de raser les murs et de ne jamais passer dans le moindre champ lumineux de cette étrange ville fantôme que devenait, la nuit tombée, l'immense bâtisse où Gaozong, l'empereur du Centre, régnait sur le plus grand pays du monde.

À présent, il touchait au but.

Dans quelques instants, ses doigts ensanglantés serreraient de toutes leurs forces le cou de Lune de Jade, au point que ses phalanges en deviendraient blanches comme de la céruse.

Il ne lui restait plus, pour accomplir ce geste funeste ressassé depuis sa sortie du Fort du Chien, qu'à escalader cet ultime mur de briques sur lequel s'accrochait une abondante cascade de lierre, et le tour serait joué.

Sans crier gare, dès le lendemain du départ de Cinq Défenses et du *ma-ni-pa* du petit monastère rural où ils avaient trouvé refuge, il avait pris à son tour la poudre d'escampette.

Sa jalousie et son dépit amoureux avaient été plus forts que sa crainte de se faire capturer ; il avait estimé nécessaire d'aller jusqu'au bout de sa vengeance. Il voulait voir Pointe de Lumière emprisonné à nouveau par les autorités chinoises, et contempler à ses pieds le cadavre sans vie de cette jeune femme perverse, menteuse et manipulatrice, qui lui avait caché son mariage et ses origines, faisant en sorte que lui, Firouz le Bagdadi, le diplomate envoyé pour recoller les morceaux entre le Pays de la Soie et le sultanat de Palmyre, l'amant naïf qui lui avait tant donné et dont elle s'était jouée, fût jeté en prison comme un vulgaire malfrat !

Ce qu'il n'avait pas supporté, telle une blessure en plein cœur, était d'apprendre que la jeune femme était mariée à Pointe de Lumière et que ce dernier lui avait fait un enfant. Du reste, les propos du manichéen en disaient long sur l'attachement qu'il lui portait et sur le « grand amour » qu'ils avaient éprouvé l'un pour l'autre. Et dans un couple, Firouz savait fort bien que seule la plus parfaite réciprocité des sentiments pouvait produire le « grand amour ». Lune de Jade, évidemment, devait continuer à aimer Pointe de Lumière comme au premier jour.

De deux choses l'une : soit la jeune Chinoise était tout simplement incapable de faire la part des choses entre l'amour et le sexe, car il avait beau se remémorer leurs étreintes, dont chaque parcelle de son corps gardait le délicieux souvenir, il lui était impossible de déceler la moindre retenue chez cette amante exceptionnelle ; soit elle était une fameuse dissimulatrice.

Quoi qu'il en soit, une telle duplicité était à proprement parler insupportable pour l'amant enflammé et sincère qu'il avait été. Aussi l'amour qu'il lui avait voué s'était-il transformé en une haine implacable. Après l'avoir portée aux nues, il n'avait qu'une envie, c'était d'anéantir Lune de Jade la traîtresse. Il empoigna un gros tronc du lierre et ferma les yeux : n'était-ce pas le cou de son amante, qu'il avait ainsi l'impression de serrer ?

Était-ce du fait des briques, fort jointives, ou bien du lierre, qui ne facilitait pas les prises, toujours est-il que le dernier mur lui parut d'un franchissement moins aisé que les précédents.

La solution consistait probablement à se hisser en se servant du lierre comme d'une sorte de cordage. Il avisa, à la hauteur de son bras tendu, une longue branche, prit son élan et y accrocha sa main. Il se préparait à opérer un rétablissement, en s'aidant de ses pieds, avant de poser l'autre main sur l'arête du mur, lorsque le lierre céda, l'entraînant dans une lourde chute.

Il faillit pousser un cri mais se contenta de se mordre la langue. Lorsqu'il se redressa en toute hâte, il découvrit avec terreur que tout un pan de lierre avait cédé, pour former dans la verdure un trou béant qui dévoilait les briques du mur d'enceinte.

Il se précipita vers l'encoignure de la véranda qu'il avait aperçue lorsqu'il avait traversé en tapinois la petite cour gravillonnée et se dit qu'il avait eu le bon réflexe. À peine s'était-il glissé derrière une colonne que deux individus sortaient de la pièce.

— Regarde un peu ce mur ! Tout ce lierre par terre… c'est incroyable. Je n'ai jamais vu une chose pareille ! constata un des deux hommes qui avait grand mal à marcher et portait un curieux bonnet de nuit en soie.

L'autre était seulement vêtu d'un pagne et des bracelets d'or luisaient autour de ses biceps musclés.

— Voulez-vous que j'appelle la soldatesque, Majesté ? Cela paraît en effet bizarre. Le lierre n'est pas tombé tout seul ! s'écria l'autre compère, dont le crâne, de surcroît, était entièrement rasé.

Firouz, avec effroi, reconnut alors l'empereur Gaozong.

— À ton avis, Gomul, est-ce le fait d'un homme ou bien celui d'un animal ? poursuivit celui-ci, sans répondre à la question.

— Majesté, je ne vois pas bien quel animal pourrait arracher du lierre en si grande quantité, après être entré dans une cour fermée, répéta le serviteur de l'empereur du Centre.

— Rentrons. Le temps est humide, ce n'est pas bon pour les rhumatismes… J'ai mieux à faire à l'intérieur ! conclut Gaozong.

Gomul dut l'aider à regagner l'escalier de la véranda dont il peina à gravir les marches. Une peur panique commençait à nouer le ventre de l'ambassadeur omeyyade. Il s'était lui-même pris au piège et ne voyait pas trop comment il pourrait sortir vivant de cette souricière. La seule solution était de trouver une voie de sortie à l'intérieur du palais, ce qui supposait de gagner la pièce qui s'ouvrait sur la véranda.

Retenant son souffle, il longea le mur pour se glisser jusqu'à la porte par où venaient de passer l'empereur de Chine et son serviteur. Arrivé tout près de son chambranle, il risqua un œil, histoire de voir de quoi il retournait à l'intérieur.

Et là, ce qu'il vit faillit le faire proprement tomber à la renverse : il était à la porte de la Chambre d'Amour de Gaozong !

De fait, Gaozong, affalé dans un divan, se faisait présenter par Gomul, qui la soulevait par les aisselles et par les genoux, Lune de Jade, dont les cuisses écartées ne cachaient rien de ses doux et tendres orifices, roses et lisses comme les pétales de la fleur du même nom.

Lorsque la langue blanchâtre de l'empereur, qui poussait en même temps de vils grognements, commença à lécher goulûment ces ineffables muqueuses, auxquelles Firouz lui-même avait si souvent goûté, le Bagdadi éprouva de la peine à réprimer le durcissement de son propre sexe.

Gomul allait de gauche à droite, pour faciliter la tâche de l'empereur impotent, lequel n'avait plus qu'à tendre la langue pour assouvir ses fantasmes.

— Tu es aussi belle que bonne ! murmura Gaozong à la jeune femme.

— Vous me plaisez ! se força à répondre celle-ci dont les yeux fermés témoignaient du dégoût que lui inspiraient ce corps flasque et cette langue chargée.

À ces mots, Firouz crut défaillir.

— Wuzhao est repartie à Luoyang, et c'est tant mieux ! Ainsi nous ne risquons pas d'être dérangés par l'impératrice, n'est-ce pas, Gomul ?

— Pour sûr, mon souverain. C'est une nuit d'amour sans interruption qui s'offre désormais à vous ! répondit l'assistant, qui redoublait de zèle, plaquant avec soin les orifices de Lune de Jade contre les lèvres assoiffées de Gaozong.

— Il faut en profiter. Dans quelques jours, il me faudra partir au mont Taishan pour la Fête du Printemps ! Quelle idée de la célébrer si loin cette année ! gémit l'empereur.

— Majesté, chacun est persuadé que c'est vous qui avez décidé de l'organiser là-bas ! gloussa Gomul.

— Fadaises ! Si c'eût tenu à moi, je l'aurais célébrée, comme chaque année, dans le Mingtang de Chang An, ce qui m'aurait permis de continuer à profiter de Lune de Jade, répondit l'empereur du Centre qui massait à présent les seins de sa partenaire.

Au bout d'un petit moment de ce manège, Firouz constata avec effarement que la jeune Chinoise commençait à pousser les cris et les gémissements qui précédaient l'explosion de sa jouissance. Était-ce feint ou bien réel ? Au moment où l'assistant s'empara délicatement du flasque concombre de mer qui tenait lieu à l'empereur de bâton de jade, afin d'essayer de donner souffle et vie à cet organe si peu fringant en le plaçant entre les cuisses ouvertes de la jeune Chinoise, celle-ci émit un râle si convaincant que le Bagdadi en éprouva lui-même un long frisson de dégoût mais également, à son corps défendant, de volupté profonde.

Comme il eût aimé, tout ivre de jalousie qu'il était, lire dans le cerveau de son ancienne amante, laquelle, à n'en pas douter, était une sacrée comédienne ou bien une sacrée garce !

Pour Firouz dont la bouche et le sexe eussent, tout bien réfléchi, furieusement aimé être à la place de ceux de l'empereur du Centre, Lune de Jade était à présent devenue un insupportable mystère.

Le plaisir qu'il avait cru donner à cette jeune roturière chinoise était-il vrai ou n'était-ce que pures simagrées de la part de cette Lune de Jade, dont le corps souple, aux formes rebondies et pulpeuses, semblait fait exprès pour l'acte sexuel ; cette Lune de Jade consciente de ses charmes et de ses attraits et que reluquaient tous les hommes ; cette Lune de Jade, aussi, dont l'amour exclusif pour Pointe de Lumière demeurait parfaitement intact…

Firouz serrait les poings.

Il était tellement excité par le spectacle de la jouissance de son ancienne amante qu'il n'était même pas sûr de pouvoir contenir l'émission de la liqueur intime de son sexe désormais dur à lui faire mal, coincé dans son pantalon.

Il observa avec commisération et envie comment Gaozong dut s'y prendre à plusieurs fois pour parvenir à se hisser à califourchon sur le corps de la belle, que Gomul avait étendue, totalement nue, sur le bord du divan.

Avalant sa salive, il voyait le ventre plat de la jeune femme et son sexe entrouvert comme une bouche prête à embrasser… Quand le concombre de mer de Gaozong répandit quelques gouttes blanchâtres sur ces adorables parties de Lune de Jade, le Bagdadi faillit se ruer vers le lit impérial, mais un réflexe de survie l'en empêcha in extremis.

— J'entends du bruit dehors ! Va vérifier que personne ne s'est introduit dans la cour ! ordonna soudain Gaozong à Gomul, qui venait de dégager délicatement Lune de Jade de l'auguste masse impériale.

Firouz n'eut que le temps de se tapir derrière une colonne. L'homme aux bracelets d'or sortit et regarda à la ronde, avant de faire le tour des colonnes pour s'assurer qu'il n'y avait personne. Lorsque Gomul arriva à la sienne, l'intrus, retenant son souffle, fut contraint d'en faire le tour à la même vitesse que lui, avant de

381

pousser un soupir de soulagement quand l'assistant de l'empereur retourna dans la Chambre d'Amour.

— Majesté, j'ai eu beau tout inspecter, je n'ai vu personne…

— Tu demanderas à l'ordonnance de garde ce soir de faire venir une escouade de surveillants. Ce lierre détaché du mur et ce bruit que je suis sûr d'avoir entendu me font penser qu'un intrus s'est glissé ici ! dit Gaozong, l'air méfiant, en caressant la croupe de Lune de Jade.

— Majesté, en avez-vous fini avec moi pour ce soir ? J'ai à présent si mal à la tête ! Le seul remède susceptible de me soulager se trouve dans ma chambre ! s'écria alors la jeune Chinoise.

Sachant qu'elle continuait à ensorceler l'empereur de Chine, elle se permettait désormais une certaine familiarité. Gaozong la dégoûtait tellement qu'il était du reste impossible à l'épouse de Pointe de Lumière de rester longtemps face à lui à l'issue de ces séances laborieuses au cours desquelles, consciente qu'elle jouait chaque fois sa peau, elle s'efforçait de mimer le plaisir, ce qui la laissait complètement épuisée.

— Voilà que tu uses des mêmes arguments que l'impératrice Wuzhao ! lui répondit le souverain, plutôt amusé.

— J'ai la tête coiffée par un chapeau de douleur !

— Gomul, tu peux ramener cette jeune personne à ses appartements… Je lui ai donné tout ce que j'ai pu. Il n'y a plus rien de valable en magasin, conclut drôlement, même si c'était dans un souffle, l'empereur du Centre qui laissait dans les bras et le corps de Lune de Jade le peu d'énergie qui lui restait.

Firouz ne savait trop que faire. À rester là, il risquait d'être découvert par les gardes, quand ils inspecteraient les lieux. Avec angoisse, profitant de ce que Gaozong était toujours affalé sur son divan, incapable de bouger d'un pouce, il se mit à explorer la véranda et la cour, dans l'espoir de trouver un recoin pour s'y cacher, le moment venu.

Il n'y avait rien, malheureusement, qui pût convenir.

Entre-temps, des chambellans étaient venus chercher Gaozong qui était retourné dans ses appartements.

Le Bagdadi allait explorer une dernière fois la cour gravillonnée lorsqu'il entendit un bruit de bottes régulier. Il devait correspondre au pas cadencé des gardes avançant dans le corridor qui menait des appartements privés de l'empereur Gaozong à la Chambre d'Amour de ce dernier.

Angoissé jusqu'à en défaillir, il n'eut guère d'autre choix que de plonger en avant et de se glisser en toute hâte — et non sans difficulté — sous le divan où Lune de Jade et l'empereur de Chine avaient procédé à leurs ébats.

Quelques secondes après, des hommes en armes faisaient irruption dans la petite pièce octogonale tendue de soie rose qui servait d'écrin aux amours de l'empereur du Centre.

Tapi dans sa cachette, l'Ambassadeur Plénipotentiaire du sultan de Palmyre vit des pieds aller et venir dans tous les sens, à la hauteur de ses yeux.

Visiblement, les surveillants du palais impérial étaient en train de fouiller activement la cour gravillonnée et la Chambre d'Amour de l'empereur de Chine.

Soudain, l'agitation cessa, comme si tous les soldats s'étaient figés en même temps au garde-à-vous devant l'arrivée d'une tierce personne.

— Continuez vos recherches ! Nous ne sommes pas à la parade ! lança une voix sur un ton rageur.

— À vos ordres, monsieur le Préfet Li !

— Fouillez la pièce de fond en comble ! Pour une fois que l'empereur Gaozong nous autorise à pénétrer dans sa Chambre d'Amour, j'espère que vous vous montrerez dignes de son auguste confiance !

— Tout a l'air vide, monsieur le Grand Censeur Impérial ! dit la voix de celui qui devait être un chef des gardes.

— Je veux que tout soit passé au peigne fin. N'oubliez pas que le Fort du Chien a vu s'envoler les prisonniers que le Grand Censorat y avait fait enfermer ! Si la prison d'où personne ne s'évade est devenue une cabane ouverte à tous les vents, il y a sûrement là des complicités internes qu'il faudra bien tirer au clair...

— Comment imaginer que ces fugitifs auraient pu trouver refuge ici ? s'enquit l'interlocuteur du préfet Li, sans se rendre compte qu'il allait, par ses doutes, déclencher son ire.

— Mêle-toi de ce qui te regarde, lui rétorqua celui-ci avant d'ajouter, l'air entendu : Les prisonniers auront bénéficié de protections au plus haut niveau de l'État, si tu vois ce dont je veux parler !

— Non, monsieur le Préfet. Je ne vois pas ! À moins que Sa Majesté elle-même...

— Pauvre imbécile ! Si j'ai un nom en tête, ce ne peut être que celui de l'usurpatrice Wuzhao ! Et pas de son époux, voyons ! lâcha le préfet Li sans la moindre retenue, avant de donner un violent coup de pied dans le divan, qui faillit heurter la mâchoire de Firouz..

Ce dernier, que l'angoisse d'être découvert faisait haleter, sentait son estomac se soulever puis redescendre, tels ces voyageurs assis pour la première fois sur un chameau lancé au pas de course dans le désert de sable. Il serrait les mâchoires de toutes ses forces, pour s'éviter de claquer des dents. Le temps lui parut infiniment long. Chaque fois que des pieds s'approchaient, le Bagdadi s'attendait à voir une paire d'yeux le regarder, puis la bouche de celui qui l'avait déniché pousser un cri de victoire, en invitant les autres à venir voir l'intrus qui se cachait sous le divan.

Tout d'un coup, un grand silence se fit, annonçant le départ des gardes de la chambre. Il était sauf. Alors, après avoir attendu de longues minutes, pour être bien sûr qu'il était seul, Firouz s'extirpa de sa cachette afin d'aller enfin uriner dans la cour gravillonnée.

La nuit était en train de tomber et il ne savait même pas où se trouvait Lune de Jade.

Comment, au demeurant, se serait-il douté que les appartements réservés à la concubine et favorite du moment de Gaozong se trouvaient juste de l'autre côté du mur garni de lierre qu'il n'avait pas réussi à escalader, là même où la jeune Chinoise avait vu débarquer le préfet Li, aussitôt après sa sortie de la Chambre d'Amour ?

Lune de Jade, exténuée par son éprouvante séance avec l'empereur du Centre, se faisait faire un massage au beurre de lait de yak parfumé au gingembre, lorsqu'un serviteur enturbanné vint lui annoncer que le préfet Li, Grand Censeur Impérial, en personne souhaitait la voir séance tenante.

— Et si je refusais ? Je suis si fatiguée ! Je n'ai que faire de ce personnage, gémit-elle.

Elle ne tenait pas à comparaître devant celui qui l'avait pourchassée après l'assassinat de Rouge Vif, lorsqu'elle avait été contrainte de quitter précipitamment Chang An avec Pointe de Lumière, trois ans plus tôt.

— À votre place, j'accepterais. Le préfet Li est l'un des hauts fonctionnaires les plus puissants de la Cour de Chine. Il risque de vous prendre en grippe et de ne plus vous lâcher, dit la masseuse qui venait de l'enduire des pieds à la tête d'une sorte de pommade blanche.

— Dans ce cas, dites-lui que je serai à lui dès que ce massage sera fini. Il n'y en a pas pour longtemps.

La femme de Pointe de Lumière n'en menait pas large lorsqu'elle comparut, habillée le plus chastement possible, devant le chef du Grand Censorat, qui avait demandé à sa petite escorte de l'attendre à la porte des appartements de la favorite de l'empereur.

L'air sévère, il s'était installé de lui-même, seul, dans un des fauteuils du boudoir attenant à la chambre de la jeune Chinoise, laquelle lui avait fait servir, pour l'aider à patienter, une assiette de pelures d'oranges confites dans le sucre.

— Lune de Jade ! Savez-vous que ce nom me dit quelque chose… lança tout à trac le préfet Li.

— C'est l'une des appellations les plus courantes que je connaisse, monsieur le Préfet. Au cours de broderie, nous n'étions pas moins de trois à porter ce nom… bredouilla l'intéressée en essayant de cacher le trouble qui s'était emparé d'elle.

— Au Temple du Fil Infini, la filature impériale de soie, il y avait une jolie teinturière qui s'appelait ainsi… Tous les ouvriers soyeux en étaient, m'a-t-on dit, amoureux fous. Je n'ai pas eu l'occasion de la rencontrer. Toutefois, ce qu'on m'en a dit tendrait à prouver que cette jeune femme vous ressemblait comme deux gouttes d'eau, lui assena le Grand Censeur en plantant un regard froid et dur dans les yeux de la jeune femme.

— Je n'ai jamais mis les pieds dans la moindre filature de soie, bredouilla-t-elle.

— Et si je prononce le nom de Pointe de Lumière, que me répondez-vous ?

— Rien de plus, lâcha-t-elle, puisant en elle toute

l'énergie qui lui restait pour affronter sans ciller son interlocuteur.

— Il était emprisonné au Fort du Chien, d'où il s'est mystérieusement envolé, en compagnie d'un ancien moine du Grand Véhicule, du nom de Cinq Défenses…

— Les noms que vous me citez, monsieur le Préfet, ne me disent rien de rien du tout !

— Vous mentez ! s'écria le Grand Censeur, l'air menaçant.

Lune de Jade eut alors fort peu de temps pour réfléchir à la façon de se sortir de ce mauvais pas.

— Laisse-nous seuls ! J'ai quelque chose d'important à dire sans témoin au Grand Censeur Impérial ! lança-t-elle à sa femme de chambre qui s'éclipsa promptement.

À peine avait-elle quitté le boudoir, que Lune de Jade dégrafa les trois boutons qui maintenaient fermée sa robe de coton bleu dépourvue de tout ornement. L'éclat des formes de son corps entièrement nu apparut alors au préfet Li, dont le regard sévère fit aussitôt place à une stupéfaction non feinte.

Il y avait fort longtemps que l'ennemi juré de Wuzhao n'avait eu l'occasion de contempler un corps de femme aussi parfait, musclé sans aller jusqu'à la dureté, dont les jambes aux cuisses fuselées et à la peau soyeuse savaient si bien entourer, quand il le fallait, le cou de ceux qui se jetaient goulûment sur sa fente intime, pour en aspirer les sucs aux odeurs subtiles. Quant à ses seins pointus et fermes, nul doute que le préfet Li, sans l'effet de surprise qui le retenait immobile et comme cloué sur place, se fût rué dessus pour les mordiller avec passion.

Consciente qu'elle avait déjà à moitié gagné la partie, l'épouse de Pointe de Lumière jugea qu'elle pouvait à présent prendre les devants.

Au point où elle en était, peu lui importait d'user de son corps une fois de plus pour survivre et échapper au pire, tendue vers cet unique but consistant à être toujours là, pour son cher Pointe de Lumière, quand leurs chemins se croiseraient enfin de nouveau. Elle ne se sentait donc pas coupable lorsqu'elle fit signe au préfet Li de venir vers elle.

Ce dernier accepta l'invite et ses mains eurent tôt fait de dénouer la ceinture de son pantalon, en même temps qu'il gardait les yeux rivés sur le bas de ce ventre plat, couleur de lait. Lune de Jade, étonnée par le spectacle d'un homme aussi important que le désir rendait fébrile comme un adolescent, remarqua l'étrange protubérance par laquelle s'achevait son sexe dressé, qu'il avait, sans crier gare, extirpé de ses braies.

C'était une sorte de bouton de chair, semblable au mamelon « ju » des miroirs de bronze, placé juste au-dessous de sa protubérance terminale et qui conférait au bâton de jade du Grand Censeur Impérial une forme inusitée.

Quand il se rua sur elle et la pénétra, elle constata que cette légère excroissance produisait des effets qui n'étaient pas désagréables. Toutefois, soucieuse de ne rien en laisser paraître, Lune de Jade préféra se draper dans une froide répulsion, pour bien faire entendre à l'intéressé qu'il dépassait les bornes. Elle le somma sans ménagement de faire machine arrière. Mais il était déjà trop tard. L'instrument de son assaillant était entré en elle, comme une épée enfoncée dans la chair jusqu'à la garde, et sa liqueur intime, qu'il avait été incapable de retenir, inondait déjà la précieuse caverne de cette amante occasionnelle.

— Maintenant, si vous voulez éviter un grand scandale, il faut repartir d'ici au plus vite comme si vous ne m'aviez pas vue ! lança-t-elle au préfet qui rajustait tant bien que mal sa tenue fripée, après avoir vidé sa sève.

— Ce que nous avons fait ensemble n'a pas eu de témoin. Si vous m'accusiez, ce serait ma parole contre la vôtre ! rétorqua, piqué au vif, le Grand Censeur Impérial.

— Je saurai raconter à qui de droit que votre lance de jade porte cette excroissance de chair qui vous caractérise facilement. Nul doute qu'en cas de plainte de ma part, l'empereur voudra tirer lui-même cela au clair ! Et il ne pourra jamais être dit que c'est la recluse du palais impérial qui vous a invité à venir la trouver ! Alors, il vous appartiendra de rendre des comptes, lui expliqua-t-elle froidement en plantant son regard dans le sien.

Le préfet Li comprit qu'il avait affaire à l'une de ces redoutables combattantes dont la caractéristique essentielle était de mettre en actes leurs paroles.

— Et si je pars sans autre forme de procès, accepterez-vous de faire comme si nous ne nous étions jamais croisés ? lui souffla-t-il d'une voix blanche.

— Dans ces conditions, je me fais fort de vous oublier dès que vous aurez passé le seuil de cette pièce ! lâcha-t-elle le plus sérieusement du monde, en indiquant la porte de sa chambre.

À peine avait-elle achevé sa phrase que le préfet Li tournait les talons sans demander son reste, laissant derrière lui une Lune de Jade épuisée par cet ultime sacrifice.

Quand il revint d'une humeur massacrante à son bureau, après avoir sèchement renvoyé la petite escouade qui l'attendait à la porte des appartements de la courtisane, le Grand Censeur Impérial enrageait de s'être fait piéger comme un adolescent. Il mesurait l'étendue du risque qu'il avait pris en succombant aux charmes de cette jeune Chinoise dont le corps sublime était l'arme principale. Peu lui importait, désormais, qu'elle fût ou non la teinturière fugitive que ses services avaient traquée à l'époque où le trafic de soie battait son plein. Il y avait au palais impérial, à portée de l'empereur Gaozong, une jeune femme qui pouvait, d'un seul mot, l'abattre.

Que dirait le souverain, en effet, s'il apprenait ce qui s'était passé entre le préfet Li et Lune de Jade ? Sans nul doute, c'était la tête du Grand Censeur Impérial, au-delà de la perte de ses fonctions et de son bannissement assuré, qui était en jeu !

Il se mit à réfléchir intensément. S'il voulait échapper à ce sort, le chef des agents secrets de l'empire du Centre ne voyait pas d'autre issue possible que l'élimination physique — et dans les délais les plus rapides — d'un témoin aussi gênant.

Compte tenu de la situation, cette tâche ne pouvait être déléguée. Il ne s'imaginait pas donnant à ses hommes l'ordre de procéder à l'assassinat de la favorite de Gaozong en plein palais impérial : la cour l'eût appris avant même que ses hommes fussent passés à l'action.

Le mieux était peut-être de fouiller dans le passé de cette jeune femme, puis de distiller savamment sur son compte des informations alarmistes qu'un délateur anonyme adresserait à ses services, déclenchant une enquête officielle du Grand Censorat.

Alors, il serait impossible à l'empereur du Centre, quel que fût son attachement pour la belle Lune de Jade, de garder auprès de lui une courtisane dont il se pouvait fort bien qu'elle fût une espionne à la solde d'une puissance étrangère.

C'est installé derrière son bureau, où il était en train de se perdre dans ce type de conjectures, qu'il vit arriver son secrétaire particulier, sourire béat aux lèvres, tenant à la main un bout de papier qu'il se hâta de lui tendre.

— Monseigneur, bonne nouvelle. Un renseignement anonyme nous a appris que les prisonniers évadés du Fort du Chien ont trouvé refuge dans une ferme léguée par un riche cultivateur à l'Église bouddhique du Mahâyâna. Tout est écrit là-dessus !

— Qu'a demandé l'informateur en contrepartie ?

— Rien de particulier ! Cela ressemblerait plutôt à une pure vengeance de sa part ! Quand il fit part de cette information à un policier.du commissariat du Deuxième Quartier, il avait le visage partiellement recouvert par un de ces turbans dont se servent les voyageurs du désert, en cas de tempête de sable... Les services de la police n'ont pas tardé pour une fois à nous transmettre l'information, déclara le secrétaire, faisant ainsi allusion à la guerre des polices qui sévissait entre les différents services chargés de la délation, du maintien de l'ordre et de la recherche des criminels.

— C'est bizarre. Les choses gratuites sont rares dans ce pays... soupira le préfet Li dont l'esprit demeurait obsédé par la recherche du moyen de faire taire Lune de Jade.

— Dois-je placer la ferme-pagode sous surveillance, monseigneur ?

— Bien sûr !

— J'y envoie de ce pas une escouade de dix hommes entraînés...

— Es-tu sûr que ce ne soit pas là un tuyau crevé de plus ?

— Vous avez l'air de douter de mes propos, monseigneur !

— Que de fois nos agents sont arrivés trop tard, s'agissant de ces comploteurs qui sont de mèche avec l'impératrice... Chat échaudé craint l'eau froide...

391

lâcha le Grand Censeur Impérial avant de congédier son secrétaire, d'un geste à la fois méprisant et las.

Il venait de commettre un terrible impair, en acceptant les avances de la favorite de l'empereur du Centre, surtout lorsqu'il s'agissait de quelqu'un d'aussi intelligent, pour ne pas dire roué ! À croire, d'ailleurs, que Wuzhao et Lune de Jade avaient partie liée...

Désormais, le préfet Li se savait en sursis.

Et ce serait, à n'en pas douter, elles ou lui !

52

Mont Taishan, au Shandong. 1ᵉʳ avril 659

— Honneur et gloire au divin couple : à l'empereur Gaozong et à l'impératrice Wuzhao ! répétait inlassablement la foule en délire, tandis que les souverains de l'empire du Centre étendaient leurs bras vers le ciel pour répondre au déférent salut des dizaines de milliers d'hommes et de femmes massés au pied du mont Taishan.

En ce premier jour du mois d'avril, tous les annalistes de l'empire du Centre seraient à coup sûr obligés de noter sur leurs tablettes de bambou que, cette année-là, la Fête du Printemps avait eu un éclat très particulier.

C'était Wuzhao qui avait convaincu son époux que les cérémonies commémoratives auraient lieu sur le mont Taishan, la plus vénérée des cinq montagnes taoïstes de Chine parce que la déesse Bixia, la Souveraine des Nuages Azurés, était censée y avoir élu demeure.

Aussi l'impératrice avait-elle supervisé en personne l'organisation de ces festivités appelées à rester mémorables.

En vue de permettre à tous les représentants des provinces de l'empire d'assister dans de bonnes conditions à la célébration de la Saison Nouvelle, le bas de la montagne sacrée avait été aplani et aménagé en une gigantesque aire cérémonielle sur laquelle des dizaines de milliers de prisonniers de guerre avaient travaillé jour et nuit dix mois d'affilée, sous la houlette de l'architecte en chef des Grands Chantiers Impériaux.

Au bout d'une immense terrasse s'élevait un élégant édifice de bois à plusieurs étages, dont la forme rappelait celle d'une pagode, sur le balcon duquel Gaozong et Wuzhao avaient pris place. Conformément au *Classique de la Construction,* que les géomanciens impériaux mettaient leur point d'honneur à suivre à la lettre, la terrasse tournait le dos à la montagne, ce qui la protégeait des influences néfastes du nord, incarnées par la tortue noire. Un bassin d'eau courante avait été creusé à l'est pour satisfaire le Dragon Vert et un chemin tracé à l'ouest la plaçait sous la protection du Tigre Blanc, tandis que son exposition au sud lui permettait d'être inondée des rayons de l'Oiseau Rouge du Soleil.

L'aire cérémonielle avait été découpée en quatre surfaces de taille équivalente.

La première était occupée par les hauts dignitaires du clergé bouddhique. À l'intérieur, Wuzhao aperçut, juste devant l'immense tache safranée des moines assis les uns contre les autres, la haute silhouette de Pureté du Vide. Elle s'arrangea pour lui faire un discret signe de tête. Les autres surfaces avaient été réservées, dans l'ordre, aux hauts fonctionnaires administratifs ainsi qu'aux lettrés, aux officiers militaires et aux « civils méritants », repérés par les autorités pour leur esprit civique, c'est-à-dire, en général, parce qu'ils avaient dénoncé des criminels.

Sans daigner leur accorder le moindre regard, l'impératrice savait que tous ses ennemis irréductibles étaient là, depuis le général Zhang jusqu'à l'inévitable Grand Censeur le préfet Li, en passant par le secrétaire général de l'Administration Impériale Linshi, le gros Chancelier Impérial Hanyuan et la plupart des ministres acquis à la cause des confucéens, dont Vertu du Dehors, le préposé à la fabrication et au commerce de la Soie.

— Honneur à Gaozong et à Wuzhao ! scandaient les soldats des armées impériales, qui formaient un cordon au garde-à-vous devant les souverains, auxquels ils présentaient leurs sabres et leurs arcs.

Wuzhao, yeux mi-clos, sentait l'ivresse du pouvoir suprême monter lentement en elle. La remise du mandat du Ciel à l'empereur du Centre, dans le Mingtang, le Palais de Lumière construit à cet effet, devait procurer, du moins le pensait-elle, la même sensation de fierté et de bonheur indicible...

Pour elle, c'était donc, en quelque sorte, une répétition générale...

Faire face à l'immense marée du peuple : n'était-ce pas, au demeurant, la première fois qu'elle partageait avec son époux cet insigne honneur ?

L'étiquette impériale voulait que l'épouse officielle de l'empereur se tînt à ses côtés, sans pour autant lui permettre d'apparaître en compagnie du Fils du Ciel au vu de la foule, comme c'était à présent le cas. Elle avait bataillé ferme pour obtenir du service du Protocole Impérial la modification nécessaire au rituel afin de pouvoir monter avec Gaozong sur ce balcon. Il ne lui avait pas fallu moins de trois mois de luttes incessantes pour arriver à ses fins, au grand dam de ses ennemis qui ne s'étaient pas fait prier pour dire tout le mal qu'ils pensaient de ce passe-droit.

Elle avait eu gain de cause en laissant espérer au Chef

du Protocole, un benêt solennel et pompeux qui n'avait rang que de sous-ministre, un ministère plein.

Les géomanciens impériaux, coiffés de leurs curieux chapeaux pointus, faisaient cercle, leurs compas, boussole luopan, pierre aimantée et miroir-briquet à la main, pour chasser les flux maléfiques Sha et appeler les souffles bénéfiques Qi sur la « caverne du dragon » que constituait l'aire cérémonielle de la Fête impériale du Printemps.

Ils étaient huit, comme les trigrammes du *Livre des Mutations Yijing,* à tourner lentement de la gauche vers la droite, afin de mimer l'espace céleste et ses huit sections où alternaient les éléments fastes de couleur noire et néfastes de couleur rouge : sauveur des hommes, châtiment du ciel, désastre abyssal, bienfaits célestes, honneurs et argent, veuve et orphelin, Ciel retirant son aide et enfin, honneurs et promotion, pour faire en sorte qu'aucun élément néfaste ne vînt troubler l'ordre parfait de la cérémonie.

Le plus ancien des huit géomanciens proclama d'une voix forte :

— Je peux assurer à l'assistance que Sire le Printemps est bien là, tout prêt à faire fleurir les plantes et à donner de la sève aux amoureux ! Loué soit-il !

Au simple énoncé de la phrase rituelle que chacun attendait, l'assistance se mit à applaudir, si bien que Wuzhao savoura la joie de se faire ovationner par ses ennemis, lesquels ne pouvaient faire autrement que d'appliquer à la lettre le protocole cérémoniel fixé pour cette fête printanière depuis la dynastie des Zhou, quelque deux mille ans plus tôt.

Traditionnellement, cette annonce était suivie d'une danse endiablée réunissant vingt jeunes gens de quinze ans coiffés d'une couronne de lierre et autant de jeunes filles vierges du même âge aux fleurs piquées dans les cheveux.

Au moment où, cette danse achevée, le maître de cérémonie allait faire sonner les trompes indiquant à chacun qu'il y avait lieu, à présent, de rentrer chez soi, Wuzhao se leva d'un bond.

— La cérémonie n'est pas terminée. Si vous voulez bien patienter encore quelques instants, la Jumelle Céleste Joyau a une nouvelle importante dont elle souhaite vous faire part ! cria-t-elle d'une voix forte, devant les milliers de paires d'yeux médusés.

Personne ne s'attendait, en effet, que Wuzhao prît la parole en présence de son époux, de surcroît pour annoncer un événement qui n'avait rien à voir avec le rituel strictement codifié de la Fête du Printemps !

Une sonnerie de trompe se fit entendre pour accompagner l'arrivée de Joyau, assise sur une chaise hissée sur les épaules de quatre porteurs.

La fillette était entièrement habillée de soie bleu outre-mer brodée de dragons dorés.

— Que viennent les rochers divins ! s'écria-t-elle, provoquant dans l'assistance un irrépressible éclat de surprise.

— C'est la petite déesse ! entendait-on murmurer ici et là.

Un convoi de huit chars à bœufs aux cornes enguirlandées de fleurs fit alors son entrée sur l'aire de la Fête du Printemps.

— Ces huit pierres étaient enfouies dans la vase de la rivière Lë ! La tradition veut qu'elles soient gravées d'inscriptions indiquant au peuple chinois l'avenir de son État. Eh bien, elles sont devant vous aujourd'hui ! lança l'impératrice d'une voix forte et sur un ton solennel.

Leurs charrettes venant de se poster de façon idoine,

les rochers étaient présentés à la file, face gravée tournée vers l'assistance, du premier au dernier, de telle sorte qu'il était possible de les lire, de la gauche vers la droite, comme la première phrase d'un livre.

— Je suis expert en inscriptions archaïques ! Je me ferai fort de lire ces textes et d'en livrer le contenu au peuple ! hurla un individu en sortant du carré réservé aux hauts fonctionnaires et aux lettrés.

L'éminent calligraphe en question, spécialiste du déchiffrement des écritures archaïques, avait été payé par Wuzhao pour la prestation qu'il s'apprêtait à accomplir devant le peuple rassemblé. Il s'approcha des pierres d'un pas bondissant.

— Ce que je déchiffre est proprement inouï !

Il semblait sincèrement surpris : dans l'arrangement qu'il avait avec Wuzhao, celle-ci ne lui avait pas fait état du texte qu'il découvrirait.

— Lis-le-nous ! Lis-le-nous ! Lis-le-nous ! se mit alors à scander la foule.

— Dis-leur ce que tu vois ! ordonna Wuzhao au calligraphe.

— *L'Empire, le moment venu, aura une femme à sa tête. Wu l'empereur de Chine, tel sera le nom de cette femme au glorieux destin !* Voilà ce que je lis sur ces pierres divinatoires, comme s'il s'agissait d'un manuel de prophéties ! Si quelqu'un en doute, qu'il vienne donc les déchiffrer à son tour, hurla-t-il en tombant à genoux devant Wuzhao, après s'être approché du balcon impérial.

Les géomanciens, éberlués, s'étaient à leur tour approchés des rochers dont ils faisaient le tour avec circonspection, avant que le plus ancien, après avoir longuement tâté les huit pierres dans tous les sens, opinât de la tête, provoquant les hurlements de ferveur de l'assistance.

Wuzhao, aux anges, pouvait légitimement penser que la partie était gagnée. Son regard croisa celui de la Jumelle Céleste sans laquelle rien n'eût été possible. Joyau lui souriait, heureuse de constater que sa chère « tante Wu » l'était aussi.

C'est alors qu'une voix s'éleva, venue des tout premiers rangs de la foule rassemblée. Une voix chevrotante, dont l'impératrice ne tarda pas à constater qu'elle était celle du général Zhang.

— Majesté, je ne suis pas convaincu par ce que je vois !

La foule, aussitôt, se tourna vers le côté d'où venait l'objection. Porteur de l'insigne de jade d'ancien Premier ministre, l'intéressé venait de se lever de la chaise pliante sur laquelle il était assis.

— Eh bien, parlez donc, général ! lança l'épouse de Gaozong.

Il y avait dans son propos toute la haine qu'elle vouait à son pire ennemi, dont elle connaissait l'opiniâtreté à la faire chuter.

— J'ai le regret d'annoncer au peuple chinois dont les représentants sont réunis ici que je doute fort de ce qui vient d'être lu ! Majesté, comment avez-vous pu déterminer l'endroit exact où ces pierres étaient immergées ? Leur immersion, si elle a eu lieu, remonte aux temps immémoriaux des Zhou !

— Eh bien, général, la Jumelle Céleste Joyau va se charger de vous l'expliquer ! C'est elle qui me mena à l'aplomb de ces pierres sacrées. Je ne pense pas que vous aurez l'outrecuidance de douter des propos d'une enfant aussi pure !

La réplique de l'impératrice était aussi cinglante qu'un trait de flèche. Il régnait à présent dans la foule un pesant silence et la tension était perceptible entre le vieux général nostalgique de temps révolus et celle en qui il ne voyait qu'une aventurière.

L'empereur, qui ouvrait de grands yeux, tout occupé qu'il était à penser à la jolie croupe de Lune de Jade, ne semblait pas avoir conscience de ce qui était en train de se passer.

— Oui ! J'étais au bord de la rivière Lë lorsque tante Wu, l'impératrice, les fit sortir de l'eau, dit Joyau, parfaitement concentrée, qui s'efforçait de répéter au mot près ce que l'impératrice lui avait appris, si elle venait à être interrogée.

— Peux-tu me dire, fillette au faciès de singe, si ces pierres portaient des inscriptions lorsque Wuzhao les fit extraire de la Lë ? demanda encore le vieux confucéen.

— Je vous interdis d'insulter Joyau ! Des milliers de pèlerins viennent chaque jour se prosterner à ses pieds au monastère de Luoyang, hurla la souveraine ulcérée, tandis que Gaozong, enfin sorti de sa léthargie amoureuse, levait une main apaisante.

— Ces pierres étaient exactement les mêmes, monsieur ! articula Joyau, que son pieux mensonge fit quand même cligner des yeux.

L'impératrice lança à la fillette, toute de soie bleu outre-mer vêtue, un regard éperdu de gratitude.

C'est alors que la silhouette ascétique de Pureté du Vide leva le bras et fit quelques pas, avant de prendre à son tour la parole d'une voix forte.

— Il faut que chacun sache que ces pierres corroborent les sous-entendus du *Sûtra du Nuage Blanc*, un texte sacré que j'ai eu l'occasion de déchiffrer et de commenter à de nombreuses reprises. Il y est dit, entre ses ineffables lignes, que le Bouddha du Futur, le Bienheureux Maitreya, s'incarnera un jour dans l'enveloppe charnelle de la femme dont ces pierres font état... s'écria-t-il, déchaînant dans l'assistance, où nombreux

étaient ceux qui commençaient à scander le nom de
« Wuzhao », un tonnerre d'applaudissements.

C'était de son plein gré que le grand maître de
Dhyâna de Luoyang avait décidé d'intervenir, tout
auréolé de l'immense prestige que lui conférait son rôle
de chef spirituel du Grand Véhicule chinois, sans même
en avoir parlé au préalable avec l'impératrice, tout simplement pour se faire pardonner sa conduite.

Wuzhao, pour qui ce geste ne pouvait avoir été inspiré que par le Bienheureux Bouddha lui-même, ferma
les yeux avec reconnaissance. N'était-ce pas là un signe
de plus qu'elle était sur la bonne voie et que son objectif politique coïncidait avec les desseins de l'Éveillé ?

Dans la foule, le brouhaha continuait de plus belle et
les hommages à Wuzhao fusaient de toute part, tandis
que beaucoup quittaient leur place. Les uns se prosternaient devant Wuzhao pour lui rendre hommage, tandis
que d'autres, proches de l'hystérie, essayaient de s'approcher de la Jumelle Céleste dans l'espoir de toucher
sa robe azurée. Les plus hardis, bravant les coups de
canne des gendarmes, qui tentaient tant bien que mal de
les canaliser, venaient effleurer les pierres saintes, sur
lesquelles certains allaient même jusqu'à poser leur
bouche, persuadés que ce geste ne pouvait que leur être
de bon augure, pour eux-mêmes et leurs proches.

Dans le carré réservé aux lettrés et aux fonctionnaires, c'était la consternation.

Les opposants à Wuzhao fulminaient et le vieux
général qui avait osé défier l'Usurpatrice, accablé, était
tassé sur sa chaise comme un sac de riz à moitié rempli. Après l'esclandre de Wu en pleine audience officielle sur la fausse identité de Lune de Jade, les présages
annonçant sa prochaine montée sur le trône impérial
tombaient on ne peut plus mal. Il fallait voir la mine
défaite des ministres et des hauts technocrates. Tous

401

mesuraient avec effroi la singulière popularité dont la souveraine jouissait au sein du peuple, et c'était là, bien évidemment, le plus inquiétant.

Dans la zone réservée aux moines bouddhistes, au contraire, régnait une douce euphorie.

Une fois leur protectrice montée sur le trône de Chine, leur religion serait officialisée et plus jamais remise en cause. Les donations des riches dévots iraient grossir encore l'énorme patrimoine du Grand Véhicule. Et plus tard, même si les Supérieurs des grands couvents n'envisageaient cette hypothèse qu'entre eux, compte tenu de son caractère révolutionnaire, ce serait le chef spirituel du Mahâyâna qui finirait par présider aux destinées de la Chine, enfin devenue un État religieux.

— Gloire et honneur à Wuzhao ! Gloire et honneur à Wuzhao ! criait la foule en délire.

Dans la partie de l'aire où le peuple avait été cantonné, l'ovation avait commencé par des incantations isolées, qui s'étaient rapidement transformées en un chœur entonné par tous.

Les rochers divins étaient en train de provoquer l'effet escompté. Pour l'impératrice, le tour était joué.

Le Chef du Protocole venait enfin de faire sonner les trompes destinées à mettre fin à la cérémonie, lorsqu'un nouveau brouhaha se fit entendre, venu cette fois du fond du pré carré que les services du Protocole Impérial avaient réservé aux moines du Grand Véhicule.

Gaozong, que toutes ces péripéties avaient achevé d'épuiser, et qui n'avait qu'une hâte, revenir à Chang An pour retrouver Lune de Jade, ne put s'empêcher de faire la grimace.

Un homme vociférait en mauvais chinois, au milieu du silence sépulcral dans lequel les rituels prévoyaient que la foule devait se disperser à l'issue de la Fête du Printemps.

— Veux parler empereur ! Veux parler empereur ! Important ! Important ! hurlait la voix.

La police eût tôt fait de se saisir de l'intrus afin de procéder à l'expulsion du trublion qui osait enfreindre l'ordre immémorial de la fin de la Fête du Printemps tel qu'il avait été institué par le Rituel des Zhou.

— Laissez cet homme s'exprimer, il a peut-être des choses à dire à l'empereur de Chine, ordonna aux gardes l'impératrice Wuzhao.

Le chef Majib, à présent, puisque c'était de lui qu'il s'agissait, faisait face à l'édifice de bois d'où Gaozong et Wuzhao avaient présidé à la cérémonie.

Au moment où le Parsi allait ouvrir la bouche pour proposer naïvement à la cour de Chine le marché qu'il avait envisagé, un moine du Grand Véhicule tenant par la main un individu basané dont l'aspect trahissait les origines indiennes, s'extirpa du carré orangé formé par ses milliers de confrères et vint se planter juste devant le couple des souverains, empêchant le Parsi, stupéfait, de s'exprimer.

— Moi je suis Grande Médecine, religieux mahayaniste du couvent de la Montagne Chauve, et je demande à vos Majestés l'autorisation de prendre à mon tour la parole.

— Que veux-tu donc, Grande Médecine ? s'enquit Wuzhao, nullement démontée par cet épisode inattendu.

— Je viens tout bonnement, Votre Majesté, empêcher l'accomplissement d'une ignominie. Cet homme est un brigand parsi qui prétend, au mépris de la tradition hospitalière prévalant entre les Églises bouddhiques, monnayer contre de l'argent la remise aux autorités du moine hinayaniste de Peshawar, notre estimé collègue Poignard de la Loi, ici présent et dont

je tiens la main, ainsi que de son acolyte, le Tripitaka
Sainte Voie aux Huit Membres, resté derrière ! répondit le mahayaniste en désignant le chef Majib.

— Tout ce que vient de dire ce mahayaniste est
rigoureusement exact ! lança Sainte Voie aux Huit
Membres qui avait jailli de la première rangée de
moines bordant le carré.

— Ma mie, ne croyez-vous pas qu'il est grand temps
de clore ces festivités et de nous en retourner à Chang
An ? Cette cérémonie n'a plus ni queue ni tête ! souffla
Gaozong à l'oreille de sa femme, excédé par ce nouvel
impromptu.

— Confirmes-tu les dires de Grande Médecine, ô
Majib ? demanda, imperturbable, la souveraine.

— Mes prises valent assurément beaucoup d'argent… Un tonnelet de taels d'or et je vous les remets
toutes, Majesté ! Il y a là deux hinayanistes ! Quant aux
mahayanistes que je ramène aussi, ils sont en parfaite
santé et aptes à effectuer toutes sortes de corvées. Je
vous les donne en prime ! confirma pompeusement
celui-ci, qui ne comprenait rien à ce qui était en train
de se passer et affichait un air satisfait en aggravant son
cas.

— Cet homme est tombé sur la tête ! Il parle de faire
travailler des religieux bouddhistes ! Il ne doit même
pas savoir que l'aumône existe ! constata à voix basse
Gaozong.

L'impératrice Wu, trop heureuse de l'aubaine, répéta
à la foule, d'une voix plus forte et sur un ton énergique,
les propos que venait de tenir son auguste mari. La
réflexion de l'empereur, relayée par l'impératrice,
arriva à point nommé, entraînant de la part de l'assistance toutes sortes de propos sarcastiques à l'encontre
de cet intrus venu tenter de négocier ce qui n'était en
aucun cas négociable.

L'impératrice comprit qu'elle avait la voie libre, pour exercer une fois de plus à la face du peuple sa pleine et entière autorité.

— Gardes, saisissez-vous de ce Parsi ! ordonnat-elle, tandis que le chef Majib se ruait, en le maudissant et en lui souhaitant de finir brûlé vif dans l'enfer ténébreux d'Ahriman, sur ce moine chinois dont il venait de s'apercevoir qu'il l'avait habilement manœuvré, en lui faisant miroiter la somme faramineuse que la cour de Chine était prête à payer pour les otages en sa possession.

Aussitôt, des soldats chamarrés ceinturèrent le Parsi, lequel se débattit comme un beau diable avant d'être maîtrisé et dûment ligoté afin d'être conduit au poste de police. Quelques instants plus tard, le chef Majib avait disparu.

Pureté du Vide, alors, sortit de son rang et cria d'une voix forte à la souveraine :

— Votre Majesté, j'ai une précision importante à apporter au sujet de ce moine du nom de Poignard de la Loi.

Le grand maître de Dhyâna désignait l'homme d'origine indienne venu corroborer les dires de Grande Médecine. Il avait été rejoint par un gros chien au poil jaune, de la race de ceux qui étaient capables de défendre les troupeaux contre les loups, les ours des montagnes et les léopards des neiges.

Un grand silence régnait à nouveau sur l'esplanade, chacun sachant que le grand maître de Dhyâna n'était pas homme à prendre la parole pour ne rien dire. Seul l'empereur Gaozong, de plus en plus impatient de clore la cérémonie et de revenir à Chang An où l'attendait la fente mouillée de Lune de Jade, semblait désireux de quitter les lieux.

— Votre Majesté, cet homme est l'acolyte de maître

Bouddhabadra, mon estimé collègue, le Supérieur du couvent du Petit Véhicule de l'Unique Dharma de Peshawar. Je réponds de lui et me propose, si vous en êtes d'accord, de le recueillir le temps qu'il faudra au couvent de la Reconnaissance des Bienfaits Impériaux.

— Je suis d'accord, maître Pureté du Vide ! Chacun connaît votre sens de l'hospitalité, s'écria Wuzhao.

— À présent, ne pourrions-nous pas lever la séance, ma mie ? gémit Gaozong d'une voix lasse.

— La Fête du Printemps est close ! s'écria Wuzhao, avec un clin d'œil appuyé au grand maître de Dhyâna.

Une fois la cérémonie achevée, après le départ du palanquin du couple impérial, la foule quitta lentement le terre-plein cérémoniel pour redescendre vers le bas de la montagne, laissant seuls Pureté du Vide, Grande Médecine, Poignard de la Loi et Sainte Voie aux Huit Membres devant l'édifice de bois depuis lequel Gaozong et Wuzhao avaient présidé aux festivités printanières.

Poignard de la Loi, que la chienne Lapika ne lâchait pas d'un pouce, comme si l'animal avait été conscient des dangers encourus par son maître, considérait avec méfiance le Supérieur de Luoyang dont il avait tellement entendu parler au cours des derniers mois. De fait, la duplicité de ce dernier lui paraissait évidente. Fixant ce visage ascétique et impassible qui ne lui disait rien de bon, Poignard de la Loi se disait que son interlocuteur devait être du genre à camoufler totalement ses pensées.

— Maître Bouddhabadra est mort par éventration, peu de temps après la réunion intermédiaire de Samyé, sauvagement assassiné par Nuage Fou le tantrique, au moment où vous avez expédié là-bas Cinq Défenses afin d'y récupérer *le Sûtra de la Logique de la Vacuité Pure* ! lança-t-il à son interlocuteur sans autre formalité, espérant que cette nouvelle provoquerait un choc dans l'esprit de celui-ci.

À ces mots, le Supérieur du monastère de la Reconnaissance des Bienfaits Impériaux de Luoyang cligna des yeux tandis qu'une onde de pâleur recouvrait sa face.

— J'étais sûr qu'il avait dû lui arriver malheur... Nous avions convenu ensemble qu'il viendrait me rendre visite à Luoyang et il ne s'est jamais présenté. Or Bouddhabadra n'était pas homme à se soustraire à ses engagements. C'est pourquoi j'avais décidé d'envoyer Cinq Défenses à Samyé pour récupérer le sûtra que Bouddhabadra devait m'apporter, souffla-t-il en blêmissant un peu plus.

— N'était-il pas convenu qu'il vous rapporterait autre chose ?

— Ta question me laisse entendre que tu en connais la réponse... fit Pureté du Vide d'une voix lasse et triste.

— N'avez-vous jamais envisagé que mon Inestimable Supérieur vous ait floué ? s'enquit le moine de Peshawar, bien décidé à pousser le grand maître de Dhyâna dans ses retranchements.

— Pourquoi me poses-tu une telle question ? Tu parais douter de ma bonne foi... Je ne suis strictement pour rien dans cet odieux assassinat que je déplore autant que toi, protesta ce dernier.

— J'essaie tout simplement de reconstituer les événements tels qu'ils se déroulèrent, et j'ai acquis la conviction qu'il a dû se passer bien des choses entre Bouddhabadra et vous-même, maître Pureté du Vide...

— Il est un fait que nous avons beaucoup discuté entre nous, à Samyé, à la suite du fiasco de la réunion !

— ... Dans le dos de Maître Ramahe sGampo...

— J'en conviens et je le regrette vivement. Si c'était

à refaire, je m'y prendrais autrement, je te prie de me croire.

— De tout cela, vous aurez bientôt l'occasion de vous expliquer avec le Supérieur de Samyé ! lâcha, l'air de rien, Poignard de la Loi.

— J'aimerais tant que ce fût possible ! soupira le grand maître de Dhyâna.

— Maître Ramahe sGampo sera auprès de nous sous peu ! J'ai hâte moi aussi de participer à cette séance au cours de laquelle tout devra être mis sur la table ! Trop de non-dits et de malentendus ont faussé des rapports qui, jusque-là, étaient exemplaires entre vous trois !

À ces mots, Pureté du Vide, déjà sous le coup de l'émotion, ouvrit des yeux éberlués.

— Le vieil aveugle serait donc en route pour la Chine ? Jamais je ne l'aurais imaginé ! s'écria-t-il, soudain bouleversé.

— Sans trahir sa pensée, je puis vous assurer que maître Ramahe sGampo souhaite ardemment que les Conciles de Lhassa ne restent pas lettre morte. Conscient que les problèmes rencontrés sont pour une large part la conséquence de l'attitude de Nuage Fou, le vieil aveugle est prêt à tout pour restaurer la confiance et les relations apaisées entre les trois Églises bouddhiques, expliqua Poignard de la Loi avant d'ajouter, l'air mystérieux : J'ai moi-même des éléments à faire valoir, et qui sont susceptibles d'apaiser les ressentiments qui ont pu naître dans le cœur des uns et des autres !

— Puis-je en avoir une idée ? J'ai l'impression que bien des choses m'échappent... gémit le Supérieur de Luoyang d'une voix haletante.

— Pas maintenant ! Je réserve mes révélations pour la réunion de l'heure de vérité, lorsque Ramahe sGampo sera arrivé à Luoyang ! conclut le moine de

Peshawar sur un ton qui ne laissait planer aucun doute sur sa détermination aussi tranquille que ferme.

— Je peux t'assurer que ce moine est un homme d'honneur, et d'une parfaite rectitude morale, ajouta Grande Médecine, soucieux de montrer à Pureté du Vide tout le bien qu'il pensait de son collègue du Petit Véhicule.

— Je n'en doute pas.

— Êtes-vous prêt à renouer les fils distendus des Conciles de Lhassa ? s'enquit alors Poignard de la Loi.

— Je crois en effet utile de revenir à l'état d'esprit qui présidait aux Conciles de Lhassa. Bouddhabadra et moi avons été tentés de tirer, seuls, notre épingle du jeu, pensant agir dans l'intérêt de nos Églises respectives. Il y a perdu la vie, tandis que moi, j'ai failli y perdre mon âme ! murmura Pureté du Vide dont la sincérité ne faisait à présent aucun doute.

Sous leurs yeux, le mont Taishan se parait des reflets du soleil déclinant. Bientôt, les pins accrochés tant bien que mal au chaos rocheux qui remontait, telle une énorme colonne de fumée, jusqu'au sommet de la montagne la plus sacrée de Chine, commenceraient à s'ourler d'or. Alors, le moment viendrait où les couleurs et les formes gagneraient en intensité, conférant à ce paysage inoubliable, où chacun était persuadé qu'habitait la déesse Souveraine des Nuages Azurés, des allures de fin du monde…

Auprès d'eux, Lapika, consciente qu'ils allaient recommencer à marcher sur les chemins, frétillait déjà de la queue.

— Regarde un peu comme ta chienne jaune a l'air heureuse ! constata Sainte Voie aux Huit Membres.

— Elle a sûrement compris que nous étions de nouveau libres ! Elle aura bouclé la boucle ! Quand lama sTod Gling la confia à Cinq Défenses, afin de donner

409

aux Jumeaux Célestes leur ration de lait quotidienne, il ne pouvait pas se douter du long chemin qu'elle devrait accomplir pour se retrouver avec les enfants à Luoyang ! lui répondit en souriant son compagnon des bons et des mauvais jours.

Le périple du mont Taishan jusqu'à Luoyang se déroula comme prévu. Les moines marchaient vite, Pureté du Vide ayant décidé de rentrer à bord de la charrette où s'empilaient les bols à aumônes des moines du couvent de la Reconnaissance des Bienfaits Impériaux qui avaient fait le déplacement avec lui.

Ils traversèrent à cinq reprises le Fleuve Jaune gonflé par les pluies du printemps, à bord de barges surchargées d'hommes et de bêtes qui manquaient de chavirer dès que les remous creusaient la surface.

Les montagnes succédaient aux plaines, et les vallées riantes aux éboulis granitiques, sur lesquels il n'y avait guère que les genévriers rabougris à disposer d'assez de force et de vitalité pour s'accrocher. Le printemps faisait flamber les couleurs et partout, sur les branches des arbres, les bourgeons et les pousses surgissaient.

Après le chaos hivernal, l'ordre estival se mettait peu à peu en place.

Après tous les désordres consécutifs à la réunion de Samyé, l'harmonie, peu à peu, était en train de revenir.

Ne restait plus qu'à attendre l'heure de la grande explication.

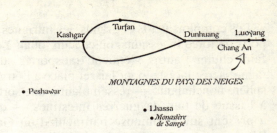

53

Palais impérial de Chang An

Pendant que, sur le mont Taishan, la célébration du Printemps Nouveau battait son plein, Cinq Défenses, Umara, le *ma-ni-pa* et Ulik avaient pu se glisser sans aucune difficulté, grâce au sauf-conduit de Wuzhao, dans un palais impérial de Chang An où n'erraient plus que des serviteurs âgés et des portiers unijambistes.

L'impératrice avait vu juste, une fois de plus. La cour dans son ensemble s'étant déplacée au Shandong, armes et bagages compris, à la suite du couple impérial, le palais n'était plus qu'un lieu désert et presque ouvert à tous les vents.

C'était toujours ainsi lorsque le centre de décision se déplaçait, dans un système fondé sur la personnalisation du pouvoir : la terreur et la coercition abandonnaient un lieu pour en investir un autre en laissant derrière elles des situations chaotiques où plus aucun ordre ne régnait. Bien des dictateurs en faisaient les frais, dont les rivaux profitaient de l'absence pour prendre le pouvoir à leur tour.

411

Les complots petits et grands, les intrigues et les rapports de force incessants, où chacun jouait à essayer de faire chuter l'autre, s'étaient transportés sur la montagne sacrée taoïste, pour laisser place à l'étrange atmosphère nonchalante — ressemblant à une sorte de paix, à l'issue de tant de guerres intestines — qui flottait à présent sur l'immense bâtiment d'où Gaozong et Wuzhao dirigeaient l'empire du Milieu...

Sans perdre une minute, Umara et Cinq Défenses se rendirent tout droit au Pavillon des Loisirs. Lorsqu'elle aperçut son père, assis dans un fauteuil en train de prendre le soleil en compagnie de Cargaison de Quiétude, dans le joli jardin où les Jumeaux Célestes avaient accompli leurs premiers pas, Umara se précipita vers lui, éperdue de joie et de tendresse.

— Père, je t'en supplie, pardonne-moi ! lança-t-elle en lui baisant les mains, après s'être jetée à ses pieds.

— Ma fille aimée ! L'important, pour moi, est de t'avoir retrouvée. Notre Dieu Tout-Puissant et Miséricordieux m'aura accordé cette faveur. Je n'en espérais pas tant, murmura ce dernier, bouleversé et au bord des larmes, la voix brisée par l'émotion.

— Tout est de ma faute. C'est moi qui ai séduit votre fille ! Si vous avez des reproches à faire, c'est à moi qu'il faut vous adresser, dit alors Cinq Défenses, fermement décidé à défendre Umara, en s'approchant à son tour.

— Mon Dieu Unique est Amour. C'est bien l'amour que vous éprouvez l'un pour l'autre qui sous-tend votre conduite, à laquelle je n'ai donc rien à redire... Je souscris à votre démarche, mes chers enfants ! répondit l'évêque de Dunhuang en leur ouvrant largement ses bras.

— Merci, Père. Je ne doutais pas que tu comprendrais, murmura sa fille.

412

— Et que Dieu bénisse votre union ! Je vous souhaite tout le bonheur sur terre. Vous le méritez bien. Vous voir ensemble est pour moi un grand réconfort. J'attendais ce jour depuis si longtemps ! dit Addai Aggai en fermant les yeux, après avoir fait le signe de croix sur le front de chacun d'eux.

— Vous permettrez que j'ajoute à votre invocation celle du Bienheureux Bouddha, le Saint Éveillé qui nous a pris, Umara et moi, depuis notre première rencontre, sous son aile compatissante et protectrice, souffla Cinq Défenses en joignant ses deux mains à plat, paume contre paume, avant d'appliquer leurs pouces réunis contre son front, puis de s'incliner à trois reprises.

— Va pour le Bienheureux Bouddha ! Ce que je sais de lui m'inciterait d'ailleurs à penser qu'il existe entre le Bienheureux et le Christ beaucoup de points communs...

— Il en va de même pour Mani, le prophète intercesseur de l'Église de Lumière... Ce fut un homme de bonne volonté qui refusa de renier sa religion et, à cause de cette attitude héroïque, souffrit une Passion identique à celle du Christ, ajouta Cargaison de Quiétude, pratiquement aussi ému devant ces retrouvailles que son collègue nestorien.

Entre les pots où poussaient les pivoines et les arbustes centenaires, pas plus grands qu'une lame de poignard, dont les jardiniers épilaient quotidiennement les feuilles et raccourcissaient les racines, l'évêque, qui avait décidé de ne plus retenir ses larmes, serrait à présent dans ses bras Umara et Cinq Défenses de toutes ses forces.

— Puissions-nous, grâce à Dieu, être réunis tous les trois à jamais ! C'est désormais ce que je désire le plus au monde, murmura le prélat nestorien à l'oreille du jeune couple.

— Plus encore que d'installer l'Église du Saint Patriarche Nestorius en Chine centrale ? s'enquit sa fille.

— En faisant passer avant tout le reste les intérêts de la cause spirituelle que je sers, j'ai conscience, outre d'avoir négligé parfois mon prochain, de m'être parfois comporté davantage en pécheur qu'en pasteur des âmes ! lâcha Addai Aggai, sous le regard ahuri d'Umara qui était loin d'imaginer son père capable d'un tel acte de contrition.

— Si je peux conjuguer le bonheur de finir ma vie avec Cinq Défenses et celui de continuer à entretenir avec mon père des relations d'étroite complicité, je serai la plus heureuse des femmes… murmura Umara, avant de se jeter au cou d'Addai Aggai et de l'embrasser tendrement.

— Tu m'as tellement manqué que j'ai fini par comprendre que tu étais aussi ma principale raison de vivre ! chuchota alors ce dernier à l'oreille de sa fille.

— Il nous reste à aller délivrer Lune de Jade. Attendez-nous ici, nous n'en aurons pas pour longtemps ! s'écria Cinq Défenses, après avoir laissé la fille et le père donner libre cours à leurs effusions.

— Je viens avec toi ! annonça Umara à son amant.

— Ma chérie, sois prudente ! Pourquoi ne pas rester ici avec moi et attendre le retour de Cinq Défenses ? gémit son père.

— De Cinq Défenses, plus rien ne me séparera jamais ! Partout où il ira, je le suivrai ! répondit sa fille.

Et c'est main dans la main qu'ils se ruèrent avec Ulik et le *ma-ni-pa* vers les appartements privés de l'empereur du Centre.

Là, ils trouvèrent Lune de Jade enfermée à double

tour dans la chambre destinée à la concubine favorite, en compagnie d'une esthéticienne qui lui lissait la chevelure après l'avoir enduite d'huile de palme.

— Umara, Cinq Défenses ! Quelle divine surprise ! Comme je suis heureuse de vous retrouver ! s'écria sur-le-champ la jeune Chinoise en se jetant dans les bras de ce jeune couple qu'elle avait croisé non loin de la Porte de Jade, au cours de sa fuite en compagnie de Pointe de Lumière.

— Il paraît que l'empereur de Chine te retient prisonnière. Nous sommes venus pour te libérer, lui annonça fièrement Umara, toute contente de revoir cette jeune femme avec laquelle le courant de sympathie avait été immédiat.

— Depuis que je suis arrivée à Chang An, l'empereur Gaozong me traite comme une esclave dédiée à ses plaisirs. Je n'oserai même pas te raconter ce qu'il me fait subir ! Il me convoque sans cesse dans la Chambre d'Amour de l'empereur de Chine, un boudoir octogonal tendu de soie rose... situé juste derrière cette cour ! Rien que de penser à ses doigts boudinés et à son énorme ventre tremblotant, j'en ai la nausée, gémit l'épouse du Koutchéen manichéen avant d'éclater en sanglots comme une petite fille.

Devant Lune de Jade et Cinq Défenses, ce n'était plus la courtisane rouée et capable de feindre le plaisir, mais tout simplement une jeune femme en confiance qui pouvait enfin se laisser aller.

— Heureusement, depuis qu'il est parti sur le mont Taishan, je souffle un peu, lâcha Lune de Jade d'un filet de voix.

— Pointe de Lumière t'attend non loin d'ici, dans un petit temple bouddhique ! lui dit alors Cinq Défenses, soucieux d'effacer les mauvais souvenirs avec cette bonne nouvelle.

— Quelle merveilleuse annonce ! Rien ne me fait plus plaisir que d'entendre cela de ta bouche, ô Cinq Défenses. Devrai-je en rendre grâces au Bienheureux Bouddha ou bien encore à Mani, le prophète de l'Église de Lumière ? s'écria la jeune Chinoise.

Elle n'était déjà plus la même : son beau visage aux yeux mouillés reflétait désormais une joie profonde qui éclipsait son récent abattement.

— Quand tu serreras ton époux dans tes bras, il sera toujours temps de remercier qui bon te semblera ! plaisanta l'ancien moine du Mahâyâna.

— Tient-il toujours à moi ? N'est-il pas tombé amoureux d'une autre ? Si c'était le cas, je ne lui en voudrais pas...

— Il est amoureux de toi comme au premier jour ! La flamme de son cœur est intacte. Depuis qu'il a perdu ta trace, à Turfan, son unique but a consisté à te retrouver par tous les moyens... Il ne sait pas que tu es là ! Je me plais à imaginer sa joie lorsqu'il te verra, saine et sauve ! conclut Cinq Défenses.

— Nous irons chercher Pointe de Lumière dès que nous serons sortis ! Le plus vite ce sera fait et le mieux tu te porteras ! Comme moi, quand Cinq Défenses vint me retrouver au monastère de la Reconnaissance des Bienfaits Impériaux de Luoyang, où le Supérieur Pureté du Vide me maintenait au secret, ajouta Umara.

— Nos destinées paraissent étrangement parallèles, constata en souriant l'ancienne ouvrière du Temple du Fil Infini.

— Je le pense également ! Sans doute parce que l'amour conduit les êtres sur les mêmes chemins, murmura la jeune chrétienne nestorienne qui tenait la main de Lune de Jade dans la sienne.

— J'ai l'impression que quelqu'un nous écoute, derrière ce mur ! chuchota Cinq Défenses, en leur faisant brusquement signe de se taire.

Afin d'en avoir le cœur net, il s'approcha de la cloison de briques clôturant la courette intérieure dont leur avait parlé Lune de Jade.

— Veux-tu que j'aille vérifier ? Ce muret paraît facile à escalader ! proposa Ulik.

— Si vous voulez y aller, il vous faut passer par la petite cour. De fait, même lorsque l'empereur de Chine est absent, deux sentinelles veillent jour et nuit devant la porte de la chambre impériale, leur précisa Lune de Jade.

— Allons-y tous les deux, au cas où il y aurait un problème, conclut Cinq Défenses avant de s'élancer le premier.

Ils escaladèrent le mur facilement, suivis d'Umara qui n'eut aucun mal à les imiter. De l'autre côté, il ne semblait y avoir âme qui vive dans la petite cour gravillonnée.

— Voyons à l'intérieur ! suggéra l'ancien mahayaniste en désignant la véranda par laquelle le boudoir s'ouvrait.

Il fut surpris par le raffinement des lieux, que renforçait la soie rose des murs ; elle s'accordait parfaitement avec celle de la multitude de gros coussins à glands empilés sur le majestueux divan disposé au centre de la pièce.

Lorsqu'il se jeta dessus à plat ventre pour s'assurer qu'il était aussi moelleux qu'il y paraissait, l'amant d'Umara eut la surprise d'apercevoir des pieds qui dépassaient de dessous.

Umara, qui avait entre-temps remarqué cette présence, lui faisait de grands signes pour l'inciter à la prudence.

— Qui est là ? s'écria Cinq Défenses en plongeant sur ces pieds afin de les saisir.

Ulik l'aida à tirer les jambes de l'homme qui s'était ainsi caché.

— Que fais-tu là, ô Firouz ? Je t'avais pourtant enjoint de rester à la ferme-pagode ! s'exclama Cinq Défenses qui venait de reconnaître le Bagdadi.

L'ambassadeur omeyyade avait une barbe de plusieurs jours. Amaigri, son visage avait la peau fripée comme celle d'un fruit desséché. Des plus gênés, il avait le plus grand mal à trouver la réponse à la question posée par Cinq Défenses.

— Je suis caché là-dessous depuis deux bonnes semaines. Heureusement, l'empereur ne touche presque pas à la collation qu'on lui apporte quand il vient ici. Lorsque je me retrouve seul, il m'arrive de m'allonger sur le divan afin de dormir plus confortablement. Et quant à mes besoins naturels, je les fais dans la cour… finit-il par articuler.

— Sais-tu que tu risques ta tête à violer ainsi l'espace privé de l'empereur du Centre ? On ne se lance pas pour le plaisir dans une telle expédition, lui assena Cinq Défenses, qui voyait bien que l'ambassadeur omeyyade avait soigneusement omis de répondre à la question qu'il lui avait posée.

— Je te raconterai par le menu comment je me suis retrouvé ici lorsque nous serons en lieu sûr, reprit Firouz qui retrouvait peu à peu sa présence d'esprit.

Subrepticement, profitant de la nervosité ambiante, il s'empara, dans le nécessaire à ongles de Gaozong, du petit couteau effilé comme un dard qui servait au manucure de l'empereur à curer les ongles de ce dernier. Puis, après avoir vérifié que ni Umara, ni Ulik, ni Cinq Défenses ne l'avaient remarqué, il le glissa à la hâte dans sa ceinture.

418

— Dans ce cas, le mieux est encore de franchir ce mur. Nous y serons assurément plus tranquilles pour écouter tes explications, proposa le mahayaniste, l'air sévère.

De l'autre côté, l'épouse de Pointe de Lumière les attendait, plutôt anxieuse.

— Lune de Jade, je savais bien que j'étais à portée de ta voix ! s'écria le Bagdadi sur un ton normal, sans montrer le moindre ressentiment à l'égard de celle qu'il avait tant aimée.

— J'ignorais que tu étais là !

— Je suis resté coincé pendant des jours et des jours sous le divan impérial. À t'écouter, l'empereur du Centre te fait des chatouilles qui ont l'air de ne pas te laisser indifférente… ne put s'empêcher de chuchoter Firouz à l'oreille de Lune de Jade, le plus doucement possible, pour éviter d'être entendu par les autres.

— Je fais de mon corps ce que je veux et il n'a été écrit nulle part que je t'appartenais ! lâcha-t-elle sèchement.

Tant bien que mal, le Bagdadi accusa le coup. Cette réponse cinglante acheva de lui faire perdre tout le contrôle qu'il avait péniblement retrouvé quelques instants plus tôt.

La jalousie et la haine lui tordaient l'estomac, le projetant dans le terrible tourbillon susceptible de faire accomplir à des individus jusque-là réputés pour leur calme et leur gentillesse les pires folies.

— Loin de moi d'avoir imaginé que ce pouvait être le cas ! lui rétorqua-t-il en agrémentant cet évident mensonge d'un sourire forcé.

— J'exige des explications de ta part : pourquoi as-tu quitté la ferme-pagode ? demanda de nouveau le mahayaniste à l'ambassadeur dont le comportement l'intriguait sérieusement.

Firouz n'eut pas à répondre à la sommation de Cinq Défenses.

Des bruits inquiétants en provenance du couloir paraissaient indiquer qu'une soldatesque, probablement alertée par les bruits qui venaient de la chambre de la favorite de l'empereur, était sur le point d'investir les lieux.

— Nous risquons d'être surpris, s'écria Ulik.

— Si c'était le cas, c'en serait fait de nous ! lâcha Cinq Défenses.

— Ne serait-il pas temps, au lieu de se disputer avec de vaines querelles, d'emmener Lune de Jade auprès de son mari ? Ils ont sûrement soif l'un de l'autre ! ajouta Umara.

— Il doit attendre à l'endroit où nous l'avons laissé. Du moins j'ose espérer qu'il n'a pas fait comme toi, en quittant les lieux sur un coup de tête ! lança alors Cinq Défenses à l'adresse de Firouz qui s'était enfermé dans un profond mutisme.

— Il me faudrait un voile pour passer inaperçue ! Si nous croisons des serviteurs et que je suis reconnue, nous sommes cuits ! souffla Lune de Jade.

Après avoir fouillé dans l'une des armoires de sa chambre, elle en sortit une longue cape de soie verte dans laquelle elle se drapa entièrement.

— Si tu en avais une de plus, je la passerais volontiers sur ma tête. Avec mes cheveux bouclés, tout le monde se retourne sur mon passage comme si j'étais une bête curieuse ! dit Umara.

Lune de Jade tendit en souriant à la fille d'Addai Aggai ce dont elle avait besoin.

— Si on m'interroge, que devrai-je répondre ? gémit alors, d'une voix éplorée, l'esthéticienne de la favorite impériale.

— Que tu dormais dans la pièce attenante ! Que tu

n'as rien vu. Et que je me suis envolée comme un oiseau ! Voilà !

Ils quittèrent le palais impérial sans encombre, toujours grâce au sauf-conduit que Wuzhao leur avait fourni, non sans avoir récupéré Cargaison de Quiétude et Pureté du Vide, qui les attendaient avec impatience au Pavillon des Loisirs. Le temps de passer les ultimes portes et ils étaient dehors, libres.

C'est avec émotion que Lune de Jade retrouva les rues grouillantes de la capitale de l'empire des Tang. Toutes sortes d'odeurs, des plus subtiles aux plus nauséabondes, ravivaient dans sa mémoire l'inoubliable souvenir de la traversée de la ville accomplie quelques années plus tôt avec Pointe de Lumière, après qu'il était allé la retrouver au Temple du Fil Infini.

Elle était si envoûtée par ce spectacle qu'elle ne voyait pas le regard noir et fermé de Firouz, ni ses poings serrés, comme s'il se fût préparé à combattre un terrible ennemi.

Elle traversa la ville comme dans un rêve et lorsqu'ils en atteignirent les faubourgs, là où les champs cultivés apparaissaient déjà, entre les dernières masures de torchis autour desquelles jouaient des garnements à moitié nus, elle eut un mouvement de regret.

Puis, quand elle aperçut, nichée à mi-flanc d'une petite colline, la ferme-monastère aux toits grisâtres où l'attendait son époux, la jeune Chinoise ne put s'empêcher de sangloter de joie.

Pour elle, c'était la délivrance tant attendue qui arrivait enfin, mais aussi une fantastique leçon de vie qui s'achevait de la plus heureuse façon, à la suite de tant d'épisodes dramatiques.

Pouvoir à nouveau toucher le jeune Koutchéen, celui-là même qu'elle n'avait jamais cessé d'aimer, devenait possible, contre toute attente !

Comme quoi, il ne fallait jamais désespérer : des situations les plus noires, l'homme finissait toujours par se sortir, à condition de ne jamais perdre espoir ni lâcher prise. De Turfan à Bagdad, puis à Palmyre, et de là à Chang An, que de chemin parcouru sans se douter qu'en réalité, elle ne faisait que refermer la boucle ! Parfois, les êtres humains croyaient errer sans but précis, alors que leurs pas étaient mus par une force qui les dépassait et les guidait…

Et dans le cas de Lune de Jade, c'était d'une énergie positive et bénéfique qu'il s'agissait, comme si une sorte de Tao se fût imposé à elle.

Tendue vers son but, elle pressa le pas, sans prendre garde au petit groupe de bergers qu'elle avait croisés avec ses compagnons, au pied d'un bosquet de catalpas, et dont l'un venait de sortir un mouchoir de sa poche, avant de l'agiter en direction de la ferme.

Sans le savoir, ils étaient cernés par les agents du Grand Censorat que le secrétaire particulier du préfet Li avait fait poster tout autour de l'endroit qu'ils s'apprêtaient à gagner.

À peine aperçut-elle Pointe de Lumière, sur le seuil de la cour intérieure de la bâtisse, que Lune de Jade, étouffant un sanglot, se rua dans ses bras en criant son nom.

— Pointe de Lumière ! Mon unique amour ! Mon adoré ! Je suis là. Je serai toujours avec toi ! Pointe de Lumière…

À chaque cri éperdu de Lune de Jade, c'était un glaive qui s'enfonçait un peu plus dans le cœur meurtri et pantelant de Firouz le Bagdadi.

En proie à une amertume désormais coagulée en haine implacable, ce dernier constatait que la jeune femme, qui embrassait son époux sans la moindre vergogne, n'avait pas un seul regard pour lui. Elle l'avait complètement oublié, à croire qu'il n'avait jamais compté pour elle.

Resté sur le seuil de la cour, il hésitait à y entrer, tellement il se sentait de trop au milieu de ces retrouvailles où tous, à présent, se congratulaient et échangeaient avidement leurs souvenirs et leurs expériences. Cinq Défenses avait présenté à Addai Aggai Pointe de Lumière, lequel, faisant fi de toute réserve, s'était ensuite jeté au cou de Cargaison de Quiétude.

Firouz, qui craignait aussi que la ferme-pagode ne fût sous surveillance, suite à sa dénonciation, tourna les talons pour s'en aller bouder au sommet de la colline.

Pendant qu'il grimpait un étroit sentier relativement escarpé, sa main toucha par inadvertance le manche du poignard du nécessaire à curer les ongles de l'empereur Gaozong qu'il avait glissé dans sa ceinture. Il se dit qu'il tenait là l'instrument de sa vengeance.

Tuer Pointe de Lumière en lui enfonçant cette lame en plein cœur ; il venait de le décider : tel serait son unique geste, dès qu'il regagnerait la ferme-pagode, tout sourire, afin de ne pas éveiller les soupçons.

Peu lui importait de se faire prendre à nouveau par la police chinoise. La vengeance était son seul but.

Lorsque, après avoir respiré à fond à plusieurs reprises, pour calmer ses nerfs, il redescendit d'un pas tranquille le chemin qu'il avait emprunté, quelle ne fut pas sa surprise de se retrouver nez à nez avec Ulik !

— Cinq Défenses m'a prié d'aller te chercher ! Il se demande si toutes ces péripéties ne t'ont pas incommodé. Il souhaiterait t'interroger sur les raisons de ta présence dans la chambre impériale... Ta conduite l'a choqué ! lui annonça le Parsi, l'air méfiant, après avoir lorgné sur le poignard de l'Omeyyade, que celui-ci tenait serré au poing avant de le repasser promptement à sa ceinture.

— Je suis allé satisfaire un besoin pressant. Maintenant ça va beaucoup mieux ! Je suis prêt à m'expliquer avec lui quand bon lui semblera ! marmonna ce dernier.

Pointe de Lumière et Cinq Défenses les attendaient sur le seuil. Quand il fut à la hauteur de son rival honni, le Bagdadi, tel un tigre à l'attaque, plongea en avant en brandissant le poignard. Mais Ulik se doutant qu'il tramait quelque mauvais coup, veillait au grain.

C'est ainsi qu'à l'instant où la lame effleurait le thorax de Pointe de Lumière, il réussit à agripper Firouz par les épaules et à le faire lourdement chuter sur le sol.

Une lutte s'engagea, sauvage et violente entre les deux hommes, qui finit toutefois par tourner à l'avantage du Parsi, lequel se releva, la main droite ensanglantée.

Lorsque Cinq Défenses et Pointe de Lumière retournèrent le Bagdadi, qui était étendu sur le ventre, ils constatèrent que son petit poignard était enfoncé jusqu'à la garde dans sa poitrine.

— C'est ma faute ! gémit le Parsi, c'est moi qui ne m'y suis pas bien pris ! J'ai pourtant vu la lame du couteau se retourner au moment où je le neutralisais ! Mais je n'ai rien pu faire ; il était proprement enragé !

— Es-tu blessé ? s'écria Cinq Défenses qui venait de voir la main d'Ulik rougie par le sang.

— C'est le sang de Firouz ! gémit ce dernier en s'essuyant le bras.

— Il s'en est fallu de peu qu'il ne tue Pointe de Lumière ! La jalousie l'a probablement aveuglé ! souffla le mahayaniste qui venait de passer le doigt sur la chemise déchirée de l'époux de Lune de Jade.

— Ce n'est rien ! Juste une estafilade superficielle, murmura ce dernier, bouleversé.

Alors, Pointe de Lumière et Cinq Défenses tombèrent dans les bras l'un de l'autre, tandis que leurs deux jeunes femmes, tout occupées qu'elles étaient à se congratuler et à échanger leurs impressions dans le petit réfectoire où les avait conduites le vieux Supérieur de la ferme-pagode, ne s'étaient aperçues de rien.

Des cris venus de l'extérieur de la ferme-pagode les firent sursauter.

— Une dizaine d'hommes en armes dévalent vers nous, depuis le sommet de la colline ! s'écria Ulik qui était allé aux nouvelles, avant de refermer précipitamment la porte qui donnait accès à la petite cour autour de laquelle les bâtiments de la ferme-pagode avaient été construits.

— Nous sommes attaqués par une bande de soldats ! Ils portent le brassard du Grand Censorat ! Partout où ils passent, ces hommes répandent la mort et la terreur ! hurla, terrorisé, un jeune novice en descendant du toit sur lequel il était grimpé comme un chat.

— Que pouvons-nous faire contre eux ? souffla Pointe de Lumière.

— Je ne vois pas de solution. Nous n'avons que nos mains nues à opposer à leurs glaives ! lâcha, la mine sombre, Cinq Défenses.

— Il faudrait leur tendre un piège ! Les attirer dans un endroit et, par exemple, y mettre le feu, proposa Ulik.

— Il y a une réserve à grain, qui pourrait faire l'affaire. Elle est remplie de paille sèche, dit alors le novice.

— Où est-elle ?

— Juste là !

Derrière la porte dont le novice venait d'ouvrir les deux battants, située de l'autre côté de la cour, en face de l'entrée, ils découvrirent une grange remplie de fourrage sec jusqu'au plafond.

— Il faudrait les attirer là-dedans, refermer la porte et foutre le feu ! Ils y seraient tous brûlés vifs comme dans la gueule d'un dragon glouton Taotie, s'écria le jeune moine, en verve.

— Que se passe-t-il ?

Les deux jeunes femmes, dont l'attention avait été alertée par les vociférations des assaillants qui tambourinaient à la porte de la ferme-pagode, venaient de découvrir le corps de Firouz gisant contre un mur de la petite cour.

— L'Omeyyade a essayé d'attenter aux jours de ton époux ! Ulik l'a maîtrisé mais le poignard de Firouz s'est retourné contre lui ! expliqua Cinq Défenses à Lune de Jade qui s'était blottie dans les bras de Pointe de Lumière.

— Il ne faut pas rester inertes : nous sommes attaqués par les agents de la police secrète chinoise, ajouta ce dernier.

— Je vais ouvrir la porte extérieure, puis me ruer vers le foin, en criant aux soldats que vous êtes dissimulés là-dessous. Cinq Défenses et Poignard de la Loi, vous refermerez derrière le dernier soldat la porte de la grange à foin puis vous lancerez dedans un brandon allumé ! chuchota le Parsi à ses compagnons.

— Mais tu risques de brûler vif à l'intérieur ! protesta Pointe de Lumière.

— N'ayez crainte, je suis aussi agile qu'un cabri et saurai m'extirper de là sans le moindre problème, rétorqua Ulik.

Quand les autres furent invisibles, il se dirigea vers la porte que les soldats avaient entrepris d'attaquer à la hache et l'ouvrit brusquement.

— Suivez-moi, ceux que vous cherchez sont cachés dans le foin de la grange ! s'écria-t-il en leur indiquant la porte grande ouverte, sur le côté opposé de la cour.

— C'est donc toi qui allas les dénoncer, au poste de

police du Deuxième Quartier ? s'enquit alors celui des
soldats qui avait l'air d'être leur chef.

— En effet ! bredouilla Ulik, saisissant la perche que
l'autre lui tendait.

Forts de cette confidence, les soldats, dûment précé-
dés par l'interprète parsi, entrèrent, à la file et comme
un seul homme, dans la grange au foin dont leur guide
referma soigneusement la porte derrière lui.

Cinq Défenses, un brandon enflammé à la main, que
le novice était allé chercher dans l'âtre de la cuisine,
hésitait.

Devait-il le lancer à l'intérieur, comme Ulik l'avait
enjoint de le faire ? S'il mettait ce projet à exécution, il
y avait de forts risques que le jeune Parsi n'en sortît
jamais vivant.

— Je n'y arriverai pas ! s'écria-t-il, les yeux
mouillés de larmes.

— Si tu ne mets pas le feu à cette grange, comme te
l'a suggéré Ulik, c'est nous qui sommes perdus ! Et nos
femmes respectives avec... constata Pointe de Lumière
d'une voix angoissée.

Ils pouvaient entendre le brouhaha fait par les soldats
à l'intérieur de la grange, où le remue-ménage était à
son comble. Il ne faudrait pas longtemps aux agents du
Grand Censorat, qui devaient être en train de retourner
la paille de fond en comble, pour s'apercevoir de la
supercherie...

Alors, la mort dans l'âme, Cinq Défenses ne put
qu'étouffer un sanglot en lançant le brandon incandes-
cent par l'œil-de-bœuf qui s'ouvrait dans le mur,
au-dessus de la porte de la grange à foin.

Le feu prit instantanément et le souffle dû à l'em-
brasement de la paille émiettée et éparpillée fut si fort
que les murs de la grange parurent se déchirer.

Au bout de quelques instants, qui parurent des siècles

427

à ceux qui étaient restés dehors, des cris déchirants fusè-
rent, en même temps que se répandait dans les airs une
horrible odeur de viande brûlée.

— Quelle horreur ! murmura Umara, blottie contre
le cœur de son amant.

— Pauvre Ulik ! Jamais il ne pourra sortir de là !
gémit Lune de Jade, qui s'était également réfugiée dans
les bras du sien.

— Ulik se sera sacrifié pour votre cause ! Voilà une
noble attitude, digne d'un bouddhiste fervent, dit une
voix douce, la voix assurément d'un sage qui avait tout
compris.

Ils se retournèrent. Accompagné d'Addai Aggai et de
Cargaison de Quiétude, le vieux Supérieur du monastère était venu les rejoindre dans la cour où gisait le
cadavre de Firouz. Devant eux, le toit de la grange, d'où
s'échappait un immense nuage noir, était en flammes.

— Le feu purifie tout ! murmura, horrifié et fasciné
à la fois, le Grand Parfait manichéen.

— *Om !* hurla à son tour le *ma-ni-pa,* jailli de la cellule collective où il dormait à poings fermés avant que
tout ce tintamarre ne le réveille en sursaut.

— Pour nous, c'est l'enfer qui est fait de feu ! ajouta,
tout aussi mal à l'aise, l'évêque nestorien dont le visage
était déformé par un rictus d'horreur.

— Ce Parsi grâce auquel nous avons la vie sauve
n'était même pas un dévot de Siddharta Gautama ! s'exclama Cinq Défenses, lequel avait le plus grand mal à
réprimer ses larmes.

— Il aurait pu l'être. Et je suis sûr que le Bienheureux Bouddha ne le laissera pas tomber, lors de sa prochaine réincarnation. Cet homme a eu un comportement
de bodhisattva, ajouta le moine mahayaniste, qui passait le plus clair de son temps assis à méditer sur l'im-

428

mense douleur du monde dans sa minuscule cellule de la ferme-pagode.

— Peut-être en était-il un ! murmura, bouleversé, Cinq Défenses.

Tout bien réfléchi, le vieux moine n'avait peut-être pas tort. L'attitude d'Ulik, depuis leur première rencontre au pays de Bod, n'était-elle pas fondée sur la compassion envers autrui ?

Dans de nombreuses vies antérieures, le Bouddha avait vécu sous les apparences de bodhisattvas qui occupaient des enveloppes charnelles surprenantes, et parfois fort éloignées de l'image qu'on se faisait de la sainteté.

Qu'un Bouddha du Futur eût choisi de vivre dans le corps d'un Parsi comme Ulik ne le choquait donc nullement. Dans des milliers d'années, peut-être, le récit d'une des vies antérieures d'un Bouddha raconterait comment il avait pris les traits d'un jeune interprète persan qui avait permis à des Jumeaux Célestes d'échapper au funeste destin que leur réservait un bandit de grand chemin...

— Vous devez tous partir avant que la police ne vienne aux nouvelles. La colonne de fumée qui s'élève au-dessus de nous doit se voir depuis Chang An. Fuyez tant qu'il en est temps ! Le Bienheureux le souhaite ! Sinon il ne vous aurait pas envoyé le secours de cet Ulik ! ajouta doucement le vieil homme.

— Mais vous risquez des représailles ! lui dit Cinq Défenses.

— Notre vie est ici ! Quand la police constatera que personne ne se cache dans la ferme-pagode, ils nous laisseront tranquilles,

— *Om ! Mani padme hum ! Om !* hurla le *ma-ni-pa*, bouleversé par ce qu'il venait de vivre, avant d'opérer un salto arrière qui laissa l'assistance médusée.

429

— Avalokiteçvara entendra sans nul doute les prières de ce *ma-ni-pa,* conclut le vieux supérieur de la ferme-pagode en bénissant ses hôtes qui prenaient un à un congé.

Alors, à la hâte et en pleurs, ils quittèrent ces lieux où, sans le secours d'Ulik le Parsi, ils eussent été faits comme des rats, et se mirent à marcher à travers les champs jusqu'à un village où ils s'arrêtèrent pour se désaltérer.

— Où comptez-vous aller, à présent, pour fonder un foyer ? demanda Umara à Pointe de Lumière et à Lune de Jade.

— Avant tout, j'aimerais revoir les Jumeaux Célestes. Je ne les ai aperçus que quelques instants, dans les parages de la Porte de Jade, cette fameuse nuit où nous fîmes connaissance avec vous parce qu'un heureux destin l'avait décidé ainsi ! Mais je suis persuadée qu'ils sont pour quelque chose dans nos retrouvailles ! s'écria la jeune Chinoise, à la grande surprise de la fille d'Addai Aggai.

— Et moi qui imaginais que tu ne croyais qu'en toi-même ! plaisanta son époux manichéen, sous le regard légèrement choqué du Grand Parfait Cargaison de Quiétude.

— Ce sera en tout cas un immense plaisir pour nous que de vous prendre en charge jusqu'à Luoyang, puisque Joyau et Lotus y sont hébergés au monastère de la Reconnaissance des Bienfaits Impériaux ! leur annonça Cinq Défenses.

À présent, Cinq Défenses et Umara se tenaient par la main en marchant. Dans trois jours tout au plus, ils seraient à Luoyang.

— Et si tu étais la réincarnation d'un bodhisattva ? Après avoir entendu les propos du vieux moine de la ferme-pagode, je finis par me poser la question… chuchota Umara à celui qu'elle allait enfin pouvoir épouser, depuis le pont du bateau voguant sur le canal impérial.

Cinq Défenses se tourna vers Umara pour voir si elle plaisantait. Son amante le regardait sérieusement. Ses yeux bicolores brillaient comme des gemmes. Il lui sourit.

Derrière eux, affalés sur les banquettes, le *ma-ni-pa,* Addai Aggai et Cargaison de Quiétude, collés les uns aux autres, dormaient profondément. Quant à Lune de Jade et à Pointe de Lumière, assis un peu plus loin sur une banquette isolée, ils s'embrassaient sans pudeur, goulûment, sous le regard étonné d'une famille de commerçants qui se rendait à Luoyang pour vendre des hameçons au marché.

Elle lui rendit son sourire en appuyant sa tête contre son épaule.

L'atmosphère était imprégnée d'odeurs rares.

Les odeurs de la nature, quand le printemps est là.

Alors, Umara, complètement épuisée, ferma les yeux.

Tout était bien.

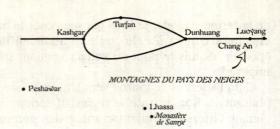

54

Chang An, capitale des Tang

Dans le bureau enfumé du vieux général Zhang, régnait une atmosphère lourde à couper au couteau.

— Il convient d'aller fouiller le lit de la rivière Lë, à l'endroit où l'Usurpatrice prétend avoir trouvé ces pierres qu'elle nous présenta lors de la Fête du Printemps. Il est impossible d'extraire de l'eau des masses rocheuses aussi grosses sans une machinerie dont la souveraine ne dispose pas. Je suis sûr que les vrais rochers divinatoires s'y trouvent encore, éructa l'ancien Premier ministre de Taizong le Grand.

— Mais que faites-vous des propos de la fillette au visage de guenon, qui paraissaient attester de la sincérité des dires de Wuzhao ? objecta Hanyuan, le Chancelier Impérial obèse, qui tirait sur une longue pipe.

— Connaissant l'intéressée, elle peut fort bien lui avoir fait apprendre par cœur un discours à servir à qui de droit, à toutes fins utiles... Il faut tirer cela au clair, conclut haineusement le vieux confucéen aigri.

— Donnez-moi quelques jours et je vous fournirai la

réponse ! souffla le préfet Li, auquel son épisode avec Lune de Jade avait laissé un goût amer à la bouche.

Un ennui ne venant jamais seul, la présentation par Wuzhao sur le mont Taishan des fameuses pierres de la rivière Lë avait placé le Grand Censeur Impérial, supposé tout savoir de ce qui se tramait dans l'empire du Centre, dans une situation particulièrement délicate vis-à-vis de ses amis, qui lui reprochaient de n'avoir pas vu venir un coup aussi fumant !

Et les propos du général Zhang ne faisaient que confirmer les terribles dégâts provoqués par cet épisode sur la réputation déjà chancelante du préfet Li.

— Il faut peut-être interroger la fillette au visage simiesque. Elle a sûrement des choses intéressantes à raconter, gloussa Vertu du Dehors, le ministre de la Soie, lequel avait miraculeusement traversé toutes les bourrasques qui s'étaient abattues sur son poste sans le perdre.

— Ce n'est pas une mauvaise idée puisque c'est celle que j'ai en tête. Je compte bien, d'ailleurs, me rendre personnellement à Luoyang.

— Vous allez enquêter vous-même ? s'enquit le ministre de la Soie, estomaqué.

— Il y a des tâches qui ne peuvent être confiées à des tiers. Et celle-là est bien trop délicate, précisa le Grand Censeur Impérial.

Souhaitant prouver à ses collègues qu'il était capable d'effectuer le rétablissement nécessaire, sans lequel il risquait de finir sa carrière déchu dans un cul-de-basse-fosse, il était prêt à tout...

— Il est sûr que ces inscriptions divinatoires servent outrageusement les intérêts de l'Usurpatrice. Ces pierres annonçant au peuple de Chine qu'une femme deviendra bientôt empereur du Centre tombent on ne peut plus à pic ! Je n'arrive pas à croire que le Grand

Censorat n'était au courant de rien de tout cela, maugréa le général Zhang.

Le vieux confucéen, qui n'était pas homme à baisser la garde, avait bel et bien décidé, ce jour-là, de se payer le préfet Li.

— Au risque de passer pour un benêt, de surcroît inefficace, je confirme que c'est la stricte vérité. J'ai découvert les rochers de la Lë en même temps que vous, sur l'aire cérémonielle du mont Taishan ! Cela m'a du reste conduit à mettre une dizaine de mes subordonnés aux arrêts, protesta ce dernier, maussade.

— Tout a été orchestré de main de maître par l'Usurpatrice ! La prochaine fois, il ne nous restera plus qu'à aller nous prosterner devant l'empereur Wuzhao en espérant que nos têtes ne seront pas mises à prix ! conclut amèrement Hanyuan.

— Le Grand Censeur doit à présent tout mettre en œuvre pour éviter les conséquences néfastes de ce qui apparaît comme une nouvelle manœuvre de l'Usurpatrice ! J'espère bien que, pour une fois, son enquête ira jusqu'à son terme et qu'elle ne se perdra pas dans les sables du désert de Gobi ! ajouta le vieux général sur un ton empreint de solennité.

— Soyez bien sûrs, estimés collègues, que je ferai tout ce qui est en mon pouvoir pour résoudre cette énigme ! gémit l'intéressé.

— Cela vaudrait mieux pour tout le monde, à commencer par vous ! lâcha, sous forme de menace à peine voilée, l'ancien Premier ministre de Taizong.

Aussi, quand il quitta, quelques instants plus tard, le cénacle des vieux confucéens, le préfet Li n'en menait-il pas large.

Avec cet ultime épisode des rochers divinatoires, sans oublier le magistral fiasco de l'expédition de ses hommes à la fermette où les évadés du Fort du Chien

434

étaient censés s'être réfugiés, son service était bel et bien en passe de finir totalement décrédibilisé, et lui avec.

L'heure était grave pour le Grand Censorat.

Il y avait, à n'en pas douter, urgence à réagir, au besoin en allumant des contre-feux, au moins pour prouver à ces mandarins ulcérés que les agents de la police spéciale n'avaient pas dit leur dernier mot.

À peine arrivé à Luoyang, à la tête d'une escouade d'une vingtaine d'agents spéciaux, tous porteurs de leur sinistre brassard, le préfet Li s'empressa d'aller au monastère de la Reconnaissance des Bienfaits Impériaux.

— Maître Pureté du Vide préside l'office de la mi-journée, dans la grande salle de prière. Je ne peux le déranger sous aucun prétexte, lui répondit le concierge, auquel le Grand Censeur Impérial avait expliqué qu'il souhaitait rencontrer le grand maître de Dhyâna sans délai, au sujet, avait-il précisé, d'un « objet de la plus haute importance ».

— Qu'il vienne immédiatement ou bien je serai obligé d'aller le quérir de force, fût-ce dans la salle de prière ! assena le préfet Li, bien décidé à jouer son va-tout.

— Je vais aller le prévenir ! gémit le portier que la présence des brassards avait fini par convaincre.

Aussi le préfet ne fut-il pas étonné de voir arriver, peu de temps après, au bout du couloir menant à la conciergerie du monastère, la haute silhouette de Pureté du Vide dont le visage trahissait la surprise occasionnée par la visite inopinée d'un personnage aussi important et craint que le chef du Grand Censorat Impérial.

— Il conviendrait de me mettre en présence de la petite Joyau ! J'ai en effet quelques questions à lui poser au sujet des pierres de la rivière Lë.

— À l'heure où nous nous parlons, la fillette n'est pas disponible ; elle reçoit les dévotions des pèlerins.

— Quand cela sera-il possible ? L'affaire est des plus urgentes… Il s'agit d'une enquête officielle diligentée au plus haut niveau de l'État, si vous voyez ce que je veux dire ! lâcha nerveusement le préfet.

— Dès ce soir, lorsque les portes du couvent seront fermées et que tous les dévots venus pour la vénérer seront rentrés chez eux, répondit d'une voix inquiète le grand maître de Dhyâna.

Comme l'après-midi était déjà bien avancé, le préfet Li consentit à patienter jusqu'à l'heure dite. Quand on lui amena la Jumelle Céleste, dont la moitié du visage était recouverte de poils, le Grand Censeur, qui ne l'avait jamais vue de près, éprouva un haut-le-cœur, à l'instar de tous ceux que l'apparence de la fillette dégoûtait, parce qu'ils s'en méfiaient, voyant partout le mal, en raison de leurs propres turpitudes…

— Joyau, il faut m'emmener à la rivière Lë, à l'endroit précis où tu indiquas à l'impératrice Wuzhao la présence des rochers divinatoires dont on prétend qu'ils étaient enfouis sous une épaisse couche de vase ! assena-t-il à la fillette, sans autre forme de procès.

— Je veux y aller avec ma sœur ! s'écria Lotus.

— Eh bien, si tu le veux, tu viendras avec nous ! Ce n'est pas là chose gênante ! concéda le préfet Li.

— Je ne peux pas laisser aller ces enfants seuls avec vous, au bord de la rivière. Ils ne savent pas nager. Au moindre faux pas, s'ils tombent dedans, ils risquent de disparaître dans les remous. À cet endroit, le courant est très fort et il a beaucoup plu ces jours derniers, de sorte que la Lë en crue est un véritable torrent en furie ! S'il leur arrivait le moindre accident, l'impératrice Wuzhao en personne me tuerait, annonça Pureté du Vide au Grand Censeur Impérial dont la bouche ne put s'empê-

436

cher de grimacer quand il entendit le Supérieur de Luoyang prononcer le nom honni.

Le lendemain matin, c'est un véritable cortège, auquel s'étaient joints Poignard de la Loi et Sainte Voie aux Huit Membres, qui s'ébranla du monastère pour se rendre à l'endroit fatidique.

Pureté du Vide, de plus en plus las et fatigué, fermait la marche, la main appuyée sur l'épaule du moine Premier des Quatre Soleils Illuminant le Monde, tandis que la chaise à porteurs des Jumeaux Célestes l'ouvrait, à l'ombre d'un immense parasol porté par deux novices. Autour d'eux, persuadée qu'il s'agissait d'une procession rituelle, la foule des dévots ne cessait de grossir, si bien qu'ils durent jouer des coudes pour accéder au fleuve, là où ses rives s'élargissaient pour former le petit lac d'où l'éléphant blanc avait arraché les pierres divinatoires.

— Éloignez-vous de la rive, le dragon que nous allons solliciter à présent pourrait en surgir tout à trac et vous dévorer les pieds ! s'écria le préfet Li à l'adresse des plus audacieux qui, mus à la fois par la dévotion mais surtout par la curiosité, n'hésitaient pas à encombrer les berges.

Aussitôt, telle une nuée de moineaux apeurés, chacun recula de quelques pas. En ce début de matinée, les eaux, refroidies par la nuit, étaient abondantes, et la surface de la rivière était affectée par d'innombrables tourbillons qui se formaient aussi vite qu'ils se dissolvaient.

— Mon prédécesseur, qui tenait cette information de la bouche de celui auquel il avait lui-même succédé, m'a indiqué que les rochers divinatoires étaient immergés ici même, confirma Pureté du Vide à l'adresse du Grand Censeur.

— Comment puis-je être sûr qu'ils n'y sont plus ? Et si tel était le cas, par quelle force miraculeuse ont-ils été sortis de ces eaux tumultueuses, ô Pureté du Vide ? s'enquit, d'un ton pour le moins solennel, le préfet Li.

— C'est l'éléphant blanc qui retira les énormes rochers hors de l'eau, attachés à des cordes, et aussi facilement que des pierres ! s'écria la petite voix de Joyau.

— Oui, c'est bien l'éléphant blanc qui a fait ça ! Il est aussi haut qu'une montagne de neige. Avec sa trompe, il est capable d'arracher un arbre par le tronc ! confirma Lotus.

— Un éléphant blanc ! Voilà qui est fort bizarre ! Où se trouve donc cet animal ? souffla à Sainte Voie aux Huit Membres Poignard de la Loi, que cette description faisait évidemment songer au pachyderme sacré de l'Unique Dharma.

— Il y a quelques jours, on pouvait encore l'apercevoir s'ébattre et manger les fruits et les jeunes pousses des arbres du Parc des Pivoines au Palais d'Été. C'est légèrement en amont par rapport à ici ! Si vous le souhaitez, j'irai vous le montrer, répondit Pureté du Vide.

— D'où vient-il ? poursuivit le moine indien, dont le cœur battait à tout rompre.

— Nul ne le sait, au juste. On dit que l'animal est cornaqué par un curieux personnage qui rôde autour de l'impératrice, bien que je ne l'ai jamais vu ! répondit sobrement le grand maître de Dhyâna, lequel avait pour principe de ne jamais risquer un propos qui pût attenter à la réputation de Wuzhao.

Ce dialogue pour le moins étonnant se déroulait sous les yeux ahuris des dévots, qui ne comprenaient rien à ce qui se tramait là.

— Les propos de ces enfants paraissent sincères. Au demeurant, je vois mal des êtres aussi jeunes s'adonnant déjà au mensonge. Pour autant, je n'ai aucune preuve de ce qu'ils avancent… poursuivit, quelque peu dubitatif, le Grand Censeur Impérial, de retour d'une rapide inspection des berges.

La méfiance de ce dernier, qui venait de s'adresser à Pureté du Vide, demeurait intacte.

— Je ne suis pas une menteuse ! J'ai dit la vérité ! lâcha Joyau en éclatant en sanglots.

— Méchant ! Vous faites pleurer ma sœur ! Ce n'est pas gentil ! ajouta Lotus, hors de lui, dont les petits poings serrés tambourinaient de rage sur le ventre proéminent du préfet Li.

— Une vérification s'impose ! Si les rochers ne se trouvent pas sous l'eau, c'est bien que ce pachyderme les en a extraits ! hasarda Pureté du Vide, désireux de mettre un terme à la dispute entre les Jumeaux Célestes et un personnage officiel aussi important que le Grand Censeur de l'empire du Centre.

— Lequel d'entre vous sait nager ? hurla alors le préfet Li à l'adresse de ses hommes, dont les regards apeurés en disaient long sur leurs capacités natatoires.

— Ils n'ont pas l'air d'être nombreux à vouloir plonger dans la rivière Lë… nota, quelque peu amusé, le Supérieur de Luoyang.

— Je me demande parfois de quelle façon mes agents d'élite sont recrutés ! Venir jusqu'ici pour constater que pas un de mes hommes ne sait nager, c'est vraiment un comble ! Je vais finir par y aller voir moi-même, dans cette rivière !

— Monseigneur, je peux essayer de plonger… bafouilla alors en tremblant un de ses plus jeunes agents.

— Laisse-moi faire, imbécile. Tu verras un peu de quoi le préfet Li est capable ! Regardez et prenez-en de la graine !

Dans la foule des spectateurs, lorsque le Grand Chancelier Impérial commença rageusement à se déshabiller, chacun cessa de penser qu'il bluffait.

Qu'un des plus hauts dirigeants de l'État en fût réduit à plonger lui-même dans une rivière pour les besoins de son enquête paraissait tout simplement inouï à cette populace qui avait du Grand Censorat l'image d'un des services policiers les plus efficaces et les plus redoutables de l'empire du Centre.

Et pourtant, c'est bien ce qui se passa.

Le préfet Li était si désireux de conclure ses recherches, pressentant qu'il y avait eu embrouille de la part de Wuzhao, qu'une fois torse nu, et sans même tremper un orteil dans l'eau pour s'assurer que sa température était acceptable, il sauta tout de go dedans à pieds joints.

— Elle est un peu plus froide que je ne le pensais ! s'écria-t-il avant d'être aspiré vers le fond du fleuve.

Des bulles remontèrent doucement à la surface des eaux, à l'endroit même où les pieds du préfet avaient disparu dans un battement. Sa tête réapparut quelques instants plus tard, coiffée d'algues.

— Regardez un peu ce que mes mains ont trouvé, juste en dessous ! s'écria-t-il, au bord de l'asphyxie.

Il traînait après lui la masse informe d'un cadavre humain reconnaissable à son squelette dont la chair était déjà à moitié dévorée par les poissons. Un de ses mamelons, miraculeusement épargné, était percé d'un anneau de bronze. Autour de son cou, une grosse pierre attachée à un amas de cordes semblait indiquer que le corps avait été jeté là par quelqu'un qui ne souhaitait pas le voir remonter à la surface.

Deux agents spéciaux s'empressèrent de hisser le corps sur la rive, au milieu des cris de la foule, où se mêlaient la surprise, l'admiration et l'horreur.

C'était tout ce qui restait de Nuage Fou, quelques

semaines après que le Muet l'avait balancé là, le cou lesté d'une pierre, après l'avoir étranglé.

— Un cadavre ! C'est incroyable.

— Il n'en reste rien…

— Regarde ce téton percé d'un anneau !

Les remarques fusaient.

— Je ne me trompais pas dans ma conviction que tout cela paraissait éminemment louche ! ajouta le Grand Censeur, resté dans l'eau, l'air gourmand, en reprenant sa respiration.

— Souhaitez-vous que nous amenions ce corps à la morgue, monsieur le Préfet ? s'enquit l'un de ses hommes en désignant l'amas informe d'ossements et de cordes disposé sur l'herbage de la berge.

Mais le Grand Censeur Impérial, soucieux d'explorer la couche de vase où il avait déjà trouvé un élément aussi intéressant que ce cadavre au sein percé, persuadé d'avoir levé un gros lièvre, avait replongé sans attendre dans les eaux tumultueuses de la Lë.

Chacun, à présent, retenait son souffle, à l'exception des Jumeaux Célestes, en pleurs, terrorisés par la vision du corps à moitié décomposé, qui entendaient à peine les paroles consolatrices des moines hinayanistes Poignard de la Loi et Sainte Voie aux Huit Membres.

Les deux bambins avaient assisté à la sortie des eaux du fleuve du cadavre de leur propre père. Ils ne le sauraient jamais.

D'ailleurs, cela n'avait désormais plus aucune importance : leur statut de dieux vivants, à Luoyang, les dispensait de toute enquête destinée à connaître leur filiation.

Pureté du Vide, de son côté, était estomaqué : que venait faire, dans les eaux de la Lë, un tel cadavre ?

Les mystères, décidément, ne cessaient de s'accumuler et de s'épaissir.

441

Quant au Grand Censeur Impérial, personne ne se doutait qu'il venait de couler à pic dans les eaux froides qui avaient provoqué un arrêt subit de son cœur.

De longues minutes s'écoulèrent sans que réapparût le Grand Censeur, de sorte que l'inquiétude grandit au sein de l'assistance de plus en plus nombreuse, la nouvelle de la découverte d'un cadavre s'étant répandue comme une traînée de poudre et chacun jouant des coudes pour tenter d'apercevoir le corps en lambeaux.

— C'est curieux que le Grand Censeur Impérial ne soit toujours pas remonté à la surface ! soupira Poignard de la Loi au bout d'un moment.

Des profondeurs de la rivière Lë, rien ne paraissait plus remonter.

— Je suis inquiet. Il aurait dû sortir la tête de l'eau depuis belle lurette, afin de reprendre son souffle. À moins qu'il n'ait été un poisson dans une existence antérieure, ajouta Pureté du Vide, d'un ton las et accablé.

La consternation était peu à peu en train de gagner la foule, persuadée que le dragon de la rivière Lë était le responsable de ce qui advenait à l'imprudent préfet Li, même si ce dernier n'était pas homme à susciter la sympathie ni la commisération.

Seuls ses agents, sans doute persuadés que leur chef était insubmersible, ne paraissaient pas particulièrement inquiets, jusqu'à ce que le plus jeune d'entre eux s'écrie :

— Bande d'imbéciles ! Ne voyez-vous pas que notre chef doit être empêché de remonter par un élément imprévu ! avant de plonger à son tour dans la rivière et d'y disparaître aussi instantanément que le Grand Censeur.

Aux uns et aux autres, le temps passant, il fallut se rendre à l'évidence : comme le jeune agent spécial, le

Grand Censeur Impérial était bel et bien mort noyé dans les eaux verdâtres de la Lë ; pas plus l'un que l'autre ne remonteraient jamais à sa surface, rendant impossible toute vérification destinée à savoir si les pierres sacrées s'y trouvaient toujours ou si l'éléphant les avait enlevées, comme le prétendait la Jumelle Céleste.

— Rentrez chez vous ! Il n'y a plus rien à voir ici ! Ces deux hommes ont été pris par la rivière ! s'écria la voix forte de Pureté du Vide, ce qui eut pour effet de décider la plupart des curieux à quitter les lieux.

— La remarque vaut pour vous. À votre place, j'irais de ce pas prévenir vos supérieurs avant que cela finisse par se gâter ! ajouta le grand maître de Dhyâna à l'adresse des agents spéciaux qui découvraient l'étendue du désastre dans lequel ils étaient plongés, suite à la disparition de leur chef.

Ils partirent sans demander leur reste.

— Quant à ce cadavre à moitié dévoré par les poissons, ne faudrait-il pas procéder à son incinération ? Chez moi en Inde, c'est ainsi qu'on procède lorsqu'on retrouve dans la jungle des corps humains déchiquetés par les tigres, proposa le premier acolyte de feu Bouddhabadra, penché sur le corps de l'assassin de celui-ci.

— C'est une excellente idée. Je vais donner des instructions en ce sens ! lui répondit le grand maître de Dhyâna.

— Le monsieur, il a eu tort de ne pas nous croire ! Les rochers, ils étaient plongés dans l'eau à cet endroit même, quand l'éléphant blanc les a sortis ! C'est pourtant la vérité ! s'écria Joyau dont les yeux étaient encore inondés de larmes.

— Mes enfants, murmura Pureté du Vide, contrairement à celle de son jeune agent auquel sa générosité et son inconscience firent commettre l'irréparable, la disparition du Grand Censeur n'est pas une perte ! Cet homme passait sa vie à faire le mal et à répandre la terreur… Je parie qu'il se réincarnera dans une créature forcément plus gentille que ce qu'il était lui-même ! C'est en tout cas tout le mal que je lui souhaite…

Lorsque, sur le chemin du retour au monastère de la Reconnaissance des Bienfaits Impériaux, secoués par les émotions de la journée, ils entrèrent dans le Parc des Pivoines Arborescentes, Poignard de la Loi tomba en arrêt devant la vision du pachyderme albinos, tel que les Jumeaux Célestes l'avaient précisément décrit au préfet Li, tranquillement attaché à un piquet, autour duquel s'affairaient des palefreniers.

Pour le protéger du rayonnement solaire, l'éléphant blanc, une grosse chaîne d'or pur autour du cou, avait été installé sous une guérite. Un jeune serviteur de la maison impériale se tenait à côté de l'animal, portant un plateau chargé de bananes et de mangues.

— Il s'agit à coup sûr de l'éléphant sacré de mon monastère. Il n'y en a pas deux pareils. Je le reconnaîtrais entre mille ! C'est là un vrai miracle que de le retrouver à la cour de Chine, s'exclama le premier acolyte de Bouddhabadra qui s'était approché de l'animal pour examiner attentivement ses défenses et sa trompe.

— Pour sûr ! Je ne connais que cet animal à nul autre pareil ! Ses petits yeux rouges paraissaient toujours rigoler lorsque j'allais lui donner des bananes à l'éléphanterie du couvent de l'Unique Dharma, ajouta Sainte Voie aux Huit Membres, auquel le pachyderme faisait d'ailleurs la fête en l'encensant de bas en haut, de son immense tête bosselée.

— S'il pouvait parler… il aurait sûrement une foule de choses passionnantes à nous raconter ! Par quel miracle se trouve-t-il là ? Lui seul le sait !

— C'est lui, cet éléphant blanc comme la neige, qui a sorti les pierres de l'eau ! Monsieur Li aurait dû me croire ! Monsieur Li pas gentil ! conclut l'adorable Joyau.

— Joyau a dit l'exacte vérité ! ajouta son frère Lotus, sous le regard attendri de Poignard de la Loi et de Sainte Voie aux Huit Membres.

Les Jumeaux Célestes s'étaient à leur tour précipités vers l'animal que son incroyable pelage faisait assimiler à une divinité. Il fallait voir le plaisir avec lequel le pachyderme sacré de Peshawar accueillait les caresses des deux enfants de Manakunda et de Nuage Fou qui s'extasiaient devant l'«éléphant de tante Wu»…

— Il est grand temps de rentrer au monastère, mes chers enfants ! L'heure du dîner va sonner, leur indiqua Pureté du Vide.

Ils étaient donc sur le chemin du retour au monastère lorsque apparurent devant eux les silhouettes de deux hommes, l'une appuyant sa main sur l'épaule de l'autre.

— Ramahe sGampo et lama sTod Gling ! s'écria Poignard de la Loi qui les avait instantanément reconnus, avant de se mettre à courir dans leur direction.

— Pas possible ! Que le Saint Bouddha soit remercié ! Le lama est arrivé à bon port ! murmura, la voix empreinte d'émotion, le grand maître de Dhyâna.

— Nous arrivons à peine. Depuis le pays de Bod, la route est longue ! Tu es là aussi, pour l'heure de vérité ; tu as tenu parole, c'est bien, répondit le vieux lama aveugle au moine de Peshawar dont il avait reconnu la voix. Comment s'est passé ton retour au pays, ô Poignard de la Loi ?

— Fort mal. J'ai failli être lynché, à peine arrivé à l'Unique Dharma ! Un de mes anciens confrères s'est installé à la place de Bouddhabadra. Il entend régenter le couvent comme bon lui semble ! Je ne suis plus chez moi, là-bas ! souffla le premier acolyte de celui-ci.

— Tu avais omis de me parler de cela ! lâcha Pureté
du Vide, consterné par ces propos.

— Je vous ai averti que je me réservais de tout dire,
le moment venu !

— Il faut faire valoir tes droits ! Un moine n'a pas
le droit d'usurper le pouvoir au détriment de l'héritier
spirituel du Supérieur lorsque celui-ci est mort, poursuivit le grand maître de Dhyâna.

— Les moines du couvent de l'Unique Dharma sont
désemparés et ne savent plus à quel bodhisattva se
vouer. Bouddhabadra est parti un beau jour, sans donner la moindre explication, laissant la communauté en
proie à la peur et plongée dans l'affliction ! Le moine
usurpateur, Joyau de la Doctrine, a eu tôt fait de profiter de cette inquiétude, expliqua Poignard de la Loi.

— Joyau de la Doctrine a tiré parti du malheur et du
chaos dans lesquels la samgha de l'Unique Dharma était
tombée suite à la disparition de maître Bouddhabadra !
gémit Sainte Voie aux Huit Membres.

Pureté du Vide était accablé par ces confidences. S'il
avait su ! Nul doute qu'il se fût comporté de façon autrement responsable et digne !

Décidément, se disait-il, la regrettable manigance
qu'il avait essayé de mener à bien avec Bouddhabadra,
sans prévenir Ramahe sGampo, n'en finissait pas
d'avoir des conséquences néfastes sur de nombreux
innocents…

Ils étaient à présent arrivés au monastère de la Reconnaissance des Bienfaits Impériaux, où Pureté du Vide
les emmena au réfectoire. Des moines et des novices y
achevaient le bol de soupe qui leur servait de dîner. Le
grand maître de Dhyâna les fit asseoir et demanda au
cuisinier d'apporter des bols de riz gluant parfumé, le
seul mets un peu raffiné qu'il s'autorisait.

— Que te faudrait-il pour revenir chez toi et mettre

au pas ce moine malhonnête ? Je serais prêt à faire brûler dix mille cierges, s'il le fallait, pour que justice te soit rendue, ô Poignard de la Loi, lui confia Pureté du Vide dont l'indignation n'était pas feinte.

— Il suffirait d'un nouveau Concile de Lhassa et tout rentrerait dans l'ordre ! C'est aussi simple que ça… souffla alors le premier acolyte du couvent de l'Unique Dharma en plantant ses yeux dans ceux du grand maître de Dhyâna.

— Ce sera, hélas, impossible à réaliser avant longtemps ! soupira le Supérieur de Luoyang d'une voix lasse et presque désespérée.

— Peut-être pas… dit, sur un ton mystérieux, le moine hinayaniste de Peshawar.

— Si le Bienheureux pouvait t'entendre… Comme je regrette le temps de ces Conciles. Au moins, alors, nous étions unis ! J'aimerais effacer les nuages qui ont obscurci nos relations, ajouta Pureté du Vide.

Ramahe sGampo, malgré sa cécité, essuya une larme. Jamais Pureté du Vide ne s'était exprimé en ces termes, au sujet des Conciles de Lhassa. Ce n'était plus ce grand religieux cérébral, soucieux des intérêts de son Église au point d'en être pointilleux. C'était un homme qui avait un cœur. Ramahe sGampo venait de s'apercevoir que son collègue du Mahâyâna s'était converti à son tour.

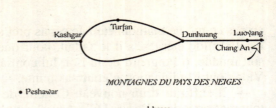

55

Monastère de la Reconnaissance des Bienfaits Impériaux, Luoyang

C'était miracle qu'ils fussent présents tous ensemble, pour l'heure des éclaircissements et de la levée des doutes qui avait enfin sonné.

Certains se trouvaient là par hasard et d'autres parce qu'ils l'avaient souhaité.

Étaient présents ceux qui, pour des raisons souvent dues à la méfiance et à la tentation de rouler pour soi — ou de prêcher pour sa paroisse ! —, s'étaient mutuellement caché la vérité.

Mais il y avait aussi les autres, qui n'étaient pour rien dans ce qui s'était passé mais en avaient subi les conséquences, parfois à leur grand dam.

Dans la grande salle de prière du monastère de la Reconnaissance des Bienfaits Impériaux, ils étaient réunis pour l'ultime confrontation, ce dénouement tant attendu de la somme des énigmes dont chacun ne possédait qu'une partie de la clé et dont la Route de la Soie avait curieusement servi de fil conducteur.

Entre la Chine centrale, le Pays des Neiges — ou de Bod —, Peshawar et l'Inde du Nord, les oasis de Dunhuang, Turfan, Hami, Kashgar et Hetian, sans oublier Palmyre et Bagdad, c'était peu de dire que les uns et les autres avaient parcouru en tous sens ce chemin des caravaniers qui permettait à l'Occident et à l'Asie de commercer et surtout de dialoguer.

Sur l'estrade au plancher de cèdre luisant comme une laque, à force d'avoir été encaustiqué par les novices, Poignard de la Loi et Sainte Voie aux Huit Membres, Ramahe sGampo et lama sTod Gling faisaient face à Pureté du Vide.

Au pied de l'estrade étaient assis, sur un étroit banc de teck où les nonnes et les novices prenaient place d'habitude, Lune de Jade et Pointe de Lumière ainsi qu'Umara et Cinq Défenses. Juste derrière, le *ma-ni-pa* gardait Lapika, la chienne jaune, blottie contre ses jambes, comme si elle était consciente qu'il s'agissait là d'un moment particulièrement solennel et important. Sur un banc en retrait se tenaient discrètement Addai Aggai et Cargaison de Quiétude.

La voix gutturale du grand lama aveugle résonna comme un tambour de pluie dans l'immense salle de prière où le Chinois et le Tibétain, aussi ascétiques l'un que l'autre, étaient assis face à face, dans la position du lotus.

— J'espère que tu as bien dormi, ô Ramahe sGampo, lança Pureté du Vide au vieux lama aveugle, en guise de bienvenue.

— La fatigue du voyage rend le repos nécessaire, surtout à nos âges. La nuit a été paisible et réparatrice !

— Je ne peux que louer ton courage d'avoir accompli un tel périple pour arriver jusqu'ici.

— Il me fallait parler de vive voix avec toi. Nous nous devons des explications ! Entre nous, il y a désormais une mort, celle de notre collègue Bouddhabadra. Pour ma part, j'estime que ce décès est de trop ! murmura d'une voix lente le vieux lama de Samyé.

— J'espère de tout mon cœur que le Bienheureux lui aura permis de migrer dans une enveloppe charnelle qui le rapprochera du nirvana, quelles qu'aient été ses fautes !

— Je pense comme toi. Paix à ses cendres et bon vent à son âme ! Aujourd'hui, ce n'est pas de la mort de Bouddhabadra qu'il s'agit, mais de toi et de moi ; de nos rapports qui ne brillent plus par leur clarté ; de nos dits et non-dits ! Il nous appartient de faire le point et de nous révéler mutuellement la vérité ! lança à Pureté du Vide son vieux collègue tibétain.

— Cet objectif me paraît, en effet, le bon. Sinon, le doute et le soupçon continueront à faire des ravages entre nous ! Je ne te remercierai jamais assez d'avoir pris les devants, répondit avec douceur le grand maître de Dhyâna.

— Il ne tient qu'à toi de rétablir la confiance mise à mal par les actes incorrects ! Tu sais très bien de quoi je veux parler ! assena Ramahe sGampo de sa voix qui paraissait venir d'outre-tombe.

L'absence de réponse de Pureté du Vide témoignait de son embarras. Les reproches que le Supérieur de Luoyang se faisait à lui-même étaient nombreux et son interlocuteur avait l'art de mettre le doigt là où ça faisait mal.

— Pour que je comprenne tes paroles, il faudrait être plus précis, ô Ramahe ! finit par marmonner le Supérieur de Luoyang.

— Dès le départ, lorsque je vins m'entretenir ici pour la première fois avec toi, je mis du temps à te convaincre de l'utilité d'organiser les Conciles de Lhassa. Sans doute craignais-tu que ton Église, la plus nombreuse et la plus puissante, y cédât des avantages à ses consœurs ! Pourtant, c'est toujours aux entités fortes de faire le premier geste envers les plus faibles. La superbe est mauvaise conseillère. Qui est grand aujourd'hui peut être petit demain et vice versa !

— Je mentirais si je réfutais ton propos, ô Ramahe. Le Grand Véhicule, à cette époque, était déjà en pleine expansion. Malgré mes réticences, j'ai accepté de jouer le jeu que tu me proposais ! protesta le dirigeant du Mahâyâna chinois. Tes propos et ton attitude me convainquirent du bien-fondé de ces réunions décennales et de leurs vérifications quinquennales.

— Si tu le veux, la paix et la concorde peuvent à nouveau être assurées entre les trois courants du bouddhisme. Ce qui nous unit est bien plus fort que ce qui nous divise, dit le vieux lama, désireux d'aller au fait.

— Ton analyse rejoint la mienne. Mais en l'absence des « gages précieux », rien n'est possible ! Ce ne fut pas faute d'avoir essayé de les récupérer. J'ai été jusqu'à faire venir jusqu'ici, sans lui demander son avis, ce que je regrette à présent du fond du cœur, la fille d'Addai Aggai, et ce en pure perte ! lâcha le grand maître de Dhyâna.

Il désignait Umara, si heureuse d'avoir retrouvé Cinq Défenses que, malgré la gravité des circonstances, un charmant sourire illuminait son beau visage aux yeux bicolores.

— Je vous ai pardonné, maître Pureté du Vide. Vous avez cru bien faire, même si cela nous causa du tort à Cinq Défenses et à moi-même, répondit la jeune chrétienne nestorienne.

— Pour ce qui me concerne, je ne saurais vous en vouloir. C'est moi qui ai enfreint la règle monastique ! Et puis, je ne vous remercierai jamais assez de m'avoir relevé de mes vœux ! s'écria Cinq Défenses, lequel

451

tenait d'une main ferme celle de la jeune chrétienne nestorienne.

— Ils sont tous là, dans le sac de voyage de lama sTod Gling, lâcha alors avec détachement Ramahe sGampo.

Son assistant s'avança vers le Supérieur de Luoyang, son grand sac en peau de yak à l'épaule.

— Tu veux parler des « gages précieux » des Conciles de Lhassa ? murmura Pureté du Vide d'une voix tremblante.

— Puisque je te le dis ! C'est même la raison essentielle pour laquelle j'ai cru bon, malgré mon âge avancé, de venir jusqu'à toi, en demandant à Poignard de la Loi d'être présent pour le compte du Petit Véhicule, suite au tragique décès du représentant de cette Église…

— C'est là un vrai miracle ! s'exclama, bouleversé, Pureté du Vide dont le visage était étrangement pâle.

— Je ne te le fais pas dire. Le Bienheureux Bouddha veille sur nous.

— Tu as donc récupéré le gage du lamaïsme tibétain que ce fourbe de Nuage Fou avait gardé par-devers lui ? souffla, de plus en plus abasourdi, le grand maître de Dhyâna.

— … et dont l'absence fit capoter notre dernière réunion intermédiaire, compléta le vieil aveugle.

— Comment t'y es-tu pris ?

— Je ne l'ai pas cherché ! Les trois « gages précieux » ont tous fini par revenir à Samyé !

— Y compris le *Sûtra de la Logique de la Vacuité Pure* ?

— Les reliques furent rapportées en même temps, comme si le Bienheureux lui-même l'avait ordonné à ceux qui s'en chargèrent…

— De qui veux-tu parler ?

— De Cinq Défenses, pour le sûtra que tu lui avais

demandé d'aller chercher ; et d'un jeune Chinois, du nom de Brume de Poussière, pour les Yeux de Bouddha et le Mandala du Vajrayâna.

— J'en suis heureux ! Quant à moi, il faut que tu le saches, ô Ramahe, j'ai bien changé ma façon de voir…

Le plus célèbre maître de Dhyâna de Luoyang et de la Chine entière affichait un sourire d'enfant.

— J'en doute un peu ! À force de réfléchir au comportement inexplicable de Bouddhabadra, j'ai fini par conclure que toi et lui aviez passé un pacte dans mon dos, conclut avec tristesse le vieux lama aveugle.

— J'avais l'étrange impression que Bouddhabadra nous cachait quelque chose d'important, si bien que j'avais fini par me persuader qu'il cherchait à nous posséder toi et moi ! bredouilla, troublé, Pureté du Vide.

— Il faut cesser de remuer le fer dans la plaie.

— Si ma conduite ne fut pas en tous points exemplaire, c'est uniquement dans le but de préserver les intérêts du Grand Véhicule, parce que je croyais qu'ils étaient menacés ! dit le grand maître de Dhyâna, submergé par le remords.

— Le manque de confiance est un péché, Pureté du Vide, parce qu'il conduit à abolir toute notion de compassion envers autrui ! Mais la Compassion du Bienheureux Bouddha l'amène à pardonner à tous ceux dont le repentir est sincère.

— Si tu veux dire par là que je ne suis qu'un vulgaire pécheur, ce n'est pas moi qui démentirai ! murmura Pureté du Vide dont les yeux ruisselaient de larmes.

Dans l'assistance, médusée, personne n'avait jamais vu le Supérieur de Luoyang dans cet état.

— Tes pleurs sont un premier pas vers la voie du salut, ô Pureté du Vide ! convint le Tibétain aveugle.

— Ne trouves-tu pas que Bouddhabadra a joué avec nous un jeu étrange ?

— C'est un fait.

— Songe un peu aux efforts que nous dûmes déployer pour l'obliger à nous amener les Yeux de Bouddha, alors qu'il se contentait, jusque-là, de nous apporter le Saint Cil du Bienheureux…

— Il est vrai que le tirage au sort avait abouti à ce que chacune des Églises retrouve sa propre relique. Du coup, les gages n'en étaient plus, répondit Ramahe sGampo.

La voix du vieux lama tremblait imperceptiblement, comme si la réponse qu'il venait de faire à son collègue n'était pas complète.

— Tout est en effet parti de là, et de l'absence inexpliquée de Nuage Fou… souffla, des plus songeurs, Pureté du Vide, avant de poursuivre son récit : Le soir même de la réunion avortée, pour cause d'absence du tireur au sort et du Mandala sacré, nous étions assis, Bouddhabadra et moi, sur l'un des bancs de pierre de la cour principale de ton monastère. C'est alors qu'il me mit un marché en main : il me donnait les ineffables Yeux de Bouddha, ce qui me permettait de les placer dans un reliquaire ici même, sur l'autel principal de cette salle de prière. Te rends-tu compte, avec cette relique unique, que des millions d'adeptes indiens avaient déjà vénérée, je pouvais faire de mon monastère le plus grand centre de la Foi bouddhique du monde. À ma place, qu'aurais-tu décidé, ô Ramahe sGampo ?

— Dans tout marché, il y a une contrepartie. Que devais-tu donner à Bouddhabadra en échange ? Le *Sûtra de la Logique de la Vacuité Pure* ? s'enquit le vieux lama aveugle, sans toutefois répondre à la question posée.

— Il m'avait demandé de lui procurer des plants de mûriers et des œufs de vers à soie. Il comptait implanter à Peshawar une filature et une usine de tissage. Il prétendait que ce serait là un moyen pour le couvent de l'Unique Dharma de gagner beaucoup d'argent. De quoi acheter à profusion des reliques saintes !

— Je me souviens avoir vu dans votre bureau, maître Pureté du Vide, lorsque vous m'expédiâtes à Samyé, un plant de mûrier ! s'écria alors Cinq Défenses.

— Tu as une bonne mémoire, et un grand talent d'observation, mon garçon !

— Mais pourquoi était-il prêt à échanger des reliques aussi précieuses que les Yeux de Bouddha contre un moyen de s'en procurer d'autres, forcément moins prestigieuses ? laissa échapper l'ancien assistant de Pureté du Vide, aux yeux duquel la conduite de Bouddhabadra paraissait contradictoire.

— Tu comprendras bientôt… lui chuchota à l'oreille Poignard de la Loi, descendu exprès de l'estrade.

— Et tu acceptas cette incroyable proposition ! Quelle naïveté de ta part ! dit Ramahe sGampo.

— À présent, j'ai effectivement quelques doutes sur la sincérité de notre défunt collègue… D'autant qu'après avoir obtenu mon accord, il tenta de reprendre sa promesse en me proposant le Saint Cil du Bienheureux…

— Décidément, c'était une habitude chez lui que d'utiliser son divin Cil en lieu et place de ses divins Yeux ! intervint Cinq Défenses.

— Bien entendu, tu refusas ce revirement… poursuivit Ramahe sGampo.

— Bien sûr ! Peut-on comparer les Yeux de Bouddha, qui sont uniques, avec un de ses innombrables Cils dont sont garnis des milliers de reliquaires tels qu'on les trouve dans les monastères bouddhiques, tout le long

455

de la Route de la Soie ! lâcha le maître de Dhyâna, comme si ses propos allaient de soi.

Dans la grande salle de prière, chacun écoutait religieusement les propos échangés par les deux chefs d'Église.

— Et devant mon refus, reprit le grand maître, Bouddhabadra promit qu'il m'apporterait lui-même les Yeux de Bouddha trois mois plus tard à Luoyang, le temps que je me procure les lentes de la chenille bombyx et les plants de mûrier ; pour mieux verrouiller son affaire, il me demanda de laisser en dépôt mon sûtra précieux à Samyé, ce que j'acceptai volontiers, même si c'était une concession importante...

— C'était le prix nécessaire à la mise en confiance de Bouddhabadra, dit Ramahe sGampo.

— N'oublie pas que le Mandala, « gage précieux » de ton Église, n'était plus dans la Triple Corbeille. Souviens-toi comment chacun finissait par soupçonner l'autre d'être de mèche avec Nuage Fou ! gémit Pureté du Vide, qui cherchait à se justifier.

— Il y avait, en effet, de quoi susciter tous les soupçons possibles ! approuva tristement Ramahe sGampo.

— Quant à moi, tout à mon désir de protéger les intérêts du Grand Véhicule, j'ai manqué de loyauté et de transparence vis-à-vis de toi. À présent, crois-moi, je le regrette amèrement !

— Ces Yeux de Bouddha que nous lui avions réclamé à cor et à cri auront ainsi fini par semer la zizanie entre nous ! Si j'avais su... lâcha, quelque peu amer, Ramahe sGampo, laissant entendre que, dans cette affaire, il n'était pas lui-même exempt de reproches.

— C'est vrai qu'ils me subjuguèrent, ces deux diamants ineffables ! Lorsque Bouddhabadra les déposa pour la première fois dans ma main, ils brillaient comme des flammes, au point que j'avais peur d'y brûler ma paume ! murmura le grand maître de Dhyâna.

Ses remords étaient tels qu'il ne s'était pas aperçu de la perche que venait de lui tendre son collègue, désireux comme lui de soulager sa conscience.

— Alors qu'ils ne sont que de la pacotille ! conclut, du ton le plus posé du monde, Poignard de la Loi, toujours posté au pied de l'estrade, au côté de Cinq Défenses.

— Poignard de la Loi, que dis-tu là... ? demanda, estomaqué, Pureté du Vide.

— ... qui ne m'étonne qu'à moitié ! Je finissais par me douter de quelque chose... ajouta de sa voix caverneuse le vieux lama aveugle.

— Je tiens cela d'une fort utile conversation avec l'artisan joaillier que Bouddhabadra était allé trouver, dans la vieille ville de Peshawar, pour faire expertiser lesdites gemmes...

— Tu parles de cet homme venu te voir au couvent de l'Unique Dharma ? lança alors Sainte Voie aux Huit Membres.

— Lui-même ! Cet homme souhaitait me voir d'urgence. Il m'a tout raconté, expliqua le moine de Peshawar.

— Comme quoi, même si nous y fûmes reçus comme des chiens, notre périple à Peshawar n'aura pas été inutile ! ajouta son compagnon de route turfanais.

Dans l'immense salle de prière, les participants à la grande séance d'explication retenaient leur souffle, conscients qu'ils étaient sur le point d'apprendre le fin mot de l'histoire.

— J'avais déjà essayé de retrouver cet homme dans le quartier des joailliers lorsque je suis rentré de ma première expédition à la recherche de Bouddhabadra. J'étais allé vérifier auprès du maçon à qui il incombe,

457

tous les quatre ans, de démurer la cache du grand reliquaire où était rangé l'écrin des Yeux de Bouddha, qu'il n'y était pas revenu récemment. Après m'avoir juré qu'il n'était pas remonté sur la tour de Kaniçka depuis le dernier Grand Pèlerinage, ce maçon m'expliqua avoir vu Bouddhabadra entrer dans la boutique d'un artisan joaillier, située juste de l'autre côté de la rue. Mais je n'avais pu — hélas ! — le rencontrer, parce qu'il avait déménagé.

— Et, prévenu de ton passage par ledit maçon, il vint lui-même te trouver pour vider son cœur ! lança Ramahe sGampo comme s'il savait à l'avance ce que Poignard de la Loi allait révéler.

— L'homme, dont les mains fines ainsi que les outils, pendant à la ceinture, trahissaient à n'en pas douter la condition de tailleur de gemmes, me raconta la visite de maître Bouddhabadra. Il ajouta même que, depuis ce moment-là, il avait si peur qu'il vivait en reclus dans son village natal et que seul, en effet, le maçon de Peshawar connaissait son adresse.

— Et il voulait se soulager du lourd secret qu'il n'avait jamais osé révéler à personne, ainsi que Bouddhabadra lui en avait intimé l'ordre !

— En effet ! Ce joaillier me raconta qu'un soir où il achevait, au prix de mille précautions, la taille d'un énorme rubis «sang de pigeon», il reçut la visite de maître Bouddhabadra. Le Supérieur de notre monastère portait une cagoule, qu'il n'enleva que lorsque le joaillier tailleur de gemmes referma la porte derrière lui. Il lui expliqua qu'il ne souhaitait pas être reconnu.

— Ton défunt Supérieur venait demander son avis à cet artisan au sujet des deux diamants appelés «Yeux de Bouddha» ! souffla Ramahe sGampo d'un ton las.

— Il les sortit d'une pochette avec des gestes de conspirateur, et fit jurer au tailleur de pierres, sur la tête de ses enfants, qu'il ne révélerait jamais cette visite à quiconque. Puis, il lui demanda combien valaient, à son avis, les deux pierres…

— Au premier coup d'œil, l'artisan m'affirma qu'il avait détecté que les Yeux de Bouddha n'étaient en réalité que du vulgaire cristal de roche ! Mais il était si gêné qu'il n'osait pas révéler cette supercherie à Bouddhabadra, lequel s'aperçut de son trouble et finit par exiger qu'il lui en donnât la raison !

— Une telle révélation dut l'anéantir ! murmura Pureté du Vide, estomaqué par le récit de Poignard de la Loi.

— Au dire de l'artisan joaillier, il commença par se fâcher, en objectant que c'était rigoureusement impossible, s'agissant de reliques de cette importance. Alors, pour confirmer son diagnostic, le joaillier lui démontra que la pointe de son couteau suffisait à rayer les deux pierres.…

— Il est un fait que le diamant pur ne peut pas être rayé si ce n'est, à l'instar du jade, par la même matière ! s'écria Pureté du Vide.

— Vous allez pouvoir le vérifier ici même…

Lama sTod Gling extirpa de son sac de voyage le cœur de santal d'où il sortit les gemmes. Puis il les fit passer de main en main. Elles portaient chacune, sur le même pan, la fine et quasi imperceptible rayure que la pointe du couteau du tailleur de gemmes de Peshawar y avait laissée.

— C'est indubitable. Ces deux pierres ont été rayées au même endroit ! constatèrent en chœur Cinq Défenses et Umara.

— Quel escroc, ce Bouddhabadra ! lâcha, révolté, lama sTod Gling qui ne s'était pas encore exprimé.

— Ou plutôt, quelle inventivité et quel courage de sa part ! Ce n'est tout de même pas sa faute si ces pierres

459

sont fausses ! J'imagine surtout le profond désarroi qui dut être le sien, lorsqu'il découvrit le pot aux roses, alors que vous l'aviez sommé d'apporter à Samyé les Yeux de Bouddha ! Comme je regrette qu'il ait gardé toute cette tragédie pour lui ! Après l'avoir soupçonné du pire, je finis par me dire que mon ancien Supérieur, confronté à une situation aussi inédite, essaya lui aussi, tant bien que mal, de préserver les intérêts de son monastère ! s'exclama son fidèle premier acolyte.

— Tu te fais l'avocat de ton maître ! C'est bien d'être loyal. Au demeurant, je ne suis pas sûr que la cause de cet homme soit défendable ! lui répliqua, plutôt énervé, le Tibétain.

— Une question demeure sans réponse : pourquoi Bouddhabadra éprouva-t-il le besoin de faire expertiser les Yeux de Bouddha ? demanda alors Cinq Défenses, dont le propos n'était pas innocent.

— Il est vrai que, sans cela, personne n'aurait jamais su que les Yeux de Bouddha n'étaient que du vulgaire cristal de roche, approuva Umara.

Il régnait à présent dans la salle de prière un silence de mort.

— C'est à cause de moi. Il m'appartient de vous révéler ce que vous ne savez pas encore… Aujourd'hui, il importe de tout se dire ! finit par murmurer le vieil aveugle tibétain.

— Nous vous écoutons, maître Ramahe sGampo ! s'écria Cinq Défenses.

— Pour être sûr qu'il nous apporterait les Yeux de Bouddha, j'avais fait miroiter à Bouddhabadra que je pourrais les lui payer très cher si c'était nécessaire ! Voilà ! Ma vérité est dite et elle n'est pas brillante ! Et croyez bien que je regrette mon comportement autant que Pureté du Vide regrette le sien, articula le Supérieur de Samyé, dont la voix était aussi brisée par le remords que celle du Supérieur de Luoyang.

— C'est un comble, maître Ramahe sGampo. Vous avez, vous aussi, manipulé Bouddhabadra ! lâcha, outré, Poignard de la Loi.

— Ma proposition était de pure tactique ! Au nom du Bienheureux, je peux vous le jurer !

— Mais elle dut l'allécher, d'où sa décision de faire expertiser les pierres, conclut Pureté du Vide.

— Si je ne la lui avais pas faite, nul doute qu'il n'aurait pas apporté les Yeux de Bouddha à Samyé.

— C'était bien joué puisqu'il les apporta !

— Pris de remords, je comptais lui dire que c'était pure tactique de ma part, mais il ne se rendit jamais au rendez-vous que je lui avais fixé, après l'échec de la réunion intermédiaire. Il repartit de Samyé sans que nous ayons pu nous expliquer ! conclut tristement le vieux lama aveugle.

— Je me souviens fort bien que maître Ramahe sGampo se reposait quand Bouddhabadra sollicita un entretien en tête à tête et que je le lui fixai au lendemain. Mais il avait déjà quitté Samyé ! ajouta lama sTod Gling, volant au secours de son Supérieur.

— C'est qu'entre-temps lui et moi avions passé notre accord séparé ! lâcha Pureté du Vide.

— Je ne peux qu'imaginer l'angoisse de cet homme qui s'était piégé lui-même, s'écria Cinq Défenses. Bouddhabadra était évidemment à mille lieues de se douter que les Yeux de Bouddha étaient des pierres sans valeur. C'est au moment de les prendre, pensant qu'il en tirerait un bon prix auprès de Ramahe sGampo, qu'il découvrit qu'il ne s'agissait que de cristal de roche !

— Et c'est là que tout commença à se gâter ! ajouta Umara.

— Sans doute jugea-t-il qu'il était trop tard pour reculer ! plaida Poignard de la Loi.

— Il aurait pu tout aussi bien dire la vérité ! Il n'y était pour rien ! lui rétorqua la jeune chrétienne.

— Il devait avoir peur d'avouer à maître Pureté du Vide qu'il avait accepté la proposition de maître Ramahe sGampo ! répliqua le premier acolyte, qui avait décidé de défendre loyalement, bec et ongles, la mémoire de son Supérieur.

— C'est alors qu'il commit la tragique erreur de tenter de tirer le meilleur parti possible de cette calamité qui venait de s'abattre sur son monastère. D'où le recours à l'éléphant blanc, seul habilité à transporter les reliques saintes, pour son voyage à Samyé ! Ce pauvre Bouddhabadra voulait absolument éviter d'éveiller le moindre soupçon, tant à Samyé, auprès de Ramahe sGampo, qu'à Peshawar, où la communauté de l'Unique Dharma se serait retrouvée complètement perdue en apprenant que les Yeux de Bouddha n'étaient que de vulgaires pierres sans valeur ! conclut Cinq Défenses.

— Mon Supérieur aura été victime de l'excès de zèle de ses collègues, qui firent passer les intérêts de leurs chapelles avant le pacte du Concile de Lhassa ! s'écria Poignard de la Loi, pas mécontent de dire leur fait aux deux Supérieurs.

— Ne serait-il pas temps de revenir à l'esprit qui présidait à ces Conciles ? Entre ceux qui croient en la Noble Vérité du Saint Bouddha, c'est la confiance qui doit régner ! conclut Cinq Défenses d'une voix ferme.

— Je suis bien placé pour connaître les ravages des schismes et des luttes intestines, entre des religions qui croient pourtant au même Dieu ! murmura Addai Aggai suffisamment fort pour que chacun l'entende.

— Au nom de la mémoire de mon maître, qui y a

laissé sa vie… je confirme les propos de mon ami Cinq Défenses. Nous devons retrouver l'esprit de tolérance et de confiance qui présidait aux Conciles de Lhassa ! ajouta l'ancien acolyte de l'Inestimable Supérieur assassiné.

— Pour ma part, j'y suis prêt. C'est même la raison pour laquelle j'ai souhaité faire ce voyage depuis Samyé ! répondit Ramahe sGampo.

— J'y suis prêt aussi ! lança, comme en écho, Pureté du Vide.

— Mais qui remplacera Bouddhabadra ? s'enquit naïvement, comme à son habitude, le moine Sainte Voie aux Huit Membres.

Les deux supérieurs se penchèrent alors l'un vers l'autre, pour un bref conciliabule.

— Ces épreuves ont fait de toi un interlocuteur incontournable, ô Poignard de la Loi ! Nous pensons Ramahe sGampo et moi que c'est à toi qu'il appartient désormais de représenter le Petit Véhicule dans le rituel du Concile de Lhassa ! s'écria le Supérieur de Luoyang.

— Cela me paraît juste ! dit Cinq Défenses.

— *Om !* À moi aussi ! ajouta le *ma-ni-pa*.

— Quand tu t'en retourneras à Peshawar, et que tu leur annonceras cette nouvelle, tu y seras accueilli en héros ! Ton rival n'aura plus qu'à s'effacer… ajouta lama sTod Gling.

— Vous m'accepteriez donc comme votre égal ? murmura Poignard de la Loi, la gorge nouée par l'émotion, à l'adresse des deux Supérieurs repentis.

— Ce ne sera que justice ! s'exclama Ramahe sGampo.

— Mais je ne connais rien au rituel du Concile de Lhassa ! Bouddhabadra — le cachottier ! — a toujours soigneusement évité de me parler de ces réunions secrètes.

— Que dirais-tu si nous l'accomplissions sans attendre ? proposa alors Pureté du Vide.

Lama sTod Gling posa sur une table les Yeux de Bouddha du Petit Véhicule, le *Sûtra de la Logique de la Vacuité Pure* du Grand Véhicule et le Mandala sacré du Vajrasattva du lamaïsme tibétain. Puis le lama étendit soigneusement le carré de soie du Vajrasattva, avant de poser juste au milieu, de telle sorte qu'il le séparait en deux territoires de surface égale, le rouleau du *Sûtra de la Logique de la Vacuité Pure* ; pour finir, il plaça de chaque côté de celui-ci et de façon équidistante les saintes gemmes des Yeux de Bouddha.

L'ensemble ressemblait à présent à un masque, dont le rouleau eût été le nez, et les pierres les yeux.

— Mais s'ils ne sont faits que de cristal de roche, cette relique garde-t-elle sa valeur ? s'enquit Sainte Voie aux Huit Membres.

— Seule compte la valeur symbolique d'une relique !

— Bouddhabadra ne devait pas penser comme vous, maître Pureté du Vide ! objecta Cinq Défenses.

— Assurément. Mais pour ce qui me concerne, ces Yeux de Bouddha en cristal de roche restent les Yeux de Bouddha !

— Vous auriez donc fait affaire avec Bouddhabadra, même si ce dernier vous avait révélé qu'ils n'étaient pas en diamant pur ? demanda Umara.

— Sans l'ombre d'une hésitation !

— C'est vraiment la confiance qui, à tous les trois, vous fit cruellement défaut ! constata Poignard de la Loi.

— Grâce à ta présence, elle sera à nouveau là, bien plus forte encore que lors du premier Concile ! ajouta Pureté du Vide.

Sous le regard ému de Poignard de la Loi, que les

propos du grand maître de Dhyâna avaient touché au cœur, les « gages précieux » étaient disposés à leur juste place et les Yeux de Bouddha brillaient de tous leurs feux sur la surface chatoyante du Mandala sacré. Seul le rouleau du Mahâyâna paraissait quelque peu anodin, puisqu'il ne laissait pas entrevoir ce qu'il contenait.

Mais il n'y avait là rien que de normal, le Mahâyâna ayant toujours prôné le primat du spirituel et du symbole sur l'ostentation...

— Il convient, conformément au rituel, de se donner la main ! poursuivit le grand maître de Dhyâna.

Les trois religieux s'exécutèrent.

— Le cercle que nous formons représente l'union de nos Églises, à laquelle nous aspirons. Le rituel du Concile de Lhassa doit toujours commencer ainsi, par le rassemblement de nos énergies mutuelles, expliqua Pureté du Vide à celui que les circonstances amenaient à reprendre le flambeau tenu par son Inestimable Supérieur.

— Je sens, de fait, vos influx se mélanger au mien ! s'écria Poignard de la Loi, émerveillé.

— Tel est, précisément, le but que nous recherchons... ajouta Ramahe sGampo qui avait retrouvé sa sérénité habituelle.

Poignard de la Loi, ému et n'osant pas bouger d'un millimètre, continuait à serrer, bras écartés, les mains de ses deux partenaires. Fermant les yeux, il éprouva une impression étrange : il appartenait à une immense chaîne d'amour et de compassion reliant entre eux les millions d'adeptes des trois Églises bouddhiques, dont le Bienheureux Gautama demeurait l'incontournable référence.

Et il en était l'un des grands maillons !

Une douce chaleur provenant des paumes serrées de ses deux vieux compères remontait à présent le long de ses bras. Elle lui faisait penser à un petit animal pressé d'aller se loger dans le creux du terrier de son cœur.

— Quelle main exempte de tout soupçon procédera au tirage au sort des « gages précieux » ? demanda alors Ramahe sGampo.

— Je propose de confier cette tâche à Cinq Défenses ! Son âme est pure et il ne favorisera personne, dit sans hésiter Pureté du Vide.

— Acceptes-tu de nous rendre ce service ? s'enquit auprès de l'intéressé le Tibétain aveugle.

— C'est un immense honneur pour moi, dont je ne suis pas sûr d'être digne !

— Il suffit de numéroter les trois gages, hors de ta présence. Puis nous donnerons à chacun de ces petits cailloux sortis du lit de la Lë un chiffre et il te reviendra d'en choisir un, en l'attribuant d'office à l'une des trois Églises, puis un deuxième ; la troisième Église n'aura plus qu'à hériter du dernier. C'est à la fois facile et efficace ! expliqua Pureté du Vide après avoir posé sur la table trois galets polis.

Le tirage au sort se déroula sans encombre.

— Galet numéro un au Petit Véhicule ! annonça Cinq Défenses après avoir procédé aux manipulations prévues.

— Il s'agit du *Sûtra de la Logique de la Vacuité Pure* ! Tu l'emporteras à Peshawar. La main du Bienheureux, cette fois, fait bien les choses. Le comble eût été que le sort attribue de nouveau les Yeux de Bouddha au Petit Véhicule ! s'écria le grand maître de Dhyâna.

— J'aurais fait contre mauvaise fortune bon cœur. Je partage le point de vue de Pureté du Vide sur la valeur symbolique intacte de ces deux gemmes, lui rétorqua Poignard de la Loi.

— Galet numéro deux au lamaïsme du pays de Bod !

— …qui héritera ainsi des Yeux de Bouddha, lesquels se retrouveront à Samyé ! Tandis qu'il m'appartiendra de conserver le Mandala sacré du Vajrasattva ! précisa, l'air satisfait, Pureté du Vide.

— La répartition s'est faite d'excellente façon ! Grâce à la main de Cinq Défenses, les trois Églises du bouddhisme pourront à nouveau coexister en paix et chacun aura à cœur, dans cinq ans, d'apporter la preuve qu'il continue à détenir le « gage précieux », murmura sobrement Ramahe sGampo.

— Je n'ai pas réfléchi. Je me suis contenté de dire les chiffres tels qu'ils me venaient à l'esprit, crut bon de préciser l'ancien assistant de Pureté du Vide.

— C'est ce que tu as fait de mieux… Pour ce rituel, les calculs et les arrière-pensées ne sont pas de mise, lui répondit ce dernier.

— Si nous voulons reproduire à l'identique le rituel du Concile de Lhassa, il faut à présent nous embrasser tous les trois, ajouta Ramahe sGampo.

Lorsque Poignard de la Loi prit le vieil aveugle dans ses bras et qu'il sentit l'inimitable parfum du pays de Bod, cette odeur légèrement rancie de beurre de yak et de plantes aromatiques, il réprima un sanglot. Il se disait que Bouddhabadra avait à coup sûr éprouvé la même émotion que lui, lorsqu'il avait participé à son premier Concile.

Pour les uns, ce serait le hasard, pour d'autres le destin, et pour Poignard de la Loi, à n'en pas douter, tout simplement le Bouddha, qui avait fait en sorte qu'il devînt l'héritier de son Supérieur assassiné par Nuage Fou.

Le moine de Peshawar était tellement perdu dans ses pensées qu'il ne s'était pas aperçu que l'ensemble des participants à la réunion de réconciliation s'étaient déplacés vers la porte de la salle de prière.

De fait, un visiteur, et pas n'importe lequel, avait fait son entrée. C'était l'impératrice Wuzhao en personne, qui tenait par la main les Jumeaux Célestes.

— Je suis venue m'assurer que tout se passait bien et, comme le dit le proverbe, que «chaque plante est à sa place, sous le soleil» ! annonça-t-elle sobrement.

— Sans vous, Majesté, la plupart de ceux qui sont présents ici ne seraient pas là, s'écria Umara, son plus indéfectible soutien.

— C'est grâce aux Jumeaux Célestes que la boucle se referme. Si lama sTod Gling ne m'avait pas confié ces enfants, nul doute que toute cette histoire aurait pris une autre tournure…

— Les actes ignobles de Nuage Fou auront finalement produit des effets positifs… murmura Ramahe sGampo.

— On peut le dire, en effet ! conclut Cinq Défenses.

— Je ne vous suis pas. Que vient faire Nuage Fou dans cette affaire ? demanda Pureté du Vide.

À voix basse, pour éviter que les Jumeaux Célestes n'entendent, Ramahe sGampo expliqua en quelques mots à son collègue mahayaniste, dont l'effarement n'avait d'égal que la surprise, de quoi il retournait.

Quant à l'impératrice de Chine, montée sur l'estrade en compagnie des deux enfants, elle contemplait les trois « gages précieux » toujours sur la table.

— Ce sont là de beaux objets ! se contenta-t-elle de constater, bien loin de se douter que Nuage Blanc et Nuage Fou ne faisaient qu'un.

Mais la vie est ainsi faite que, souvent, il suffit de ne pas être au courant de certaines choses et alors tout se passe comme si elles n'avaient jamais existé… Ainsi continue-t-on à dormir tranquille !

— En effet, Majesté ! De part et d'autre du sûtra, vous pouvez voir les Yeux de Bouddha, dont j'ai souvent eu l'occasion de vous parler ! lui dit Pureté du Vide.

— Ils ne m'impressionnent pas ! lâcha l'impératrice de Chine d'une voix forte.

Dans un coin de la salle, Lune de Jade et Pointe de Lumière, à mille lieues de tout cela, s'embrassaient sans vergogne, à l'instar des amoureux se croyant toujours seuls au monde.

Quant à Lapika, la chienne jaune, capable de tuer un ours et de chasser une meute de loups, elle n'en finissait plus de lécher les Jumeaux Célestes dont les rires fusaient, telle une gerbe éclatante et chantante, dans la pénombre de la grande salle de prière du monastère de la Reconnaissance des Bienfaits Impériaux où venait de se tenir le Premier Concile de Luoyang…

Épilogue

En ce 24 septembre 690, malgré un épouvantable mal de crâne qui ne la quitte pas depuis la veille, Wu Zetian éprouve une sensation bizarre, à laquelle elle ne s'attendait pas le moins du monde.

C'est un mélange de joie, d'épuisement, et presque de tristesse, comme si, une fois l'ultime but atteint, ce but auquel elle rêve depuis des décennies, ses forces trop sollicitées l'abandonnaient soudainement.

Est-ce l'âge, qui fait d'elle à son grand désespoir une vieille femme répugnant à regarder son reflet dans le miroir de bronze poli que lui tend chaque matin sa dame de compagnie ? Ou bien s'agit-il de la fatigue et de l'angoisse, contre lesquelles elle ne cesse de lutter depuis des lustres et qui, d'un seul coup, se vengent au moment où elle s'y attendait le moins ?

Le matin même, pourtant, désireuse de faire bonne figure, elle a consacré des heures à son maquillage, exigeant de l'esthéticienne, qui connaît désormais le moindre repli de la peau de son visage, que ses rides soient effacées une à une. Puis elle a revêtu une robe de soie jaune, la couleur impériale, brodée au fil d'argent d'oiseaux phénix ; elle l'a fait spécialement couper dans un des tissus clandestinement tissés, quelque trente ans plus tôt, par le nestorien Addai Aggai, avec du fil de soie produit par le manichéen Cargaison de Quiétude.

C'est sa façon à elle de ne pas insulter le passé.

À présent, on lui ceint le front d'une couronne d'or sur laquelle le meilleur joaillier de Chang An a fixé un bestiaire de dragons et de phénix dont les yeux sont formés de minuscules émeraudes, cadeaux d'une ambassade omeyyade venue rendre hommage à la cour de l'empire du Centre.

Sa duègne l'oblige à se regarder dans la glace : la gouvernante veut savoir si Wuzhao est satisfaite de la façon dont elle a fixé ce somptueux diadème sur sa tête. Elle ne peut pas se dérober.

Son visage enduit de blanc, aux lèvres carmin ridiculement dessinées, lui fait horreur. Heureusement qu'il y a les yeux. Car les yeux, dans le corps humain, restent la seule partie à ne pas vieillir. Ceux de Wuzhao sont toujours aussi beaux, limpides et clairs comme ces lacs de montagne qui pullulent au pays de Bod, près du Toit du Monde, tout à côté de ce nirvana dans lequel, à présent, elle aspire à entrer.

Ce sont les yeux d'une femme qui fut, jadis, très belle, et dont l'extraordinaire vie a rassemblé tout ce qu'un être humain peut accomplir de meilleur et de pire...

Le Grand Maître des Cérémonies est à présent devant elle.

— Majesté, il suffit de vous conformer à ce que je vous dirai et de le faire ! dit cet homme dont la tresse impeccablement huilée pend pratiquement jusqu'à la hauteur de ses fesses.

Elle remarque aussi ses ongles, plus longs et plus

courbes que des serres de rapace, et qui l'empêchent d'user de ses mains.

— J'essaierai de faire bonne figure !

L'humour de Wuzhao a pour effet de déclencher une panique immédiate dans le regard du chambellan, persuadé qu'il a commis un impair. Mais Wuzhao n'en a cure. Elle a l'esprit ailleurs. Elle est rêveuse.

D'ailleurs, on le serait à moins. Le couronnement qui va avoir lieu est unique dans les annales de la longue histoire de la Chine.

Pour la première fois, en effet, une femme va devenir « Empereur » à part entière, c'est-à-dire le souverain détenteur du pouvoir suprême, alors que jusque-là, en tant qu'épouse ou mère du Fils du Ciel, une femme devait se contenter d'être impératrice ou douairière.

Elle aura dû attendre d'être une très vieille femme pour monter sur le trône de Chine, et cette constatation rajoute encore à sa maussaderie. Mais il faut faire bonne figure, et montrer à la face du monde un éclatant sourire. Sinon le peuple ne comprendrait pas, qui s'est amassé ici depuis l'aube, d'autant plus enthousiaste qu'elle a fait proclamer une amnistie générale des prisonniers en l'honneur de son accession au trône. Cette mesure a rencontré un écho si favorable qu'elle se promet de la renouveler chaque année pour l'anniversaire de son couronnement.

Dans quelques instants, Wuzhao va recevoir cette ineffable grâce céleste qui fera d'elle l'empereur de Chine. Elle n'a pas lésiné sur les moyens pour réussir un tel coup. Soucieuse de garantir le maximum de pérennité à ce règne improbable, elle a pris soin, pour la circonstance, de se faire appeler le « Saint et Divin Empereur » et de changer en Zhou le nom de son père mais également celui d'une des plus illustres dynasties de la période archaïque, la dynastie des Tang.

473

Mais pourquoi se sent-elle aussi fatiguée et lasse ? Elle a éprouvé les plus grandes difficultés à monter dans le palanquin plaqué de feuilles d'argent repoussé que dix soldats chamarrés hissent à présent sur leurs épaules.

Tenir bon, ne laisser apparaître à quiconque que ses forces s'amenuisent : telle est son obsession, maintenant que le cortège impérial s'est ébranlé vers l'aire sacrée, précédé par les musiciens et les danseurs. Il ne faut surtout pas donner prise aux critiques de ceux qui verraient dans sa lassitude la faiblesse prétendument inhérente à son sexe.

Soudain, si près du triomphe, elle pense à la mort. Elle a soixante-huit ans ; forcément, ce terme approche. Lorsque le mandat du Ciel l'aura inondée, telle une pluie d'étoiles, elle sera toujours la même ; c'est tout juste si elle aura fait un pas de plus vers ce terme ultime. Tous les êtres vivants marchent, sans le savoir, vers la poussière à laquelle ils retourneront.

Trente ans se sont écoulés depuis le Concile de Luoyang !

C'est qu'elle a dû attendre bien plus longtemps qu'elle ne le pensait au départ !

Gaozong qui n'en finissait pas de décliner, donné pour perdu par ses médecins depuis plus de dix ans, semblait ne pas vouloir se résigner à lui céder sa place. Ce n'est qu'à sa mort, due à un excès de diabète, sept ans auparavant, qu'elle a pu enfin envisager d'accéder au pouvoir suprême.

Et comme toujours, dans les parcours sinueux et difficiles, la fin est ce qui paraît le plus long et le plus fastidieux.

Après la mort du père, il fallut à Wuzhao passer par-dessus les fils. Sa descendance légitime a été un obstacle gênant. Les héritiers du trône prétendaient

474

régner. Ils ont été trop bêtes pour comprendre les ambitions de leur mère, obligeant celle-ci à se comporter brutalement.

Elle a ainsi usé trois fils.

L'aîné, Lihong, aura été le plus dangereux. C'était le seul vraiment capable de gérer les affaires de l'État et de s'opposer, parfois violemment, à sa mère, dans l'antichambre des appartements privés d'où Gaozong, perpétuellement alité, ne sortait plus. Alors qu'il n'avait que vingt-deux ans et que son aura ne cessait de croître, Lihong fut mystérieusement empoisonné et son corps fut retrouvé, tordu par les spasmes, au Palais des Neuf Perfections, le 25 mai 675...

Wuzhao ne s'embarrasse pas de scrupules. Quand il le faut, elle arme son esprit pour échapper à tout remords. Tuer pour la bonne cause... Tuer pour la gloire du Bienheureux Bouddha...

À la mort de son frère aîné, c'est le deuxième prince héritier, Lixian, qui a tout naturellement été appelé à le remplacer à l'âge de dix-neuf ans. Mais aux yeux de Wu, il était beaucoup trop proche de Gaozong, qui adorait ce garçon dont la mémoire prodigieuse lui permettait d'écrire sans l'ombre d'une hésitation cinq mille caractères chinois.

Quand Gaozong s'éteignit, le prince héritier monta brièvement sur le trône de Chine sous le nom de Zhongzong, mais il fut déposé presque aussitôt pour être remplacé par son frère Litan, âgé de vingt-deux ans.

Litan, le dernier dans l'ordre de la succession dynastique, est le préféré de l'impératrice. Monté sur le trône sous le nom de Ruizong, il finit par accepter d'abdiquer au profit de sa mère. Bien lui en a pris : à celui auquel elle avait concédé du bout des lèvres le titre d'héritier, Wuzhao n'avait même pas donné le droit d'occuper les appartements impériaux... Litan a eu l'intelligence de comprendre qu'il valait mieux lâcher prise avant d'être éliminé à son tour.

À présent, Wuzhao est entrée dans le Mingtang, cet édifice circulaire censé représenter le monde, au milieu duquel l'impétrant doit recevoir des mains du Ciel le mandat qui fait de lui l'empereur du Centre.

Les portes du Palais de Lumière ont été refermées de telle sorte qu'elle est seule à l'intérieur. La remise du mandat du ciel doit se faire sans témoins.

Elle lève les yeux pour regarder le plafond de la salle. Il est percé d'une ouverture circulaire. C'est par ce trou que doit pénétrer l'énergie cosmique du mandat du Ciel. Dans quelques instants, ainsi que les géomanciens le lui ont expliqué en long et en large, elle va sentir toute cette force tomber sur ses épaules, depuis l'azur. Elle ferme les yeux et attend. À l'extérieur, sur l'aire sacrée, les tambours de pluie résonnent des coups martelés par les percussionnistes.

C'est sûr, le mandat du Ciel va se manifester.

De longues minutes passent, mais rien ne paraît venir.

Alors, forcément, elle repense à tout ce qu'elle a vécu, à tout ce qu'elle a enduré avant d'en arriver là.

À commencer par les huit rochers divins, qu'elle appelle ses « Huit Alliés ». Depuis qu'elle les fit présenter au peuple, au cours de la fameuse Fête du Printemps du mont Taishan, tout s'est accéléré. Nombreux sont ceux, en effet, qui attendaient l'empereur Femme annoncé par les pierres sacrées.

Mais pour autant, cela n'a pas suffi. Il fallut à Wuzhao torpiller sa propre descendance et, surtout, s'attirer les faveurs du peuple. Ce fut l'élément clé. Et sans l'appui discret mais efficace du Grand Véhicule, qu'elle sut habilement dompter, rien n'eût été possible. Le clan bouddhique, au premier rang duquel il faut citer son chef spirituel Pureté du Vide, l'a beaucoup aidée à arriver à ses fins. Grâce à lui, ce sont les pauvres et les déshérités de tout le pays qui ont applaudi à ses faits d'armes pour conquérir le pouvoir suprême.

Fort opportunément, le grand maître de Dhyâna et l'ensemble du clergé bouddhique ont popularisé le *Sûtra du Classique du Grand Nuage*, dont la thèse centrale est que Wuzhao est une préfiguration incarnée du Bouddha du Futur Maitreya, envoyée sur terre par Yama pour y établir un ordre divin.

La caution de ce texte sacré, ajoutée à celle des rochers divinatoires, lui a été des plus précieuses. Les dévots ont commencé à prier pour son glorieux avènement et elle s'est fait appeler « Sa Sainteté l'impératrice » en même temps qu'elle a décidé de transférer la cour de Chine de Chang An à Luoyang, non sans avoir châtié, au passage, les hauts fonctionnaires trop proches du clan des aristocrates du Nord-Ouest, ceux-là mêmes contre lesquels elle ne cessa jamais de lutter.

Ce jour-là, elle a su qu'elle avait les mains libres.

Alors, dans ce souci maniaque qui a toujours été le sien de mettre tous les atouts de son côté, elle a choisi de changer de nom en adoptant un nouvel idéogramme se prononçant Zetian, qui ne veut rien dire de précis, alors que son nom d'origine, Zhao, signifie « clarté brillante »... Ce faisant, elle évite de pénaliser son peuple, car il est formellement interdit de prononcer le nom de l'Empereur dès l'instant où il monte sur le trône...

Puis, sur ses directives, le Mingtang où Taizong le Grand puis Gaozong ont reçu eux-mêmes le mandat du Ciel a été embelli et agrandi, de même qu'elle a fait exécuter spécialement par les meilleurs artisans de somptueux sceptres *gui* de jade et d'or.

De cette cérémonie, elle a prévu le déroulement dans

les moindres détails, réglant par avance avec minutie le protocole impérial, planifiant les réceptions des représentants des peuples sous protectorat dont la venue signifie, à la face de tous les sceptiques, l'allégeance au nouvel empereur Wu Zetian.

Hélas, elle n'éprouve toujours rien de particulier.

Pourtant, le cérémonial se déroule comme prévu, immuable depuis des millénaires, avec une précision de métronome. Les tambours géants se sont mis à battre la cadence, pour indiquer que les astres et le soleil se trouvent dans la position définie, après de longs calculs, par les astrologues et les géomanciens de la cour impériale. En scrupuleuse dévote bouddhiste, elle ne croit pas aux étoiles, ni aux divinations, pas plus, d'ailleurs, qu'à la géomancie. Et pourtant, elle est obligée de se tenir à l'endroit indiqué par une marque rouge sur le dallage. Il matérialise le point central où les forces négatives et positives se croisent et s'annulent, juste sur la crête sommitale du Grand Dragon qui sommeille dans les entrailles du tertre sur lequel a été érigé le Palais de Lumière.

Le Grand Maître des Cérémonies, qui passe une tête de temps à autre dans le bâtiment sacré où nul n'a le droit de pénétrer à l'exception du Fils du Ciel, veille à ce qu'elle n'ait pas bougé d'un pouce. Elle ne bouge pas. Elle sait fort bien que si les géomanciens s'aperçoivent qu'elle a remué fût-ce un orteil, pendant que l'énergie du Ciel se déverse sur elle, ils risquent, par cet excès de zèle dont ils sont coutumiers, de l'obliger à recommencer la cérémonie depuis le début. Alors, ce seront les astronomes impériaux, venus à la rescousse avec leurs compas célestes et leurs boussoles, qui prétendront que le moment n'est pas adéquat, les étoiles ayant entre-temps changé de place dans le ciel.

Alors, la subtile Wuzhao commence aussi à comprendre ce qu'elle ne subodorait, auparavant, que vaguement : un empereur du Centre est tout sauf une personne libre. Mais ce sont des choses dont on ne s'aperçoit que lorsqu'on les vit soi-même.

Tel est le grand secret des souverains et des monarques lucides : ils ont parfaitement conscience de l'inanité de leurs fonctions et de l'impuissance phénoménale qui est la leur, comparée à l'idée que le peuple s'en fait, mais ils sont condamnés à se taire.

Il en va du Fils du Ciel comme des autres rois, de façon plus paradoxale encore car, une fois investi du mandat suprême, le souverain de la Chine est non seulement prisonnier de l'étiquette, mais aussi de procédures forgées par des milliers d'années de tradition et codifiées dans l'intangible texte du Rituel des Zhou que tous les souverains de Chine se doivent d'appliquer à la lettre.

Alors, inévitablement, Wuzhao, enfermée dans le Mingtang à l'abri du regard de sa cour, se pose la question : le pouvoir suprême ne serait-il qu'un somptueux carcan céleste, dont il serait impossible de se défaire lorsqu'il vous bloque les mains et le cou ?

L'Usurpatrice n'a pas le choix.

Il ne lui reste donc qu'à attendre sagement que le Grand Maître des Cérémonies vienne ouvrir la porte du Temple du Ciel à deux battants en s'écriant : « Gloire au Fils du Ciel ! »

Car tel sera le signe qu'elle a bien reçu le mandat céleste.

Alors, la foule compacte de ceux qui ont été invités à assister à la fête, répartie au pied du tertre du Mingtang selon ses origines sociales, soldats, paysans, fonctionnaires et commerçants Han — elle a dû se battre pour que soit présente cette corporation, considérée comme vile — mais aussi délégations étrangères dont les territoires bénéficient d'un protectorat des Tang, lèvera le bras droit et répétera trois fois le cri poussé par le Grand Maître des Cérémonies.

Mais ce moment tarde, obligeant Wuzhao, que son âge rend sujette aux crampes, à souffrir en silence. La douleur devient si pénible qu'elle a envie de hurler, mais elle ne le peut pas.

Elle a subitement une pensée pour les Jumeaux Célestes. C'est pour beaucoup à eux qu'elle doit d'être là, dans le Mingtang, alors que retentit enfin le cri puissant de la foule rassemblée sur l'aire sacrée, au moment où le Grand Chambellan préposé à la cérémonie du couronnement lève de la main droite un long drapeau de soie, constellé des attributs de l'empereur du Centre, qui flotte comme une écharpe au vent.

Le mandat du Ciel lui a officiellement été attribué.

D'impératrice, elle est devenue empereur.

À présent, il faut sortir du Mingtang, ainsi que le veut le rituel, et exposer à la face des autres son visage fripé.

Gloire au Ciel !

— Vive l'empereur du Centre ! Longue vie à l'empereur de Chine Wu Zetian ! crie à présent la populace en délire, tandis que l'empereur féminin sort du temple du pouvoir suprême pour venir saluer son peuple.

Dehors, elle sent sur ses joues fardées la brûlure de la brise et ses yeux sont éblouis par les rayons du soleil. Elle n'est qu'une vieille plante de serre.

C'est le moment où des soldats en grand uniforme distribuent à l'assistance des petits pains farcis à la viande. Wuzhao l'a souhaité. C'est sa façon de les remercier d'être là et de se les attacher. Après cela, ils témoigneront de la générosité du nouvel empereur Wu Zetian.

Cette gratification provoque un déchaînement de « hourrah ! ».

Mais ces vivats, dont les puissants, généralement, raffolent, parce qu'ils leur font oublier leur petitesse ou parce qu'ils flattent leur ego, elle constate qu'ils ne lui font ni chaud ni froid.

Il est temps de penser à ceux à qui elle veut du bien.

Umara et Cinq Défenses, pour commencer. Pour élever leurs huit enfants, ils ont choisi d'aller vivre au bord de la mer, loin du fracas de la cour, où Wuzhao avait pourtant caressé le rêve de faire du jeune homme son secrétaire particulier, au nez et à la barbe de tous les autres. Il a préféré le bonheur aux honneurs. Le bonheur s'obtiendrait-il plus difficilement que le pouvoir ? Chaque jour, elle ne peut s'empêcher de se poser la question.

Ses deux protégés doivent être là, au premier rang. Pour rien au monde ils n'auraient raté son triomphe. Malgré l'éloignement, Wuzhao entretient avec eux une correspondance suivie, où elle ose leur avouer tous ses rêves de puissance, jusqu'à leur dévoiler les ressorts les plus intimes de ses stratégies. Elle a confiance en eux et elle sait qu'ils ne la jugeront pas bêtement. En retour, ils lui donnent des nouvelles de leur progéniture. Bientôt, ils vont être grands-parents : leur fille aînée attend un enfant.

Elle vient tout juste, après des décennies de lutte opiniâtre, d'atteindre ce qu'elle cherche, tandis qu'ils ont déjà accédé depuis fort longtemps au but qu'ils se sont donné de vivre heureux ensemble.

Elle pense à présent aux autres protagonistes de cette histoire.

Les Églises bouddhiques sont de nouveau en paix.

Auréolé de son nouveau mandat, Poignard de la Loi, dès son retour à Peshawar, a été élu Inestimable Supérieur de la communauté de l'Unique Dharma, en lieu et place de Joyau de la Doctrine, banni pour cause de forfaiture.

Le *ma-ni-pa* a cessé d'être un moine errant. Il est reparti pour Samyé avec Ramahe sGampo et lama sTod Gling, lequel a remplacé son maître après son décès.

Addai Aggai et Cargaison de Quiétude sont morts. Leurs successeurs ont poursuivi leur tâche missionnaire. À Luoyang et à Chang An, les nestoriens et les manichéens ont maintenant leurs lieux de culte où les nouveaux convertis peuvent pratiquer leurs rituels. Ils sont tolérés par les autorités. Le nouvel empereur Wu Zetian se promet d'y veiller.

Pointe de Lumière et Lune de Jade, qui ont eu trois enfants — deux garçons et une fille —, se sont installés à Luoyang, où ils ont ouvert un magasin de soieries qui ne désemplit pas. Ils ont l'air aussi heureux que Cinq Défenses et Umara.

Wu Zetian se dirige à présent vers la foule. Du regard, elle cherche les Jumeaux Célestes. Ils sont là, toujours éblouissants de beauté, bien que largement trentenaires !

C'est peu de dire qu'ils ne sont pas passés inaperçus, juchés sur le dos de l'éléphant blanc sacré de Peshawar, dans le palanquin de bois doré, sculpté de feuillages et de rinceaux, que Wuzhao a fait spécialement aménager à leur intention. À ses yeux, rien n'est jamais assez beau pour eux.

La Jumelle Céleste Joyau est devenue une superbe femme, dont la moitié du visage à la peau rouge et couverte de poils a miraculeusement retrouvé une apparence quasi normale, le jour où la petite a eu ses premières règles. Les poils de son visage sont tous tombés et la peau rougeaude s'est progressivement éclaircie, jusqu'à devenir à peine plus foncée que l'autre partie de sa face. Le résultat, qui donne à croire qu'une partie du visage est éclairée par la lune tandis que l'autre est illuminée par le soleil, est somptueux.

Ils sont nombreux, les adorateurs des Jumeaux Célestes, à tomber amoureux de Joyau !

Plus que jamais, le couple gémellaire est considéré par les dévots bouddhistes comme un duo de divinités secourables, vers lesquelles convergent les aumônes et les vœux des humbles, venus les implorer de guérir les maux du corps aussi bien que du cœur, et même de l'âme…

Au moment où le regard de Wu Zetian croise celui de Joyau, l'empereur sent que l'énergie céleste, enfin, commence à descendre sur sa tête, pour se répandre dans son corps tout entier, jusqu'aux extrémités de ses membres.

C'est à la fois une sensation délicieuse, comme si l'un de ses innombrables amants la caressait, et une impression de mort, comme si son corps se détachait peu à peu de son esprit.

Est-ce le pouvoir céleste qui produit en elle cette étrange ambivalence de désir et de mort, au moment où elle devient un empereur à part entière ?

Le fourmillement de ces ondes qui la parcourent à présent des pieds à la tête, si proches de celles qui préparent l'orgasme, est si fort qu'elle peine à le supporter.

Enfin, elle ressent quelque chose de divin, grâce à Joyau !

Il est vrai qu'elle l'a attendu longtemps, cet instant. Si longtemps qu'elle en vient même à se demander si ce n'est pas trop tard. Mais est-ce bien le moment pour éprouver des regrets, alors que le peuple de Chine acclame son nouveau souverain ?

Par un fait extraordinaire, Wuzhao, incrédule, s'aperçoit soudain qu'elle n'a plus mal à la tête.

C'est grâce à Joyau, et en vertu de l'énergie que lui transmettent les Jumeaux Célestes...

Elle en est sûre.

D'ailleurs, eux-mêmes le savent, puisqu'ils lui sourient...

Alors, Wuzhao ferme les yeux et le chant de son grillon familier retentit à ses oreilles.

Et l'empereur de Chine Wu Zetian peut, enfin, sourire au ciel.

PRINCIPAUX PERSONNAGES

Addai Aggai, *évêque, dirigeant de l'Église nestorienne de Dunhuang.*

Aiguille Verte, voir Torlak.

Bienfait Attesté, *Supérieur du couvent du Grand Véhicule à Turfan.*

Bouddhabadra, *Supérieur du monastère de l'Unique Dharma à Peshawar (Inde), chef de l'Église bouddhique du Petit Véhicule, parti pour un mystérieux voyage à Samyé (Tibet), et disparu depuis.*

Brume de Poussière, *orphelin chinois, ami d'Umara.*

Cargaison de Quiétude, *dit le Maître Parfait, chef de l'Église manichéenne de Turfan.*

Centre de Gravité, *supérieur du couvent du Salut et de la Compassion (Dunhuang).*

Cinq Défenses, *moine du monastère de la Reconnaissance des Bienfaits Impériaux à Luoyang (Chine), responsable des Jumeaux Célestes et amant d'Umara.*

Dame Wang, *première épouse officielle de Gaozong, destituée au profit de Wuzhao.*

Diakonos, *homme de confiance d'Addai Aggai, chargé de la filature clandestine.*

Gaozong, *dénommé Lizhi tant qu'il est prince héritier, fils de Taizong, empereur de Chine.*

Goléa, *dite la « Montagne », gouvernante d'Umara.*

Grande Médecine, *médecin chinois devenu moine mahayaniste et rencontré par Poignard de la Loi dans les montagnes indiennes.*

Jolie Pure, *première concubine impériale, éliminée par Wuzhao.*

Joyau de la Doctrine, *moine rival de Poignard de la Loi.*

Lama sTod Gling, *secrétaire du révérend Ramahe sGampo.*

Le *ma-ni-pa, moine errant, ami de Cinq Défenses.*

Le Muet, *esclave turco-mongol de Wuzhao et exécutant de ses basses œuvres.*

Les Jumeaux Célestes, *une fille et un garçon mis au monde par Manakunda. La petite fille a la moitié du visage velue.*

Lihong, *fils de Wuzhao et Gaozong, nommé prince héritier à la place de Lizhong.*

Li Jingye, *préfet, Grand Censeur Impérial.*

Lizhong, *fils de Jolie Pure et Gaozong.*

Lune de Jade, *ouvrière chinoise du Temple du Fil Infini, amoureuse de Pointe de Lumière.*

Majib, *chef d'une troupe de brigands parsis.*

Manakunda, *jeune moniale du couvent de Samyé, morte en mettant au monde les Jumeaux Célestes.*

Nuage Fou, *Indien adepte du tantrisme, drogué et assassin.*

Poignard de la Loi, *premier acolyte de Bouddhabadra, parti à sa recherche.*

Pointe de Lumière, *Auditeur de l'Église manichéenne de Turfan, chargé de l'élevage clandestin de vers à soie, époux de Lune de Jade.*

Premier des Quatre Soleils Illuminant le Monde, *moine à Luoyang.*

Pureté du Vide, *Supérieur du monastère de la Reconnaissance des Bienfaits Impériaux à Luoyang, chef de l'Église bouddhique du Grand Véhicule.*

Ramahe sGampo, *Supérieur du couvent bouddhique de Samyé (Tibet), aveugle.*

Rouge Vif, *propriétaire du magasin Au Papillon de Soie, receleur de soie clandestine.*

Sainte Voie aux Huit Membres, *moine bouddhiste du couvent de Peshawar, né à Turfan.*

Taizong, *dit le Grand, père de Gaozong, empereur de Chine.*

Torlak, *surnommé Aiguille Verte, jeune Ouïgour converti au manichéisme et responsable du réseau du Fil Rouge.*

Ulik, *interprète entre Cinq Défenses et la bande de brigands parsis.*

Umara, *fille de l'évêque nestorien Addai Aggai.*

Vertu du Dehors, *ministre de la Soie.*

Wuzhao, *cinquième concubine impériale puis épouse officielle de l'empereur Gaozong.*

Yarpa, *prêtresse bonpo du Pays des Neiges.*

Zhangsun Wuji, *oncle de Gaozong, général, commandant en chef suprême des armées, ancien Premier ministre.*

Coups de sabre et coup de foudre

(Pocket n° 12279)

**La trilogie de
L'impératrice de la soie
est disponible chez Pocket**

VIIe siècle après J.-C. La jeune Mankunda, abusée par le tantrique Nuage Fou, porte en son sein des jumeaux. Sur ces enfants marqués d'un signe irréfutable repose en fait l'avenir de la Chine. L'Empire est fort d'une richesse jalousement gardée, la soie, mais aussi menacé par les dissensions internes, à commencer par celle qui oppose l'Empereur à son épouse, la populaire Wuzhao. Mais il est avant tout le théâtre d'une lutte dont l'enjeu est la domination des âmes. Car toutes les religions s'y affrontent. Qui, de l'empereur ou de sa femme, règnera en maître sur la Chine ?

Il y a toujours un Pocket à découvrir

Qui était vraiment Bouddha ?

(Pocket n° 12676)

On croit connaître Bouddha, mais on connaît surtout le bouddhisme. Or, au départ de ce mouvement, il y a un homme. Un Indien choyé, héritier d'une illustre famille né au VIe siècle avant Jésus-Christ : Siddharta Gautama. Très tôt, Siddharta prend conscience de la misère Inde. Il se rebelle alors contre son existence dorée et part à la rencontre des pauvres et des sages. Son discours, exigeant et généreux, bouleverse ceux qui le croisent. Et tout d'un coup, de cet homme seul naît le bouddhisme...

Il y a toujours un Pocket à découvrir

Faites de nouvelles découvertes sur
www.pocket.fr

- Des 1ers chapitres à télécharger
- Les dernières parutions
- Toute l'actualité des auteurs
- Des jeux-concours

Il y a toujours un **Pocket** à découvrir

Impression réalisée sur Presse Offset par

BRODARD & TAUPIN

GROUPE CPI

36888 – La Flèche (Sarthe), le 31-08-2006
Dépôt légal : mars 2005
Suite du premier tirage : septembre 2006

POCKET – 12, avenue d'Italie - 75627 Paris cedex 13

Imprimé en France